DROEMER

IRIS CONRAD

DER GLAS HUND

ROMAN

DROEMER

Besuchen Sie uns im Internet:
www.droemer-knaur.de

FSC
www.fsc.org
MIX
Papier | Fördert gute Waldnutzung
FSC® C083411

Originalausgabe Mai 2024

Redaktion: Dr. Annika Krummacher
Das dem Roman vorangestellte Zitat stammt aus:
Cioma Schönhaus, *Der Passfälscher.*

Covergestaltung: Teresa Mutzenbach
Coverabbildung: Teresa Mutzenbach unter Verwendung von Motiven
von © IBL Bildbyra / Heritage Images / Ullstein Bild, Shutterstock.com
Satz und Layout: Adobe InDesign im Verlag
Druck und Bindung: CPI books GmbH, Leck
ISBN 978-3-426-28418-6

2 4 5 3 1

For Chris and Bob, my lifelong friends

Die größere Hälfte aller Geschehnisse, die dein Schicksal entscheiden, bestimmt Gott. Aber für die kleinere Hälfte bist du verantwortlich. Und diese kleine Hälfte musst du ganz ausfüllen. Mit deinem Verstand. Mit deinen Begabungen und mit deinem Glauben an die Hilfe von oben.

Boris Schönhaus zu seinem Sohn Samson,
genannt Cioma, der untertauchte und überlebte,
während sein Vater am 16. August 1942 im KZ Majdanek starb

BERLIN
1936

1

Du willst doch jetzt nicht etwa alles hinschmeißen?«, fragte Anneliese besorgt.

»Das kannst du nicht machen, Henriette, nicht jetzt, wo wir fast am Ziel sind«, fiel Ruth ein.

Henriette starrte auf den hellen Kiesweg. Sie fühlte sich nicht wohl in der Rolle, die ihr in der ganzen Geschichte zugedacht war. Ihr braun-schwarzer Mischlingshund Rufus, dessen spitze Ohren viel zu groß waren für das schmale Gesicht, stupste sie an. Vermutlich war ihm langweilig, und er wollte endlich weiter durch den Park laufen.

»Meint ihr nicht, wir haben übertrieben?«, fragte Henriette schließlich. »Unsere kleine Rache an den Nazis war ja anfangs ganz lustig, aber am Ende verletzen wir doch nur einen Jungen, der auch nichts dafür kann, dass sein Vater in der Partei ist.«

»Das ist nicht dein Ernst!« Anneliese war ehrlich erbost. »Rolfs Vater ist in der Partei, und Rolf selbst stolziert seit Jahren in der Uniform der Hitlerjugend herum wie ein eitler Pfau. Ohne solche Hohlköpfe und ihre Hassparolen wäre Hitler vor drei Jahren nicht an die Macht gekommen, und es gäbe die Nürnberger Gesetze nicht.«

»Genau«, stimmte Ruth ein. »Und wir müssten uns nicht ständig anhören, dass wir Juden minderwertig wären und keine Beziehungen und Ehen mehr mit sogenannten Ariern eingehen dürfen. Leute wie die Reinhardts finden das gut, dabei sieht dein pickeliger Rolf nicht halb so arisch aus wie ich.« Sie deutete auf ihre blonden Locken.

Auf Henriettes Gesicht stahl sich ein Lächeln, doch dann wurde sie wieder ernst. Er war nicht *ihr* Rolf, das war es ja gerade, und sie hatte mittlerweile Bauchschmerzen bei der ganzen Sache. Zwar hatte sie zugestimmt, Rolf schöne Augen zu machen, damit er sich in sie verguckte und anschließend am eigenen Leib erfuhr, wie absurd die Rassegesetze der Nationalsozialisten waren. Allerdings hatte sie nicht damit gerechnet, dass Rolf so tiefe Gefühle für sie entwickeln würde.

»Ihr steckt ja nicht in meiner Haut«, klagte sie. »Rolf hat sich richtig in mich verliebt … nicht nur so ein bisschen, wie wir dachten. Er meint es ernst. Bei unserem letzten Treffen hat er sogar gesagt, dass er mit seinem Vater über mich sprechen will. Da gehört schon was dazu, oder nicht? Vielleicht ist er ja gar kein schlechter Kerl. Wenn er erfährt, dass ich ihm alles nur vorgespielt habe, wird er gekränkt sein. Und das hat er eigentlich nicht verdient.«

»Das ist genau unser Problem«, erklärte Anneliese ungerührt. »Die Nazis stempeln uns zu Untermenschen ab. Gestern waren wir noch geschätzte Freunde und Nachbarn, heute sind wir Schädlinge. Denen macht es gar nichts aus, dass sie uns damit demütigen und unsere Gefühle verletzen. Aber wir fühlen uns schuldig, weil wir einem Hitlerjungen einen harmlosen Streich spielen.« Sie sah Henriette prüfend an. »Oder hast du dich etwa selbst in ihn verliebt?«

»Natürlich nicht«, wehrte Henriette ab. »Ich komme mir bloß schäbig vor, ihn so hinters Licht zu führen und ihm Gefühle vorzutäuschen, die ich nicht habe.«

»Wie auch immer«, meinte Ruth. »Jetzt ist es für Reue zu spät, also lasst es uns zu Ende bringen wie abgemacht. Wenn er dich zum ersten Mal küsst, verraten wir ihm die Wahrheit. Und so wie du uns das geschildert hast, könnte es heute schon so weit sein. Also, Kopf hoch, Henriette. Denk an das, was sie uns angetan haben. Mein Vater war Beamter und wurde entlassen, nur weil er Jude ist. Und meiner Cousine hat es das Herz gebrochen, dass ihr

Verlobter sie sitzen gelassen hat, weil er sich vor Repressalien wegen seines Verhältnisses mit einer Jüdin fürchtete.«

Henriette nickte zögerlich. Sie wusste, dass Ruth recht hatte. Schon vor Hitlers Machtübernahme hatte sie erleben müssen, dass Klassenkameraden aus nationalsozialistischen Familien ihr ins Gesicht sagten, dass Juden – und damit auch sie – Deutschlands Unglück seien. Doch durch die Nürnberger Gesetze quasi über Nacht zu Bürgern zweiter Klasse zu werden, hatte sie alle bis ins Mark getroffen. Ihr Großvater, einer der besten Anwälte der Stadt, war zutiefst enttäuscht, dass sich selbst langjährige Mandanten und Freunde von ihm abwandten, weil sie nicht mehr mit Juden verkehren wollten.

Sie sah ihre Freundinnen an. »Gut. Augen zu und durch.«

»So gefällst du mir!«, rief Anneliese und strich sich die dunklen Haare hinter die Ohren. »Außerdem musst du jetzt los. Rolf wartet wahrscheinlich schon auf eurer Parkbank.« Ihre braunen Augen leuchteten. »Auf in den Kampf, meine Liebe. Und denk daran: Wir sind in deiner Nähe.«

Henriette grinste schief und stand auf. Rufus fuhr hoch. Endlich ging der Spaziergang weiter. Freudig wedelnd lief er Henriette voran.

Anneliese hatte recht gehabt. Rolf saß bereits auf der Bank und wippte nervös mit dem rechten Fuß. Er trug eine elegante dunkle Jacke, die Henriette noch nicht an ihm kannte, dazu Hosen mit Bügelfalten und schwarze Schuhe. Als müsse er zum siebzigsten Geburtstag seiner Großmutter, dachte Henriette amüsiert. Dabei wusste sie, dass Rolf sich fein gemacht hatte, um sie zu beeindrucken. Neben ihm lag der Hut, mit dem sie ihn schon ein paarmal aufgezogen hatte, weil er versuchte, mit seiner Hilfe wie achtzehn zu wirken, obwohl er erst sechzehn war. Leise seufzend straffte sie die Schultern und näherte sich der Bank. In diesem Augenblick drehte Rolf den Kopf in ihre Richtung. Als er sie sah, erschien ein strahlendes Lächeln auf seinem Gesicht.

Henriette lächelte zurück. »Guten Tag, Rolf.«

Er stand auf und drückte kurz ihre Hand, doch sie spürte, dass er gerne mehr getan hätte.

»Ich dachte schon, du kommst nicht mehr«, sagte er, obwohl sie pünktlich war.

Henriette fand, dass er nervöser wirkte als sonst. Als sie ihn ansah, wich er ihrem Blick aus und beugte sich zu Rufus, um ihn zu streicheln. Der lehnte sich erfreut gegen seine Beine.

»Wie kommt es eigentlich, dass ihr einen Hund habt?«, fragte er. »Ein Kamerad von mir sagt …« Er unterbrach sich und wurde rot.

»Dass Juden keine Hunde halten?« Es war das erste Mal seit dem Beginn ihrer Verabredungen, dass das Wort Jude zwischen ihnen fiel. Bislang hatte Rolf das Thema ausgespart, als wäre es das Normalste auf der Welt, dass ein Hitlerjunge eine Jüdin ins Kino oder Café ausführte und stundenlang mit ihr im Park spazieren ging.

Henriette grinste unwillkürlich. »Es gibt tatsächlich ein jiddisches Sprichwort, das besagt: ›Wenn ein Jude einen Hund hat, ist entweder der Hund kein echter Hund oder der Jude kein echter Jude‹, aber eine strenge Regel ist es nicht. Du kennst doch die Friedmanns von der Konfiserie, oder? Die haben zwei große Schäferhunde. Hier in Berlin haben viele Juden …«

»Die Friedmanns sind Juden?«, unterbrach Rolf sie. Sein erschrockener Gesichtsausdruck rief Henriette ins Gedächtnis, neben wem sie hier saß, doch Rolf wechselte schnell wieder das Thema. »Ich möchte dir etwas zeigen, aber du musst mir versprechen, dass du es niemandem sagst – wirklich niemandem.«

Henriette zog die Augenbrauen hoch, doch sie nickte, und Rolf fischte eine kleine Fotografie aus der Innentasche seiner Jacke. Wortlos reichte er sie ihr. Zunächst wusste sie nicht, was sie damit anfangen sollte. Das Bild zeigte einen älteren Herrn mit schlohweißem Bart, zwischen seinen Knien ein etwa dreijähriger blonder Junge. Auf der Kommode im Hintergrund stand ein siebenarmiger Leuchter.

Doch plötzlich erkannte sie das Kind. »Das bist ja du!«, rief sie erstaunt.

Rolf nickte, und als Henriette nicht weitersprach, drehte er das Foto in ihrer Hand um, wobei seine Finger ihre berührten.

»Rolf Reinhardt und sein Großvater Salomon Goldblatt, Wilna/Litauen«, las sie. »Du hast jüdische Großeltern?«

»Nur einen jüdischen Großvater.« Rolf lächelte zaghaft. »Er war der Vater meiner leiblichen Mutter, aber die ist ja schon vor Jahren gestorben. Deshalb weiß das auch niemand.« Sein sonst eher blasses Gesicht war gerötet, eine dunkelblonde Strähne fiel ihm in die Stirn, und er sah sie eindringlich an. »Du wirst es doch keinem sagen, oder? Mein Vater meint, das wäre fatal für meine Karriere.« Er kratzte sich verlegen an der Hand. »Ich habe dir das Bild nur gezeigt, damit du weißt, dass wir uns gar nicht so unähnlich sind.«

Henriette gab ihm die Fotografie zurück. Dass Rolf glaubte, sie seien sich ähnlich, zeigte nur, wie wenig Ahnung er hatte. Abgesehen davon, dass es Reinhardt und seiner neuen Frau gelungen war, den Vorfahr im fernen Litauen unter den Teppich zu kehren, machte ein einzelner jüdischer Großvater Rolf noch nicht zum Juden. Doch dem schien die Sache wichtig zu sein. Die Preisgabe seines Familiengeheimnisses war offenbar als Vertrauensbeweis gedacht, und Henriette schämte sich erneut für ihr Verhalten. In diesem Moment ergriff Rolf zaghaft ihre Hand, und Henriettes Herz schlug schneller. Sie war nicht in Rolf verliebt – wirklich nicht! Trotzdem war es das erste Mal, dass ein Junge sie berührte. Erst nach mehreren langen Sekunden wagte sie es, Rolf dabei in die Augen zu sehen.

»Heute ist es genau sechs Wochen her, dass du mich angesprochen hast und wir uns zu Limo und Kuchen verabredet haben.«

»Ach ja?«, fragte Henriette nervös.

»Ja, das weiß ich genau. Ich war so überrascht, denn eigentlich sollten wir ja …« Wieder brach er hastig ab. Vermutlich wurde ihm bewusst, wie so ein Satz auf Henriette wirken musste, und er versuchte die Bemerkung zu retten: »Du bist so viel hübscher als ich. Deine braunen Haare ... wie eine Löwenmähne. Und ich kann nie entscheiden, ob deine Augen nun grün oder grau sind. Es hängt vom Licht ab und davon, ob du lachst oder ernst guckst, so wie jetzt.«

Rolf ließ ihre Hand los, um ihr über die gewellten Haare zu streichen, und Henriette wollte zurückweichen, aber sie tat es nicht, sondern versteifte sich nur leicht, als seine Hand an ihrem Hinterkopf liegen blieb und sie sanft zu sich heranzog. Dann ging alles sehr schnell. Heftiger als erwartet presste Rolf seine Lippen auf ihre. Es war weder angenehm noch unangenehm. Nur ein, zwei Sekunden hielt sie still, dann drückte sie ihn von sich.

»Bitte, nicht ...«

Rolfs Wangen färbten sich rot. »Warum nicht? Ich dachte ...«

»Da hast du falsch gedacht!«, ertönte eine fröhliche Stimme hinter ihm. Rolfs Kopf fuhr herum, und auf seinem Gesicht zeichnete sich Unverständnis ab, als er Henriettes Freundinnen Anneliese und Ruth erblickte.

»Unsere Henriette ist nämlich ein bisschen zu gut für dich, ganz egal, was eure Nürnberger Gesetze behaupten!«, rief Anneliese.

Und Ruth stimmte ein: »Oder hast du die etwa vergessen? Auf einmal sind sie nicht mehr so wichtig, wenn das Herz klopft, oder? Aber was würden deine Freunde von der Hitlerjugend dazu sagen, wenn sie dich sehen könnten, wie du eine Jüdin küsst? Und erst dein Vater!«

Rolf war hochgefahren, sein Blick wanderte von Henriette zu den anderen und wieder zurück.

»Henriette?«, bat er flehend, doch sie wich seinem Blick aus, und Rolf begriff. »Ich zeige euch an!«, schrie er in Ruths und Annelieses Richtung, doch die beiden blieben gleichmütig.

»Und wie willst du erklären, dass du dich so leicht von einem Judenmädchen hast einfangen lassen?«, fragte Ruth hämisch.

Noch einmal ging Rolfs flehender Blick zu Henriette. Offenbar hoffte er trotz allem, dass es sich um einen Irrtum handelte, ein

Missverständnis. Gleich würde Henriette die Situation aufklären und ihren Freundinnen sagen, dass er und sie … dass sie ein Paar waren. Doch Henriette schwieg.

»Ich werde euch …«, rief er noch einmal, dann stürmte er davon.

Prustend ließen sich Anneliese und Ruth neben Henriette auf der Parkbank nieder. »Hab ich's dir doch gesagt, dass er dich heute küsst. Siehst du? Es ist genauso gelaufen wie geplant«, erklärte Ruth.

»Jetzt weiß er hoffentlich, wie es sich anfühlt, gedemütigt und weggestoßen zu werden«, meinte Anneliese. Sie sah Henriette ins Gesicht. »Und hab jetzt bloß keine Gewissensbisse.«

»Schön war es nicht, und ich bin mir auch nicht sicher, ob es richtig war«, entgegnete Henriette. »Jedenfalls fühle ich mich ziemlich gemein.«

Da fiel ihr Blick auf den Kiesweg. Sie stand auf und bückte sich nach dem Foto von Rolfs Großvater, doch sofort nahm Ruth es ihr ab und betrachtete es. Im Gegensatz zu Henriette verstand sie seine Brisanz sofort.

»Tatsächlich? Die Reinhardts haben ein schmutziges kleines Geheimnis, das Rolf dir heute ausgeplaudert hat? Oh, là, là!«

»Ich habe ihm versprochen, dass ich nichts sagen werde«, erklärte Henriette, »und ich möchte, dass ihr das auch nicht tut. Jetzt ist Schluss, wir haben ihm übel genug mitgespielt.«

»Ja, ja, Fräulein Moralpredigt, ist ja schon gut, wir werden schweigen wie ein Grab.« Ruth machte eine Geste, als würde sie die eigenen Lippen mit einem Schlüssel abschließen. »Aber wir werden ihm das Bild auch nicht hinterhertragen.«

»Ich habe sogar noch eine Idee!«, meinte Anneliese. »Wir überlassen es dem Zufall, ob sein Geheimnis ans Licht kommt oder nicht. Wir lassen das Bild einfach auf der Bank liegen. Vielleicht hat Rolf Glück, und der Wind weht es in die Büsche. Aber vielleicht – nur ganz vielleicht – kommt jemand vorbei, der Rolf erkennt. Na, wie findet ihr das?«

»Klasse!«, rief Ruth. »Schließlich hat er selbst das Bild verloren. Niemand kann uns vorwerfen, es nicht mitgenommen zu haben.«

Henriette schwieg. Wie wahrscheinlich war es, dass das Foto von jemandem gefunden wurde, der Rolf Reinhardt kannte und mit dem kleinen Jungen auf dem Bild in Verbindung brachte? Der Name Reinhardt war nicht gerade ungewöhnlich. Trotzdem – manchmal war der Teufel ein Eichhörnchen.

»Los jetzt«, hörte sie Ruth sagen. »Wir gehen auf den Ku'damm. Meine Mutter hat mir Geld gegeben, damit wir uns Kaffee und Kuchen kaufen können.«

Henriette stand auf, doch nachdem die beiden anderen sich zum Gehen gewandt hatten, griff sie schnell nach dem Foto und ließ es in ihre Handtasche gleiten. Ihr war ein wenig leichter zumute. Was sie Rolf angetan hatte, war nicht schön, aber dabei würde es bleiben, und Rolf kam sicher bald darüber hinweg.

Plötzlich packte sie der Übermut. Kaffee und Kuchen! Was gab es Schöneres an einem sonnigen Nachmittag? Sie ließ Rufus von der Leine, der aufgeregt um die Mädchen herumsprang.

Ruth, die in der Mitte ging, ergriff mit der Linken Henriettes und mit der Rechten Annelieses Hand. »Ich nehme Schwarzwälder Kirsch – und ihr?«, fragte sie.

»Bananenfrappé!«, riefen Henriette und Anneliese gleichzeitig, sahen sich an und lachten.

Am Morgen nach dem Treffen mit Henriette fühlte Rolf sich fiebrig. Zum Glück war Sonntag, und er musste nicht in die Schule. Die ganze letzte Nacht hatte er sich das Hirn darüber zermartert, wie sie ihm das antun konnte. Sie hatte ihm alles nur vorgespielt, um ihn zu verletzen. Er hatte Henriette verflucht, aber auch sich selbst und seine Leichtgläubigkeit.

Jetzt saß er auf der Bettkante und weinte. Deutsche Jungen flennen nicht, schalt er sich, und schon gar nicht wegen einer dahergelaufenen Jüdin! Da – die Worte waren ihm einfach so herausgerutscht, und gleich fühlte er sich ein wenig besser.

Zittrig wischte er sich mit dem Handrücken übers Gesicht, da fiel ihm das Foto ein. Um Himmels willen! Er sprang auf und stürzte zu den Kleidern, die er am Tag zuvor achtlos über den Schreibtischstuhl geworfen hatte. Doch sosehr er in den verschiedenen Taschen grub, sie waren leer, und auch im Portemonnaie konnte er das Bild nicht finden. Es muss mir beim Weglaufen heruntergefallen sein, dachte er verzweifelt. Hektisch zog er sich an und machte sich auf den Weg zu »ihrer Bank« im Tiergarten, die nun nicht mehr »ihre« war. Wieder schmerzte der Gedanke, doch er schob ihn beiseite und hastete weiter. Wenn er nur das Foto wiederbekam!

Schon von Weitem sah er, dass die Bank leer war. Er legte die letzten Meter im Laufschritt zurück und suchte gewissenhaft jeden Meter der Umgebung ab. Selbst die umliegenden Büsche und nahe gelegenen Mülleimer kontrollierte er, aber das Foto war nicht da. Rolf war sich sicher – wenn er es verloren hatte, dann beim Aufspringen. Vor seinem inneren Auge sah er, wie es Henriette vor die Füße fiel und sie es an sich nahm. Das passte zu ihr. Wie hatte er nur glauben können, dass sie ein nettes, ehrliches Mädchen war – ein deutsches Mädchen! Sein Vater hatte recht. Alles an den Juden war schöner Schein, erkauft mit schmutzigem Geld, das sie den ehrlichen Menschen abluchsten. In Wahrheit waren sie verlogen und verkommen.

Zittrig vor Aufregung ließ er sich auf der Bank nieder. Musste er Henriette etwa noch einmal unter die Augen treten und sie um das Bild anbetteln? Nach allem, was sie getan hatte? Erneut stieg ihm die Schamesröte ins Gesicht, und er schüttelte den Kopf. Nein, das kam nicht infrage. Er konnte und wollte sie nicht mehr sehen – nie wieder!

Dass sein Vater das Fehlen des Bildes bemerken würde, war unwahrscheinlich, denn Rolf hatte das einzige Foto seines Großvaters Salomon schon vor Jahren aus dem Album gelöst, nachdem seine Mutter gestorben war. Nur herauskommen durfte natürlich nichts, sonst … Er schluckte und wollte lieber nicht daran denken, was ihm blühte, sollte sein Vater herausfinden, dass er in eine Jüdin verliebt gewesen war – und dass sie obendrein das Foto hatte!

Noch einmal erwog er, zu Henriette zu gehen und sie um das Bild zu bitten, doch er wusste, dass er es nicht über sich bringen würde. Auf ihren Spott konnte er gut verzichten. In seinem Kopf spielte er die Sätze durch, die sie sagen würde, begleitet von dem durch und durch falschen Lächeln, das er so gemocht hatte.

Offenbar hatte er seine Lektion auf die harte Weise lernen müssen, dabei wusste er doch, dass die Juden minderwertige Menschen waren. Trotzdem hatte er sich in den letzten Wochen beinahe vom Gegenteil überzeugen lassen und den Sprüchen seines Vaters und der Kameraden von der Hitlerjugend immer weniger Gehör geschenkt. Mit seinem jetzigen Wissen musste er zugeben, dass alles, was man über sie sagte, der Wahrheit entsprach. Feige, hinterlistig und innerlich verdorben waren sie. Eine Krankheit, die alles und jeden vergiftete – so wie Henriette ihn. Hitler und Goebbels hatten das erkannt, und ab heute würde auch er es nicht mehr vergessen.

Rolf stand von der Bank auf und lief auf den Ausgang des Parks zu, etwas schwerfällig noch, doch mit jedem Schritt fühlte er sich freier. Er würde seinen Schulweg ändern, um nicht mehr an Henriettes Schule vorbeilaufen zu müssen, und vor allem die Konditorei meiden, in der sie sich zum ersten Mal gesprochen hatten. Nein, er würde Henriette nicht mehr wiedersehen. Und darüber hinaus würde er ihr sogar noch dankbar sein, dass sie ihn von seinen Zweifeln geheilt hatte. Ab heute begann ein neues Leben, ein Leben, in dem es nur noch Gewissheiten gab.

BERLIN 1941

2

»Ich wünschte, wir wären schon bei der modernen Kunst. Diese alten Griechen und ihre Statuen sind so langweilig«, flüsterte Henriette ihrer Freundin Irene zu, ohne dabei den Blick von der Lehrerin, Frau Appel, abzuwenden.

»Selbst wenn wir zur modernen Kunst kommen … das, was mittlerweile noch als Kunst gelehrt werden darf, ist noch viel langweiliger als die alten Griechen«, gab Irene leise zurück. Henriette setzte sich wieder gerade hin. Am Morgen hatten sie am Entwurf eines Theaterplakats gearbeitet, und das war wunderbar gewesen. Aber zu ihrer Ausbildung als Grafikerin an der Kunstgewerbeschule gehörten eben auch Fächer wie Kunstgeschichte, die für alle Schüler verpflichtend waren. Trotzdem durfte sie nicht klagen. Die Kunstgewerbeschule in der Nürnberger Straße war eine der wenigen Ausbildungsstätten, die jüdischen Studenten überhaupt noch offenstanden.

»Über welchen Zeitraum sprechen wir, wenn wir über den Hellenismus reden?«, wollte Frau Appel gerade wissen.

Henriette hob den Arm. Auch wenn sie sich für längst Vergangenes weniger interessierte, hieß das nicht, dass sie den Unterricht nicht ernst nahm. Frau Appels Blick streifte sie, blieb dann aber an Benjamin Cahn hängen, der sich ebenfalls meldete.

»Ja, bitte, Herr Cahn?« Wie erwartet gab Benjamin die richtige Antwort und fügte noch weitere Informationen hinzu. Frau Appel lächelte erfreut.

»Angeber«, flüsterte Henriette in Irenes Ohr. Die kicherte leise.

Benjamin war zum Ende gekommen, und Frau Appel warf einen flüchtigen Blick auf die Uhr. Ob sie sie etwas früher gehen lassen würde? Bis zum Schulschluss fehlten nur noch zwei Minuten.

»So, noch eine letzte Frage zum Abschluss«, verkündete Frau Appel stattdessen. »Wer kann mir eine für die Kunst und Kultur des Hellenismus besonders bedeutende Stadt nennen?«

Diesmal schossen außer Henriettes und Benjamins Arm noch viele weitere in die Höhe.

»Ja, bitte, Herr Cahn.«

Henriette und Irene warfen sich Blicke zu, und Henriette rollte mit den Augen.

Wieder antwortete Benjamin ausführlich, und Frau Appels wohlwollender Blick vermittelte der Klasse, dass hier ein Student saß, den man sich zum Vorbild nehmen sollte. Endlich wurde Benjamin von der Schulglocke unterbrochen, und die jungen Leute packten ein. Als Henriette und Irene auf dem Weg zur Tür an Benjamins Pult vorbeikamen, sagte Henriette gerade so laut, dass er es hören konnte: »Schau mal, unser Streber hat sich sogar noch zusätzliche Bücher beschafft. Ich wette, die hat er alle schon im Voraus durchgearbeitet.«

Benjamin verfärbte sich leicht, doch er sah nicht auf und packte weiter seine Sachen ein.

Irene dagegen hatte eine überraschende Erklärung. »Ach, der hat Nachholbedarf. Weißt du, der kommt aus dem Handwerk. Soweit ich weiß, hat er schon eine Lehre als Maschinenbauer gemacht, die von der Jüdischen Gemeinde finanziert worden ist.«

»Tatsächlich?«

Sie hatten die Tür erreicht, und Henriette sah sich noch einmal nach Benjamin um. Sie erschrak, als sie merkte, dass er ihren Blick auffing und sie unverwandt ansah – nicht verärgert, sondern eher herausfordernd. Mit einem kurzen Lachen wandte sie sich wieder ab und verließ zusammen mit Irene den Raum.

»Kennst du die beiden?«, fragte Benjamin seinen Sitznachbarn, der seinem Blick gefolgt war.

Simon grinste. »Nur die eine, die dich einen Streber genannt hat. Aber diesen graugrünen Augen verzeihst du doch sicher gern, oder? Außerdem bist du wirklich ein Streber.«

»Graugrüne Augen? Was dir alles auffällt. Du scheinst sie dir ja schon recht genau angesehen zu haben.«

Simon zuckte mit den Schultern. »Man tut, was man kann, um sich ein bisschen abzulenken von all den Dingen, die wir nicht mehr dürfen, und Henriette ist bei Weitem die Hübscheste an der Schule, findest du nicht?«

»Weißt du sonst noch etwas über sie?«, fragte Benjamin betont beiläufig, ohne auf Simons Frage zu antworten.

»Ziemlich reiches Elternhaus«, meinte Simon. »Ich glaube, sie wohnt in Charlottenburg – mit ihrer Mutter und ihren Großeltern zusammen, aber ohne Vater. Man munkelt, ihr Erzeuger sei dem alten Fraenkel nicht vornehm genug gewesen, um seine einzige Tochter heiraten zu dürfen.«

»Sie haben ein uneheliches Kind einer nicht standesgemäßen Ehe vorgezogen?«, fragte Benjamin erstaunt. Mittlerweile hatten Simon und er ebenfalls den Bürgersteig erreicht und schlenderten in Richtung Joachimsthaler Straße. Der Muckefuck im dortigen Quick-Restaurant war gar nicht so schlecht.

»In höheren Kreisen kommt das vor. Hast du etwa noch nie von dem bekannten Anwalt Dr. Julius Fraenkel gehört?«

»Doch, natürlich. Sag bloß, das ist ihr Großvater.«

»Ebender.«

Benjamin verzog die Mundwinkel. »Dann ist mir alles klar. Die ist mit Kindermädchen und Haushälterin aufgewachsen, die ihr den lieben langen Tag die Puppen und Hausschuhe nachgetragen haben.«

Simon lachte. »Da kannst du dir sicher sein. Aber mittlerweile werden die sich auch einschränken müssen. Immerhin war der alte Fraenkel der Alleinversorger, und seit er nicht mehr praktizieren darf ...« Er vollendete den Satz nicht. »Schau mal, da vorne, die Schlagzeile!«

Sie näherten sich dem Kiosk, an dessen Seiten die neuesten Nachrichten der verschiedenen Tageszeitungen hingen.

Benjamin beugte sich vor. *Jetzt wird umgesiedelt! Die Juden müssen zum Arbeitseinsatz in den Osten,* las er. Das Thema beherrschte auch die Schlagzeilen der anderen Blätter.

»Was meinen die damit?«, fragte Benjamin alarmiert. »Welche Juden denn? Doch wohl nicht alle, oder? Und was für ein Arbeitseinsatz?«

Simon schüttelte den Kopf. »Vielleicht steht das ja im Artikel?«

»Sie da, junger Mann! Kaufen, nicht lesen!«

Der Kioskbesitzer lehnte sich aus seinem Häuschen. Als er die Judensterne auf ihren Jacken sah, die erst seit wenigen Wochen verpflichtend waren, wurden seine Lippen noch schmaler.

»Verschwindet, ihr lausiges Gesindel, wollt mich wohl bestehlen, was? Macht, dass ihr wegkommt, oder ich zeige euch an.«

Benjamin wollte etwas erwidern, aber Simon zog ihn fort. »Komm, bloß keinen Ärger. Wir kaufen uns woanders eine Zeitung.«

Henriette war nach dem Unterricht sofort nach Hause gelaufen. Noch bis vor einem Jahr hatte sie mit ihren Großeltern und ihrer Mutter in einer wesentlich größeren Wohnung in der Pestalozzistraße gelebt, aber nach seinem Berufsverbot hatte ihr Großvater schweren Herzens eine kleinere in der nahe gelegenen Kantstraße gemietet.

Von der Straße führten ein paar Stufen zur Eingangstür hinauf. Ein kleines Schild informierte darüber, dass dieser Eingang *Nur für Herrschaften* gedacht war. Die Gegend galt als vornehm, was sich auch im Treppenhaus mit den glänzenden Marmorstufen widerspiegelte.

Schon vor der Wohnungstür hörte Henriette die erregten

Stimmen ihrer Familie. Sie schloss auf. Drinnen duftete es nach Essen, und Henriette beschloss, Berta zu begrüßen, bevor sie in den Salon ging. Berta, ihre mittlerweile einzige Angestellte, kochte und führte den Haushalt. Als sie Henriette sah, sprang sie vom Küchenstuhl auf. »Ach, das Fräulein Henriette. Dann können die Herrschaften jetzt essen. Ich trage auf.«

Henriette wunderte sich über Bertas angespannten Tonfall.

»Was gibt es denn?«, fragte sie betont fröhlich, obwohl sie bereits den Bräter mit dem Hühnchen und dem Gemüse gesehen hatte. Offenbar hatte Berta auf dem Schwarzmarkt einen guten Tag erwischt. Dort konnte man für teures Geld die stark eingeschränkten Lebensmittelrationen aufbessern, die nur auf Karten und – für Juden – nur zu einer bestimmten Uhrzeit und in bestimmten Läden gekauft werden durften.

»Hühnchen«, antwortete Berta fahrig, ohne aufzublicken. Ob sie verstimmt war, weil sie einen Rüffel von Henriettes Mutter oder Großmutter bekommen hatte?

Henriette drang nicht weiter in sie. Sie wusch sich im Küchenrinnstein die Hände, obwohl ihre Mutter das nicht mochte, und ging in den Salon. Bei ihrem Anblick verstummten die Stimmen, und erstaunt bemerkte Henriette, dass ihr Großvater rauchte, obwohl vor dem Essen eigentlich immer gelüftet wurde.

»Ist etwas nicht in Ordnung?«, fragte sie verwirrt.

»Alle Juden sollen umgesiedelt werden … in den Osten«, wimmerte ihre Großmutter. »Ausgerechnet in den Osten. Was wird aus unserer schönen Wohnung? Die Mahagonikommode stammt doch noch von meiner Mutter. Ich verstehe das alles nicht. Oder können wir die vielleicht mitnehmen?«

»Hör doch auf mit deiner Kommode!«, fuhr Henriettes Mutter sie an. »Wir wissen doch gar nichts Genaues. Noch ist nichts entschieden. Sag du doch auch etwas, Vati.«

Henriette blickte ihre Familie mit großen Augen an. Ihre Großmutter, die mit ihren achtundsechzig Jahren schon sehr gebrechlich war, wirkte in dem blauen Chiffonkleid noch kleiner als sonst, und ihr magerer Hals hatte reichlich Platz in dem weißen Spitzenkragen. Gekränkt über den Rüffel ihrer Tochter, tastete sie nach ihrer strengen Frisur.

Henriettes Mutter dagegen hatte rote Flecken auf den Wangen, und aus ihren hochgesteckten Haaren hatte sich eine Strähne gelöst, die ihr über das rechte Ohr fiel, was Henriette sehr hübsch fand. Sie verstand noch immer nicht, was eigentlich los war.

Ihr Großvater räusperte sich umständlich und rückte die Brille mit den runden Gläsern zurecht. »Die Juden sollen in den Osten umgesiedelt werden … zum Arbeitseinsatz.« Er sah ihr nicht in die Augen.

»Welche Juden?«, fragte Henriette verständnislos.

»Vielleicht alle, mein Kindchen!«, rief ihre Großmutter. »Aber was sollen wir da? Wo sollen wir leben? Wir sprechen ja nicht einmal die Sprache. Wenn man uns nach Österreich bringen würde oder in die Schweiz. Wie war es da immer schön in der Sommerfrische, da kennen wir uns wenigstens aus!«

»Mutter! Was redest du nur?«, unterbrach Henriettes Mutter sie harsch und wandte sich an ihren Vater: »Da siehst du's. Wir hätten auswandern sollen wie die Posners. Auch Henriettes Freundinnen Anneliese und Ruth sind mit ihren Familien in die USA gegangen. Die haben es gerade noch geschafft. Und jetzt ist es endgültig zu spät.«

»Ruhe!«

Die flache Hand ihres Großvaters krachte auf die Tischplatte und zerknitterte die blütenweiße Decke. So aufgebracht hatte Henriette ihn selten erlebt. Aus den Augenwinkeln sah sie, dass Berta erschrocken mit dem Tablett in der Tür stehen blieb.

»Deutschland ist eine Kulturnation!«, rief Henriettes Großvater erregt. »Wir leben hier im Land von Schiller und Goethe. Sie werden nicht so weit gehen, uns aus unserem Zuhause zu vertreiben. Erst vor ein paar Jahren haben sie mir noch das Ehrenkreuz verliehen für meine Verdienste im Ersten Weltkrieg, da werden sie mich jetzt doch nicht umsiedeln. So ein Unfug!«

»Ich glaube das auch nicht«, mischte Henriette sich zum ersten Mal ein. »Großvater hat recht. Sie haben unsere Rechte doch schon so weit eingeschränkt. Wir dürfen keine Führerscheine mehr haben, keine deutschen Schulen besuchen, keine Geschäfte besitzen und müssen abends ab zwanzig Uhr zu Hause sein – da kann ich mir nicht vorstellen, dass sie uns auch noch unser Zuhause wegnehmen. Und wie sollen sie so viele Menschen überhaupt umsiedeln, und wohin?«

Henriette suchte nach Zustimmung in den Gesichtern der anderen, doch selbst der Großvater mied ihren Blick und betrachtete das gut gefüllte Bücherregal an der gegenüberliegenden Wand mit den Goethe- und Schiller-Gesamtausgaben, als wären sie Rückversicherung genug.

»Ach, Kindchen, Kindchen«, fing ihre Großmutter an. »Trotzdem müssen wir jetzt erst einmal etwas essen.« Sie winkte Berta, die noch immer mit dem vollen Tablett im Türrahmen stand. »Das Essen ist doch nicht etwa kalt geworden? Vielleicht lassen wir es noch einmal aufwärmen, sonst gibt es auf den Schreck auch noch kaltes Huhn!«

»Auf keinen Fall. Berta, kommen Sie. Wir essen heute sehr gerne kaltes Huhn«, unterbrach Henriettes Mutter die Großmutter rabiat. Berta trat vorsichtig an den Tisch und trug auf.

Henriette setzte sich, doch sie hatte keinen Appetit mehr. Stattdessen dachte sie daran, was Anneliese ihr zum Abschied gesagt hatte, als sie drei Jahre zuvor nach Hamburg abgereist war, um den Überseedampfer nach New York zu nehmen. »Versuch deinen Großvater von der Ausreise zu überzeugen«, hatte sie gefleht. »Wir haben einen Bekannten, der in einer SS-Kantine arbeitet. Du willst gar nicht wissen, worüber diese Leute beim Essen reden. Glaub mir, die lassen euch nicht in Ruhe. Ihr müsst mit dem Schlimmsten rechnen.«

Doch ihr Großvater hatte davon nichts hören wollen. In Deutschland hatte ihre Familie es zu Ansehen und Wohlstand gebracht. Sollte er sich nun von ein paar Rüpeln vom Hof jagen lassen, um in seinem Alter in der Fremde von vorne anzufangen? Manche Dinge musste man einfach aussitzen, sie würden irgendwann vorübergehen. Doch mittlerweile war Henriette klar, dass ihr gebildeter Großvater, den sie so verehrte, sich gründlich getäuscht hatte.

BERLIN
1942

3

Als Rolf Reinhardt das Referat IV B 4 betrat, das für die Endlösung der Judenfrage zuständig war, traf er auf dem Flur zwei Kollegen.

»Na, Reinhardt, spät dran heute?«, rief Georg Hildebrandt, der Kleinere von ihnen. »Vielleicht zu viel gegessen über die Weihnachtstage? Da wird man ja bekanntlich träge.«

Rolf nickte. »Ich kann mich nicht beklagen.«

»Ich auch nicht«, mischte sich Andreas Neumann ein. »Meine Schwiegermutter ist eine großartige Köchin. Dazu gab es vorzüglichen Moselwein.«

»Ach, Neumann, machen Sie mir nur den Mund wässrig. Ich hatte Dienst. Zusammen mit Kirchner habe ich mehrere Lastwagen voller Juden in der Sammelstelle abgeliefert. Dafür gab's dann aber Braten in der Kantine. Gar nicht mal schlecht.«

»Dass sogar an Weihnachten abgeholt wird …«, bemerkte Neumann.

»Warum nicht?«, antwortete Hildebrandt. »Für die ist das doch kein Feiertag … und selbst wenn …«

»Was machen die Juden eigentlich an Weihnachten?«, fragte Neumann grinsend. »Sitzen die da nur rum, während der Rest des Landes feiert?« Sie lachten, und Rolf fragte sich, ob er Chanukka erwähnen sollte, das Lichterfest, das die Juden ebenfalls im Dezember feierten. Nicht, dass er viel über jüdische Traditionen wusste, aber ein paar Brocken hatte er aufgeschnappt – früher, als seine Mutter noch gelebt hatte. Er verkniff sich eine Bemerkung und schloss stattdessen sein Büro auf. Die beiden anderen folgten ihm. Sie schienen gerade Pause zu machen. Rolf griff nach den Transportlisten, die auf seinem Schreibtisch lagen.

»Gehen wir zwei diese Woche auf die Pirsch?«, fragte er Neumann.

»Nein, wir beide«, antwortete Georg Hildebrandt anstelle seines Kollegen. »Die Transportlisten habe ich dir hingelegt. Diese Adressen stehen in den nächsten Tagen an. Überwiegend Schöneberg und Charlottenburg. Da sind ein paar dicke Fische dabei.«

Rolfs Augen überflogen erst die Transportlisten mit den Namen derer, die sie abholen würden, dann die anderen, die die Juden zuvor mit der Post geschickt bekamen und auf denen sie auf vielen Seiten alles angeben mussten, was sie besaßen – von Grundstücken, Wertpapieren, Schmuck und Rentenansprüchen bis hin zu Gabel und Nachthemd. Was nach der Umsiedlung mit dem Besitz geschah, war akribisch durch den Deportationserlass festgelegt. Wertpapiere gingen an die Reichshauptkasse, Schmuck und Briefmarkensammlungen in die städtischen Pfandleihhäuser, Kunst zu den Reichskammern für Bildende Künste. Immobilien wurden zunächst selbst verwaltet, die Möbel an die Finanzverwaltung übergeben, der Hausrat direkt in den Wohnungen verkauft, worauf Anzeigen in den Tageszeitungen hinwiesen. Auf diese Weise machten auch die Nachbarn oft noch ein Schnäppchen. Georg hatte recht gehabt, die Transportlisten der kommenden Woche versprachen fette Beute.

»Gab es irgendwelche Schwierigkeiten über die Feiertage?«, fragte Rolf.

Georg schüttelte den Kopf. »Gibt es ja fast nie. Die lassen sich mitnehmen wie brave Bürger, die ihrer Pflicht nachkommen.« Er grinste. »Witzig, was sie auf den letzten Drücker noch einpacken … Nagelfeilen, Lesebrillen. Die glauben offenbar, sie fahren in den Urlaub.«

»Und so soll es auch möglichst lange bleiben«, warf Rolf ein. »Das erspart uns die Szenen. Allerdings habe ich gehört, dass das Tempo demnächst beschleunigt werden soll. Wenn ich bedenke, dass wir ihnen im Augenblick vor dem Abtransport noch diese ganzen Listen schicken, in die sie erst mal alles eintragen müssen, was sie besitzen oder auch nicht. Das ist viel zu viel Bürokratie. Außerdem warnt es sie nur unnötig vor und führt zu Unruhe. Demnächst ist Schluss damit. Dann können wir sie greifen, wo wir sie erwischen, zur Not auch in der Schlange beim Lebensmittelgeschäft.«

»Von der Straße weg zur Sammelstelle? Ganz ohne Nagelfeile?«, fragte Neumann mit gespielter Entrüstung.

Sie lachten.

»Wäre doch gar nicht schlecht, wenn sie ein bisschen verzweifelter würden«, bemerkte Georg Hildebrandt. »Neulich hat ein Alter versucht, mich mit einer silbernen Taschenuhr zu bestechen. Je mehr Angst sie haben, desto waghalsiger werden sie.«

»Und? Hast du sie genommen?«, fragte Neumann.

»Natürlich.« Hildebrandt grinste. »Ich wollte mal nicht so sein, schon weil Weihnachten war. Und als Gentleman habe ich ihn dann tatsächlich zu Hause gelassen.«

»Du hast ihn gehen lassen?«, fragte Rolf irritiert, doch Hildebrandt wehrte ab. »Mach dir keine Sorgen. Diese Woche steht er wieder drauf, und diesmal ist er dran.«

Rolf nickte, doch Hildebrandts Hinweis auf den Bestechungsversuch hatte die Bauchschmerzen zum Leben erweckt, die er seit Jahren mehr schlecht als recht im Zaum zu halten versuchte. Er dachte an Henriette Fraenkel und das Foto von seinem Großvater. Mehrfach hatte er Henriette in den letzten Jahren von Weitem gesehen. Sein Familiengeheimnis hatte sie offenbar nicht weitergegeben, und früher oder später würde auch ihr Name auf einer Transportliste stehen – dann war er das Problem los. Aber bis dahin? Das Foto war ein Risiko, ein Beweisstück in den falschen Händen, und es machte ihn bestechlich. Was, wenn sie sich dessen bewusst war? Würde sie es gegen ihn einsetzen, um ihre Deportation zu verhindern?

Rolf fühlte die feuchten Innenflächen seiner Hände und die

Hitze in den Ohren – fast wie damals, als nach dem ersten Kuss plötzlich Henriettes Freundinnen hinter ihm aufgetaucht waren. Aber noch einmal würde er sich nicht von diesem Pack vorführen lassen. Mittlerweile saß er am längeren Hebel, und er musste dafür sorgen, dass es auch so blieb.

»Benjamin? Liegst du immer noch im Bett?«

Benjamin blinzelte schlaftrunken, als die schrille Stimme seiner Mutter an sein Ohr drang.

»Was ist denn los?«, murmelte er. »Ich muss doch erst um acht Uhr in der Schule sein.«

»Und da kannst du dich nicht vorher schon ein bisschen nützlich machen?«, rief seine Mutter.

»Nützlich?« Verständnislos setzte Benjamin sich im Bett auf.

»Dein Vater hat seine Mittagsstulle vergessen«, rief seine Mutter aufgebracht. Jetzt wusste Benjamin wenigstens, worum es ging. »Ein so langer Arbeitstag, und da soll er nichts essen? Was, wenn er an der Werkbank umfällt? Er ist doch ohnehin schon so dünn.«

Benjamin wusste, dass seine Mutter recht hatte. Seit man den Vater gezwungen hatte, seine Autowerkstatt für einen Appel und ein Ei an einen seiner arischen Mitarbeiter zu verkaufen, war er nicht mehr derselbe und hatte stark abgenommen, was nur teilweise an den eingeschränkten Rationen der Lebensmittelkarten lag. Die Werkstatt war sein ganzer Stolz gewesen, und den hatte man ihm genommen. Seitdem stand er zwölf Stunden am Tag, sechs Tage in der Woche, in einer Werkzeugfabrik an der Werkbank. Benjamin wusste, dass ihm die Mittagsbrote fehlen würden, aber was sollte er tun?

»Steh schon auf!«, trieb seine Mutter ihn an. »Verstehst du nicht? Du musst sie ihm bringen!«

»Aber … Mutter!« Benjamin erschrak. »Wie denn? Mein Fahrrad mussten wir abgeben, und die öffentlichen Verkehrsmittel darf ich nicht benutzen, weil ich keine Arbeitssondergenehmigung habe.«

»Dann gehst du eben zu Fuß!« Um den Mund seiner Mutter hatte sich ein harter Zug gebildet, den Benjamin erst seit wenigen Jahren kannte. Mit ihren grauen Haaren wirkte sie älter, als sie eigentlich war.

»Aber das sind mehrere Kilometer hin und wieder zurück«, sagte er lahm.

»Geht es dir um deine jungen Beine oder darum, dass du dann zu spät in deine feine Schule kommst? Glaubst du, die Zeichnerei ist wichtiger als die Mittagsbrote deines Vaters?«

Benjamin hörte die Ironie in ihrer Stimme. Er kannte sie seit seiner frühesten Kindheit als eine strenge, aber liebevolle Mutter, aber seit sie Mühe hatte, mit den geringen Lebensmittelrationen ein Essen auf den Tisch zu stellen, war ihr Umgangston schärfer und ihr Geduldsfaden kürzer geworden.

»Natürlich nicht. Ich mache mich sofort auf den Weg.«

Benjamin dachte an die Worte der Mutter. Die Kunstgewerbeschule und die Dinge, die er dort lernte, waren sein Zufluchtsort. Dort konnte er für ein paar Stunden am Tag vergessen, wie beengt die Verhältnisse in der Wohnung waren, die sie mittlerweile mit einem anderen jüdischen Paar teilten, wie schwer sein Vater für das bisschen Geld schuften musste und wie unsicher seine eigenen Zukunftsaussichten waren. Die Schule schenkte ihm Hoffnung auf ein richtiges Leben, einen befriedigenden Beruf – aber jetzt brauchte sein Vater erst mal die Mittagsbrote. Er drückte seine Mutter zum Abschied.

»Wenn du dich beeilst, verpasst du sicher nur einen Teil der Stunden«, sagte sie versöhnlich.

Benjamin nickte, setzte seinen Hut auf und ging. Vor dem Hofeingang war das Leben bereits in vollem Gange. Frauen mit Einkaufstaschen eilten an ihm vorbei, und vor einem Gemüseladen wurden Kisten mit Kartoffeln und Kohlrabi abgeladen. Im Rinnstein lagen faule Äpfel und heruntergefallene Mohrrüben. Als kleiner Junge hatte Benjamin oft am späten Vormittag am Küchenfenster gesessen und auf die Wasserstoffblondinen gewartet.

Mit grellen Lederjacken und kurzen Röcken waren sie auf der Münzstraße in der Nähe des Hackeschen Markts auf und ab gestöckelt – sehr zum Leidwesen des Juweliers Busse, in dessen Schaufenster ein Schild mit dem Werbespruch hing: *Der Junggeselle hat zum Schluss nur graue Haare und Verdruss, der Ehemann jedoch zum Schlusse den guten Trauring von Max Busse.* Aber die kooperativen Blondinen hielten den Bürgersteig vor Busses Geschäft frei, und so hatten sie friedlich koexistiert, bis Hitler den moralischen Sumpf trockengelegt hatte.

Jetzt standen wohl die meisten von ihnen an der Drehbank, denn Hitlers Vierjahresplan zählte auf die deutsche Frau im Rüstungsbetrieb, während die Männer im Krieg waren. Fort war auch der jüdische Bäcker aus Polen, dessen knusprige Zwiebelkuchen mit Mohn und Gänsegrieben in der ganzen Straße geduftet hatten.

Am Hackeschen Markt blieb Benjamin stehen, als eine Straßenbahn einfuhr. Wenn er sich unbemerkt in einem Hauseingang den Mantel mit dem Stern auszog, konnte er vielleicht noch aufspringen. Doch es war kalt, und die Passanten würden sich wundern, warum er den Mantel über dem Arm trug. Er dachte an seine Mutter, ihr immer sorgenvolles Gesicht, die Mittagsbrote seines Vaters. Was würden die Eltern sagen, wenn er im Hauptquartier der Gestapo landete? Er ließ den Mantel an und beschleunigte seinen Schritt, während die Elektrische neben ihm anfuhr.

Henriette saß an ihrem Pult und wog ab, welcher Schriftzug sich für die Reklame eignen würde, die sie entwerfen sollte. Es ging um Milch für Kleinkinder, also brauchte sie eine weiche, verspielte Schriftart in einer sanften Farbe … Blau vielleicht? Während sie noch überlegte, fiel ihr Blick auf den leeren Arbeitstisch neben sich. Dort saß normalerweise Irene, die auch Grafikerin werden wollte. Schon am Vortag war sie nicht in der Schule gewesen. War sie krank, oder hatte man sie …? Henriette verdrängte den Gedanken und wollte sich wieder auf ihr Werbeplakat konzentrieren, als auf dem Flur eine Tür geöffnet wurde und so viele Schritte erklangen, als ob eine ganze Klasse ihr Zimmer verließe. Sie kam nicht dazu, darüber nachzudenken, denn schon öffnete sich eine weitere Tür auf dem Flur, wieder strömten Schüler nach draußen.

Jetzt klopfte es an die Tür von Henriettes Klassenzimmer, und schon im nächsten Moment wurde die Klinke heruntergedrückt. Der Direktor der Schule, Hermann Brodsky, stand im Rahmen, begleitet von zwei SS-Männern. Beim Anblick ihrer schwarzen Mäntel schluckte Henriette. Grußlos trat Brodsky ein, flüsterte ihrem Lehrer etwas zu und stellte sich vor die Klasse. Erst jetzt konnte Henriette sehen, dass er nur mühsam die Fassung wahrte.

»Unsere Schule wird geschlossen«, sagte er ohne Vorwarnung. »Und zwar dauerhaft.« Er räusperte sich. »Bitte packen Sie alle Ihre Sachen und verlassen Sie das Gebäude. Gespräche sind nicht gestattet, ebenso wenig wie Ansammlungen vor der Schule. Gehen Sie einfach nach Hause.« Seine Stimme schwankte. »Vielen Dank und ... alles Gute für Ihren weiteren Werdegang. Sie alle sind begabte junge ...«

»Das reicht.« Einer der SS-Männer trat vor. Er trug eine Nickelbrille und sah aus, als hätte er in einem anderen Leben selbst ein Lehrer sein können. »Sie haben es gehört. Gehen Sie jetzt! Das Arbeitsamt wird sich bei Ihnen melden.«

Wie betäubt stand Henriette auf. Die Schule sollte schließen? Aber was wurde jetzt mit ihrer Ausbildung? Würde auch sie bald an irgendeiner Werkbank stehen? Selbst ihre Mutter arbeitete seit einigen Wochen in der Uniformschneiderei von Kurt Balcke. Verstohlen sah sie zu ihren Mitschülern, denen ähnliche Gedanken durch den Kopf zu gehen schienen. Stühle rutschten über den Boden, die Schnallen der Taschen schnappten zu, und die ersten Schüler betraten den Gang.

Was hatte der Direktor gesagt? Sie durften draußen nicht in Gruppen beieinanderstehen – dabei hatte sie das dringende Bedürfnis, mit jemandem über das Geschehene zu sprechen. Tatsächlich teilten sich die Schüler vor dem Gebäude in alle Richtungen auf, und auch Henriette schlug automatisch den Heimweg ein. Wir erleiden alle dasselbe, aber bleiben doch getrennt, dachte sie bitter. In einem großen Hofeingang lehnte sie sich erschöpft an die Wand. Plötzlich fühlte sie sich unendlich müde. Tränen liefen ihr über die Wangen.

»Henriette?«

Alarmiert sah sie sich um. Es war Benjamin Cahn, der in den ersten Schulstunden gefehlt hatte. Offenbar war er eben erst gekommen.

»Entschuldigen Sie, ich wollte Sie nicht erschrecken. Ist in der Schule etwas passiert?«, fragte er besorgt.

Henriette wischte sich mit den Händen über die Augen, doch die Tränen wollten nicht versiegen, als würde seine Frage die ganze Tragweite des Geschehens erst richtig sichtbar machen.

»Sie haben die Schule geschlossen … für immer«, sagte sie mit erstickter Stimme.

»Was?«

Die Nachricht schien Benjamin genauso den Boden unter den Füßen wegzureißen wie ihr selbst.

»Aber warum denn?«, fragte er aufgebracht. »Hat sich unser Direktor etwas zuschulden kommen lassen?«

Sie schüttelte den Kopf. »Das glaube ich nicht. Ich denke, es liegt an der Umsiedlung. Wozu sollen wir noch einen Beruf erlernen, wenn sie uns doch ohnehin wegbringen?« Henriette erschrak selbst über den Zusammenhang, den sie spontan hergestellt hatte, und sie sah, dass es Benjamin ähnlich ging. Er war weiß geworden.

»Sie sagen, dass das Arbeitsamt sich bei uns melden wird«, fügte sie hinzu. »Fabrikarbeit, nehme ich an.« Wieder trieben die aussichtslose Lage und ihre eigene Machtlosigkeit ihr die Tränen in die Augen.

Benjamins Hand machte eine spontane Bewegung, als wolle er

ihren Arm berühren, Trost spenden, doch im letzten Moment zog er ihn zurück. Bislang waren sie sich in der Kunstgewerbeschule aus dem Weg gegangen. Henriette konnte sich denken, warum. Irene und sie waren nicht gerade zimperlich gewesen mit ihren Bemerkungen über den Streber Benjamin. Deshalb überraschte sie seine nächste Bemerkung.

»Ich könnte Sie auf eine heiße Schokolade einladen … ins Automatenlokal … Sie wissen schon, das Quick-Restaurant. Würstchen haben sie da auch … und belegte Brote …«

Henriette wusste, dass es ein Versuch war, sie zu trösten. Trotzdem schüttelte sie den Kopf. »Entschuldigung, aber ich möchte nur noch nach Hause und niemanden mehr sehen … diese ganzen Menschen hier, die ihr Leben leben, während unseres wegbricht.«

Sie stieß sich von der Mauer ab und lief los, ohne sich noch einmal nach ihm umzudrehen. Erst als sie um die nächste Straßenecke gebogen war, blieb sie stehen. Das war jetzt wirklich unfreundlich von dir, dachte sie, erschrocken über ihre eigene impulsive Reaktion. Benjamin hatte es nur gut gemeint – und hatte sie sich nicht gerade noch beklagt, dass sie alle mit ihrem Schmerz allein blieben? Jetzt hatte ein Schulkamerad ihr die Hand gereicht, und sie hatte sie ausgeschlagen – als wäre irgendjemandem damit geholfen, wenn sie ihre Wut an ihm ausließ. Sollte sie zurückgehen und versuchen, ihn zu finden?

Doch dann entschied sie sich dagegen. Sie wollte wirklich nach Hause, am besten unter die Bettdecke, ihren Hund an sich drücken und vergessen, dass es diese Wirklichkeit hier draußen gab.

Julius Fraenkel saß im Salon, die eine Hand auf dem braunen Rücken des Hundes, der neben ihm auf dem Sofa lag, obwohl er das eigentlich nicht durfte, in der anderen ein Buch, das ebenfalls verboten war. Aber was den Hund auf dem Sofa anging, konnte er es getrost mit seiner Frau und Tochter aufnehmen, und was Heinrich Heines *Wintermärchen* betraf, mussten sie ihn schon mit den Füßen zuerst aus dem Haus tragen, bevor er dessen Bücher rausschmiss, nur weil sie dieser kriminellen Bande nicht passten.

Er schlug das Buch auf und las die Widmung, die er seiner Enkelin hineingeschrieben hatte, als er ihr das Buch schenkte – sein eigenes Exemplar, denn da war das *Wintermärchen* schon aus dem Handel verschwunden. Er erschrak ob seiner eigenen Worte, mit denen er sie hatte beruhigen wollen, indem er die Maßnahmen der Hitler-Regierung als »Gewitter« bezeichnete, das sich bald wieder verziehen würde. Welch leichtgläubiger, vor allem aber gefährlicher Unsinn das gewesen war! Ein fataler Fehler, mit dem er sie alle ins Unglück gestürzt hatte.

Aufgebracht blätterte er weiter und las den berühmten Satz: »Denk ich an Deutschland in der Nacht, dann bin ich um den Schlaf gebracht.« Heinrich Heine hatte es richtig gemacht und war nach Frankreich ausgewandert, nicht nur, weil er als getaufter Jude in Deutschland zur damaligen Zeit nicht juristisch tätig sein durfte, sondern auch, um der Zensur zu entgehen. Er dagegen, Julius Fraenkel, war geblieben, auch als er seine Kanzlei aufgeben musste. Dann waren erst seine Tochter Lieselotte und schließlich auch Henriette zur Zwangsarbeit herangezogen worden.

Der Gedanke, dass seine Enkelin ihre Ausbildung nicht zu Ende führen durfte und seither wie ein Schatten durchs Haus schlich, wenn sie nicht gerade arbeitete, verbitterte ihn. Da half es herzlich wenig, dass er aufgrund seines früheren Einflusses wenigstens erreicht hatte, dass die beiden im Betrieb bevorzugt behandelt wurden, obwohl sie keinerlei Berufserfahrung hatten. Kurt Balcke, der Besitzer der Uniformschneiderei, schuldete ihm mehr als einen Gefallen und war einer der wenigen, die sich in den letzten Jahren nicht von ihm abgewandt hatten. Den Vertrag mit der Wehrmacht, der ihn zu einem offiziellen Zulieferer kriegswichtiger Ausrüstung machte, hatte damals noch die Kanzlei Fraenkel aufgesetzt, und mit jedem Tag machte der Krieg Kurt

Balcke reicher. Vom politischen Standpunkt aus war Balcke kein Fanatiker, nur ein Opportunist, den das Parteiprogramm wenig interessierte, solange er sich mit den Nazis eine goldene Nase verdiente – und das war schlimm genug, aber in diesen Zeiten besser als nichts. Jedenfalls war er sofort bereit gewesen, etwas für Henriette und Lieselotte zu tun, als Julius Fraenkel bei ihm vorgesprochen hatte.

Seitdem arbeitete Henriette als Balckes rechte Hand, doch Julius Fraenkel machte sich nichts vor. Seine Enkelin litt unter der Perspektivlosigkeit – und es war seine Schuld. Er hatte sich einer Ausreise verweigert, als sie noch möglich gewesen wäre. Wie viele hatten ihm den Schritt nahegelegt, wie viele hatten ihn gewagt. Zugegeben, nicht alle standen heute in den USA so gut da wie zu ihren besten Zeiten in Berlin. Aber diese Zeiten gab es nicht mehr, und von allen Ausgewanderten wusste er, dass sie Arbeit hatten und mit ihren Familien in Sicherheit lebten.

Ein Bild kam ihm in den Sinn, es war nun schon fast zehn Jahre her. Hitler war gerade an die Macht gekommen, und nur wenige Monate später hatten die Nazis bergeweise Bücher verbrannt. Zehntausende Menschen, darunter viele ganz junge Leute – halbe Kinder der Hitlerjugend und Studenten in SA-Uniformen –, hatten sich rund um den Opernplatz versammelt und die Bücher angesteckt, während er selbst fassungslos dabeigestanden hatte. Bei manchen Autoren, deren Werke in jener lauen Mainacht in Flammen aufgingen, hatte er sich denken können, warum sie unter den neuen Herrenmenschen unbeliebt waren. Albert Einstein zum Beispiel – man sah es nicht gern, dass jüdische Wissenschaftler den arischen den Rang abliefen. Dass Einstein Deutscher war, spielte plötzlich keine Rolle mehr. Heinrich Heine war natürlich ebenfalls mit dabei, genauso wie Klaus Mann, Ernest Hemingway und Kurt Tucholsky. Alle hatten sie irgendetwas geschrieben, was den neuen Führer erzürnte. Als das Feuer am höchsten brannte, hatte er – keine zehn Meter von sich entfernt – den Schriftsteller Erich Kästner erkannt, dicht neben ihm

SA-Männer, die unablässig neue Bücher in die Flammen warfen. Die Miene des Autors war versteinert gewesen, und erst da war ihm aufgefallen, dass auch Kästners Kinderroman *Pünktchen und Anton* auf dem Scheiterhaufen brannte. Das war eines der Lieblingsbücher seiner Enkelin gewesen. Was um Himmels willen hatten sie gegen dieses Buch?

Heute wusste er, dass die Frage unsinnig war. Es war nichts Falsches gewesen an *Pünktchen und Anton* oder irgendeinem der anderen Werke. Die Krankheit, die um sich griff, ging nicht von den Büchern aus, sondern von denen, die sie verbrannten. Wie hatte Heinrich Heine in seiner Tragödie *Almansor* geschrieben? »Das war ein Vorspiel nur, dort wo man Bücher verbrennt, verbrennt man auch am Ende Menschen.« Hätte irgendwer deutlichere Worte finden können? Und trotzdem hatte er, Julius Fraenkel, sich taub gestellt. Er hatte festgehalten an Deutschland und die Rolle mitgespielt, die es ihm und den anderen jüdischen Bürgern in dieser grausamen Scharade zuwies. In seinem blinden Glauben an dieses Land, seine Kultur, seine moralische Aufrichtigkeit, hatte er eine Ungerechtigkeit nach der anderen hingenommen – immer in der Annahme, es müsse die letzte sein. Er hatte es nicht über sich gebracht, sich einzureihen in die langen Schlangen der Wartenden, die noch bis vor wenigen Jahren in der Hoffnung auf ein Visum die Konsulate belagert hatten. Jetzt waren die Grenzen dicht, seit dem letzten Herbst war Juden die Ausreise verboten, und sie saßen in der Falle – seinetwegen! Er hatte versagt und sie alle ins Unglück gestürzt, hatte sich für gebildet gehalten, stattdessen war er dumm gewesen – blind und naiv. Und jetzt? Würde man sie tatsächlich wegbringen, irgendwohin in den Osten?

Als Julius Fraenkel den Band mit der *Winterreise* zuklappte, fiel ein Schwarz-Weiß-Foto heraus. Er hob es auf und betrachtete den kleinen Jungen und den älteren Herrn, der sein Großvater sein mochte. Hinter ihnen war ein siebenarmiger Leuchter zu sehen. Wer die beiden wohl waren? Aus seiner Familie kamen sie jedenfalls nicht, aber vielleicht waren sie ja entfernte Verwandte seiner Frau. Ohne großes Interesse steckte er das Bild wieder zwischen die Seiten und legte das Buch beiseite. Mechanisch streichelten seine Hände die schwarzen Ohren des Hundes, der den Kopf auf seinem Oberschenkel abgelegt hatte und ihn fragend von unten ansah.

Da erschien Berta im Türrahmen.

»Darf ich vielleicht einen Tee bringen?«, fragte sie mit ihrer immer freundlichen Stimme.

Er schüttelte den Kopf. »Nein danke, Berta. Haben Sie nach meiner Frau gesehen? Wie geht es ihr?«

»Ach, sie fühlt sich gar nicht gut heute, aber ich glaube, jetzt ist sie gerade eingeschlafen.«

Julius Fraenkel nickte. Draußen hing ein grauer Himmel über der nassen Stadt. Der Schnee der letzten Wochen war angetaut, die Straßen matschig, doch plötzlich hatte er das Bedürfnis zu laufen.

»Ich nehme den Hund und mache einen Spaziergang«, verkündete er.

Berta nickte und zog sich zurück.

»Komm, Rufus.«

Der Hund sprang vom Sofa. Julius Fraenkel ging ins Schlafzimmer, wo das Gesicht seiner Frau auf dem gestärkten Kissen klein und zerbrechlich wirkte. Er wollte ihr übers Haar streichen, doch er hatte Angst, sie zu wecken. Im Flur nahm er Mantel und Hut, leinte Rufus an und verließ die Wohnung.

Kurt Balcke bat Benjamin, vor seinem Bürotisch Platz zu nehmen. Wozu noch dieses Gespräch?, dachte Benjamin lustlos. Wenn die Zentrale Dienststelle für Juden des Arbeitsamtes in der Fontanepromenade – mittlerweile hinter vorgehaltener Hand als »Schikanepromenade« bezeichnet – einem Betrieb einen Arbeiter zuwies, hatte der dortige Chef ohnehin nicht viel einzuwenden. Aber Kurt Balcke wollte offenbar den Schein eines Einstellungsgesprächs wahren.

»So, so, Herr Cahn. Das Arbeitsamt schickt Sie. Können Sie mir sagen aufgrund welcher Qualifikationen?«

Benjamin zuckte mit den Schultern. »Meine Mutter arbeitet seit Jahren in einer Textilfabrik ... bei Wysocky.«

Balcke zog die Augenbrauen hoch. »Ihre Mutter, aha, ich sehe den Zusammenhang ... Ihre Frau Mutter ist also Schneiderin, und Sie haben sich da einiges abgeguckt?«

»Nein, sie bügelt.«

»Ah ... so, so.« Balcke wirkte ratlos. »Und Ihre eigenen Qualifikationen?«

»Ich bin gelernter Mechaniker und habe danach bis zu ihrer Schließung eine Kunstgewerbeschule besucht, Schwerpunkt Bildhauerei.«

Wieder fuhren Balckes Augenbrauen hoch, doch dieses Mal wirkte er freudig überrascht.

»Noch ein ehemaliger Schüler der Kunstgewerbeschule. Bildhauerei, so, so. Kennen Sie zufällig das Fräulein Henriette Fraenkel?«

Benjamin stutzte. »Henriette ... ja, natürlich. Wir hatten zusammen Unterricht.«

»Das ist ja wunderbar, da werden Sie beide sich prächtig verstehen. Fräulein Fraenkel geht mir im Büro zur Hand und verteilt Ware an meine jüdischen Schneider.«

Ihre jüdischen Schneider?, dachte Benjamin irritiert und fragte sich zugleich, wie Henriette es wohl geschafft hatte, nicht unter Balckes jüdische Schneider eingereiht zu werden, sondern sofort eine Sonderstellung zu bekommen. Die Reichen fallen halt immer auf die Füße, dachte er bitter, selbst in einer solchen Lage wie jetzt.

Balcke hatte eine kleine Glocke betätigt, und nur wenig später schwang die Tür auf. Henriette trat ein. Zu seiner Befriedigung nahm Benjamin wahr, dass sie bei seinem Anblick rot wurde. Hatte sie sich am Ende doch noch an ihre gute Kinderstube erinnert, nachdem sie seine nett gemeinte Einladung so unfreundlich ausgeschlagen und ihn einfach stehen gelassen hatte? Geschah ihr ganz recht, wenn das Wiedersehen ihr peinlich war. Er würde es ihr jedenfalls nicht erleichtern.

»Hallo, Benjamin«, sagte Henriette.

Ohne zu lächeln, nickte er ihr zu. »Hallo.«

Kurt Balcke blickte von einer zum anderen, und Benjamin sah ihm an, dass er enttäuscht war. Die Zusammenführung zweier alter Freunde hatte er sich wohl freudiger vorgestellt.

Balcke hüstelte. »Nun ja, Fräulein Henriette. Herr Cahn hat eine Mechanikerausbildung. Wir werden ihn zu Reparaturarbeiten an den Maschinen heranziehen. Wie bei den Schneidern sind Sie dafür verantwortlich, dass er alle Materialien bekommt, die er braucht.«

»Ja, verstanden.«

Kurt Balcke gab den jungen Leuten noch eine zweite Chance, doch als das Schweigen anhielt und sich auch jetzt keine Herzlichkeit einstellen wollte, entließ er Henriette, die eilig aus dem Raum strebte.

»Wir kennen uns kaum«, sagte Benjamin und ärgerte sich sofort. Was ging es Balcke an, ob sie sich grün waren? Schließlich mussten nicht alle Juden Freunde sein, oder? Trotzdem war er erleichtert. Immerhin würde er als Mechaniker arbeiten.

»Maschinen reparieren … danke, das ist gut«, sagte er. »Ich hatte schon befürchtet, ich müsste Knöpfe annähen.«

Balcke grinste. »Bei Ihrer Qualifikation hätte das wahrscheinlich zu so viel Ausschuss geführt, dass die SS-Kontrolleure Sie wegen versuchter Sabotage mitgenommen hätten. Also …« Er reichte ihm einen Umschlag. »Hier bekommen Sie die Erlaubnis zur Benutzung öffentlicher Verkehrsmittel. Die gilt aber nur für den Weg zur Arbeit und wieder zurück. Und Ihre Stempelkarte. Schicht ist von sechs bis sechs, alles klar?«

Benjamin nickte. »Alles klar.«

4

In den darauffolgenden Wochen sah Henriette Benjamin regelmäßig in der Fabrik. Ab und zu wandte er sich an sie, weil er Ersatzteile benötigte, die sie organisieren und in eine Liste eintragen musste. Bei jeder Begegnung war Benjamin distanziert und kurz angebunden. Vielleicht würde es helfen, wenn sie sich für ihr Verhalten an jenem Nachmittag entschuldigte? Aber sie konnte sich nicht überwinden. Verstand er denn gar nicht, wie schlecht es ihr gegangen war? Es war eine Ausnahmesituation gewesen – da musste man doch nicht so nachtragend sein! Außerdem hatten sie mittlerweile so viele andere Sorgen. Nein, sein Verhalten war einfach kindisch.

Trotzdem blieb das schlechte Gewissen, ebenso wie ihr Unbehagen über die angespannte Stimmung. Benjamin war der Einzige in der Fabrik, den sie von früher kannte, sie waren auf dieselbe Schule gegangen, hatten ähnliche Interessen. War es nicht schade, wenn ausgerechnet sie nicht miteinander sprachen? Da ihre Mutter in einer anderen Schicht arbeitete und Henriette durch ihre Nähe zum Chef wenig mit den Schneidern und Schneiderinnen zu tun hatte, fühlte sie sich einsam. Die bange Frage, wie lange sie noch hier arbeiten musste, wurde nur abgelöst von jener, wie lange sie wohl noch hier arbeiten durfte … bis man sie und ihre Familie abholte. »Herr Balcke hat mir versprochen, auf dich und deine Mutter aufzupassen«, betonte ihr Großvater immer wieder, aber seine Stimme hatte ihre Festigkeit verloren, und obwohl es ihm im Vergleich zu ihrer Großmutter körperlich gut ging, fand Henriette, dass er in der letzten Zeit auffällig gealtert war.

Die Glocke läutete die Mittagspause ein, die Benjamin zusammen mit den anderen jüdischen Arbeitern und Arbeiterinnen in einem Raum hinter der großen Halle verbrachte. Erst als er sich setzte, bemerkte er, dass Henriette ihm an dem langen Tisch gegenübersaß. Da der Raum nur spärlich beheizt war, trug sie über der Bluse eine dicke grüne Strickweste mit aufgestickten roten und weißen Blümchen, die selbst gemacht aussah. Woher sie die wohl hatte? Benjamin konnte sich nicht vorstellen, dass jemand in ihrer feinen Familie Pullover strickte. Gleichzeitig schalt er sich. Hatte er keine anderen Probleme als Henriette Fraenkels Familie? Warum nur wurde er seinen kindischen Ärger über ihre Abfuhr nicht los? Sie war so unglücklich gewesen, wahrscheinlich hatte sie gar nicht die Absicht gehabt, ihn zu verletzen.

Benjamin öffnete die Brotdose, in der eine einzige Stulle lag, die aus zwei dünnen Scheiben Schwarzbrot bestand. Keine Margarine, nur ein wenig blasser Käse. Er wusste, dass er davon nicht satt werden würde, aber die zugeteilten Rationen erlaubten es seiner Mutter nicht, ihm mehr mitzugeben. Gierig verschlang er das Brot und tippte mit den Fingern die Krümel auf.

»Ich habe heute nicht so viel Hunger«, hörte er Henriettes Stimme. »Möchten Sie ein Brot von mir?«

Überrascht sah er auf. Auf Henriettes Stulle war etwas, das wie Butter und richtige Marmelade aussah – vielleicht Erdbeere? Er meinte, das Brot geradezu riechen zu können. Zum ersten Mal in diesen Wochen blickte er Henriette ins Gesicht. Sie sah noch schlanker aus, und ihre Züge wirkten markanter, als er es aus der Schule in Erinnerung hatte, was ihre graugrünen Augen größer erscheinen ließ. Die rotbraunen Haare trug sie zu einem Pferdeschwanz zusammengebunden. Sie sah hübsch aus … mehr als das.

Benjamin wollte ihr Angebot gerade annehmen, als Henriette hinzufügte: »Ich hatte zwei Brote mehr als Sie dabei, Sie müssen sich also nicht schuldig fühlen, wenn Sie mein Angebot annehmen.«

Er versteifte sich. Was sollte diese Bemerkung? Hatte sie das Angebot nur gemacht, um zu unterstreichen, dass ihre Familie es sich leisten konnte, zu Wucherpreisen auf dem Schwarzmarkt einzukaufen, während seine mit den Lebensmittelkarten auskommen musste, die hinten und vorne nicht reichten?

»Nein, danke, ich brauche keine Almosen.«

Henriette starrte ihn entgeistert an. Dann stülpte sie den Deckel auf ihre Dose und stand so heftig auf, dass ihr Stuhl ins Wanken geriet, bevor sie sich umdrehte und davonging.

»Was haben Sie denn gegen das Fräulein Henriette? Das ist doch eine ganz Nette?«, fragte eine Arbeiterin mit blau kariertem Kopftuch, die neben Henriette gesessen hatte.

»Ick hätt so 'ne Stulle nich abjelehnt«, brummte nun auch Benjamins Sitznachbar. »Und mit den Frolleins hamse den Dreh wohl noch nich so raus. Da müssense noch 'ne Weile üben. So wie Sie det machen, wird det jedenfalls nüscht.«

Ohne die Arbeitskollegen anzusehen, schloss Benjamin seine Brotdose und verließ ebenfalls den Raum. Diesmal war er derjenige, der überreagiert hatte und beleidigend gewesen war. Er wusste auch nicht, was ihn ritt. Es musste die ständige Müdigkeit sein, der Hunger, der Druck, dieser verdammte nasskalte Winter in einer zum Feind gewordenen Stadt, die doch einmal seine Heimat gewesen war.

Tagelang ärgerte sich Henriette über Benjamins ungerechte Antwort – reichlich übertrieben angesichts der viel dringlicheren Sorgen und Probleme. Zum Glück hatte Benjamin seitdem keine Ersatzteile für seine Arbeit benötigt, sodass sie ihm in der Firma aus dem Weg gehen konnte. Doch dann geschah etwas, das die Gedanken an Benjamin völlig verdrängte.

Müde hängte sie an diesem Abend den feuchten Mantel zu Hause an der Garderobe auf. Da waren auf dem Parkett trippelnde Schritte zu hören.

»Rufus!« Mit leuchtenden Augen sprang der Hund an ihr hoch und begrüßte sie stürmisch. Sie sah auf die Uhr. Um acht war für Juden Ausgangssperre. Viel Zeit hatte sie nicht mehr, um noch einmal mit Rufus nach draußen zu gehen. Zwar hatte ihr Großvater das bestimmt längst erledigt, aber sie sehnte sich nach Normalität. Ein kurzer Spaziergang mit dem Hund, sich zehn Minuten lang wie eine normale Berlinerin fühlen. Sie wollte den Mantel schon wieder anziehen, als sie die völlige Stille in der Wohnung bemerkte.

Ihre Mutter war längst in der Firma, denn sie arbeitete nachts, aber normalerweise war um diese Uhrzeit die Großmutter im Salon und unterhielt sich mit Berta, die von der Haushälterin zur Gesellschafterin avanciert war. Fast jeden Abend versuchte die alte Dame, Berta in die Kunst der Patience einzuweihen, nicht ohne ihr zwischendurch Anweisungen für den nächsten Tag zu geben. »Wenn es morgen auf dem Schwarzmarkt keine Erdbeeren gibt, nehmen Sie Äpfel. Und achten Sie darauf, dass die Butter frisch ist. Da machen die Händler ja so gerne Schmu«, waren Sätze, die Henriette aufschnappte. Dann nickte Berta geduldig und enthielt sich jeden Kommentars.

Henriette konnte sich denken, was ihr durch den Kopf ging. Ihre Dienstherrin mochte sich auskennen mit der hohen Kunst der Patience, aber vom Schwarzmarkt hatte sie keine Ahnung, denn der war schließlich kein Schlaraffenland. Erdbeeren im Februar 1942? Was sollte man darauf antworten?

Doch an diesem Abend schienen die Räume verwaist, und als Henriette in den Salon trat, war keine Berta zu sehen. Ihre Großmutter hatte sich im Ohrensessel zurückgelehnt, auf dem Schoß ein Buch, das sie ihrer Augen wegen nicht mehr lesen konnte, der Großvater saß am Esstisch vor einer geschlossenen Zeitung. Nur eine Tischlampe brannte, wodurch das Zimmer beinahe im Dunkeln lag. Dass die Fensterscheiben aufgrund der Verdunklungsanordnung mit schwarzer Pappe bedeckt waren, trug zu der düsteren Atmosphäre bei.

»Guten Abend«, sagte Henriette vorsichtig. »Ist alles in Ordnung? Ist Berta …«

»Berta ist auf ihrem Zimmer«, unterbrach der Großvater sie

sofort. »Aber in Ordnung ist leider gar nichts. Diese Zeitung hier ist die letzte, die ich mir am Kiosk kaufen durfte. Sie hat mich darüber informiert, dass Juden ab sofort keine Zeitungen oder Zeitschriften mehr erwerben dürfen.«

»Oh, nein.«

Henriette wusste, wie wichtig die Zeitungen ihrem Großvater waren. Vor dem Verlust seiner Zulassung als Anwalt hatten sie ihn über all das informiert, was er als aktives Mitglied der Berliner Gesellschaft wissen musste. Danach hatten sie ihm zumindest das Gefühl gegeben, weiterhin Zuschauer zu sein und sich über die Entwicklung der politischen Lage informieren zu können. Nun sollte also nicht einmal mehr das möglich sein.

Doch bevor Henriette etwas Tröstliches sagen konnte, fuhr ihr Großvater fort: »Außerdem gibt es da noch etwas anderes. Henriette, du musst jetzt stark sein.« Alarmiert sah Henriette ihn an. Im Hintergrund hob ihre Großmutter das Buch wie einen Schutzschild vors Gesicht.

»Wie es aussieht, wird Rufus nicht bei uns bleiben können«, hörte Henriette ihren Großvater sagen.

»Rufus? Wieso? Müssen wir wieder umziehen?«, fragte sie verständnislos.

Julius Fraenkel schüttelte den Kopf. »Es scheint, dass wir ... Juden ... keine Haustiere mehr halten dürfen.«

»Was?«, rief Henriette. »Das kommt nicht infrage. Ich gebe Rufus nicht her. Er gehört mir, er gehört zur Familie!« Sie bückte sich und presste den überraschten Hund an sich.

»Ach, Kindchen, Kindchen«, erklang die dünne Stimme der Großmutter vom Ohrensessel.

»Und was soll überhaupt aus ihm werden?«, fuhr Henriette fort. »Wo soll er denn hin? Sag doch was, Großvater. Sag, dass wir ihn behalten können. Die Nazis können doch nicht alle jüdischen Hundebesitzer überprüfen. Wir sind im Krieg, da haben sie doch Wichtigeres zu tun, als sich um unsere Hunde zu kümmern, wir ...«

Die Argumente sprudelten geradezu aus ihr heraus, und mit jedem davon war sie überzeugter, dass sie recht hatte. Rufus konnte, nein, er musste bei ihnen bleiben.

»Die Lohmanns werden ihn nehmen«, sagte Julius Fraenkel als Antwort. »Das sind ehemalige Mandanten von mir, sehr nette Menschen. Rufus wird es gut bei ihnen haben.«

»Das glaube ich nicht!«, schrie Henriette erbost. »Du hast schon alles organisiert? Hinter meinem Rücken? Wieso tust du das?«

»Sei vernünftig, Henriette«, bat er. »Es wird nicht lange dauern, bis jemand aus dem Haus oder der Nachbarschaft uns mit dem Hund sieht und anzeigt. Dann werden sie Rufus holen, und dann wissen wir nicht einmal, was mit ihm geschieht. Außerdem ist es in diesen Zeiten besser, nicht aufzufallen, sonst ...«

»Was ... sonst?«, brüllte Henriette, allen Respekt vor dem Großvater vergessend. »Sonst holen sie uns vielleicht eine Woche früher ab? Ist es das, was du meinst? Hast du dich etwa schon mit den Deportationen abgefunden?«

Tränen strömten über Henriettes Wangen, und sie hatte nicht die geringste Lust, sich zu beruhigen. »Vor ein paar Jahren, als Mutter und ich mit dir übers Weggehen geredet haben, als Onkel Jakob in Philadelphia uns zu sich holen wollte, da haben dich keine zehn Pferde von hier weggebracht. Und jetzt sitzt du seelenruhig auf deinem Stuhl und wartest darauf, abgeholt zu werden. Ach, und da ist es vielleicht sogar besser, wenn Rufus nicht mehr bei uns ist. Gib es doch zu, es ist dir sogar recht. Vielleicht hast du deinen Koffer ja schon gepa...«

»Es reicht«, rief ihr Großvater, doch er sah sie nicht an.

Abrupt drehte Henriette sich um. »Komm, Rufus«, sagte sie und verließ den Raum. Schwanzwedelnd folgte der Hund Henriette aus dem Zimmer. Die warf sich auf ihr Bett und weinte hemmungslos. Rufus sprang zu ihr und leckte ihr die Hände, eine Geste, die sie sonst immer getröstet hatte, doch diesmal machte es sie nur noch verzweifelter. Was waren das für Menschen, die entschieden, dass sie ihren Hund hergeben musste? Was hatten sie ihnen bloß getan?

Rolf Reinhardt setzte sich an seinen Schreibtisch, griff nach den Transportlisten für die kommende Woche und blätterte hastig bis zum Buchstaben F. Fraenkel … da waren sie ja! Er stutzte. Nur Dr. Fraenkel, Julius mit Gattin Rose Fraenkel. Wo waren Henriette und ihre Mutter Lieselotte? Er prüfte sämtliche Namen mit F für den Fall einer Ungenauigkeit – doch die Namen der jüngeren Fraenkel-Frauen fehlten.

»Verdammt!« Rolf pfefferte die Transportlisten auf seinen Schreibtisch. Er selbst war es gewesen, der sich für die schnelle Deportation der Fraenkels eingesetzt hatte, obwohl sein Eifer der Familie gegenüber auf auffälliges Desinteresse gestoßen war. Rolf konnte sich denken, warum. Julius Fraenkel war ein bekannter und fähiger Anwalt gewesen. Zu seinen Mandanten hatten zweifellos auch solche gehört, die in den neuen Rängen Macht und Einfluss besaßen – und selbst bei der Gestapo gab es solche, die ihre »Lieblingsjuden« bevorzugt behandelten und ihnen den ein oder anderen Aufschub gewährten. Dass Julius Fraenkel endlich auf der Liste stand, war Rolfs Werk. Aber warum nur er und seine Frau, wo es ihm doch vor allem um Henriette ging? Sie war es, die weg musste, denn sobald sie auf dem Weg in den Osten war, konnte er die unselige Geschichte mit dem Foto abhaken und endlich wieder ruhig schlafen.

Er nahm die Transportlisten erneut an sich, verließ das Büro und klopfte bei dem Mann, der sie Woche für Woche ausfertigte.

»Heil Hitler, Reinhardt, ich sehe, Sie haben die Transportlisten schon bekommen.«

»Allerdings.« Rolf versuchte dem Kollegen gegenüber strenger zu klingen, als es seinem Dienstgrad entsprach. »Und dabei ist mir etwas aufgefallen. Die Fraenkels … Dr. Julius Fraenkel mit Familie … Auf der Liste stehen nur der alte Fraenkel und seine Frau, nicht aber seine Tochter und Enkelin. Ich nehme an, das ist ein Fehler, der sich leicht korrigieren lässt?«

»Sehr richtig, ich erinnere mich«, antwortete der Kollege, rückte sich die Brille zurecht und spitzte die Lippen. »Allerdings ist das kein Fehler. Sie wissen ja, Reinhardt, Familien werden nicht notwendigerweise zusammen deportiert. Warten Sie mal.« Er öffnete eine Schublade und zog eine Akte hervor. »Verbleibende Mitglieder der Familie: Henriette Fraenkel, einundzwanzig Jahre, und die Mutter Lieselotte, beide wohnhaft in der Kantstraße. Ja, die werden auch noch drankommen, aber nicht sofort. Hier ist ein Vermerk. Im Augenblick sind beide bei der Uniformschneiderei Kurt Balcke beschäftigt. Ein Betrieb, der die Wehrmacht beliefert. Kriegswichtige Arbeit.«

»Ja, schon«, unterbrach Rolf ihn. »Aber doch nur Uniformen. Und für die beiden ließe sich schnell Ersatz finden.«

Er hatte so impulsiv gesprochen, dass der Kollege ihn verwundert ansah. Dann grinste er. »Wir haben alle das ein oder andere private Hühnchen mit denen zu rupfen«, sagte er süffisant. »Was meinen Sie, wie viele Sonderwünsche von Kollegen ich jede Woche bekomme, aber auch privat von Nachbarn oder Freunden, die einen jüdischen Bekannten möglichst schnell auf der Liste sehen wollen. Allen gleichzeitig kann da unmöglich geholfen werden. Schon aus organisatorischen Gründen. Gerade jetzt, wo in Russland nicht alles nach Pl…« Er unterbrach sich selbst. »Gerade jetzt, wo es an der Ostfront so kalt ist, beansprucht die Wehrmacht unsere logistischen Kapazitäten maximal. Manchmal müssen die Deportationen hinter kriegswichtigen Transporten zurückstehen. Aber keine Sorge, irgendwann sind sie alle dran. Der Führer will, dass Berlin judenfrei wird, und wir arbeiten mit Hochdruck an der Erfüllung dieses Wunsches.«

»Ja, natürlich«, sagte Rolf kurz angebunden. Der Kollege kam sich wohl besonders wichtig vor, nur weil er die Transportlisten ausfertigte, deren Namen ihm andere zusammenstellten. Rolf verabschiedete sich und ging in sein Büro zurück.

Ein Hühnchen rupfen, dachte er. Wenn es nur das wäre. Seit ihm klar geworden war, dass Henriette das Bild als Druckmittel benutzen konnte, schlief er schlecht. Seine Karriere stand auf dem Spiel, ebenso die seines Vaters und das Ansehen der ganzen

Familie. Sollte er selbst nun alles verlieren, nur weil er als unschuldiger und aufrichtiger deutscher Junge ohne Erfahrung mit Frauen einer jüdischen Finte auf den Leim gegangen war? Musste man so hart büßen für eine kleine Jugendsünde? Plötzlich hatte er eine Idee. Mittlerweile erhielten längst nicht mehr alle Juden, die für den Abtransport vorgesehen waren, die sogenannten Listen, in die sie sämtliche Besitztümer von der Gabel bis zum Bargeld eintragen mussten. Das war einfach zu viel Aufwand gewesen. Er vergewisserte sich. Tatsächlich – auch die Fraenkels waren nicht informiert worden, was bedeutete, dass Henriette keine Zeit hatte, im Vorfeld etwas zu unternehmen. Er musste es nur so einrichten, dass er bei der Abholung ihrer Großeltern dabei war, dann würde sie ihm das Bild schon aushändigen – vielleicht im Gegenzug für einen kleinen Gefallen. Theresienstadt, dachte er. Das Konzentrationslager Theresienstadt hatte den Ruf eines Vorzeigelagers, wo es den Menschen besser ging als anderswo, was sich auch unter den verbliebenen Juden herumgesprochen hatte. Nicht, dass das unbedingt der Wahrheit entsprach, aber solcher Unsinn konnte ja auch ganz nützlich sein. Er würde ihr versprechen, die Großeltern nach Theresienstadt zu schicken – im Tausch gegen das Foto.

Erleichtert lehnte sich Rolf auf dem Stuhl zurück. Auf die Idee hätte er schon früher kommen können. Er prüfte das Datum auf der Transportliste … Dr. Julius Fraenkel und Gattin Rose sollten am nächsten Sonntag abgeholt werden. Bis dahin waren es nur noch ein paar Tage …

Julius Fraenkel eilte die Stufen des Treppenhauses hinunter, so schnell es sein Alter zuließ. Trotzdem konnte er nicht umhin, Rufus' panisches Kratzen und Scharren an der Wohnungstür der Lohmanns zu hören. Der Hund verstand nicht, warum sein Herrchen ohne ihn gegangen war, und er war sich sicher, dass Rufus lange – Wochen, wenn nicht sogar Monate – auf seine Rückkehr warten würde. Kurz bevor er das Erdgeschoss erreichte, wurde es oben still. Die Lohmanns mussten ihn von der Tür weggeholt haben.

Fraenkel trat in die nasse Kälte eines späten Februarabends, doch er war zu aufgewühlt, um zu frieren. Als er mit Rufus das Haus verlassen hatte, war Henriette noch in der Firma gewesen, aber sie hatte es ohnehin abgelehnt, sich von Rufus zu verabschieden oder ihn gar zu den Lohmanns zu begleiten. Sie wollte nicht teilhaben an diesem Frevel, an dem Unglück ihres Hundes und ihrem eigenen, und Fraenkel wusste, dass ihn zu Hause nur wieder ihr eisiges Schweigen erwartete. Er verstand sie und wusste doch nicht, was er anderes tun sollte.

Du hättest ausreisen sollen, deine Familie in Sicherheit bringen, dachte er wie immer an diesem Punkt. Doch der Gedanke war müßig. Früher oder später würden sie unfreiwillig ausreisen – in den Osten. Offiziell hieß es, dass sie in Arbeitslager kommen sollten. Aber was für eine Arbeit? Und was war mit denen, die nicht mehr arbeiten konnten wie seine kränkelnde Frau? Seltsam war auch, dass man nichts hörte von denen, die bereits weggebracht worden waren. Zu Hause versuchte er, seine Beunruhigung nicht zu zeigen, dabei hatte er genauso viel Angst wie alle anderen.

Er blieb stehen, als er aus den Augenwinkeln eine kleine Figur in einem Schaufenster wahrnahm. Er drehte sich um und bemerkte erst jetzt, dass er sich vor dem KaDeWe befand. Da es dunkel wurde, war ein Mitarbeiter des Kaufhauses gerade dabei, die schwarzen Abdeckungen vor die großen Scheiben zu ziehen, aber noch konnte Julius Fraenkel die ausgestellte Ware betrachten. Hinter der erleuchteten Scheibe waren Dekorationsartikel ausgestellt, darunter ein kleiner sitzender Hund aus leuchtend braunem Glas mit schwarzen Ohren, einer schwarzen Schnauze und schwarzer Schwanzspitze. Durch das sich spiegelnde Licht schillerten seine Farben in unterschiedlichen Tönen.

Fraenkel verspürte ein Ziehen in der Herzgegend. Wie unser Rufus, dachte er und wusste sofort, dass er den Glashund haben musste. Natürlich, er war kein Ersatz für den richtigen Rufus, trotzdem würde er ihn Henriette schenken. Anfangs würde sie auf die Gabe herabsehen, sie vielleicht gar nicht haben wollen – aber irgendwann …

Die Frage war nur, wie er den Hund kaufen sollte. Juden war das Betreten des KaDeWe verboten. Seine einzige Möglichkeit bestand darin, sich den Mantel auszuziehen und so zu tun, als wäre er ein ganz normaler Arier beim Abendeinkauf. Er wusste von Bekannten, die das ausprobiert hatten, doch es war gefährlich. Wenn er erwischt wurde, drohte ihm das Konzentrationslager, möglicherweise würde es sogar die Umsiedlung seiner Familie beschleunigen. Ihm wurde schwindlig bei dem Gedanken an die Konsequenzen. Sein ganzes Leben lang hatte er sich an Recht und Gesetz gehalten, sie waren sogar sein Beruf gewesen – aber was war das für ein Gesetz, das ihm den Kauf einer Glasfigur verwehrte?

Plötzlich spürte er Ärger in sich aufsteigen, der nicht allein mit dem Glashund zusammenhing. Es kam ihm vor, als stünde die Figur stellvertretend für alles, was ihm und den Seinen genommen und verweigert wurde. Ohne weiter nachzudenken, drehte er sich um und ging in den nächsten Hofeingang. In einer dunklen Ecke zog er sich den Mantel aus und legte ihn ordentlich über den Arm. Dann lief er rasch zum Kaufhaus zurück und trat ein. Er hatte Glück. Die Abteilung, in der Mäntel und Jacken verkauft wurden, lag im Erdgeschoss. Er gab vor, Preise und Modelle zu prüfen, und wählte einen Mantel, den er sich ebenfalls über den Arm legte. Schon fühlte er sich sicherer, denn jetzt sah er aus wie ein potenzieller Kunde von Mänteln. Er folgte den Hinweisschildern zu den Glas- und Keramikwaren. Neben dem braunen Hund mit den schwarzen Ohren saßen noch weitere, doch Fraenkel beachtete sie kaum. Er wollte nur diesen einen – Rufus.

»Eine gute Wahl«, sagte eine weibliche Stimme hinter ihm. »Das ist eindeutig unser schönster Hund. Soll es ein Geschenk werden?«

Julius Fraenkel erschrak so heftig, als wäre er bei etwas Verbotenem ertappt worden. Nein, er *war* bei etwas Verbotenem ertappt worden, doch das wusste die Frau nicht. Jetzt galt es, das Spiel weiterzuspielen.

»Ja, für meine Enkelin.« Er zwang sich zu einem Lächeln.

»Dann packe ich Ihnen die Figur ein.«

»Gerne.«

Er folgte der Dame an die Kasse, bezahlte und nahm das Päckchen an sich. Danach hatte er es so eilig, dass er beinahe vergessen hätte, den zweiten Mantel zurückzuhängen. Auf dem Weg zum Ausgang hielt er den Atem an, doch niemand beachtete ihn. Er schlüpfte nach draußen und suchte sich vorsichtshalber einen anderen dunklen Hofeingang. So schnell er konnte, schlüpfte er in seinen Mantel und verstaute die Figur in der Tasche, damit niemand das vom KaDeWe eingewickelte Päckchen sehen konnte. Noch eine ganze Weile ging sein Atem schneller, während seine Hand das Päckchen in der Manteltasche umklammerte. Für diese kleine Figur war er ein unabsehbares Risiko eingegangen, aber er wusste, warum. Hätten sie mich verhaftet, es wäre die gerechte Strafe für meinen Starrsinn gewesen, dachte er bitter. Wären wir in den USA, hätten wir Rufus noch bei uns, Henriette könnte eine Ausbildung machen, und meine Tochter müsste nicht in einer Fabrik arbeiten – wir wären frei.

Zu Hause angekommen, zog er sich den Mantel aus, begrüßte seine Frau, die mit Berta über einer Patience am Esstisch saß, und klopfte an das Zimmer seiner Enkelin. Erst nach einer Weile erklang ein abweisendes »Herein«.

Henriette saß an ihrem Schreibtisch, die Platte vor ihr war leer.

»Du hättest längst die Verdunklung am Fenster anbringen müssen«, sagte Fraenkel statt einer Begrüßung und befestigte die schwarze Pappe selbst an Henriettes Scheibe.

Seine Enkelin reagierte nicht.

Er zog sich einen Stuhl heran und setzte sich neben sie. »Die Lohmanns sind sehr liebevoll mit Rufus«, bemerkte er ungefragt, doch mehr wusste er auch nicht zu sagen. Er sah Henriette von der Seite an. Sie schien geweint zu haben und blickte starr geradeaus.

»Ich möchte nur, dass du weißt, dass es Rufus an nichts fehlen wird«, fing er noch einmal an. »Und natürlich werden wir ihn sofort zurückholen, sobald sich die Verhältnisse hier gebess …«

Er brach ab, als Henriette sich die Ohren zuhielt, die Augen zukniff und eine Grimasse schnitt. Fraenkel wusste, warum. Seine Worte waren nichts als leere Hüllen. Trotzdem nahm er allen Mut zusammen und legte das Päckchen vor sie auf den Tisch.

»Was ist das?«, fragte sie trotzig.

»Ein Geschenk.«

»Ich brauche nichts – nichts außer Rufus«, sagte sie ruppig.

»Henriette, was hätten wir denn machen sollen?«, flehte Julius Fraenkel. »Ich bin ohne Stern ins KaDeWe gegangen. Siehst du das Papier? Mach es doch wenigstens auf.«

»Du? Ohne Stern ins KaDeWe?« Jetzt wirkte Henriette doch erstaunt. Zögerlich machte sie sich an dem Papier zu schaffen.

»Wenn man nur noch in wenigen kleinen Lebensmittelläden einkaufen darf wie wir, weiß man gar nicht mehr, was es trotz des Krieges noch alles zu kaufen gibt«, versuchte Fraenkel die Stimmung weiter aufzuhellen.

Henriette zog den Hund aus dem Papier und starrte ihn an. Nur kurz fuhr sie mit der Fingerspitze über seinen Rücken, seine Ohren und seine Schnauze, dann stellte sie ihn vor sich ab und starrte wieder geradeaus.

»Er ist nicht als Ersatz gedacht«, fuhr Fraenkel fort. »Aber zur Erinnerung. Du weißt doch, was der Rabbiner Baal Schem-Tov sagt: ›Nicht das Vergessen! Das Geheimnis der Erlösung ist Erinnerung.‹ So lange, bis wir Rufus wieder …«

»Bitte, Großvater«, unterbrach Henriette ihn hart. »Heute Abend keine weisen Sprüche.«

Julius Fraenkel stand auf. Einen Augenblick erwog er, ihr die Hand auf die Schulter zu legen, doch dann entschied er sich dagegen und verließ resigniert das Zimmer.

Als die Tür sich schloss, starrte Henriette mit zusammengepressten Lippen auf den Hund. Sie wusste, dass sie sich ihrem Großvater gegenüber gemein verhalten hatte, und ihr war auch klar, dass es Rufus bei den Lohmanns gut gehen würde, sicher besser als den vielen Menschen, die schon in den Osten umgesiedelt worden waren. Um diese Menschen müsste ich trauern, sagte sie sich, und vielleicht schon bald um uns selbst. Doch der Gedanke an eine Umsiedlung war so unwirklich, so abstrakt und absurd, der Verlust ihres Hundes dagegen unmittelbar und real.

Sie zog die Schreibtischschublade auf, legte den Glashund hinein, drehte den Schlüssel um und warf ihn wahllos in eine Zimmerecke. So, da konnte er jetzt versauern, KaDeWe hin oder her!

5

Der erste Sonntagmorgen ohne Rufus, dachte Henriette wenige Tage später. Sonst hatte sie an ihrem einzigen freien Tag immer lange Spaziergänge mit ihm gemacht.

Schweigend saßen sie um den Frühstückstisch, ihr Großvater räusperte sich und strich sich umständlich Marmelade aufs Brot. Henriettes Blick wanderte zu ihrer Mutter. Früher war ihre Unterhaltung am Tisch die treibende Kraft gewesen, aber die langen Arbeitsstunden in der Uniformschneiderei an sechs Tagen in der Woche erschöpften sie so sehr, dass sie einsilbig geworden war. Ihre braunen Haare wirkten kraftlos, und sie hatte dunkle Augenringe.

»Mutter«, sagte Henriette mitfühlend. »Nach dem Frühstück legst du dich hin und schläfst dich erst mal aus, ja?«

Ihre Mutter sah auf und lächelte, doch bevor sie etwas antworten konnte, donnerte es an die Wohnungstür.

»Aufmachen, Gestapo!«

Henriette blickte in die erstarrten Gesichter ihrer Familie. »Haben wir denn die Listen bekommen?«, fragte sie tonlos.

»Nein.« Ihr Großvater schüttelte den Kopf.

»Dann muss es um etwas anderes gehen, oder? Bleibt sitzen, ich öffne.« Zu ihrer eigenen Überraschung ließ der Großvater sie gewähren. Mit einem Selbstbewusstsein, von dem sie nicht wusste, woher es kam, öffnete Henriette die Tür.

»Ja, bitte?« Sie erstarrte. »Rolf?«

»Fräulein Fraenkel?«, sagte Rolf, als kenne er sie nicht. »Wir sind hier, um Ihre Großeltern Julius und Rose Fraenkel abzuholen.«

»Was?«, brachte Henriette heraus. »Jetzt? Aber wir wurden gar nicht informiert. Wir haben keine Listen …«

»Das ist auch nicht mehr nötig.« Rolfs Kollege drängte sich an ihr vorbei in die Wohnung und ging sofort auf den Salon zu. Rolf folgte ihm, blieb jedoch im Flur stehen. Kurz darauf erschien sein Kollege mit Henriettes Familie. Die Großmutter jammerte leise und umklammerte Henriettes Arm, als würde sie sonst hinfallen.

»Ich soll einen Koffer packen, Kindchen. Aber was soll ich denn mitnehmen?«

»Wo ist Ihr Kleiderschrank?«, fragte Rolfs Kollege. »Im Schlafzimmer? Machen Sie schnell, wir haben nicht ewig Zeit.«

Henriette sah zu ihrer Mutter und zum Großvater. Beide waren blass und wirkten wie gelähmt, doch dann sagte Lieselotte Fraenkel: »Ich helfe dir, Mutter. Wir packen warme Sachen ein, ja? Den roten Pullover und die dicken Strümpfe, die noch ganz neu sind.«

Henriette traute ihren Ohren nicht. Darauf lief es also letztlich hinaus – auf die Frage, welchen Pullover man mitnahm, welches Paar Strümpfe. Und Rolf? War er hier, um sich an diesem Schauspiel zu laben und es ihr endlich heimzuzahlen? Oder vielleicht doch das Gegenteil? Jetzt verschwand Rolfs Kollege mit den anderen im Schlafzimmer der Großeltern, aber anstatt ihnen zu folgen, drehte Rolf sich zu ihr um und zischte: »Hast du ein eigenes Zimmer?«

»Ja, da vorne …«

»Komm.«

Verwirrt folgte sie ihm. Konnte es sein, dass er ihnen tatsächlich helfen wollte? Hatte er einen Plan? Kaum waren sie eingetreten, schloss Rolf die Tür.

Henriette fand, dass er sich seit damals nicht sehr verändert hatte, derselbe blonde Haarschnitt mit den geschorenen Seiten, die blauen Augen. Natürlich waren seine Züge markanter geworden, männlicher, die Nase knochiger. Der lange dunkle Mantel ließ ihn größer wirken.

»Rolf, was damals passiert ist, tut mir leid. Wir waren gemein zu dir.« Henriette überlegte fieberhaft. Welche Worte waren die richtigen? Gab es sie überhaupt? Und was war eine Entschuldigung wert, die viele Jahre zu spät kam, und erst jetzt, unter diesen Umständen?

»Das ist lange her und hat keine Bedeutung mehr«, sagte Rolf barsch. »Aber du hast etwas, das mir gehört, und ich will es wiederhaben.«

»Was?« Henriette verstand nicht.

»Das Foto.«

Sie schlug die Hand vor den Mund. Natürlich, das Foto!

»Ja«, stammelte sie. »Das Bild. Es war dir runtergefallen. Ich habe es an mich genommen, damit es nicht in die falschen Hände gerät.«

»Und damit du mich eines Tages damit erpressen kannst.«

»Nein!« Henriette schrie beinahe. »Ich konnte doch damals gar nicht wissen, was noch alles kommen würde! Allerdings weiß ich nicht mehr genau, wo es ist …«

»Hör zu.« Er sprach jetzt so leise, dass Henriette die Ohren spitzen musste. »Ich mache dir ein großzügiges Angebot. Gib mir das Bild, dann sorge ich dafür, dass deine Großeltern nach Theresienstadt kommen. Du wirst davon gehört haben, dass es sich dort sehr angenehm lebt.«

Henriette nickte. »Ich gebe dir das Bild«, stieß sie eilig hervor. »Warte, ich suche es schnell, denn ich hab es schon ewig nicht gesehen. Wir sind ja auch einmal umgezogen …«

Rolf wurde heiß. Konnte sie nicht aufhören, diese Spielchen zu spielen? Er konnte sich beim besten Willen nicht vorstellen, dass Henriette tatsächlich keine Ahnung hatte, wo sich das Foto befand. Ungeduldig beobachtete er, wie sie die Schubladen einer Kommode aufzog, Kästchen und Schachteln öffnete und ihren Inhalt prüfte.

»Es ist nicht da«, flüsterte sie hektisch. »Was passiert, wenn ich es auf die Schnelle nicht finde?«

In Rolf kochte die Wut hoch. Wieder eine Finte, eine neue

Lüge. Die logen doch, wenn sie den Mund aufmachten. Natürlich wusste Henriette, wo das Foto war. Sie musste es längst als Druckmittel gegen ihn vorgesehen haben. Aber wahrscheinlich wollte sie es nicht auf die Rettung ihrer Großeltern verschwenden, sondern behalten und im Ernstfall für sich selbst nutzen.

»Du lügst«, zischte er und machte sich daran, seinerseits Schubladen und Schränke aufzureißen. Er blätterte in Büchern und warf sie achtlos zu Boden, riss Blusen und Pullover aus dem Schrank und hob sogar ihre Matratze an. Schließlich zerrte er an der verschlossenen Schreibtischschublade.

»Aufmachen ... Wo ist der Schlüssel?«

»Irgendwo hier im Zimmer, ich habe ihn neulich weggeworfen.«

»Hör auf zu lügen!«, brüllte Rolf.

Henriette machte sich auf die Suche nach dem Schlüssel, doch Rolf wartete nicht auf sie. Er griff nach dem metallenen Brieföffner und hebelte die Schublade auf. Mit einem hässlichen Knirschen gab das Holz nach. Dann riss er ihren Inhalt heraus: geöffnete Briefe, eine Armbanduhr mit Lederband, ein Kästchen mit zwei Perlenohrringen und schließlich ein Hund aus Glas. Mehrere Sekunden betrachtete er die Figur, dann grinste er.

»Hattet ihr nicht mal so einen? Was wohl aus dem geworden ist? Ich nehme an, ihr habt einen netten Aufbewarier für ihn gefunden, und der hier wechselt jetzt auch den Besitzer.« Er wollte den Hund in die Manteltasche schieben, doch Henriette riss ihm die Figur aus der Hand. Gerade als er sie ihr ein zweites Mal abzunehmen versuchte, ging die Tür auf.

»Was machen Sie hier? Kommen Sie schon, wir müssen los!«, rief sein Kollege ungeduldig. Widerstrebend folgte Rolf ihm nach draußen, und Henriette eilte hinterher.

Im Flur half ihr Großvater seiner Frau in den Mantel. Er sah niemanden an. Rose Fraenkel hatte aufgehört zu weinen, ihre Augen waren weit aufgerissen und wanderten aufgeregt zwischen ihrem Mann, ihrer Tochter und ihrer Enkelin hin und her.

»Wir fahren in den Osten«, murmelte sie Henriette zu, ehe sie sich an ihre Tochter wandte: »Hast du mein Haarnetz eingepackt? Und die Seife? Was ist, wenn die Strümpfe nicht reichen? Wir hatten doch noch andere, soll ich die nicht auch mitnehmen?«

Henriettes Mutter nickte. »Sicher reichen sie fürs Erste, Mutter, und dann bekommst du dort bestimmt noch neue.« Sie sah Rolfs Kollegen an. »Meine Eltern bekommen doch dort weiterhin Lebensmittelkarten und andere Dinge, die sie brauchen, oder?«

»Es ist für alles gesorgt«, versicherte er. »Und jetzt los.«

»Großvater!« Henriette liefen die Tränen herunter, und sie umarmte ihn stürmisch. Er drückte sie kurz, dann schob er sie sanft von sich.

Einem Impuls folgend wollte Henriette ihm den Glashund geben, den sie immer noch festhielt. »Zur Erinnerung«, flüsterte sie, doch der Großvater hatte ihr die Figur schon wieder in die Hand gedrückt und schüttelte stumm den Kopf. Dann strich er ihr mit der Hand über die Wange und wandte sich seiner Frau zu.

Als Henriette auch ihre Großmutter umarmen wollte, hielt Rolf sie zurück. »Was jetzt mit ihnen geschieht, ist deine Verantwortung«, flüsterte er so leise, dass nur sie es hören konnte. »Wir sehen uns.«

Damit trieb er die Großeltern vor sich her aus der Wohnungstür, die sein Kollege sofort hinter ihnen schloss. Henriette rannte zum Fenster des Salons und sah auf die Straße hinaus. Draußen stand ein Lastwagen, unter dessen Plane bereits andere Menschen saßen, alle mit Mänteln und Mützen, alle mit Stern, doch erst jetzt, wo ihr Großvater der Großmutter auf die Rampe half, sie auffing, als sie abrutschte, und sie schließlich mit ganzer Kraft nach oben schob, bekam das Unfassbare ein Gesicht. Ein letztes Mal sah ihr Großvater nach oben und hob die Hand, doch schon trieb Rolf ihn zur Eile an, und Sekunden später hatte die Plane des Lastwagens ihn verschluckt. Hatte er ihren Gruß noch gesehen? Henriette wartete darauf, dass auch Rolf noch einmal aufsah. Sie wollte ihm ein Zeichen machen. Nach unten brüllen, dass sie das Foto suchen würde. Sie würde es nachreichen, noch vor dem endgültigen Abtransport. Doch Rolf sah nicht mehr nach oben, und kurz darauf war der Lastwagen hinter der nächsten Straßenecke verschwunden.

Aus dem Flur hörte Henriette ihre Mutter laut schluchzen.

»Ich hätte mitfahren müssen«, murmelte sie. »Aber ich muss mich doch auch um dich kümmern. Ich kann doch meine Tochter nicht alleine lassen.«

Henriette rannte zu ihr, ging neben ihr in die Knie und schlang die Arme um sie, doch in ihrem Kopf hämmerte nur eine Frage: Wo war das Foto? Jahrelang hatte sie nicht mehr an das Bild gedacht. Wie hatte sie nur so dumm sein können, seine Bedeutung zu übersehen – für Rolf und für ihre Familie.

Über Nacht hatte sich ein Hauch von Frühling in die Luft geschlichen, doch bei dem zwölfstündigen Arbeitstag in der Fabrik beschränkte sich Bens Zeit im Freien auf die wenigen Meter zur Straßenbahn auf dem Weg von und zur Arbeit. Nur sonntags hatte er frei. Es war wie das keuchende Auftauchen aus einem Wassertank, in dem man sechs Tage lang die Luft angehalten hatte.

Ben schlenderte ohne Hast durch die Stadt. Die leichte Märzbrise erinnerte ihn an einen Urlaub mit seinen Eltern an der Ostsee. Er musste acht Jahre alt gewesen sein, ein ganz normaler Drittklässler in einer ganz normalen Volksschule, und der Vater hatte mit der eigenen Werkstatt so gut verdient, dass Ben zum Geburtstag ein Fahrrad bekommen hatte und die Familie eine Woche in die Sommerfrische ans Meer gefahren war. Er blieb stehen. War das tatsächlich erst fünfzehn Jahre her? Es kam ihm vor wie ein Leben in einer anderen Dimension.

Er bemerkte die Blicke der Passanten und ging rasch weiter. Nur nicht auffallen. Es reichte schon, dass er den Stern trug, der noch immer eine Mischung aus Verachtung und Mitleid auslöste – auch wenn die Blicke weniger geworden waren. Nach der Einführung des gelben Sterns im vergangenen September hatte er sich kaum mehr auf die Straße getraut, aber mittlerweile war für die meisten seiner Berliner Mitbürger der Reiz des Neuen verflogen. Dazu kam, dass sie im dritten Kriegswinter ihre eigenen Sorgen hatten. Die Lebensmittelrationen waren eingeschränkt worden, es herrschte eisige Kälte, fast alle hatten Ehemänner oder Söhne im Krieg, in vielen Familien waren bereits Tote zu beklagen – da wurde so ein Judenstern schnell uninteressant.

Genauso wie die Tatsache, dass sie zu Tausenden in den Osten gekarrt wurden. Eine ganze Stadt sah dabei zu, wie ihre Nachbarn, Bekannten und früheren Kollegen oder Freunde deportiert wurden – und schwieg. »Ist nun mal so, was soll man machen?« oder auch »Sind doch Arbeitslager da drüben, warum sollen die's besser haben als unsere Jungs an der Front?« waren noch die harmloseren Kommentare, die er auf der Straße aufschnappte.

Mittlerweile war Benjamin am Landwehrkanal angekommen, das Wasser glitzerte im silbrigen Mittagslicht. Er strebte auf die hohen Kastanien am Ufer zu, als sein Blick auf eine junge Frau fiel, die an einem der Stämme lehnte und auf die Wasserfläche blickte … Henriette!

Verunsichert blieb er stehen. Seit ihrem Zusammenstoß in der Fabrik waren sie sich aus dem Weg gegangen, warum also sollte er sie jetzt ansprechen? Trotzdem konnte er sich nicht zum Weitergehen durchringen. Es musste die Einsamkeit sein, die die zwölfstündige Arbeit und die vielen Verbote ihnen auferlegte. Mit Ausnahme der wenigen Worte, die er mit den Kollegen in der Firma oder den Eltern zu Hause wechselte, gab es in seinem Leben keine Freundschaften mehr, und Henriette – so unschön es auch zwischen ihnen gelaufen war – schien ihm wie ein Überbleibsel aus einer glücklicheren Zeit, in der er noch gelernt und an eine Zukunft geglaubt hatte. Noch während er auf sie zuging, wandte sie den Kopf, und er erwartete eine skeptisch gehobene Augenbraue oder einen ironisch verzogenen Mundwinkel. Doch nichts dergleichen geschah.

»Hallo, Benjamin«, sagte sie, und er war überrascht, wie freundlich es klang.

Etwas schneller ging er die letzten Schritte auf sie zu. Erst als er vor ihr stand, wurde ihm bewusst, dass er sie lange nicht mehr direkt angesehen hatte. Ihre blasse Haut wirkte durchscheinend, und im Zusammenspiel mit den graugrünen Augen erinnerten ihn ihre Farben an einen Wintertag. Die unerwartete Poesie dieses Gedankens machte ihn verlegen, ebenso wie die Tatsache, dass sie offenbar auf einen ersten Schritt von ihm wartete.

»Sonntag ist ja mittlerweile der einzige Tag für einen Spaziergang«, sagte er und fragte sich, ob ihm nicht noch etwas Langweiligeres hätte einfallen können. Als sie nur nickte, fügte er hinzu: »Hoffentlich fällt den Nazis nicht auf, wie sehr der Prozentsatz der jüdischen Spaziergänger sonntags ansteigt, sonst verbieten sie uns demnächst noch das Laufen.«

Henriette nickte zerstreut, doch noch immer regte sich kein Lächeln in ihrem Gesicht. Zugegeben, es war ein lahmer Scherz gewesen, aber trotzdem …

»Es ist schön hier am Wasser«, sagte sie plötzlich und wandte sich wieder dem Kanal zu. »Früher bin ich immer mit meinem Großvater hierhergekommen, und im Frühsommer haben wir dann Wetten abgeschlossen: Werden die Kastanien heute blühen oder noch nicht? Mit der Zeit wurden wir solche Experten, dass wir beinahe immer zu demselben Urteil kamen, da wurde es dann mit dem Wetten schwierig.« Ihre Mundwinkel verzogen sich leicht, und wie um sich abzulenken, setzte sie schnell hinzu: »In den letzten Jahren war ich dann immer mit Rufus hier. Das ist unser Hund … war unser Hund.«

»Sie mussten ihn weggeben …« Benjamin nickte wissend. »Unsere Nachbarn auch.«

Henriette zuckte mit den Schultern.

»Um was haben Sie und Ihr Großvater gewettet?«, fragte Benjamin in dem Glauben, sie von der Trauer um den Hund abzulenken.

»Wenn ich richtiglag, bekam ich zehn Pfennig. Wenn mein Großvater gewann, kriegte er einen Kuss. Er nannte das ein ›hervorragendes Geschäft‹, weil so ein Kuss viel mehr wert sei als zehn Pfennig … vielleicht sogar mehr als eine Mark.«

Benjamin lachte leise. Dieser Anwalt Fraenkel schien ein netter Mensch zu sein. Er wollte gerade fragen, warum er sie heute nicht begleitete, als er die Tränen auf ihren Wangen sah.

»Henriette?«, fragte er erschrocken. »Was ist denn? Geht es Ihrem Großvater nicht gut?«

Sie schüttelte impulsiv den Kopf und zog dabei ein weißes Stofftaschentuch aus der Manteltasche, in das sie sich geräuschvoll schnäuzte, als wolle sie so den Tränenfluss stoppen.

»Sie haben ihn und meine Großmutter abgeholt«, sagte sie. »Meine Mutter und ich warten jeden Tag auf Nachricht, aber es kommt keine.«

»Vielleicht hatten sie noch keine Gelegenheit, eine Karte und Briefmarken zu kaufen. Bei den vielen Menschen, die mittlerweile in den Arbeitslagern sein müssen, geht es sicher drunter und drüber. Die Nazis tun immer so, als wären sie Organisationsgenies, aber in Wirklichkeit …« Ben hatte versucht, seiner Erklärung einen scherzenden Unterton zu verleihen, doch am Ende kam ihm seine Bemerkung dumm vor, denn er glaubte selbst nicht daran. Ab und zu hatte er von Angehörigen gehört, die Kärtchen mit Blumen oder schönen Landschaften von den Deportierten erhielten, und auf denen stand, dass es allen gut gehe, aber nie ein persönliches Wort, keine Details oder Fragen an die Zurückgebliebenen. Dazu glichen sich die angeblichen Lebenszeichen aufs Haar, was Ben so unheimlich fand, dass er das Ausbleiben einer Nachricht vorzog. Doch das sagte er Henriette nicht. Die dagegen schien selbst über seinen unbeholfenen Tröstungsversuch dankbar.

»Ja, vielleicht haben Sie recht«, sagte sie zu seinem Erstaunen.

»Wahrscheinlich sind wir einfach zu ungeduldig.« Doch dann kehrten die Zweifel in ihr Gesicht zurück. »Meine Großmutter ist viel zu kränklich, um sich in einem Arbeitslager nützlich zu machen. Was wollen die Nazis von ihr und den vielen anderen Alten und Kranken, die sie jeden Tag dort hinbringen?«

Alles, was Ben dazu einfiel, hätte Henriettes Sorge noch verstärkt, deshalb zog er es vor, das Thema zu wechseln. »Haben Sie auch gehört, dass in der Firma vor zwei Wochen ein jüdischer Kollege einfach nicht mehr zur Arbeit erschienen ist? Dabei wurde er wohl nicht abgeholt, sondern ist untergetaucht. Angeblich probieren das einige.«

Henriette sah ihn fragend an. »Untergetaucht? Was meinen Sie damit? Will er sich vor der Zwangsarbeit drücken?«

»Vor der Zwangsarbeit?«

Erst nach ein paar Sekunden dämmerte es Ben, dass sie die Tragweite der Worte nicht verstanden hatte.

»Nein, nicht vor der Arbeit, sondern vor den Deportationen.« Er blickte um sich, doch sie waren allein am Kanalufer. »Sie verlassen ihre Wohnungen und nehmen eine neue Identität an – ohne Stern –, um dem Abtransport zu entgehen.«

Henriette machte große Augen. »Das heißt, sie verstecken sich? Aber wo denn? Oder machen sie sich einfach den Stern vom Mantel und tun so, als wären sie Arier? Ich stelle mir das sehr gefährlich vor.«

Bei ihrem letzten Satz verzog Benjamin die Mundwinkel. »Wieso? Sehen wir denn anders aus als die sogenannten Arier? Bis vor ein paar Jahren gab es diese Unterschiede noch gar nicht, da waren wir alle einfach nur Deutsche. Glauben Sie wirklich, jemand würde Sie oder mich als Juden erkennen ohne dieses Ding hier?« Er zeigte auf den gelben Stoffstern, den seine Mutter besonders fest auf den Mantel genäht hatte, seit bekannt geworden war, dass die Polizei Menschen wegen schlecht vernähter Sterne in Schutzhaft nahm.

»Das meine ich auch gar nicht«, antwortete Henriette. »Aber

man kann Menschen begegnen, die einen erkennen und dann denunzieren.«

Ben wog ihren Einwand ab. »Vielleicht verstecken sie sich ja tatsächlich irgendwo«, mutmaßte er schließlich. »Und wenn nicht ... Berlin ist groß. Man kann in Stadtviertel gehen, in denen man unbekannt ist.«

»Das klingt, als ob Sie so etwas in Erwägung zögen ...«

Benjamin zuckte mit den Schultern. Tatsächlich ertappte er sich immer wieder bei Gedanken über diese Möglichkeit, obwohl er wusste, dass seine Eltern sich niemals auf so etwas einlassen würden.

»Mein Vater und meine Mutter sind auch jetzt noch hundert Prozent gesetzestreu«, sagte er deshalb. »Selbst bei Gesetzen, die gegen sie gerichtet sind. Der Stern muss genau nach Vorschrift sitzen, und sie würden nie den Mantel abnehmen, um außerhalb der Fahrten von oder zur Arbeit in der Straßenbahn zu fahren. Nein, sie würden niemals untertauchen.«

Ein trauriges Lächeln erschien auf Henriettes Gesicht. »Mein Großvater war ähnlich, bis auf ein einziges Mal ...« Sie sah aus, als wolle sie etwas erzählen, tat es aber nicht. Stattdessen bemerkte Ben, dass ihre Hand etwas in der Manteltasche rieb.

»Und Sie?«, fragte sie überraschend. »Sind Sie auch so gesetzestreu?« Trotz ihrer Niedergeschlagenheit klang eine Spur von Schalk in ihrer Stimme mit, und Ben musste lächeln.

»Ich dachte, ich wäre es«, sagte er. »Aber mittlerweile bin ich mir nicht mehr so sicher.«

Henriette sah ihn prüfend an.

»Aber was spielt das schon für eine Rolle?«, fuhr er resigniert fort. »Ich würde meine Eltern niemals alleine lassen. Wenn sie abgeholt werden, werde ich bei ihnen bleiben.«

Henriette nickte. »Ich weiß. Das geht mir mit meiner Mutter genauso.« Sie sah auf ihre Armbanduhr. »Oh, schon so spät, und bis zu Hause ist es noch ein Stück. Am Ende macht sich meine Mutter noch Sorgen.«

»Natürlich.«

Sie sahen sich an. Ihr Zufallstreffen war zu Ende, dennoch machte keiner von beiden Anstalten zu gehen.

»Also dann«, sagte Benjamin schließlich, verwundert darüber, dass Henriette sich nicht verabschiedete.

»Also dann«, wiederholte sie. »Auf Wiedersehen.«

»Dafür wird die Firma schon sorgen«, scherzte er.

Die ironische Bemerkung entlockte ihr ein Lächeln. Erneut standen sie sich abwartend gegenüber.

»Vielleicht muss es ja auch nicht nur in der Firma sein«, meinte sie schließlich. »Wie Sie vorhin gesagt haben, der Sonntag ist der Tag, an dem wir alle spazieren gehen …« Noch bevor er auf den Vorschlag reagieren konnte, drehte sie sich um und ging.

Benjamin blieb verwirrt zurück. Wollte Henriette tatsächlich an einem der nächsten Sonntage mit ihm spazieren gehen? Und wenn ja, sollte ein mögliches Treffen dem Zufall überlassen werden, oder erwartete sie, dass er sie dazu einlud? Und was hatte sie damit gemeint, dass es bis zu ihrem Haus noch ein Stück war? Hätte er ihr anbieten sollen, sie zu begleiten? War es das, was ein Gentleman in ihren Kreisen tat? Falls ja, hatte er jedenfalls schon mal klargestellt, dass er keiner war. Er grinste schief. Was hatte der Arbeiter in der Firma gesagt? »Mit den Frolleins hamse den Dreh wohl noch nich so raus. Da müssense noch ’ne Weile üben.« Ben setzte sich in Bewegung. Der Mann hatte recht. Mit Frauen hatte er herzlich wenig Erfahrung, und Henriettes wechselhaftes Verhalten im Besonderen gab ihm Rätsel auf. Trotzdem ging er so beschwingt in Richtung der elterlichen Wohnung wie schon lange nicht mehr.

6

Seit knapp einer Woche hatten Henriette und ihre Mutter in der Uniformschneiderei Balcke beide Dienst in der Tagesschicht, was einerseits gut war, denn Lieselotte Fraenkel war mit der Nachtschicht nur sehr schlecht zurechtgekommen. Andererseits gab es jetzt niemanden mehr, der in der einzigen per Gesetz festgelegten Stunde zwischen sechzehn und siebzehn Uhr einkaufen konnte, denn ihre Haushaltshilfe Berta war ebenfalls zur Zwangsarbeit verpflichtet worden. Sie würden Bekannte bitten müssen.

»Es wird schon gehen«, beruhigte Henriette ihre Mutter. »Immerhin können wir uns jetzt mehr sehen. In den letzten Monaten sind wir immer nur aneinander vorbeigelaufen. Du kamst, ich ging und umgekehrt.« Was sie dachte, aber nicht aussprach, war, dass sie jeden Abend beim Nachhausekommen gefürchtet hatte, ihre Mutter nicht mehr vorzufinden. Sollte die Gestapo jetzt bei ihnen auftauchen, wären sie wenigstens gemeinsam im Haus.

Henriettes Mutter nickte, doch in Gedanken schien sie die Namen derer durchzugehen, die mit dem Einkauf helfen konnten. Plötzlich stand Berta in der Wohnzimmertür.

Als Lieselotte Fraenkel sie hereinbat, trat sie näher, und Henriette sah, dass sie sich die rötlichen Finger knetete.

»Berta, setzen Sie sich doch«, bat Henriettes Mutter, die Bertas Verlegenheit ebenfalls bemerkt hatte.

Berta stellte sich neben den Tisch, setzte sich aber nicht. »Ich muss Ihnen etwas beichten«, platzte sie heraus. »Ich werde Sie verlassen müssen, so leid es mir tut. Eine Hilfe im Haus bin ich ja ohnehin nicht mehr wegen der Arbeit in der Fabrik.«

»Aber Berta, warum denn?«, rief Henriettes Mutter bestürzt.

»Sind wir nicht immer gut miteinander ausgekommen? Geht es Ihnen nicht gut bei uns? Haben Sie zu wenig Platz oder …«

»Oh, nein, das dürfen Sie nicht denken!«, unterbrach Berta sie. »Ich möchte nur zu meinem Sohn Elias und seiner Frau Helga ziehen. Sie wissen ja, in diesen unsicheren Zeiten rücken die Familien enger zusammen.«

Henriette sah, wie ihre Mutter niedergeschlagen nickte. Berta gehen zu lassen, kam dem Verlust eines weiteren Familienmitglieds gleich.

»Ja, das verstehe ich natürlich«, sagte sie trotzdem. »Aber haben Ihr Sohn und seine Frau denn auch genügend Platz?«

Berta zuckte mit den Schultern. »Es wird schon gehen. Ich werde auf dem Sofa in der Küche schlafen, das ist gar kein Umstand, da ich ohnehin immer als Erste aufstehe.«

»Aber das ist doch …«, sagte Lieselotte Fraenkel nur, dann dachte sie nach, und ihre Miene hellte sich auf. »Ihr Sohn und seine Frau wohnen zur Miete, richtig?«, fragte sie.

Berta nickte. »Ja, im Wedding.«

»Na, dann könnten die beiden doch auch hierherkommen? Sie bleiben in Ihrem bisherigen Zimmer, und Ihr Sohn und seine Frau bekommen das Zimmer meiner Eltern. So haben Sie alle mehr Platz, und wir bleiben zusammen. Wie Sie gesagt haben, unsere Gemeinschaft ist alles, was wir noch haben!«

Berta sah sie sprachlos an, dann fragte sie: »Und es würde Ihnen nichts ausmachen, das Zimmer Ihrer werten Eltern herzugeben?«

Lieselotte Fraenkel stand auf und legte ihr die Hand auf den kräftigen Arm. »Nein, das tut es nicht. Aber wenn es Sie beruhigt, bedenken Sie, dass die Nazis uns früher oder später sowieso zusätzliche Untermieter schicken werden. Wie Sie wissen, müssen viele Juden ihre Wohnungen verlassen, um in die größeren Wohnungen anderer Juden einzuziehen. So haben sie uns alle auf engerem Raum beisammen. Weder das Zimmer meiner Eltern noch das Ihre werden lange leer stehen, und wir würden uns freuen, die Wohnung mit Ihnen und Ihrer Familie zu teilen.«

Henriette sah, dass ihre Mutter sie auffordernd anblickte, und nickte eifrig. »Meine Mutter hat recht. Holen Sie Ihre Familie hierher!«

Berta sah von einer zur anderen. »Ich weiß gar nicht, wie ich Ihnen danken soll. Und wenn es recht ist, gehe ich jetzt gleich zu meinem Sohn und bespreche es mit ihm.«

»Tun Sie das.«

Als Berta das Haus verlassen hatte, blieben Henriette und ihre Mutter allein am Tisch zurück. Lieselotte notierte etwas auf einem Blatt Papier, Henriette dagegen lauschte auf die Vogelstimmen aus den Bäumen vor dem Haus, an denen schon ein grüner Schimmer zu erahnen war. Eine Straßenbahn klingelte, wie sie es immer tat, wenn Fußgänger noch im letzten Moment die Schienen überquerten. Henriette musste nur die Augen schließen, sich ihre Großmutter im Ohrensessel am Fenster vorstellen und sich den trügerischen Geräuschen von draußen hingeben, um zu vergessen, dass Deutschland einen Krieg gegen den Rest der Welt führte – und gegen einen Teil seines eigenen Volkes. Als eine vorbeiziehende Wolke die Sonne freigab und die polierte Tischplatte glänzen ließ, griff Henriette spontan in ihre Rocktasche, zog den Glashund heraus, den sie immer bei sich trug, und stellte ihn auf den Tisch. Sofort leuchtete er in warmen Brauntönen.

Ein spontanes Lächeln schlich sich auf ihr Gesicht, verschwand aber schnell wieder. Ein gläubiger oder spiritueller Mensch würde in diesem Aufblitzen vielleicht ein Zeichen meiner Großeltern sehen, dachte sie. Aber ich kann das nicht. Es ist ja nur die Sonne, und wer weiß, wo Großvater und Großmutter jetzt gerade sind und ob dort die Sonne scheint … ob sie überhaupt noch …

Die Sonne vor dem Fenster verschwand hinter der nächsten Wolke, und das Leuchten erlosch. Hastig steckte Henriette die Figur wieder ein.

»Ich finde es gut, dass Bertas Familie zu uns zieht«, sagte sie zu ihrer Mutter, die über ihr Blatt gebeugt war. »Aber wird das irgendwas verändern? Früher oder später holen sie uns trotzdem ab. Wir können uns nicht gegenseitig schützen.«

Ihre Mutter sah überrascht von ihrer Liste auf, auf der Henriette nur die Worte Kartoffeln, Fett und Marmelade lesen konnte. Hinter Fett und Marmelade standen Fragezeichen. Plötzlich wirkte die Mutter unendlich müde, und Henriette bereute ihre Worte.

Obwohl Lieselotte Fraenkel früher ein so behütetes Leben geführt hatte, hatte sie in den letzten Monaten einen zähen Sinn fürs Praktische entwickelt. Henriette beneidete sie um die Fähigkeit, sich auf die wesentlichen Dinge des Alltags zu konzentrieren, während sie selbst immer wieder ins Grübeln geriet und nach Lösungen suchte, die es scheinbar nicht gab.

»Doch«, sagte ihre Mutter jetzt mit zusammengezogenen Augenbrauen. »Ich glaube daran, dass wir uns gegenseitig beschützen können. Mein Vater ist eben jetzt bei meiner Mutter. Ich bin hier bei dir. Bald wird auch noch Bertas Familie hier sein und …«

»Ja, aber vor der Deportation kann uns das nicht schützen, und auch vor dem nicht, was dann vielleicht kommt … irgendwo da drüben im Osten.« Henriette schwieg kurz, bevor sie weitersprach: »Sag mal, Mutter, hast du eigentlich schon mal etwas von Juden gehört, die sich der Deportation entziehen, indem sie sich verstecken oder als Arier ausgeben?«

Mehrere Sekunden sah Lieselotte Fraenkel ihre Tochter verständnislos an, dann verzog sie den Mund und schüttelte den Kopf. »Juden, die sich als Arier ausgeben? Nein, davon habe ich noch nichts gehört, und es scheint mir auch völlig unmöglich.«

»Ja? Aber warum denn?«

»Hältst du es etwa für möglich?«

Henriette zuckte trotzig mit den Schultern. Die spontane Ablehnung ihrer Mutter weckte den Wunsch nach Widerspruch in ihr. »Du hast ja noch gar nicht darüber nachgedacht«, sagte sie spitz.

»Was gibt es denn da nachzudenken?«, erwiderte ihre Mutter

kopfschüttelnd. »Wo sollten wir denn hin? Wer von unseren arischen Bekannten würde uns bei sich verstecken? Stell dir nur einmal vor, was passieren würde, wenn die Nachbarn das mitbekämen, wenn sie uns hinter der Gardine sehen oder hören würden, während die Wohnungsbesitzer außer Haus sind. Die Gestapo stünde im Nu vor der Tür, und dann würden nicht nur wir verhaftet, sondern auch unsere Helfer.«

»Und trotzdem gibt es anscheinend Menschen, die es wagen.«

Ihre Mutter sah sie an wie ein Kind, das die Argumente der Erwachsenen einfach nicht begreifen will. »Das sind sicher alles nur Gerüchte«, sagte sie. »Rein praktisch gesehen, ist es doch unmöglich. Wenn wir einfach so verschwinden, bekommen wir keine Lebensmittelkarten mehr. Wer immer uns aufnähme, müsste uns von seinen eigenen Karten durchfüttern, und dazu sind selbst die Rationen der Arier zu knapp bemessen. Und wenn wir krank würden, könnten wir zu keinem Arzt gehen. Ich glaube, du bist diejenige von uns beiden, die nicht richtig darüber nachgedacht hat.«

Aber Henriette gab sich nicht geschlagen. »Wie gesagt, das Verstecken ist ja nur eine Möglichkeit. Es soll auch Menschen geben, die sich ohne Stern frei bewegen. Sie nehmen eine neue Identität an, in irgendeinem Stadtteil, in dem sie niemand kennt. Sie finden eine bezahlte Arbeit, und mit dem Geld können sie sich ein Zimmer mieten und auf dem Schwarzmarkt Essen kaufen und …«

»Ein Zimmer mieten?«, rief ihre Mutter. »Wie sollen sie denn ein Zimmer mieten? Jeder Wohnungsbesitzer muss seine Mieter sofort bei der Polizei melden. Selbst Freunde oder Verwandte, die über Nacht zu Besuch kommen, müssen angemeldet werden. Und für eine polizeiliche Meldung brauchst du einen Ausweis, eine Kennkarte – und zwar keine, auf die ein J für Jude aufgedruckt ist!«

Henriette schluckte, doch sie gab nicht auf. »Vielleicht gibt es ja Menschen, die bereit sind, jemanden ohne polizeiliche Meldung aufzunehmen …«, versuchte sie es.

»Na sicher, die gibt es bestimmt wie Sand am Meer«, erwiderte ihre Mutter bissig. »Leute, die eine Fremde ohne Kennkarte bei sich wohnen lassen. Da können sie sich ja gleich selbst bei der Polizei anzeigen. Und selbst wenn es welche geben sollte … wie willst du die finden? Willst du herumlaufen und nachfragen? Und gleich beim ersten Fehler denunziert und verhaftet werden?«

Kleinlaut sah Henriette auf die Tischplatte. Seit einer Woche dachte sie über die Untergetauchten nach, von denen Benjamin erzählt hatte, und mit jedem Tag hatte sie der Gedanke mehr fasziniert. Doch die Worte ihrer Mutter hatten die scheinbar so brillante Idee hinter Bergen von Hürden und Hindernissen verschwinden lassen. Und doch gab es offenbar Menschen, die sich nicht geschlagen gaben und das scheinbar Unmögliche schafften. Aber konnte sie eine von ihnen sein? Und was war mit ihrer Mutter? Würde sie sie je dazu bringen können, es zu versuchen? Wie gefährlich ein solches Unterfangen war, hatte sie ihr ja ausreichend dargelegt. Aber war es nicht immer noch besser, als hier im Wohnzimmer zu sitzen und darauf zu warten, dass die Gestapo mit ihren Fäusten an die Tür donnerte?

»Bitte, Henriette, fang erst gar nicht mit solchen Sachen an«, unterbrach die Mutter ihre Gedanken. Sie hatte sich nach vorne gebeugt und drückte Henriettes Unterarme mit beiden Händen. Ihre Stimme hatte etwas Flehendes. »Ich weiß, das Leben in diesen Arbeitslagern im Osten wird sicher hart werden. Aber dort haben wir eine Überlebenschance, und irgendwann werden die Alliierten den Krieg gewinnen, und dann kehren wir alle zurück. Jetzt, wo Hitler in Russland so in Bedrängnis geraten ist, kann es doch nicht mehr lange dauern. Ein paar Monate noch, vielleicht ein Jahr … das schaffen wir. Da draußen auf der Straße hingegen … allein und vogelfrei, ohne Kennkarte oder Identität, ohne feste Bleibe, immer auf der Flucht und auf die Hilfe Fremder angewiesen! Niemals! Also versprich mir, dass du dir das aus dem Kopf schlägst, ja?«

Henriette nickte. Es hatte wohl keinen Zweck, noch weiter mit ihrer Mutter zu diskutieren – zumindest an diesem Nachmittag nicht. Allerdings fiel es ihr schwer, die verzweifelte Hoffnung ihrer Mutter zu teilen, dass die Lager im Osten ihnen eine echte Überlebenschance boten, wenn sie nur hart genug arbeiteten und bis zum Kriegsende die Zähne zusammenbissen.

Sie stand auf. »Ich setze Wasser auf und mache einen Muckefuck. Möchtest du auch einen?«

Ihre Mutter nickte und lächelte ihr zu. »Ja gerne, danke, mein Schatz.«

Rolf saß an seinem üblichen Platz im Besprechungsraum in der Kurfürstenstraße. Der Hauptsitz des in sieben Ämter gegliederten Reichssicherheitshauptamtes, in dem der Sicherheitsdienst, die Sicherheitspolizei, die SS und die Gestapo Tür an Tür und Hand in Hand arbeiteten, lag zwar in der Prinz-Albrecht-Straße, doch die einzelnen Stellen verteilten sich über verschiedene Stadtviertel, und Rolfs Arbeitsplatz befand sich am südwestlichen Zipfel des Tiergartens.

Ungeduldig rührte er Zucker und Milch in seinen Bohnenkaffee. Der Tag war bedeckt, und als er am Wittenbergplatz aus der Elektrischen gestiegen war, war ihm ein böiger Wind unter den Hut gefahren, als hätte sich der März nach den ersten frühlingshaften Tagen daran erinnert, dass der Winter doch noch nicht ganz vorbei war. Neben ihm studierte sein Kollege Georg Hildebrandt den *Völkischen Beobachter*, dessen Schrift so klein gedruckt war, dass Rolf nicht einmal die Artikelüberschrift lesen konnte. Endlich ging die Tür auf, und ein Kollege trat ein, der zum Stab um den Referatsleiter Adolf Eichmann gehörte und die Ergebnisse einer kürzlich erfolgten Besprechung an sie weitergeben sollte. Rolf trank den letzten Schluck Kaffee und schob die Tasse von sich.

Der Vortrag begann mit dem Thema »Mischehe«, und es kam zu einigen Wortmeldungen, denn die Frage nach Privilegien und finaler Handhabung warf mehr Probleme auf, als es Lösungen gab. Rolf bekam Gänsehaut. Kaum vorstellbar, dass er sich vor Jahren gewünscht hatte, einmal Henriette Fraenkel zu heiraten. Ein dummer Junge war er gewesen – geblendet von seinen pubertären Gefühlen. Zum Glück hatte Henriette ihn selbst von diesem Wahn geheilt. Jetzt war er mit Erika verlobt, einer echten deutschen Frau, mit der man guten Gewissens Kinder in die Welt setzen konnte. Und wer weiß, vielleicht könnte er sogar schon ans Heiraten denken, wenn es dieses verdammte Foto nicht gäbe. Nur dem Bild war es geschuldet, dass er Henriette nicht aus seinem Gedächtnis streichen konnte, dass sie seit Jahren dort herumspukte. Rolf ballte unter dem Tisch die Faust, doch dann zwang er sich zur Ruhe. War er zu hysterisch? Vielleicht hatte Henriette das Foto ja wirklich nicht mehr? Schließlich hatte sie die Gelegenheit, es als Druckmittel einzusetzen, ungenutzt verstreichen lassen. Machte er sich zu viele Sorgen? Andererseits waren die Juden perfide. Möglicherweise verfolgte Henriette einen Plan, auf den er als normaler Mensch gar nicht kam. Sie musste auf die Transportliste – so schnell wie möglich.

Der Kollege wechselte das Thema und sprach über das Konzentrationslager Theresienstadt, das sogenannte Vorzeigelager.

»Wie Sie wissen«, erklärte er, »war Theresienstadt bislang vor allem Sammelstelle und Übergangslager für Juden aus östlichen Gebieten wie Böhmen und Mähren. Dies wird sich nun ändern. Wir funktionieren das Lager zum Altersgetto um. Vor allem über Fünfundsechzigjährige werden künftig dort hingeschickt, um den Gerüchten vorzubeugen, die sich unter den im Reichsgebiet verbliebenen Juden breitmachen. Man fragt sich, warum die Alten in die Arbeitslager im Osten verschickt werden, obwohl viele von ihnen arbeitsunfähig sind. Panik unter denjenigen, die noch auf den Transport warten, ist unter allen Umständen zu vermeiden. Es würde uns nur die Arbeit erschweren, sie effizient und geordnet einzusammeln und dem Transport zuzuführen. Nach Theresienstadt sind auch solche Juden zu verbringen, die höhere

Militärränge innehatten oder im letzten Krieg mit militärischen Auszeichnungen versehen wurden. Darüber hinaus ehemalige Politiker und Wissenschaftler.«

Rolfs Sitznachbar Georg Hildebrandt meldete sich zu Wort. »Wenn wir jetzt bei jedem zu Deportierenden prüfen müssen, ob es sogenannte ehemalige Verdienste gibt, wäre das ein ungeheurer bürokratischer Aufwand, und …«

Der Vortragende unterbrach ihn mit einer beschwichtigenden Handbewegung. »Auf keinen Fall. Es geht um eine sehr kleine und festumrissene Gruppe von Personen, deren Namen man Ihnen zukommen lassen wird. Der Grund der Unterbringung in Theresienstadt sind auch nicht die Verdienste selbst, sondern die zu befürchtenden Proteste im Ausland, wenn diese relativ bekannten Persönlichkeiten an einen unbekannten Ort verbracht würden. Nennen Sie es eine Minimierung absehbarer Probleme, um Kapazitäten für wichtigere Aufgaben freizuhalten.«

Georg Hildebrandt nickte, doch Rolf hatte auch noch eine Frage. »Sie sagten, alle Deportierten über fünfundsechzig. Das ist eine beträchtliche Zahl. Die Juden sind doch in den dortigen Kasernen untergebracht, von denen es, soweit ich informiert bin, elf gibt. Wird ein solch ungeheurer Zufluss nicht die Kapazitäten vor Ort sprengen?«

»Sehr richtig, allerdings vergessen Sie, dass unser SS-Obergruppenführer und Leiter des RSHA, Reinhard Heydrich, erst vor Kurzem angewiesen hat, die Gemeinde Theresienstadt aufzulösen und die Stadt von ihrer Zivilbevölkerung zu räumen. Sämtliche Gebäude und Strukturen werden fortan für das Lager genutzt.«

Rolf nickte zerknirscht. Wie hatte er das vergessen können? Während der verbleibenden Besprechung schrieb er eifrig mit. Dabei fielen ihm Henriettes Großeltern ein. Die feinen Fraenkels waren direkt nach Riga geschafft worden – unwahrscheinlich, dass sie noch lebten. Irgendwann sind wir die alle los, dachte er. Wir schwemmen den ganzen Schmutz aus der Stadt. Nein, nicht nur aus der Stadt, sondern aus dem ganzen Land – und aus Europa gleich mit. Wieder dachte er an Henriette, und plötzlich hatte er eine Idee.

»Noch ein Bier!« Rolf winkte der Kellnerin des Lokals. Sein ehemaliger Klassenkamerad und Kollege Joachim Klausen schob den Teller mit Resten von Kartoffeln und Bratensoße von sich.

»Also raus mit der Sprache, Rolf«, sagte er. Seine Augen hinter der Brille funkelten belustigt. Er zündete sich eine Zigarette an und schob Rolf die Schachtel hin, doch der lehnte ab.

Klausen steckte die Packung wieder ein. »Mach's nicht so spannend. Du hast mich doch sicher nicht der alten Schulzeiten wegen eingeladen, oder?«, fragte er.

Rolf beschloss, gleich zur Sache zu kommen. »Sag mal, hast du nicht bis vor ein paar Jahren mit einem Willi Peschke zusammengearbeitet?«

Joachim zog die Augenbrauen hoch. »Willi Peschke, ja, da war ich noch beim Werkschutz, warum?«

»Willi Peschke ist immer noch beim Werkschutz, und zwar in der Uniformschneiderei Balcke. Steht ihr noch in Kontakt?«

Joachim lächelte amüsiert. »Worauf willst du hinaus?«

»Es gibt da eine Jüdin, die bei Balcke beschäftigt ist. Sie hätte eigentlich längst im Osten sein müssen. Der Großteil ihrer Familie ist schon weg, und ich schließe nicht aus, dass irgendjemand seine schützende Hand über sie hält, denn sie arbeitet in einer Position, für die sie keinerlei Qualifikation hat«, meinte Rolf. »Aber stell dir vor, sie würde sich in der Firma etwas zuschulden kommen lassen … eine grobe Fahrlässigkeit zum Beispiel. Dann würde sie entlassen und in einen weniger wichtigen Betrieb versetzt, wo wir sie leicht abgreifen könnten. Verstehst du, ich möchte einfach gerne die Akte dieser Familie schließen. Ich bin kein Freund loser Enden.«

»Kein Freund loser Enden …« Joachim sah ihn prüfend an und blies Rauch in die Luft. Einen Augenblick sah Rolf sein breites Gesicht hinter einem zarten weißen Schleier. »Und du möchtest mich bitten, mit Willi zu sprechen, damit er diese grobe Fahrlässigkeit herbeiführt, richtig?«

»Ganz genau.«

Joachim grinste. »Und ich nehme an, dass du nicht direkt mit dem Vorgang in Zusammenhang gebracht werden möchtest.«

Die Frage war Rolf unangenehm, aber er hatte damit rechnen müssen, dass Joachim ihm die Geschichte mit den losen Enden nicht ganz abnahm.

»Das wäre gut«, meinte er nur.

Joachim nickte bedächtig. »Ich habe seit unseren Werkschutzzeiten keinen Kontakt mehr zu Willi gehabt, aber ich denke schon, dass sich das machen lässt. Wir sind schließlich alle demselben Ziel verpflichtet und arbeiten Hand in Hand.«

Rolf verstand die Anspielung. Er schuldete seinem Bekannten etwas.

»Ich gehe morgen auf Geschäftsreise«, fuhr Joachim fort. »Wie schnell es klappt, kann ich nicht sagen. Vielleicht ein paar Wochen. Aber keine Sorge, ich werde es nicht vergessen.«

»Noch einen Schnaps?«, fragte Rolf. Er hatte bekommen, was er wollte. Jetzt konnte er das Thema wechseln.

Joachim winkte ab. »Lass mal, ich muss morgen früh raus.«

Rolf war es recht. Er winkte der Kellnerin, um zu bezahlen.

7

Es war kurz vor elf, und Henriette musste sich sputen, wenn sie pünktlich zu ihrer Verabredung mit Benjamin am Gendarmenmarkt kommen wollte. Sie dachte daran, wie er sie kurz nach ihrem Zufallstreffen in der Mittagspause abgepasst hatte. In seinem Gesicht hatte sich kein Muskel geregt, und als er sie wie beiläufig fragte, ob sie auch am nächsten darauffolgenden Sonntag spazieren gehen wolle, hatte sie seine Nervosität nur daran erkannt, dass er mit seiner Schirmmütze herumgespielt hatte, die er in der Hand hielt.

»Ja«, hatte sie nur geantwortet. »Wollen wir zusammen gehen?«

Seitdem hatten sie fast jeden Sonntag miteinander verbracht.

Der Gendarmenmarkt kam in Sicht. Henriette sah Benjamin schon von Weitem. Wie immer grüßte er sie beinahe kühl, und sein Blick war so flüchtig, als wäre ihr Treffen keine Verabredung, sondern eine unliebsame Zufallsbegegnung. Schweigend liefen sie nebeneinanderher, und Henriette musste sich Mühe geben, um mit seinen großen Schritten mitzuhalten. Sie wollte schon eine ironische Bemerkung darüber machen, da schien Benjamin es bemerkt zu haben und wurde langsamer. Kurz darauf bogen sie in die belebte Leipziger Straße ein. Geschäfte reihten sich an Restaurants, Cafés und Warenhäuser. Unentwegt klingelten Straßenbahnen an ihnen vorbei, und als sie den achteckigen Leipziger Platz erreichten, blickte Henriette wehmütig zum Warenhaus Wertheim, dessen Name im Sprachgebrauch der meisten Berliner geblieben war, auch wenn sein offizieller Name mittlerweile AWAG lautete, eine Abkürzung für *Allgemeine Warenhandelsgesellschaft*, nachdem sein Eigentümer, der jüdische Georg Wertheim, fünf Jahre zuvor gezwungen worden war, sein Unternehmen in arische Hände abzugeben.

Henriette erinnerte sich daran, wie oft sie früher dort eingekauft hatten. Während ihre Mutter sich im mittleren Lichthof seidene Strümpfe oder weiche Lederhandschuhe zeigen ließ, hatte Henriette als Kind die geschwungenen Formen des Treppenaufgangs, die Märchenreliefs und Wandgemälde bewundert. Ob die überdimensionale Statue, die die Arbeit repräsentieren sollte, noch immer dort stand?

Ben schien ähnlichen Gedanken nachzuhängen, denn er fragte ins Blaue hinein: »Erinnerst du dich an die fantastischen Kronleuchter im Brunnenlichthof vom Wertheim?«

Henriette lächelte. »Natürlich, da war die Herrenabteilung. Ich habe immer heimlich meine Hände ins Wasser gehalten, während mein Großvater sich ein neues Hemd anpassen ließ.«

»So, so.«

Henriette spürte, dass sie errötete. War ihre Bemerkung taktlos gewesen? Sie hatte ganz vergessen, dass Ben aus einem viel bescheideneren Haushalt kam, in dem man sich Hemden sicher nicht eigens anpassen ließ.

Doch falls er so etwas gedacht hatte, ließ er es sich nicht anmerken. »Alfred Messel hat 1896 die Fassade des Warenhauses entworfen. Ihre Pfeiler und Glaswände galten als Symbol des Fortschritts«, wechselte er das Thema.

Henriette war schon aufgefallen, dass Benjamin nur selten über sich und seine Familie sprach. Und wenn er es mal tat, hielt sie ihn mit unsensiblen Bemerkungen davon ab.

»Mit deinem architektonischen Wissen kann ich nicht mithalten«, meinte sie. »Dafür weiß ich, dass in der Potsdamer Straße der Schriftsteller Theodor Fontane wohnte. Wusstest du, dass seine Romane fast alle in dieser Wohngegend angesiedelt sind? Im *Stechlin* unterhalten sich zwei Protagonisten, die Baronin Berchtesgaden und der Graf Barby, darüber, wo man wohl den hübscheren Ausblick hat – bei ihr in der Lennéstraße oder bei ihm am Kronprinzenufer.«

»Ich habe weder den *Stechlin* noch einen anderen Roman von

Fontane gelesen«, sagte Benjamin schlicht. »Bei uns zu Hause gibt es bis heute nur drei Bücher.«

Da er nicht weitersprach, fragte Henriette: »Und welche?«

»Ein Buch mit koscheren Rezepten, einen Reiseführer vom Harz, wo meine Eltern auf Hochzeitsreise waren, und Erich Kästners *Emil und die Detektive*.«

»Das Buch habe ich auch!«, rief Henriette erfreut und wollte schon hinzufügen, dass ihr Großvater ihr sämtliche Kinder- und Jugendbücher von Erich Kästner geschenkt hatte, doch dann pfiff sie sich selbst zurück.

»Ich habe auch noch andere«, meinte sie stattdessen. »Wenn du dir dafür nicht zu erwachsen bist, kann ich sie dir leihen. Aber ich warne dich … es ist auch verbotene Literatur darunter.« Sie grinste verschmitzt.

Benjamin lächelte nur schwach. »Ach, lass mal. Viel Zeit zum Lesen bleibt ja nicht mehr.«

»Allerdings.«

Henriette suchte nach einem unverfänglichen Gesprächsthema, da sagte Benjamin: »Schau mal, eine Kunstgalerie. Und sie ist geöffnet.«

Henriette zuckte mit den Schultern. »Nur nicht für uns.« Trotzdem trat sie ans Schaufenster. Im Inneren waren zwei ältere Damen mit Hut zu sehen. An einem kleinen Tresen stand ein Mann in karierter Tweedjacke, die Henriette an einen englischen Gentleman erinnerte. Er schrieb etwas in ein Buch und sah gelegentlich zu den Damen hinüber, die sich über die Gemälde zu unterhalten schienen.

»Viel Landschaft … Stillleben … puh«, bemerkte Benjamin.

»Heil Hitler … Lebewohl, moderne Kunst«, sagte Henriette so leise, dass nur er es hören konnte. »Trotzdem wäre es schön, einfach hineingehen zu können.«

Einen Augenblick schwieg Ben, dann fasste er sie am Arm und lotste sie in einen Hofeingang, wo sie ganz für sich waren.

»Ich habe nachgedacht«, sagte er unvermittelt.

Henriette sah ihn fragend an.

»Ich denke schon die ganze Zeit darüber nach«, wiederholte er, und obwohl niemand in der Nähe war, wurde seine Stimme leise, dafür umso dringlicher. »Was wäre, wenn wir am nächsten Sonntag den Stern einfach wegließen und in diese Galerie gingen oder in ein Café?«

»Bist du wahnsinnig?«, rief Henriette und blickte sich erschrocken um, doch niemand war in der Nähe. »Wir können doch das Haus nicht ohne Stern verlassen. Wenn unsere Nachbarn oder andere Bekannte uns so sehen, zeigen sie uns an.«

»Natürlich nicht. Wo man uns kennt, müssen wir den Stern tragen«, räumte Benjamin ein. »Aber nicht unbedingt in einer Gegend, in der wir unbekannt sind. Da wären wir zwei ganz normale Menschen, die spazieren gehen.«

»Aber die Sterne sind doch angenäht.« Henriette wusste noch immer nicht, wie Ben sich das vorstellte.

»Nun ja, wir könnten Druckknöpfe verwenden, die den Stern halten, und dann nur oberflächlich ein paar Stiche machen, die solide aussehen, es aber nicht sind. So lässt sich der Stern an einer unbemerkten Stelle abnehmen und wieder befestigen.«

Henriette dachte nach. »Das könnte schon gehen«, gab sie schließlich zu. »Aber es bleibt riskant. Wenn wir in eine Straßenkontrolle geraten und sie die Druckknöpfe sehen, nehmen sie uns direkt in Schutzhaft.«

»Du hast recht. Entschuldigung, es ist dumm von mir, dich zu etwas anzustiften, was dich in Gefahr bringt. Wollen wir weiter?«

Er wollte schon gehen, da hielt Henriette ihn zurück. »Warte, ich will es versuchen.«

»Wirklich?« Überrascht sah er sie an.

»Ja, wirklich.«

Er lächelte. »Na ja, du hast noch bis nächsten Samstag in der Mittagspause Zeit, deine Meinung zu ändern, einverstanden?«

»Das werde ich nicht«, sagte Henriette und war erstaunt über ihre eigene Gewissheit. »Aber du vielleicht?«

Benjamin lachte leise, und Henriette fiel auf, dass sie ihn bei keinem ihrer bisherigen Treffen hatte lachen sehen. Es stand ihm gut.

Sie hatten bewusst einen Stadtteil gewählt, in dem sie sich beide nicht auskannten. Hier jemandem über den Weg zu laufen, der sie kannte, war unwahrscheinlich. Trotzdem war es schwierig gewesen, einen sicheren Ort zu finden, an dem sie unbeobachtet die wenigen Nähte des Sterns auftrennen und ihn von den Druckknöpfen lösen konnten. Als sie sich schließlich ohne Stern unter die Passanten mischten, war Henriette beinahe schwindlig vor Angst, und sie suchte die Gesichter der Menschen nach misstrauischen Blicken ab. Nichts. Keiner schenkte ihnen Beachtung. Jetzt mussten sie nur noch ein Café oder eine Galerie finden.

Plötzlich schnappte Henriette den Blick eines jungen Offiziers in Uniform auf. Sie erschrak so sehr, dass sie beinahe stehen geblieben wäre, doch im nächsten Moment erkannte sie das Wohlgefallen in seinem Lächeln. Es war ein Flirt! Der Offizier sah nichts in ihr als eine hübsche junge Frau. Als er vorbeigegangen war, fiel ihr auf, dass sie automatisch zurückgelächelt hatte. Sie konnte es kaum fassen. War es tatsächlich so einfach? Doch im nächsten Augenblick schalt sie sich einen Dummkopf. Einfach? Nichts war einfach – rein gar nichts! Trotzdem … wenn das heutige Wagnis nicht ihr letztes sein sollte, musste sie sich daran gewöhnen, von Fremden angesprochen oder angelächelt zu werden, in einem Café ein Stück Kuchen zu bestellen oder ein Geschäft zu betreten.

»Schau mal da vorne, eine Galerie!«, meinte Ben auf einmal.

Sofort kehrte die Nervosität zurück. »Denk daran, was wir besprochen haben«, sagte sie leise. »Wir sind ehemalige Kunststudenten. Jetzt arbeitest du nach einer Kriegsverletzung bei der Post, und ich bin Sekretärin.«

Ben nickte und beschleunigte seinen Schritt.

Die Galerie war leer. Henriette und Benjamin grüßten den Besitzer, der mit seinem Schnauzer, den Koteletten und der kleinen Brille wirkte wie ein Überbleibsel aus der Kaiserzeit. Nur sein Anzug war modern geschnitten. Der Mann musterte sie kurz und widmete sich dann seiner Zeitung.

Henriette und Benjamin schlenderten gemächlich an den Bildern entlang. Vor einer Alpenlandschaft mit röhrendem Hirsch blieben sie stehen, und Henriette konnte sich ein Kichern nicht verkneifen.

»Meine Großeltern, meine Mutter und ich waren einmal in Bayern in der Sommerfrische. Wir haben in einem hübschen Hotel am Kochelsee gewohnt, und weißt du was? In fast jedem Zimmer hing eine Landschaft wie diese mit röhrendem Hirsch. Wir fanden das damals sehr lustig und natürlich etwas kitschig. Ich finde es schon bemerkenswert, dass solche Bilder jetzt in modernen Galerien hier in Berlin hängen …«

Henriette hatte zunehmend leise gesprochen, doch der Galeriebesitzer, der offenbar keine Zeitung mehr las, musste etwas aufgeschnappt haben, denn sie hörten seine Stimme hinter sich. »Die Dame kennt sich aus mit moderner Kunst?«

Henriette erschrak, und aus dem Augenwinkel sah sie, dass es Ben ähnlich ging. Wie dumm von ihr, neugierige und möglicherweise gefährliche Fragen provoziert zu haben. So unbeschwert wie möglich sagte sie: »Wir haben beide kurzzeitig Kunst studiert, aber dann wurde mein Kommilitone eingezogen, und ich arbeite nun als Sekretärin.«

Der Galeriebesitzer nickte. »Kunst ist in diesen Zeiten eine eher aussterbende Kunst, wenn Sie mir das Wortspiel erlauben, denn sie verträgt sich nicht mit dem Krieg. Die Künstler und Kunststudenten sind an der Front, ausgewandert oder … sonst wo.« Er wedelte mürrisch mit dem Arm. »Kunst will frei sein. Sie verträgt sich nicht gut mit Anweisungen …«

Henriette und Benjamin gaben ihm recht, und bevor sie es sich versahen, waren sie in ein Gespräch über die moderne Malerei verstrickt. Will er uns auf die Probe stellen?, fragte sich Henriette ängstlich. Doch falls es so war, hatten Benjamin und sie ihre Ansichten längst verraten.

»Kommen Sie doch einen Augenblick. Ich habe noch etwas, das Ihnen gefallen könnte«, sagte der Galerist plötzlich und schob den Vorhang zu einem Hinterzimmer beiseite. Zögernd traten sie ein. »Ich will doch nicht, dass Ihr Besuch bei mir umsonst war.«

Er öffnete einen verschlossenen Schrank und zog ein umwickeltes Gemälde hervor. Als er es ausgepackt hatte, legte er es vor sie auf den Tisch.

»Das ist ein Otto Dix!«, rief Henriette erstaunt.

Der Galerist lächelte stolz. »Gefällt er Ihnen?«

»Er ist unglaublich … dieser drastische Stil!«, rief Benjamin begeistert.

»Dann habe ich Sie richtig eingeschätzt«, meinte der Galerist befriedigt und strich sich über die Koteletten. »Im Augenblick ist Herr Dix zwar notgedrungen außer Mode, aber das wird schon wieder. Und was die Berglandschaft mit Hirsch da draußen angeht, seien Sie nicht zu streng mit ihr, denn sie ist hervorragend ausgeführt. Da gibt es ganz andere Bilder. Möchten Sie eine kleine Anekdote hören?«

»Gern«, antwortete Henriette, und Ben nickte.

»Ich komme aus einer kunstliebenden Familie.« Der Galerist schmunzelte. »Aber wahrscheinlich gibt es in den meisten Familien die obligatorische Nichte oder Tante, die in ihrer Freizeit den Pinsel führt und es zu halbwegs erkennbaren Landschaften und Stillleben bringt. Bei mir ist es meine Nichte Rosemarie. Nun ja, was soll ich sagen … ich hatte in der Galerie noch ein Eckchen frei, und meine Schwester lag mir in den Ohren, also habe ich ein paar von Rosemaries Bildern aufgehängt. Eine halbwegs passable Blumenvase, eine sehr grüne, sehr sonnige Szene aus dem Tiergarten, ein Stillleben mit Äpfeln, bei denen unfreiwillig die Farbgebung verrutscht war.«

»Können wir sie sehen?«, fragte Benjamin höflich. Er hatte noch nicht verstanden, worauf die Erzählung hinauslief.

»Eben nicht.« Die Augen des Galeristen funkelten hinter der kleinen Brille. »Eines Tages kamen zwei Angestellte aus dem Reichspropagandaministerium und suchten nach Bildern für die Reichskanzlei des Führers. Und was meinen Sie, für welche sie sich entschieden haben?«

Henriette schlug die Hand vor den Mund. »Ist das wahr?«

»Das ist es!« Der Galerist grinste übers ganze Gesicht. »Sie haben sämtliche Bilder meiner armen Nichte Rosemarie gekauft!« Er tätschelte den Rahmen des Dix. »Mach dir nichts draus, mein Lieber. Immerhin hast du heute gebührend Aufmerksamkeit bekommen.« Sorgfältig wickelte er das Bild wieder ein und schloss die Schranktür.

»Beehren Sie mich mal wieder«, meinte er, als sie kurz darauf an der Eingangstür standen.

»Danke, das machen wir«, sagte Henriette lächelnd. Dann traten sie auf die Straße.

Willi Peschke, der Leiter des Werkschutzes, saß in seinem Büro bei der Firma Kurt Balcke und dachte an den Besuch seines ehemaligen Kollegen Joachim Klausen. Joachim hatte Karriere gemacht. Er saß jetzt im Reichssicherheitshauptamt, aber Willi war nicht neidisch. Ihm sagte die Arbeit bei Balcke zu. Hier schob man eine ruhige Kugel, nicht wie im Siemens-Schuckertwerk in Spandau, wo sie Turbinen und Generatoren herstellten, oder in Genschows Waffenfabrik. Bei denen kam es ständig zu Festnahmen von Zwangsarbeitern, die absichtlich fehlerhaft arbeiteten, um untaugliche Produkte in Umlauf zu bringen, oder Fertigungsteile stahlen, die dann auf dem Schwarzmarkt verkauft wurden. Die meisten von ihnen waren Juden oder Kommunisten, die es offenbar gar nicht abwarten konnten, ins KZ zu kommen oder gleich exekutiert zu werden. Aber nein, Exekution nannte man das ja nicht – die Saboteure erhielten eine »Sonderbehandlung«.

In Balckes Uniformfabrik ging es vergleichsweise ruhig zu,

auch wenn er natürlich die Augen offen hielt. Und jetzt war plötzlich Joachim aufgetaucht und hatte ihn um einen Gefallen gebeten. Die kleine Jüdin, die an der Seite des Chefs arbeitete, sollte möglichst schnell ihrer Familie hinterherreisen, die schon im Osten war, doch Willi bezweifelte, dass das der einzige Grund war, sonst wäre Joachim nicht zu ihm gekommen, um die Sache einzufädeln. Seit wann brauchte das Reichssicherheitshauptamt ihn, Willi Peschke, um eine Jüdin zu deportieren? Irgendwer musste ein persönliches Interesse an der Kleinen haben, wollte aber nicht, dass es bekannt wurde.

Er lächelte in sich hinein, als er daran dachte, wie er die kleine Fraenkel gebeten hatte, ihnen Kaffee zu bringen.

»Ist sie das?«, hatte Joachim hinterher gefragt. Sie hatte ihm wohl gefallen, das Ding. Hübsch war sie ja mit diesen rotbraunen Haaren und den graugrünen Augen … Schade, eine echte Verschwendung der Natur. Dem Chef gefiel sie offensichtlich auch – wenn es nicht die üblichen Beziehungen waren, die ihr die Stelle verschafft hatten. Immerhin hatte Balcke ja bereits eine Sekretärin namens Frau Rothe. Na ja, er mischte sich da nicht ein. Aber seinem Freund würde er den Gefallen tun, dafür hatte er jetzt was gut bei ihm.

Auf dem Flur hörte er das Klackern von Frauenabsätzen, und kurz darauf klopfte es an die Tür. Es war Frau Rothe.

»Heil Hitler, Herr Untersturmführer«, grüßte sie.

Willi Peschke bat sie, Platz zu nehmen.

»Sie wollten mich sprechen, Herr Untersturmführer?« Frau Rothe wirkte nervös.

»Nichts Weltbewegendes, Frau Rothe.« Er lehnte sich auf dem Stuhl zurück. »Ich dachte, ich spreche einfach mal mit den wichtigsten Mitarbeitern, um sicherzustellen, dass es nirgends Klagen gibt, keine Auffälligkeiten, Sie wissen schon.«

Die Wangen der Sekretärin röteten sich bei dem Kompliment. »Auffälligkeiten«, wiederholte sie und dachte nach. Dann sagte sie: »Nein, eigentlich nicht … zum Glück.«

»Sehr gut, sehr gut, Frau Rothe. Und wenn es welche gäbe, würden Sie es ja als Erste bemerken, denn Sie kennen die Firma besser als jede andere … Wie viele Jahre arbeiten Sie schon für Herrn Balcke?«

»Oh, das müssen fünfzehn Jahre sein.« Sie strahlte stolz.

»Das ist eine große Leistung, auch wenn ich mich manchmal frage, ob unser Herr Balcke das wirklich zu schätzen weiß.«

»Oh, hat er sich etwa über mich … beklagt?«, fragte Frau Rothe bestürzt.

»Nein, nein«, sagte Willi schnell. »Ich denke da nur an diese junge unerfahrene Zwangsarbeiterin, die er Ihnen an die Seite gestellt hat, als wären Sie mit Ihrer Arbeit nicht zurechtgekommen.«

Der Anflug von Erleichterung in Frau Rothes Ausdruck ging sofort in eine leichte Grimasse über.

»Das ist allerdings wahr. Ich sage es ungern, aber es war eine Demütigung. Wie nett wir uns früher unterhalten haben, wenn ich ihm seinen Kaffee brachte. ›Nehmen Sie sich doch auch eine Tasse‹, hat Herr Balcke immer gesagt. Und jetzt trinkt er sie mit diesem Fräulein Fraenkel … Dabei ist die doch eigentlich eine Zwangsarbeiterin, eine jüdische noch dazu.«

Willi seufzte verständnisvoll. »Nun ja, Frau Rothe, aber vielleicht kann ich ja Abhilfe schaffen. Aus diesem Grund habe ich Sie hergebeten. Es handelt sich um eine Dienstanweisung, bei der eine gewisse Diskretion vonnöten ist, wenn Sie verstehen.«

Frau Rothe zog die Augenbrauen hoch, doch Willi sprach schon weiter: »Sie werden in wenigen Tagen ein Dokument von mir erhalten. Würden Sie für uns sicherstellen, dass es diskret seinen Weg in Fräulein Fraenkels Tasche findet?«

Einen Augenblick wirkte Frau Rothe perplex, dann nickte sie. »Natürlich, Herr Untersturmführer. Sie können sich auf mich verlassen.«

»Das weiß ich doch, Frau Rothe, das weiß ich doch.« Er erhob sich. »Sie hören dann von mir. Und denken Sie daran … Diskretion.«

»Aber natürlich, Herr Untersturmführer. Heil Hitler.«

Sie schloss die Tür.

Henriette nahm auf dem Besucherstuhl ihres Chefs Platz, was sie seit dem Tag ihrer Einstellung nicht mehr getan hatte. Nervös beobachtete sie, wie er ein paar Papiere vor sich ausbreitete. Wollte er sie entlassen, jetzt, wo ihr Großvater nicht mehr da war, dem er seinerzeit versprochen hatte, auf sie »aufzupassen«? Henriette dachte an die Art von Arbeit, die die meisten Zwangsarbeiterinnen ausüben mussten. Zwölf Stunden standen sie an den Werkbänken, hielten es vor Schmerzen im Rücken und den Beinen kaum mehr aus. Wohin würde das Arbeitsamt sie stecken, wenn Herr Balcke sie entließ?

Kurt Balcke sah von den Papieren auf und lächelte sie an. »Es gibt Neuigkeiten, Fräulein Fraenkel. Gute Neuigkeiten, würde ich sagen.« Sein Lächeln wurde breiter, und er schien darauf zu warten, dass Henriette von selbst begriff, doch die hatte keine Ahnung, wovon er sprach. Eine Gehaltserhöhung, sicher, das wäre eine gute Neuigkeit, aber als Zwangsarbeiterin, die ohnehin nur den Bruchteil eines regulären Gehalts verdienen durfte, konnte sie davon nur träumen.

»Gustav Genschow hat Sie für seine Waffenfabrik angefordert. Na, was sagen Sie?« Balcke sah sie erwartungsvoll an.

»Ich soll in Genschows Waffenfabrik arbeiten?«, fragte Henriette völlig perplex.

»Ja, und zwar ab Montag schon. Ich habe eben mit Genschow telefoniert. Es ist alles geregelt.«

In Henriettes Kopf jagte ein Gedanke den anderen. Herr Balcke war ein freundlicher Chef und hatte sie immer mit Respekt behandelt, obwohl er bestens mit den Nazifunktionären vernetzt war und sich mit Hitlers Kriegsmaschine eine goldene Nase verdiente, wie sie wusste. Dazu kam, dass ihre Mutter ebenfalls hier arbeitete … und Benjamin. Es hatte ihr ein Gefühl von Sicherheit vermittelt. Nun sollte sie als Einzige in einer unbekannten Firma neu anfangen.

»Ach, Herr Balcke«, sagte sie, und ihre Stimme klang so kläglich, wie sie sich fühlte. »Sind Sie mit meiner Arbeit unzufrieden? Ich kann auch eine andere Tätigkeit übernehmen, wenn Sie das wünschen.«

»Aber Fräulein Fraenkel, was sagen Sie da?« Balckes Stimme klang erstaunt. »In Genschows Waffenfabrik arbeiten zu dürfen, ist ein wahrer Glücksgriff – auch wenn Sie dort leider an der Werkbank stehen werden. Ich habe mich selbst dafür eingesetzt, alles mit Gustav Genschow besprochen und auch das Arbeitsamt verständigt. Verstehen Sie nicht, dass ich Ihnen damit einen Gefallen tue? Es gibt nichts Besseres als die Arbeit in einer für den Krieg unentbehrlichen Waffenfabrik.«

»Aber Ihre Uniformschneiderei ist doch auch ein kriegswichtiger Betrieb, oder etwa nicht?«

»Natürlich.« Balcke zuckte mit den Schultern. »Aber kaum so ranghoch wie eine Waffenfabrik. Gustav Genschow hat beträchtlichen Einfluss, wenn Sie verstehen, was ich meine.« Er machte eine Pause, in der er Henriette nachdenklich ansah. »Ihr Herr Großvater war ein hervorragender Anwalt, Fräulein Fraenkel. Ich verdanke ihm viel, und ich halte mein Versprechen. Glauben Sie mir, Sie sind bei Genschow sicherer als hier, und das könnte schon bald …« Er sprach nicht weiter und griff nach den Papieren auf dem Schreibtisch. »Hier ist alles, was Sie brauchen. Melden Sie sich am Montagmorgen um sieben Uhr an der Pforte in der Bouchéstraße 12 in Treptow.«

Er stand auf, doch Henriette blieb sitzen. »Und meine Mutter? Könnte sie auch dorthin?«, fragte sie in dem Wissen, dass sie eine ganze Hand nahm, wo nur der kleine Finger gereicht wurde.

Balcke verzog die Mundwinkel. Er schien mit der Frage gerechnet zu haben, doch sie war ihm sichtlich unangenehm. »Geduld«, antwortete er nur. »Im Augenblick kann ich nicht mehr tun. Aber ich werde es versuchen.«

»Ja, gut. Vielen Dank.« Henriette stand auf.

In den darauffolgenden Stunden bis zu ihrem Dienstschluss musste sie sich zusammenreißen, um bei der Sache zu sein. Immer wieder fragte sie sich, was diese Versetzung bedeutete … für sie, aber auch für ihre Mutter und für Benjamin? Und was wurde aus ihren sonntäglichen Treffen, wenn sie sich nicht mehr in der Firma verabreden konnten? Öffentliche Fernsprecher durften sie ja nicht benutzen. Würden sie sich Karten schreiben müssen?

An diesem Freitag konnte Benjamin es kaum erwarten, dass der Pausenton die Mittagspause ankündigte, doch erst an ihrem Ende gelang es ihm, Henriette beiseitezuziehen und allein mit ihr zu sprechen. Seit Tagen schon dachte er über den Vorschlag nach, den er ihr heute machen würde. Er wollte sich erneut ohne Stern mit ihr treffen und sie ins Kino einladen. Doch er kam nicht dazu, denn auch Henriette hatte ein dringendes Anliegen.

»Ich muss dir etwas sagen«, brachte sie hervor, als niemand in unmittelbarer Nähe war.

»Ja?«, fragte Benjamin ungeduldig.

»Ich bin versetzt worden. In die Waffenfabrik von Gustav Genschow … ab Montag schon. Dort soll es für Juden noch sicherer sein.« Sie sah ihn an und schien eine Reaktion zu erwarten, doch er wusste nicht, welche. Wie auch? In seinem Inneren tobten widersprüchliche Gefühle. Einerseits freute er sich für sie, andererseits fragte er sich, mithilfe welcher Beziehungen die Versetzung bewerkstelligt worden war. War es nicht bitter, dass selbst in diesen Zeiten, in denen sie alle, arm und reich, dem eigenen Staat schutzlos ausgeliefert waren, immer noch alte Seilschaften und Privilegien existierten, die manche mehr schützten als andere? Im nächsten Moment machte er sich bewusst, wie ungerecht seine Überlegung war – schließlich wusste er nicht einmal, was tatsächlich hinter der Versetzung steckte –, und selbst wenn es sich um alte Fraenkel-Beziehungen handelte … Schuld an der ganzen Sache waren doch die Nazis und nicht die Verfolgten, die das Recht hatten, sich auf jede erdenkliche Art zu schützen. Galt das nicht auch für Henriette?

Trotzdem bekam er seine Gefühle nicht in den Griff, und seine Stimme klang merklich kühl, als er sagte: »Aha … gut für dich.«

Henriette sah ihn erstaunt an. Offenbar hatte sie etwas anderes erwartet.

»Ja«, sagte sie erneut. »Zuerst war ich skeptisch, aber dann habe ich nachgedacht. Wahrscheinlich ist es eine gute Sache. Und Herr Balcke will auch versuchen, etwas für meine Mutter zu tun.«

»Er will es versuchen?« Ben lachte bitter. »Wie großzügig von ihm. Es geht ja auch nur um Menschenleben. Und wie rührend, dass unser Kriegsverdiener Balcke in Wahrheit ein Menschenfreund ist.«

Henriette sah sich erschrocken um, doch die nächste Wache war mit etwas anderem beschäftigt. Als sie sich ihm wieder zuwandte, sah Ben ihre hochgezogene Augenbraue, die seinem zynischen Ton geschuldet war.

»Ich weiß, dass er kein Wohltäter ist«, sagte sie leise, aber trotzig. »Aber wir müssen alle Karten ausspielen, die wir haben, oder nicht? Was bringt es, in der jetzigen Situation wählerisch zu sein? Vielleicht solltest du auch versuchen, eine Versetzung zu erwirken. Gerade du als gelernter Mechaniker hättest sicher gute …«

»Und wer sollte sich für mich einsetzen? Du etwa? Reichen deine Fraenkel-Beziehungen auch für einen wie mich?«

Auf Henriettes Stirn erschien eine irritierte Falte. Benjamin spürte, wie hilflose Wut in ihm aufkam. Es war genau wie zu Beginn ihrer Bekanntschaft. Statt ihr zu sagen, was er wirklich dachte, beleidigte er sie, und wenn sie verärgert reagierte, legte er sogar noch nach. Dabei galt seine größte Sorge doch der Frage, wie sie sich in Zukunft verabreden konnten. Aber die passenden Worte dazu steckten in seiner Kehle fest. Er kniff die Lippen zusammen.

»Was unsere Sonntagsspaziergänge angeht«, hörte er Henriette sagen. »Vielleicht könnten wir uns ja Karten schreiben?«

»Sicher«, meinte er schulterzuckend. »Und bis deine Karte bei mir ankommt, haben sich deine Sonntagspläne schon wieder geändert oder umgekehrt.«

Henriette war anzusehen, dass seine Reaktion sie ehrlich verletzte. Der Ausdruck ihrer graugrünen Augen wechselte von Enttäuschung zu Unverständnis und schließlich zu Ärger.

»Na, wenn das so ist, kann man wohl nichts machen«, sagte sie abrupt. Der Schmerz, den dieser Satz in ihm auslöste, schien den letzten Rest ihrer in den letzten Wochen aufgebauten Verbindung zu kappen – und es war allein seine Schuld. Doch das Gespräch noch einmal zu wenden, war ihm unmöglich. Das Porzellan war zerbrochen, warum nicht auch noch die Scherben zertreten?

»Ja, leider. Also … alles Gute und viel Freude bei Genschow«, sagte er kalt. Damit wandte er sich ab und ging. In seinem Rücken ahnte er Henriettes entgeisterten Blick, aber er drehte sich nicht um.

Willi Peschke hörte die Absätze der Sekretärin auf dem Flur, bevor sie an die Tür klopfte.

»Herein.«

»Heil Hitler, Herr Untersturmführer.«

»Heil Hitler«, sagte Willi betont irritiert. Ohne ihr einen Stuhl anzubieten, fuhr er fort: »Wenn ich mich recht entsinne, habe ich Ihnen das für Fräulein Fraenkel bestimmte Dokument am Freitagabend zukommen lassen, richtig?«, sagte er ohne Übergang.

»Richtig.«

Willi fragte sich, warum sie so erstaunt klang. Sie musste doch wissen, warum er sie herzitiert hatte.

»Gut«, sagte er. »Heute ist Mittwoch, und Sie scheinen noch nichts unternommen zu haben. Ich warte seit Tagen auf Ihre Rückmeldung.«

»Aber … Herr Untersturmführer, Fräulein Fraenkel ist doch gar nicht mehr bei uns. Schon seit Montag nicht mehr. Sie wurde kurzfristig versetzt. Ich habe es selbst erst am Montagmorgen erfahren, weshalb ich auch nichts mehr tun …«

»Versetzt?«, stieß Willi irritiert aus. »Warum weiß ich davon nichts?«

»Aber …« Frau Rothe zupfte sich nervös die Blusenmanschetten zurecht. »Ich habe Ihnen doch die entsprechende Notiz selbst auf den Schreibtisch gelegt, zusammen mit dem Dokument, das ich Fräulein Fraenkel hätte … geben sollen. Sie waren in der Mittagspause, aber Herr Sturmscharführer Beyerlein hat die Mappe entgegengenommen.«

Willi Peschke sprang auf und öffnete verschiedene Mappen auf seinem Schreibtisch. Tatsächlich! Eine davon enthielt ein Schreiben, das ihn von der Versetzung in Kenntnis setzte.

»Gut, dann hat das seine Richtigkeit«, sagte er barsch. »Danke, Frau Rothe, Sie können gehen.«

Sichtlich erleichtert trat die Sekretärin auf die Tür zu. »Heil Hitler, Herr Untersturmführer.«

»Heil Hitler.«

Die Tür schloss sich, und Willi warf das Dokument auf den Tisch. Waffenfabrik Genschow … so, so. Wer immer die kleine Fraenkel vorzeitig loswerden wollte, es würde ihm kaum gefallen. Aber sein Problem war es nicht mehr, er hatte getan, was er konnte. Trotzdem war die Versetzung ein seltsamer Zufall. Er überlegte, ob er einen Vorgesetzten darauf aufmerksam machen sollte, doch dann entschied er sich dagegen. Waffenfabrik oder Uniformschneiderei – völlig egal. Letztlich kamen sie alle an die Reihe, ganz egal, unter welcher Werkbank sie sich versteckten. Keiner war unersetzbar. Die besetzten Gebiete waren voller junger Männer – Belgier, Holländer, Franzosen –, die man zur Zwangsarbeit herschaffen konnte, und am Ende war es doch erstrebenswert, dass auch die Fabriken von diesem Gesindel gereinigt wurden.

8

Henriette nahm auch noch das letzte Buch aus dem Regal in ihrem Zimmer und setzte sich zwischen die wahllos herumliegenden Bände auf den Fußboden. Sorgfältig blätterte sie eine Seite nach der anderen um. Als sie ans Ende kam, legte sie das Buch mutlos neben sich. Nichts … kein Foto von Rolf Reinhardt. In den letzten Wochen hatte sie jeden Winkel ihrer Schränke und Kommoden durchforstet, bevor eine Eingebung ihr zugeflüstert hatte, dass sie das Bild vielleicht zwischen die Seiten eines Buches gesteckt haben könnte. Doch ihre intensive Suche war erfolglos geblieben. Nur der Teufel wusste, wo das Foto war, falls es nicht doch unbemerkt verloren gegangen war.

Wie immer, wenn sie darüber nachdachte, ärgerte sie sich über ihre eigene Naivität. Sie hätte längst erkennen müssen, welches Druckmittel sie mit dem Bild in der Hand hielt, doch was sie nicht besaß, konnte sie nicht einsetzen, und ihr Wissen allein war nicht nur nutzlos, sondern auch gefährlich, denn Rolf würde nicht lockerlassen.

Sie stand auf. Eigentlich sollte sie die Bücher wieder ins Regal stellen, aber ein Anflug von Mutlosigkeit raubte ihr die Energie, und sie setzte sich auf den Schreibtischstuhl. Seit ein paar Tagen befanden sie sich offiziell im Wonnemonat Mai, und er machte seinem Namen alle Ehre. Henriette spürte die Wärme der Sonne auf ihrem Gesicht. Instinktiv griff sie nach dem Glashund in ihrer Rocktasche und stellte ihn auf den Tisch, um sein warmes Braun leuchten zu lassen. Wie gemein sie zu ihrem Großvater gewesen war, als er ihr die Figur geschenkt hatte. Dumm und ungerecht war sie gewesen, und jetzt waren er und Großmutter fort. Wenigstens von Rufus wusste sie, dass es ihm gut ging.

Einen Augenblick schloss sie die Augen und konzentrierte sich auf die orangenen Punkte hinter ihren Lidern. Sie musste stark bleiben und positiv denken, doch es fiel ihr schwer, denn was gab es schon Positives in diesem Leben, das nur noch aus Arbeit bestand? Vor allem aber fehlten die Menschen, die sie liebte und von denen sie nie mehr etwas gehört hatte.

Hör auf zu jammern, schalt sie sich. Natürlich gab es etwas Positives! Sie hatte Arbeit in einem kriegsrelevanten Betrieb – und was noch wichtiger war: Seit der letzten Woche arbeitete auch ihre Mutter bei Genschow!

Henriette stand auf. Das Einzige, was gegen die Schwermut half, war ein Spaziergang. Es war Sonntag, die Sonne schien, das musste sie ausnutzen! Sie schob sich ihren treuen Begleiter, den kleinen Glashund, in die Rocktasche und ging in den Salon, aus dem gedämpfte Stimmen klangen. Am Tisch saß Berta vor einer Tasse Ersatzkaffee. Auch auf dem Platz ihrer Mutter stand eine volle Tasse, aber Lieselotte Fraenkel saß nicht am Tisch, sondern auf dem Sofa, den Kopf zurückgelehnt.

»Mutter, ich wollte dich fragen, ob du mit mir spazieren gehen möchtest. Das Wetter ist so schön, es würde uns sicher gut …«

»Ach, Liebes, geh allein, ich bin ein wenig müde heute, außerdem habe ich Kopfschmerzen.«

»Oh, soll ich lieber bleiben?«

Doch Henriettes Mutter winkte ab. »Geh nur, du brauchst die Bewegung und die frische Luft.«

Henriette war unschlüssig, da mischte sich Berta ein. »Gehen Sie ruhig, Fräulein Henriette. Ihre Frau Mutter ist nur ein bisschen müde von der Woche, und ich bin ja da.«

Henriette lächelte Berta an. »Ja gut, dann bis später.« Sie ging zu ihrer Mutter und gab ihr einen Kuss auf die Wange. »Ich bin bald zurück.«

Lieselotte Fraenkel kniff sie leicht in die Backe. »Das musst du nicht. Es geht mir gut.«

Kurz darauf machte sich Henriette auf den Weg zum Tiergarten, der nicht weit von ihrer Wohnung entfernt lag. Sie wollte sich wenigstens den Anflug eines Frühlingsspaziergangs gönnen, indem sie der Tiergartenstraße folgte, die auf einer Seite von den Büschen und Bäumen des Parks gesäumt war. Aus dem noch lichten Grün drangen die Stimmen von Vögeln. Ab und zu lachte ein Kind im Inneren des Parks. Henriette schritt kräftig aus, und je länger sie lief, desto besser fühlte sie sich.

Als der Potsdamer Platz in Sicht kam, wurde sie langsamer. Jetzt war es nicht mehr weit zum Warenhaus Wertheim, wo Benjamin und sie Kindheitserinnerungen ausgetauscht und beschlossen hatten, ohne Stern auf die Straße zu gehen. Aus Ärger über sein Verhalten bei ihrem Abschied hatte sie in den vergangenen Wochen versucht, so wenig wie möglich an ihn zu denken, und die Plätze gemieden, an denen sie zusammen spazieren gegangen waren. Doch wenn sie ehrlich war, vermisste sie ihn. Was, wenn er eben jetzt am Leipziger Platz stand und Ähnliches dachte? Eigentlich glaubte Henriette nicht an innere Stimmen. Trotzdem konnte sie sich dem Gefühl nicht entziehen. Einen Augenblick rang sie mit sich, dann lief sie los.

Als das Kaufhaus in Sicht kam, war sie außer Atem. Auf dem Bürgersteig flanierten ältere Herren und gut angezogene Damen mit ihren Kindern, ein typischer Anblick, seit fast alle Männer im wehrfähigen Alter an der Front waren. Henriettes Augen wanderten an der Kaufhausfassade entlang und streiften die kleine Kunstgalerie – doch von Benjamin keine Spur. Enttäuscht ging sie auf der Bellevuestraße zurück. Natürlich – sie hatte kaum mit Ben rechnen können. Aber war es wirklich so töricht zu hoffen, dass er den Nachmittag ebenfalls zum Spazierengehen nutzte und dabei vielleicht an sie dachte?

Ein Blick auf ihre Armbanduhr zeigte, wie fortgeschritten der Nachmittag war. Sie hatte sich wesentlich weiter von zu Hause entfernt als geplant. Endlich öffnete sie müde die Wohnungstür.

»Ich bin wieder da!«, rief sie, während sie ihre Jacke an die Garderobe hängte, doch niemand antwortete. Henriette hielt inne. Erst jetzt fiel ihr auf, dass überhaupt keine Geräusche zu hören waren. War Berta doch ausgegangen? Und ihre Mutter? Schlief sie? Eilig lief Henriette aufs Wohnzimmer zu, doch im Türrahmen blieb sie stehen. Auf dem Sofa lag ihre Mutter. Sie sah auffallend blass aus. Berta hatte neben ihr auf einem Stuhl Platz genommen und hielt ihre Hand, dahinter standen Bertas Sohn und seine Frau. Alle blickten Henriette an.

»Was ist denn?«, brachte sie heraus. »Geht es Mutter schlechter? Soll ich einen Krankenbehandler holen?«

Bertas Schwiegertochter Helga löste sich aus der Gruppe, nahm Henriette an der Hand und führte sie zum Sofa. Erst jetzt fielen ihr Bertas verweinte Augen auf. Alarmiert blickte sie vom blassen Gesicht ihrer Mutter zu Berta. Die war aufgestanden und wollte den Arm um sie legen, doch Henriette trat einen Schritt zurück.

»Was ist passiert?«, fragte sie tonlos.

Berta fasste sich kurz an die Lippen, als wolle sie die Worte noch eine Sekunde zurückhalten, dann sagte sie: »Die Kopfschmerzen deiner Mutter wurden plötzlich unerträglich. Nur wenige Minuten später verlor sie das Bewusstsein. Wir waren so verzweifelt, und ich habe Elias zu Dr. Rubenstein geschickt, aber als er kam …« Wieder fasste sie sich an die Lippen. »Als er kam, war Ihre Frau Mutter schon tot. Dr. Rubenstein sagt, es war ein … ein Anor…«

»Ein Aneurysma im Kopf«, half ihr Sohn Elias mit dem unbekannten Wort aus.

Henriette starrte ihn verständnislos an.

»Das ist ein Blutgerinnsel in einer Ader im Kopf, das irgendwann platzt«, erklärte Elias. »Dr. Rubenstein sagt, dass viele Menschen das haben, ohne es zu wissen.«

Henriette empfand gar nichts. Was Berta und ihr Sohn da sagten, war völlig irreal. Ihre Mutter, der einzige Mensch, den sie noch hatte, konnte doch nicht einfach so gestorben sein … an einem sonnigen Nachmittag, während sie draußen spazieren ging?

Mit einem Schritt war sie am Sofa, fiel auf die Knie und schüttelte ihre Mutter an den Armen.

»Mutti! Bitte, bitte …« Erst jetzt schossen ihr Tränen in die Augen. Von hinten spürte sie Bertas starke Hände auf ihren Schultern, die sie zurückhalten wollten, doch Henriette schlang die Arme um den Oberkörper der Mutter und ließ ihr Gesicht auf deren Brust fallen. Dann weinte sie hemmungslos.

Mehrere Wochen waren seit dem Tod ihrer Mutter vergangen, und Henriette erledigte ihre Arbeit an der Werkbank in der Waffenfabrik mechanisch, als wäre sie gefangen in einem bösen Traum. Sie spannte die Werkstücke der Gewehrläufe in die Drehbank, betätigte die Kurbel, maß nach und fing wieder von vorne an – zwölf Stunden am Tag. Während die anderen Arbeiter über Schmerzen im Rücken und den Beinen klagten, spürte Henriette ihren Körper kaum. Erst wenn sie am Abend in die Wohnung zurückkehrte, bemerkte sie die geschwollenen Füße und aufgeriebenen Hände.

Doch an diesem Morgen konnte sie nicht umhin, die zwei Werkbänke zu bemerken, die leer geblieben waren, obwohl die Arbeitszeit schon begonnen hatte. Tatsächlich näherte sich Hermann Schulz, der Vorarbeiter. Beim Anblick der leeren Werkbänke beschleunigte er seinen Schritt. »Wo sind Engel und Lansky?«, bellte er, doch außer Henriette hielten alle den Blick gesenkt. Es war gefährlich, in eine solche Angelegenheit hineingezogen zu werden.

Schulz sah sie eindringlich an, doch sie schüttelte den Kopf. »Ich weiß es nicht, ehrlich.«

Der Vorarbeiter drehte auf dem Absatz um und steuerte auf die Glaskabine neben dem Eingang der Werkshalle zu, in der ein SS-Mann vom Werkschutz die Aufsicht führte. Henriette beobachtete, wie die beiden Männer miteinander diskutierten, dann verließ Schulz die Halle. Nach einer halben Stunde kam er zurück.

»Alle wieder an die Arbeit!«, rief er, obwohl niemand seine Tätigkeit unterbrochen hatte. »Lansky und Engel wurden kurzfristig in eine andere Fabrik versetzt.«

Henriette fing den Blick der vierzigjährigen Margot Weishaupt auf, die neben ihr arbeitete. Ihr war anzusehen, dass sie dem Vorarbeiter kein Wort glaubte. Auch andere Arbeiter tauschten Blicke.

»Wer seine Quoten nicht erfüllt, bleibt länger«, donnerte Schulz. Die Köpfe der Arbeiter senkten sich wieder.

In der Mittagspause setzte Margot Weishaupt sich neben sie.

»Lansky und Engel sind nicht versetzt worden«, flüsterte sie so leise, dass Henriette sie kaum verstand. »Ich habe mit jemandem gesprochen, der Leo Lansky kennt. Er sagt, die beiden seien geflitzt.«

»Geflitzt?«

»Untergetaucht«, flüsterte Margot.

»Oder sie wurden abgeholt«, hielt Henriette dagegen.

»Bei Genschow sind wir fürs Erste sicher«, raunte Margot. »Außerdem wäre der Vorarbeiter dann informiert gewesen. Nein, glaub mir, die sind weg. Nur deshalb hat Schulz uns die Lüge von der Versetzung aufgetischt. Oder glaubst du, sie würden uns sonst über eine Versetzung informieren? Aber riskant ist es, findest du nicht?«

»Das Untertauchen?«, fragte Henriette verwirrt.

»Das auch. Aber vor allem das Untertauchen zu zweit. Am sichersten ist es doch alleine.«

»Hm«, machte Henriette und kam sich dumm vor. Woher wusste ihre Kollegin diese Dinge?

Aber die redete schon weiter. »Zwei fallen immer mehr auf als einer, und Männer im wehrfähigen Alter werden sowieso ständig auf der Straße kontrolliert. Es könnten ja Deserteure sein. Und wenn die Gestapo dann feststellt, dass sie keine Papiere haben und beschnitten sind …« Sie machte eine wegwerfende Kopfbewegung.

»Sie könnten sich irgendwo verstecken«, gab Henriette zu bedenken. »Vielleicht bei befreundeten Ariern.«

»Wer hat schon Platz, um zwei erwachsene Männer zu verstecken? Und genügend Lebensmittelkarten, um sie zu ernähren?«, flüsterte Margot heftig. »Na ja. Mut haben sie jedenfalls. Wenn man sie aufgreift, geht es entweder in den Osten, oder sie erschießen sie gleich.«

Henriettes Gedanken rasten. Wenn Margot recht hatte, waren die beiden jetzt irgendwo da draußen. Frei, aber auch in Lebensgefahr. Doch waren sie das nicht ohnehin alle? Auch hier drinnen?

Als Henriette am nächsten Morgen erwachte, fühlte ihr Körper sich an wie Blei. Noch vor Kurzem war der Sonntag der heiß ersehnte freie Tag gewesen, doch jetzt kam er ihr nur noch sinnlos vor. Hinter den zugezogenen Vorhängen erahnte Henriette die Junisonne, und in der Küche machten Berta und ihre Schwiegertochter Frühstück, aber Henriette hatte keinen Appetit. Sie drehte sich auf die Seite und betrachtete den Glashund, der auf ihrem Nachttisch stand. Großvater, dachte sie. Großvater und Großmutter, wo seid ihr jetzt, und warum schreibt ihr nicht? Sie schloss die Faust um die Glasfigur und drückte sie ans Herz.

»Ihr seid bei mir … ihr alle«, flüsterte sie.

Eine Weile lag sie mit geschlossenen Augen da, doch dann spürte sie einen Sonnenstrahl auf ihrem Gesicht und blinzelte in den Schlitz zwischen den Vorhängen.

Wo schläft man, wenn man untertaucht?, dachte sie. Wer würde mich verstecken, und wie käme ich an Lebensmittelkarten, wenn es mich offiziell nicht mehr gäbe?

Es deprimierte sie, dass sie keine einzige Antwort auf diese Fragen hatte. Hatten die Untergetauchten einfach das Glück, die richtigen Arier zu kennen? Die Guten, Mutigen mit viel Geld und Beziehungen, die sie in ihren großen Wohnungen oder Häusern aufnahmen und mit Essen vom Schwarzmarkt versorgten? Oder gab es noch einen anderen Weg?

Wie so oft huschte Benjamins Gesicht vor ihrem inneren Auge vorbei, und sie ärgerte sich über den Wunsch, mit ihm über ihre Fragen und Zweifel zu sprechen. Sie rief sich ihr letztes Treffen ins Gedächtnis, die gemeinen und beleidigenden Dinge, die er ihr an den Kopf geworfen hatte – seine Kälte. Und sie? Was hatte sie getan? Anstatt ihn mit Verachtung zu strafen, war sie bis zum Kaufhaus Wertheim gelaufen in der Hoffnung, ihn zufällig dort anzutreffen – am Tag, an dem ihre Mutter starb! Seinetwegen hatte sie den Spaziergang in die Länge gezogen und war im entscheidenden Moment nicht zu Hause gewesen.

Henriette ahnte, dass sie ungerecht war und Dinge vermischte, die nichts miteinander zu tun hatten, doch es war einfacher, sich zu ärgern und Benjamin zu verdammen, als ihn zu vermissen.

»Cahn!« Der Vorarbeiter winkte Benjamin ungeduldig zu sich heran. Benjamin wischte sich die Hände ab und ging auf den Mann zu.

»Zum Chef«, sagte der nur.

Benjamin folgte ihm und fragte sich, ob er etwas falsch gemacht hatte. Der Vorarbeiter ließ ihn in das Büro des Chefs eintreten und schloss die Tür hinter ihm.

Balcke wies auf den Besucherstuhl.

»Guten Morgen, Cahn«, sagte er. »Alles in Ordnung?«

Was für eine Frage, dachte Ben, doch er nickte. »Ja, alles in Ordnung.«

Balcke stützte die Unterarme auf die Tischplatte und lehnte sich nach vorne. »Es gibt Neuigkeiten. Sie werden versetzt.«

»Versetzt?«, wiederholte Ben alarmiert. »Wohin denn? Haben Sie das …«

»Nein, ich habe das nicht veranlasst«, unterbrach Balcke ihn. »Ich schieße mir doch nicht selbst ins Knie. Seit Sie hier sind, funktionieren die Maschinen wie am Schnürchen. Im Gegenteil, ich habe mich dagegen gewehrt, aber Genschows Wille ist dem Arbeitsamt Befehl. Es wird immer schwieriger, Zwangsarbeiter mit mechanischen Vorkenntnissen zu bekommen, und Waffen stehen in der Hierarchie ganz oben. Deshalb fangen Sie am nächsten Montag dort an.« Er stand auf.

Ben erhob sich ebenfalls. »Auf Wiedersehen«, sagte er, bevor ihm die Absurdität dieser Worte in den Sinn kam. Auf Wiedersehen war einer jener simplen Grüße, die für Juden jede Bedeutung verloren hatten. Doch Balcke schien sich dessen nicht bewusst zu sein.

»Machen Sie's gut, Cahn«, meinte er jovial, dann war Benjamin aus der Tür.

Als er Stunden später mit der Elektrischen zum Hackeschen Markt fuhr, war er nachdenklich. Für Genschow zu arbeiten, war tatsächlich nicht schlecht. Sicherer als in einer Waffenfabrik konnte man gar nicht sein. Außerdem würde er Henriette wiedersehen. Benjamin fragte sich, ob ihn die Aussicht freute, doch er wusste es nicht. Ihren Abschied vor ein paar Monaten hatte er gründlich vermasselt, und er war sich sicher, dass Henriette ihm die kalte Schulter zeigen würde. Wer nicht will, der hat schon, dachte er impulsiv und wunderte sich, wie viel Bitterkeit er empfand – dabei hatte ihr Wiedersehen noch nicht einmal stattgefunden! Was brachte ihn eigentlich so auf? Dass Henriette nicht verstanden hatte, warum er so wütend gewesen war? Dass es ihr nichts ausgemacht hatte, ihre gemeinsamen Spaziergänge aufzugeben? Und dass sie seither nicht versucht hatte, ihn wiederzusehen? Aber hatte er denn etwas unternommen? Der Hackesche Markt kam in Sicht, und er stieg aus.

Als er kurz darauf vor der Wohnungstür seiner Eltern stand, hörte er aufgeregte Stimmen aus dem Inneren. Schnell schloss er auf.

»Was bedeutet das, Arnold? So sag doch was?«, rief seine Mutter im Wohnzimmer, und Ben trat eilig ein.

Sein Vater saß am Esstisch und starrte auf verschiedene Formulare. Seine Mutter stand daneben und rang die Hände. Als sie Ben sah, eilte sie auf ihn zu und umarmte ihn heftig.

»Junge«, rief sie mit kippender Stimme. »Wir haben die Listen bekommen.«

Ben fühlte sein Herz so heftig in die Knie sacken, dass ihm schwindelte. »Die Listen …«, wiederholte er schwach.

»Sie wollen wissen, welche Möbel wir haben, wie viele Gabeln und Messer, Gläser, Vasen, Kleider, Wertsachen, einfach alles … auch das Geld, aber wir haben doch gar nichts. Wir müssen angeben, ob wir eine Wohnung besitzen oder Häuser und Grundstücke … ausgerechnet wir!«

»Es sind so viele Seiten«, brummte Arnold Cahn, doch das interessierte Ben nicht.

»Wann holen sie uns ab?«, fragte er heiser. Sein Vater sah ihn an, als hätte er nicht verstanden, und Benjamin wiederholte ungeduldig: »Wann, Vater?«

»In drei Tagen«, antwortete der und sah dabei auf die Tischplatte. Seine schwieligen Mechanikerhände griffen wahllos in die Papiere. »Wie sollen wir es schaffen, das alles auszufüllen und dann noch die Koffer zu packen? Hier steht auch, was wir mitnehmen sollen. Ein Paar wasserdichte Schuhe, sechs Unterhosen, zwei Pullover …«

Ben hörte seinen Vater nicht mehr. Seit Monaten rollten jeden Tag die Transportwagen durch die Stadt, um Menschen wie ihn und seine Eltern in die Sammellager zu bringen und abzutransportieren, und trotzdem hatte etwas in ihm daran festgehalten, dass es seiner Familie nicht passieren konnte, dass sie hierbleiben würden, in Berlin, ihrer Stadt. Er betrachtete seinen Vater. Klammerte er sich an das Problem der Listen, um nicht an das denken zu müssen, was danach kam? Oder versuchte er auch jetzt noch, alles korrekt und ordentlich zu machen und den Anweisungen zu folgen, wie er es sein ganzes Leben lang getan hatte?

Wir hauen ab, schoss es ihm durch den Kopf. Wir füllen nichts aus, packen die Koffer und schlüpfen bei Freunden unter. In seinem Kopf purzelten die Namen von Menschen durcheinander, denen sie einmal nahegestanden hatten, doch die arischen Bekannten hatten sich von ihnen distanziert, viele jüdische Freunde waren bereits abgeholt worden, und der Rest lebte in ebenso beengten Verhältnissen wie sie selbst. Aber der eigentliche Punkt war, dass seine Eltern bei einer Flucht nicht mitmachen würden. Wie oft hatte er das Thema schon angesprochen.

»Wir könnten verschwinden«, sagte er trotzdem, doch sein Vater ignorierte ihn.

»Bitte hilf deiner Mutter mit den Koffern«, sagte er. »Und packt bitte möglichst platzsparend.«

Ben schluckte. Sein Gehirn weigerte sich, die Wahrheit zu akzeptieren. Wie viele Menschen waren in den letzten Monaten um ihn herum abgeholt worden? Doch er hatte den Kopf in den Sand gesteckt, sich an seine tägliche Routine geklammert, gearbeitet und geglaubt, dass er es schaffen würde. Er hatte gehofft, dass man ihn in der Fabrik brauchen würde, bis der Krieg zu Ende war – denn irgendwann musste er schließlich enden! Wie naiv konnte man sein?

Aus dem Schlafzimmer seiner Eltern waren Geräusche zu hören. Seine Mutter machte sich bereits an einem Koffer zu schaffen, und Ben wurde klar, dass es zu spät war. Seine Eltern würden auf die Ladefläche eines Transporters steigen und er mit ihnen, denn sie alleine zu lassen, war ausgeschlossen. Wo immer man sie hinbringen würde, sie würden als Familie gehen.

»Jetzt machen Sie schon, wir haben nicht den ganzen Tag Zeit«, herrschte der Gestapomann Bens Vater an, der sich auf dem Treppenabsatz mit den beiden Koffern schwertat. Ben eilte zu ihm und streckte die Hand nach dem Koffer der Mutter aus. Das Gesicht seines Vaters war aschfahl, und als Benjamin nach dem Koffer griff, sah er, dass die Hand seines Vaters zitterte.

Eine Wohnungstür öffnete sich einen kleinen Spalt, und Ben erahnte das Gesicht seiner alten Nachbarin.

»Ach Jott, wat machense bloß mit denen«, hörte er leise, doch sofort kam die lautere Stimme ihres Mannes.

»Ilse, weg da, dat jeht uns nix an.« Damit wurde die Tür zugedrückt.

»Schneller, nicht stehen bleiben!«, herrschte der Gestapomann sie an. Sein Kollege hatte bereits die Eingangstür geöffnet. Auf der Straße parkte ein Lastwagen mit dunkler Plane.

Nein, dachte Benjamin. Nein, nein, nein – trotzdem setzte er einen Fuß vor den anderen, bis sie unten auf der Straße standen.

»Clara, um Gottes willen!«

Benjamin fuhr herum, als er die erregte Frauenstimme hörte, und erkannte Helene Weiß, eine Freundin seiner Mutter, die auf sie zueilte. Bevor die beiden Gestapomänner reagieren konnten, lagen sich die beiden Frauen in den Armen.

»Es ist so weit, wir werden abgeholt«, erklärte Clara Cahn das Offensichtliche, doch schon wurden die Freundinnen von einem der Männer getrennt.

Während er Bens Mutter am Arm packte, musterte er ihre Bekannte. »Wer sind Sie?«, fragte er. »Warum pflegen Sie Umgang mit Juden?«

»Aber ich bin ja selbst Jüdin«, erklärte Helene Weiß, ohne nachzudenken.

Die Augen des Gestapomannes verengten sich. »Wo ist dann Ihr Stern?« Er drehte sich zu seinem Kollegen um und rief: »Wieder eine ohne Stern, die nehmen wir mit.«

»Aber nein«, rief Frau Weiß erschrocken. »Mein Mann ist Arier. Er ist emeritierter Professor für Kunstgeschichte. Unsere Mischehe ist privilegiert, das haben wir schriftlich, deshalb muss ich keinen Stern tragen. Prüfen Sie es nach. Sprechen Sie mit meinem Mann.«

»Ab mit ihr!«, meinte der Gestapomann, der jetzt dazukam. »Der Unsinn mit den Privilegien hat ohnehin bald ein Ende.«

»Aber nein, so hören Sie doch, das dürfen Sie nicht … Au, Sie tun mir weh … Hilfe!«

Doch der Gestapomann zog sie zur Laderampe. Unter der Plane saßen bereits andere Männer und Frauen.

»Hilfe!«, rief Helene Weiß noch lauter und sah sich wild nach allen Seiten um, während der Mann sie auf die Rampe zerrte. Eine Frau mit Einkaufstasche wechselte die Straßenseite, und die Passanten auf dem gegenüberliegenden Gehsteig hielten die Köpfe gesenkt. Nur ein etwa dreizehnjähriger Junge stand an einen Laternenpfahl gelehnt und streckte Benjamin die Zunge heraus. Ben fühlte sich außerstande zu reagieren, stattdessen half er seiner Mutter, die beinahe gestolpert wäre.

»Bitte nicht«, wimmerte sie. »Bitte nehmen Sie Frau Weiß nicht mit. Nicht meinetwegen …«

Als sie zwei Stunden später zusammen mit dreißig anderen jüdischen Mitbürgern die Verladerampe heruntergescheucht wurden, wusste Ben, wo sie waren, obwohl er durch die Plane des Lastwagens nichts hatte sehen können. Die Nazis hatten die noch vom Brand der Kristallnacht geschwärzte Synagoge in der Levetzowstraße in Moabit zu einer Sammelstelle umfunktioniert. Als sie eintraten, wäre Benjamin beinahe geschockt stehen geblieben, doch die Gruppe um ihn herum drängte ihn weiter. Hunderte von Menschen jeden Alters saßen, standen oder lagen dicht gedrängt auf dem Boden. Benjamin hatte Mühe, sich einen Weg zu bahnen. Es roch nach Schweiß und verbrauchter Luft. Vor ihm stolperte sein Vater über den Koffer einer sitzenden Frau, und Ben konnte ihn gerade noch am Fallen hindern.

»Um Himmels willen«, hörte er Helene Weiß, die sich an den Arm seiner Mutter klammerte. »Jemand muss meinen Mann anrufen. Es gibt sicher jemanden, der zuständig ist.« Doch da war niemand.

»Suchen Sie sich einen Platz. Abfertigung ist morgen früh!«, hörte Benjamin eine Stimme, und erst jetzt wurde ihm bewusst, wie still es trotz der großen Zahl an Menschen war. Nur ab und zu ein leises Wimmern, ein Husten oder ein paar geflüsterte Worte.

»Ich muss telefonieren!«, rief Helene Weiß immer wieder in den großen Raum hinein, doch niemand reagierte.

»An der Wand dort hinten ist noch was frei.« Benjamin nahm seine Mutter am Arm. »Da können wir uns wenigstens anlehnen.«

Die Stunden der kommenden Nacht zogen sich endlos hin. Am Abend hatten die Wachen etwas Brot und Ersatzkaffee verteilt. Helene Weiß weinte und ließ sich wie ein Kind von Bens Mutter umarmen, die ihr beruhigend über den Rücken strich. Der Vater starrte reglos in die Dunkelheit. Benjamins Atem ging flach, jede Faser seines Körpers war angespannt. Immer wieder rieb er sich die brennenden Augen. Wohin kommen wir?, dachte er. Wohin, wohin?

In den frühen Morgenstunden erwachte der große Raum zum Leben, die angespannte Stille der Nacht schlug um in hektische Betriebsamkeit. Es wimmelte von Männern der SS, die die Menschen nach den Anfangsbuchstaben ihrer Nachnamen in Gruppen einteilten, und über Lautsprecher dröhnten pausenlos weitere Anweisungen.

»Wir müssen unbedingt zusammenbleiben«, mahnte Ben. Hilfe suchend blickte er zu seinem Vater, doch der wirkte abwesend.

»Ich muss telefonieren, bitte, ich dürfte gar nicht hier sein!«, versuchte Helene Weiß immer wieder auf sich aufmerksam zu machen – ohne Erfolg. Ben schwitzte und bewunderte die Ruhe seiner Mutter, die ihm mit einem Lächeln über die Wange strich. Quälend langsam rückten die Schlangen in Richtung einer Reihe von Tischen vor, an denen Mitarbeiter der Gestapo saßen.

»Was wird dort gemacht?«, erkundigte sich Ben bei einem fremden Herrn.

»Das ist die Abfertigung«, erklärte dieser. »Sehen Sie die Schilder auf den Tischen? Am ersten Schalter sitzt jemand vom Arbeitsamt, am zweiten einer vom Finanzamt. Wir gehen von Schalter zu Schalter und müssen unterschreiben … unsere Mietverträge auflösen, Wasser und Strom abmelden und unseren Besitz auf das Deutsche Reich übertragen. Wer vor ein paar Stunden noch ein wohlhabender Mann war, wird mit einer Unterschrift zum Besitzlosen.«

»Wasser und Strom«, murmelte Ben und fühlte Verzweiflung in sich aufsteigen. Die Männer an den Tischen brachen alle Brücken hinter ihnen ab. Wenn die Bürokraten mit ihnen fertig waren, gab es sie hier in Berlin nicht einmal mehr auf dem Papier.

Nach einer Zeit, die ihm endlos vorkam, war Ben von seiner Familie der Erste, der an den Tisch trat.

»Name, Geburtsdatum und Wohnadresse?«, fragte ein Mann mit einer Goldrandbrille und blickte Ben teilnahmslos an.

Benjamin antwortete mechanisch.

»Der Mietvertrag läuft auf Sie?«

»Nein, auf meinen Vater.«

»Der Mann hinter Ihnen?«

»Ja.«

»Sie arbeiten in der Uniformschneiderei Kurt Balcke, Abmeldung ist erfolgt.«

»Eigentlich wurde ich versetzt.«

Die Worte drangen nicht sofort zu dem Mann durch, aber dann fragte er doch: »Versetzt? Wohin denn?«

»In die Waffenfabrik Genschow.«

Der Mann stutzte. »Zu Genschow? Wann denn?«

»Die Nachricht kam vor ein paar Tagen. Am Montag sollte ich dort anfangen.« Ben spürte, wie der Schweiß ihm den Rücken herunterlief. In der Synagoge war es heiß und stickig. Trotzdem trug er seinen Wintermantel, um im Koffer Platz für andere Dinge zu haben.

Der Mann vor ihm sah ihn einen Augenblick ratlos an, dann überflog er noch einmal die Informationen auf einem Blatt Papier. »Hier steht nichts von Genschow«, wiederholte er kopfschüttelnd, aber dann traf er eine Entscheidung.

»Warten Sie mal, ich muss das prüfen.«

Ben sah ihm nach, wie er in einen angrenzenden Raum verschwand. In den nächsten Minuten konnte Ben keinen klaren Gedanken fassen. Endlich kam der Mann zurück.

»Tatsächlich, Sie haben recht«, sagte er. In seiner Stimme lag weder Erleichterung noch Enttäuschung. »Da muss sich wohl etwas überschnitten haben. Dürfte nicht vorkommen, passiert aber doch immer wieder. Ich habe telefoniert. Es liegt bereits ein Zurückstellungsantrag für Sie vor. Sie können gehen ... ich fülle Ihnen noch eine Bescheinigung aus.«

»Was?« Ben wurde schwindelig, und er griff nach der Tischkante.

»Hier. Behalten Sie diesen Schein immer bei sich.« Der Mann reichte ihm einen Zettel. »Der Nächste bitte.«

Doch Ben rührte sich nicht. »Das hier sind meine Eltern«, sagte er und zog seine Mutter an der Hand neben sich. Er wollte weiterreden, doch er kam nicht dazu.

»Diese Bescheinigung gilt nur für Sie. Ihre Eltern fahren. Der Mietvertrag bleibt in Ihrem Fall natürlich bestehen. Und jetzt gehen Sie ...«

»Nein, bitte! Da muss man doch etwas machen können!«, rief Benjamin mit einer Stimme, die er selbst nicht wiedererkannte.

Der Mann winkte einer Wache.

»Dann bleibe ich auch!«, schrie Benjamin verzweifelt. »Ich lasse meine Eltern auf keinen Fall alleine fahren.«

»Ben.« Seine Mutter umfasste sein Gesicht mit beiden Händen, und wieder fragte er sich, woher sie diese Ruhe nahm. Nur an ihren glänzenden Augen sah er, dass sie den Tränen nahe war, ihre Hände zitterten leicht, die Stimme war leise, aber bestimmt.

»Du gehst jetzt. Wir schreiben dir, sobald wir angekommen sind. Leiste gute Arbeit in der Fabrik, hörst du? Und vergiss nie, auf der Straße den Stern zu tragen. Geh nur raus, wenn du musst, und pass auf dich auf. Und wenn es kalt ist, zieh dich warm an.«

»Aber ... Es ist doch erst Juni.« Bens Stimme brach, Tränen strömten ihm aus den Augen. Seine Mutter schloss ihn in die Arme, und er drückte sie, so fest er konnte, da spürte er eine

Hand auf seiner Schulter. Ben ließ seine Mutter los, doch bevor die Wache ihn wegführen konnte, hatte er seinen Vater an sich gezogen.

»Vati …«

»Hör auf deine Mutter«, sagte sein Vater und drückte ihn fest. »Wir sehen uns wieder, schon bald … sehr bald.«

Die Wache packte Benjamin am Arm und zog ihn mit sich. Er ließ es geschehen, doch im Gehen blickte er sich noch einmal um. Jetzt war es Frau Weiß, die seine Mutter stützte. Bens Vater hob die Hand zum Gruß, dann waren sie hinter anderen Menschen verschwunden.

Kurz darauf stand Ben auf dem Bürgersteig vor der Synagoge.

»Na los, machen Sie, dass Sie wegkommen«, brummte der Wachmann.

Ben konnte keinen klaren Gedanken fassen. Es war, als hätte sich ein dichter Nebel in seinem Kopf ausgebreitet.

»Na los, wird's bald?«, wiederholte der Mann harsch.

Mechanisch begann Ben zu laufen. Aus zwei Schritten wurden zehn, dann fünfzig, und als er sich umdrehte, war die Synagoge nicht mehr zu sehen.

9

Rolf saß noch keine halbe Stunde in seinem Wagen etwa zwanzig Meter vom Hauseingang der Familie Fraenkel entfernt, als Henriette mit der Hausangestellten und deren Familie aus dem Hofeingang kam. Er lächelte erfreut. Dass sie alle gemeinsam zu ihrem Sonntagsspaziergang aufbrachen, war ein Glücksfall, denn normalerweise verließ Henriette am Sonntagnachmittag das Haus erst nach den anderen, weshalb diese Berta oft schon wieder nach Hause kam, kaum dass Henriette gegangen war.

Der Gedanke, selbst in ihrer Wohnung nach dem verdammten Foto zu suchen, war ihm vor ein paar Wochen gekommen, nachdem Henriette zu Genschow versetzt worden war. Zuerst hatte er getobt, als er davon erfahren hatte, doch dann hatte er sich mit dem Gedanken getröstet, dass sie sich in der Waffenfabrik sicher genug fühlen würde, um vorerst keinen Gebrauch von dem Bild zu machen. Und in der Zwischenzeit konnte er es sich einfach selbst holen. Schließlich war er bei genügend Hausdurchsuchungen dabei gewesen – er wusste, wo die Menschen ihre kleinen Geheimnisse versteckten.

Rolf beobachtete Henriette, wie sie und die anderen die Straße in entgegengesetzter Richtung hinunterliefen und um eine Hausecke bogen. Dann stieg er aus.

Die einfache Wohnungstür aufzubekommen, war kein Kunststück. Er trat ein und ging in den Salon. Als er vor ein paar Monaten mit seinem Kollegen hier gewesen war, hatte er keine Zeit gehabt, sich umzusehen. Der Raum war voller schwerer teurer Möbel. Dazu kamen Bücherregale, in denen die Bände in Zweierreihen standen. Es war offensichtlich, dass die Fraenkels früher in einer größeren Wohnung gelebt hatten, sich aber bei ihrem

Umzug von den meisten Stücken nicht hatten trennen können. Besitz, Besitz, Besitz – nur daran dachten die Juden. Die waren ja nur glücklich, wenn sie irgendetwas anhäufen konnten, dachte er. Die Vorstellung, dass der ehemals wohlhabende Anwalt Fraenkel und seine Frau die Stadt mit nichts als einem kleinen Koffer verlassen hatten, befriedigte ihn.

Als Nächstes ging Rolf in Henriettes Zimmer, hob die Matratze an und untersuchte sie auf Schlitze. Auch das Bettzeug löste er, richtete aber anschließend alles wieder ordentlich her. Solange er das Foto nicht hatte, war es besser, sie in Sicherheit zu wiegen. Er nahm die Bücher aus dem Regal und blätterte sie sorgfältig durch. Trotzdem hätte er beinahe den schmalen Band übersehen, den Henriette hinter den anderen versteckt hatte. Als Rolf den Titel las, machte sein Herz einen Sprung. *Kleines Lesebuch für Große* war ein Gedichtband der jüdischen Autorin Mascha Kaléko und längst verboten, aber das war nicht der Grund seiner Reaktion.

Plötzlich saß er wieder auf der Parkbank, Henriette neben sich, und lauschte den Gedichten über die Liebe und das Leben, die sie ihm vorlas. Das Buch war damals gerade erst erschienen, und Rolf erinnerte sich an den Eindruck, den die Gedichte auf ihn gemacht hatten. Eine simple Sprache ohne Schnörkel oder Reime, Gefühle ohne Pomp. In der Schule hatte er verächtlich auf Gedichte herabgeblickt, auch wenn man sie natürlich als deutsches Kulturgut schätzen musste. Aber dieser Kaléko … der hatte er zugehört. Sogar das Buch hatte er sich heimlich gekauft – sein Vater durfte davon natürlich nichts wissen. Dass die Juden selbst die deutsche Kultur an sich gerissen hatten, war ja auch eine Schmach. In jedem Theater hatten sie auf der Bühne gestanden, in jedem Orchester gesessen, in jedem Buchladen hatten ihre Bücher gestanden. Aber damit war ja zum Glück Schluss …

Trotzdem blätterte er in dem dünnen Band, bis er ein bestimmtes Gedicht fand. Irritiert stellte er fest, dass er den Anfang noch immer auswendig kannte. *Steht mein Bild wohl noch auf deinem Tisch?*, las er. *Kramst du manchmal noch in meinen Briefen?*

Diese Zeilen hatten ihm nach der bösen Überraschung damals besonders wehgetan. Nein, die falsche Schlange hatte nie vorgehabt, sich sein Bild auf den Tisch zu stellen, und getröstet hatten ihn höchstens die letzten Zeilen des Gedichts, in denen die Autorin gestand, das Bild selbst zerrissen zu haben. Mehrere Tage hatte er sich damals an diesem Gedicht festgebissen, bis er es endlich geschafft hatte, das Buch wegzuwerfen.

Verwundert bemerkte Rolf, dass seine Hände schwitzten. Er fühlte sich zittrig und feuerte den Gedichtband auf den Boden, als hätte er sich daran verbrannt. Verdammte Hitze hier drinnen, dachte er und war mit wenigen Schritten am Fenster, um es zu öffnen. Er atmete tief ein, stoppte das Gedankenkarussell und hob das Buch auf. Nur dafür waren solche Gedichte gut – sie träufelten einem das Gift kranker Gefühle ein und lähmten den Verstand. Plötzlich kam ihm eine Idee. Was, wenn Henriette das Bild in genau diesem Band versteckt hatte? Hastig blätterte er durch die restlichen Seiten, doch da war nichts. Enttäuscht klappte er das Buch zu. Für einen Augenblick war er sich so sicher gewesen, stattdessen hieß es weitersuchen – und er musste sich beeilen, denn irgendwann würde die Bagage zurückkommen. Außerdem wartete seine Verlobte Erika auf ihn. Hastig kontrollierte er Schreibtischschubladen, Kleiderschrank, Kommode, Teppich und sogar die Gardinen. Er suchte effizient und methodisch, aber ohne Erfolg. Rolf überlegte. Was, wenn Henriette mit einer Durchsuchung gerechnet und das Bild in einem anderen Raum versteckt hatte, wo man es nicht vermutete? Rolf legte den Gedichtband an die Stelle, wo er ihn gefunden hatte, und ging ins Wohnzimmer zurück.

In den Regalen mussten Hunderte Bücher stehen, wenn nicht mehr. Die Wahrscheinlichkeit, dass sie das Foto in einem davon versteckt hatte, war groß, aber wo anfangen? Er arbeitete sich durch ein paar Klassiker … Goethe, Schiller … Die hatten seine

Eltern auch mit Goldschnitt zu Hause stehen. Als Kind hatte er sie gern geöffnet, weil die Einbände so schön krachten. Die Juden brauchten jedenfalls nicht zu glauben, dass Goethe und Schiller ihnen gehörten.

Vom Bürgersteig klangen Stimmen zu ihm hoch, und er lief zum Fenster. Mist! Eilig verließ er die Wohnung. In einem oberen Stockwerk wartete er, bis die Tür unter ihm ins Schloss gefallen war, dann verließ er das Gebäude durch den Hintereingang und ging zu seinem Wagen. Er würde noch einmal kommen müssen, und das war ärgerlich, obwohl er fast damit gerechnet hatte. Rolf steckte den Schlüssel in den Zünder. Er war früh dran – seine Verlobte würde sich freuen. Doch im nächsten Moment zog er den Schlüssel wieder heraus. Warum fühlte er sich so erschöpft, obwohl er nur in ein paar Büchern geblättert hatte? Henriette, dachte er. An allem, was er in diesem Haus berührt hatte, klebte ihr Gift. Das würde wohl erst aufhören, wenn sie weg war. Dann wäre er ihr Gesicht endlich los und würde die verdammten Gedichtzeilen vergessen. Er startete den Motor und fuhr davon.

An diesem Montag setzte sich Henriette in der Mittagspause nicht neben ihre Kollegin Margot. Ihr war noch immer mulmig zumute, seit sie nach dem Spaziergang am Vortag ihr Zimmerfenster offen vorgefunden hatte, obwohl sie sich sicher war, es geschlossen zu haben. Den Rest des Nachmittags hatte sie damit verbracht, nach Spuren für einen Einbruch oder eine heimliche Durchsuchung Ausschau zu halten, doch da war nichts gewesen.

Mit einem leichten Kopfschütteln öffnete sie ihre Brotdose. Wahrscheinlich hatte sie das Fenster doch offen gelassen – zumal die Gestapo es nicht nötig hatte, ihre Besuche zu verheimlichen. Wäre tatsächlich jemand da gewesen, hätte die Wohnung anders ausgesehen. Henriette wollte gerade in die Stulle beißen, als ihr Blick auf einen jungen Mann fiel, der an einem anderen Tisch saß. Sein Gesicht konnte sie nicht erkennen, da er den Kopf in die Hände gestützt hatte und auf den Tisch blickte, auf dem keine Brotdose stand. Er schien völlig in Gedanken versunken. Henriette ließ das Brot sinken. Sie betrachtete die langen schmalen Finger, die in die dunklen Haare griffen. Kein Zweifel, das war Benjamin! Er war noch in Berlin – und nun sogar bei Genschow! In die Aufregung mischte sich die Erinnerung daran, wie unsensibel und gefühlskalt er sein konnte. Sie dachte an ihre letzte Begegnung, doch dann stoppte sie den Gedankenstrom. Was regte sie sich denn so auf? Sie würde ihn einfach ignorieren. Es fehlte gerade noch, dass er sie dabei erwischte, wie sie ihn anstarrte.

In diesem Moment blickte er auf, und Henriette erschrak. Wie müde und zerfurcht er aussah. Was mochte vorgefallen sein? Da trafen sich ihre Blicke. Der plötzliche Kontakt ließ sie zusammenzucken, und sie senkte die Augen, doch schon im nächsten Moment schalt sie sich einen Feigling. Es gab keinen Grund, ihm nicht in die Augen zu sehen. Doch als sie wieder zu ihm hinüberschaute, hatte Benjamin den Blick schon wieder abgewandt und starrte auf die Tischplatte.

Die Glocke schrillte, die Mittagspause war vorbei. Verwirrt biss Henriette von ihrem noch unangetasteten Brot ab und wunderte sich, dass ihr Hunger so schlagartig verschwunden war. Sie fragte sich, was dieses seltsame Wiedersehen zu bedeuten hatte. So teilnahmslos wie heute hatte sie Ben noch nie erlebt. Ein ungutes Gefühl beschlich sie.

Nachdem die Wache Benjamin aus der Sammelstelle geführt hatte, war er mechanisch nach Hause gelaufen, wo er die folgenden Stunden trotz der Wärme im Mantel am Küchentisch gesessen hatte. Erst in der Nacht hatte er die Kraft aufgebracht, ihn auszuziehen und sich auf das abgewetzte Sofa zu legen. Doch er hatte nicht einschlafen können, zu viele Gedanken kreisten in seinem Kopf. Er wusste nicht, was schlimmer war – der Abtransport der Eltern oder die Tatsache, dass er sie im Stich gelassen hatte und zu Hause auf dem Sofa lag, als wäre nichts geschehen. Warum hatte er nur erwähnt, dass er versetzt worden war? Hätte er den Mund gehalten, säße er jetzt neben ihnen und könnte ihnen beistehen. Er hatte sogar erwogen, zur Synagoge zurückzugehen und auf seinem Abtransport zu bestehen. Doch letztlich war er auf dem Sofa liegen geblieben. Er war feige … ein schlechter Sohn.

Als er am Montagmorgen aufstand und in die Waffenfabrik ging, hatte er nur noch innere Leere verspürt. Die zwölf Stunden Arbeit erschöpften ihn, denn er hatte seit Tagen nichts gegessen, aber das war die Strafe dafür, dass er seine Eltern im Stich gelassen hatte.

Er dachte daran, wie er Henriette im Pausenraum entdeckt hatte. Sie hatte ihn offenbar schon vorher bemerkt, aber sofort weggesehen. Anscheinend war sie ihm immer noch gram, aber was machte das schon? Sollte sie tun und denken, was sie wollte. Es gab nichts, was ihn noch interessierte. Er wollte einfach nur arbeiten und darauf warten, abgeholt zu werden. Je eher, desto besser. Vielleicht konnte er so seine Eltern noch einmal wiedersehen.

Mittlerweile waren ein paar Wochen seit Bens Auftauchen bei Genschow vergangen, doch schon an seinem zweiten Tag in der Firma war es offensichtlich gewesen: Er hatte keinerlei Interesse an einem Wiedersehen und ging allem aus dem Weg, was zu einem Treffen oder einer Begrüßung führen konnte. Henriettes erste Reaktion war Ärger gewesen – über sein Verhalten, aber auch darüber, dass es ihr so viel ausmachte. Sie hatte ihre Großeltern verloren, dann ihre Mutter. Welche Rolle spielte es da noch, ob irgendein Benjamin Cahn mit ihr sprach oder nicht? Doch im nächsten Moment hatten sich Zweifel in ihr geregt. Was wusste sie schon darüber, wie es ihm und seiner Familie in den letzten Monaten ergangen war? Wenn Benjamin dasselbe widerfahren sein sollte wie ihr, dann brauchte er Hilfe – ob er sie suchte oder nicht. Entschlossen griff Henriette nach einem Zettel und einem Bleistift und schrieb das Erste, was ihr in den Sinn kam.

Sonntag, 14 Uhr an unserem ersten Treffpunkt. Bitte! Ich MUSS dich sehen.

Benjamin sah von dem Zettel auf, den er nach der Mittagspause auf seiner Werkbank gefunden hatte. Er sah sich um, obwohl die Nachricht nur von Henriette stammen konnte.

Was sie wohl von ihm wollte? Hatte er ihr nicht eindeutig klargemacht, dass er selbst nichts mehr wollte? Von niemandem? Und nach einem sonntäglichen Plauderstündchen stand ihm schon gar nicht der Sinn. Dennoch ließen ihn Henriettes Worte in den folgenden Tagen nicht los. Und als am Sonntag die Zeiger der Küchenuhr auf eins zurückten, wurde er unruhig. Einerseits hatte er tatsächlich keine Lust auf einen Sonntagsspaziergang, während seine Eltern irgendwo … falls sie überhaupt noch … Andererseits klangen Henriettes Worte so dringlich. Was, wenn sie Hilfe benötigte und er sie ihr verweigerte? Waren die Trauer um seine Eltern, seine Wut und die Schuldgefühle tatsächlich eine Rechtfertigung für alles?

Der Zeiger der Küchenuhr hatte die Eins überschritten, Benjamin ballte die Faust um Henriettes Zettel und warf das zerknüllte Kügelchen in die Zimmerecke, dann stand er so ruckartig auf, dass der Küchenstuhl beinahe nach hinten gekippt wäre, und ging in den Flur, um Hut und Jacke anzuziehen.

Auf dem Weg zu ihrem ersten Treffpunkt am Landwehrkanal geriet Ben heftig ins Schwitzen, denn die Elektrische durfte er nur auf dem Hin- und Rückweg zur Arbeit benutzen, und auch die Jacke konnte er trotz der Julihitze nicht ausziehen, da der Stern darauf angebracht war. Erst als er Henriette von Weitem unter einem Baum am Kanalufer sah, blieb er stehen, nahm den Hut ab und wischte sich mit einem Taschentuch über die Stirn. Henriette hatte ihn noch nicht entdeckt, denn die Straße war voller Menschen – oder besser gesagt, voller Frauen –, denn das Berlin des dritten Kriegsjahres war eine Stadt der Frauen geworden. Mütter spazierten mit ihren Kindern umher, Schwestern und Freundinnen tauschten Neuigkeiten aus, und wie Benjamin Henriette so stehen sah, den Kopf mal hierhin, mal dorthin gewandt, spürte er einen unerwarteten Anflug von Freude, für den er sich sofort schämte. Er setzte den Hut wieder auf und ging auf sie zu.

»Ben!« Henriette kam ihm entgegen.

»Hallo.« Er lächelte verlegen, überlegte kurz, ob er ihr die Hand geben sollte, schaffte es nicht und fächelte sich stattdessen mit dem Hut Luft zu. Es fiel ihm schwer, ihrem Blick standzuhalten. So viel war seit ihrem letzten Zusammentreffen geschehen, dass er keine Ahnung hatte, wie er sich ihr gegenüber verhalten sollte.

Henriette schien es genauso zu gehen.

»Lass uns ein paar Schritte laufen«, sagte sie und ging sofort los. Mehrere Minuten lang liefen sie schweigend nebeneinanderher. Immer wieder fühlte Benjamin Henriettes Blicke von der Seite, doch er erwiderte sie nicht – aber auch die Härte, die er in den letzten Wochen in der Brust empfunden hatte, war nicht mehr da. Dann hielt Henriette unvermittelt im Schatten eines Baumes an.

»Ben, was ist passiert?«, fragte sie.

Er ging noch zwei Schritte, dann blieb er stehen und sah sie an, doch die Worte wollten nicht kommen.

»Ist es das, was ich vermute?«, fragte Henriette. »Wurden deine Eltern …?«

Ben nickte. »Wir waren schon alle zusammen in der Sammelstelle, als ich von meiner Versetzung angefangen habe, und dann …« Er berichtete in knappen Worten.

»Und jetzt fühlst du dich schuldig«, stellte sie fest.

»Ich *bin* schuldig«, präzisierte Ben. »Ich hätte auf dem Transport bestehen müssen. Stattdessen habe ich sie allein gelassen.«

Zu seiner Überraschung schwieg Henriette, doch schließlich sagte sie: »Vielleicht. Aber letztlich wolltest du leben. Du hast die Chance bekommen und sie genutzt.«

»Nein, das …«

»Doch«, unterbrach sie ihn. »Und das war richtig so. Es war nicht nur dein Recht, es war deine Pflicht. Wir müssen kämpfen, Ben, das sind wir denen schuldig, die uns lieben und die nicht dieselbe Chance hatten … meine Großeltern, deine Eltern, alle anderen.«

Benjamin wusste nicht, was er sagen sollte. Er wollte die Dinge nicht von dieser Warte sehen, aber Henriette schien lange darüber nachgedacht zu haben. Plötzlich fiel ihm auf, dass er noch gar nicht nach ihr und ihrer Mutter gefragt hatte.

»Sie ist im Mai an einem Aneurysma gestorben«, antwortete Henriette.

»An einem Aneurysma?«, fragte Ben ungläubig.

Henriette lachte bitter. »Ja, man möchte es nicht glauben, aber in inmitten all dieses Terrors kann man noch immer an einer ganz banalen Hirnblutung sterben.«

»Das tut mir sehr leid.«

»Komm, lass uns ein paar Schritte gehen.« Henriettes Stimme klang ruhig.

»Du hattest geschrieben, dass du mich sehen *musst*«, erinnerte Ben sie. »Gibt es etwas, das ich für dich tun kann?«

»Ich *musste* dich sehen, weil ich einen Freund brauche … und weil ich sehe, dass *du* eine Freundin brauchst«, sagte sie schlicht.

Ben schluckte, doch dann lächelte er zaghaft. »Ich nehme an, das ist auch eine Art von ›müssen‹.«

Ben spürte Henriettes Hand an seinem Arm – sie hatte sich bei ihm eingehakt. Eine simple Geste, und trotzdem musste er blinzeln, um die Tränen zurückzuhalten.

10

Seit jenem Treffen hatten Ben und Henriette wieder jeden Sonntagnachmittag miteinander verbracht, ein Termin, dem Henriette die ganze Woche entgegenfieberte. Mittlerweile war es September, das Wetter war noch immer warm, und wieder näherte sich ein Sonntag, doch Henriette war unruhig. Sie hatte Ben weder am gestrigen Freitag noch heute im Pausenraum gesehen.

»Ist was?«, fragte ihre Kollegin Margot, als sie auf dem Rückweg zu den Werkbänken Henriettes suchenden Blick bemerkte.

»Ich kann Benjamin nicht finden und mache mir Sorgen.«

Margot, die Ben inzwischen kennengelernt hatte, schüttelte den Kopf.

»Ich weiß von nichts. Obwohl … ein Kollege hat mir erzählt, dass gestern ein Zwangsarbeiter entlassen wurde, weil er angeblich zu viel Ausschuss produziert hat. Vielleicht war das ja …«

»Nein«, unterbrach Henriette sie. »Ben ist gelernter Mechaniker. Dass er zu viel Ausschuss produziert haben soll, ist unmöglich.«

Margot zuckte mit den Schultern. »Dann weiß ich auch nicht.«

In der Nacht auf Sonntag schlief Henriette schlecht, und am nächsten Nachmittag war sie schon eine halbe Stunde vor der üblichen Zeit an ihrem Treffpunkt. Trotzdem musste sie nicht einmal warten.

Vor Erleichterung kamen ihr beinahe die Tränen, doch sie wollte es sich nicht anmerken lassen.

»Da bist du ja!«, sagte sie betont fröhlich. »Ich habe dich gar nicht mehr in der Mittagspause gesehen, warst du krank?«

Ben schnitt eine Grimasse, und erst jetzt fiel Henriette auf, wie angespannt er wirkte.

»Schön wär's«, meinte er verächtlich. »Sie haben mich gefeuert ... gleich nach Arbeitsbeginn am Freitagmorgen.«

»Was?«

»Angeblich, weil ich zu viel Ausschuss produziert habe ...«

Henriette konnte es nicht fassen. »Aber das stimmt doch nicht, oder?«

»Nein, natürlich nicht. Jemand muss mir unbemerkt seinen eigenen Ausschuss untergejubelt haben.« Ben schnaubte. »Jedenfalls bin ich raus und kann sogar noch froh sein, dass sie mich nicht wegen Sabotage anzeigen. Aber die nächste Arbeit, die das Arbeitsamt mir zuweisen wird, wird Strafe genug sein.«

»Was soll das heißen?«, fragte Henriette besorgt.

Ben zuckte mit den Schultern. »Schlechte Schichten, harte körperliche Arbeit. Vor allem aber wird es kein kriegsrelevanter Betrieb mehr sein. Und damit ist es nur noch eine Frage der Zeit, bis sie mich abholen.«

»Das weißt du nicht«, versuchte Henriette ihn zu beruhigen. »Mechaniker werden händeringend gesucht.« Doch insgeheim war sie sich nicht so sicher, denn sie wusste, wie willkürlich manche Entscheidungen der Nazis waren.

Schweigend gingen sie ein paar Schritte, aber schon bald blieb Ben erneut stehen und sah sie Hilfe suchend an. »Ist das nicht paradox? Noch vor ein paar Wochen habe ich mich gegeißelt, weil ich nicht darum gekämpft habe, bei meinen Eltern zu bleiben. Und jetzt habe ich Angst vor dem Abtransport und suche nach einer Möglichkeit, ihn zu verhindern.« Er machte eine kurze Pause, doch bevor Henriette etwas sagen konnte, stieß er hervor: »Du hattest recht, Henriette. Ich will nicht in den Osten, und das, obwohl meine Eltern dort sind ... Macht mich das zu einem schlechten Menschen?«

»Natürlich nicht! Hör auf damit!«, rief Henriette beinahe böse. »Du kennst meine Meinung dazu.« Sie zog ihn weiter, um nicht aufzufallen.

»Ich überlege unterzutauchen«, sagte Benjamin leise.

Henriettes Kopf fuhr herum. »Wie denn? Hast du schon einen Plan?«, fragte sie.

»Nein, auch wenn ich in den letzten zwei Tagen viel darüber nachgedacht habe. Für langwierige Planungen bleibt mir ohnehin keine Zeit mehr. Ich muss mir schnell etwas einfallen lassen, denn ich werde kein zweites Mal einen Koffer für den Abtransport packen wie damals mit meinen Eltern … oder wie mein Untermieter.«

»Was ist mit deinem Untermieter?«, hakte Henriette nach. Nachdem seine Eltern abgeholt worden waren, hatte Ben sich einen Bekannten zur Untermiete in die Wohnung geholt, um zu verhindern, dass die Behörden das frei gewordene Schlafzimmer seiner Eltern einem Fremdem zuwiesen, denn die Gestapo versuchte, die noch in der Stadt lebenden Juden in so wenigen Wohnungen wie möglich zusammenzufassen.

»Er hat Nachricht bekommen«, antwortete Ben bitter. »Ein neuer Abschied steht bevor, und ich habe es satt, tatenlos zuzusehen. Ich halte diese Passivität nicht mehr aus.«

Ben blieb wieder stehen und griff spontan nach ihren Händen, ließ sie aber, offenbar erschrocken über die plötzliche Nähe, sofort wieder los.

»Henriette«, sagte er eindringlich. »Ich kann nicht mehr wie das Kaninchen vor der Schlange sitzen. Ständig sehe ich meine Eltern vor mir, wie sie dastanden mit ihren Koffern, starr vor Angst, und doch in dem verzweifelten Glauben, dass die Nazis ihnen nicht auch noch ihr Leben nehmen würden. Aber ich glaube das nicht mehr.«

»Was glaubst du nicht mehr?«, fragte Henriette alarmiert. »Meinst du, die Gerüchte stimmen?«

Ben zögerte einen Augenblick, dann nickte er. »Arbeitslager, so ein Quatsch. Sie sind tot, Henriette. Meine Eltern und deine Großeltern und alle anderen, die sie in den Osten gebracht haben. Aber mich bekommen sie nicht.« Impulsiv griff er wieder nach ihrer Hand. »Und du?«

Henriette wich seinem Blick aus und sah stattdessen auf ihre Hand in seiner. »Ich weiß nicht, ob ich schon so weit bin, ob ich das kann. Vielleicht, vielleicht auch nicht. Ich muss nachdenken.«

Ben nickte ernst. »Ich will dich nicht überreden, denn es ist gefährlich. Jeder muss diese Entscheidung für sich selbst treffen, und zusammen unterzutauchen, wäre tatsächlich ein noch größeres Risiko.«

»Ich weiß«, sagte Henriette leise.

Plötzlich konnte sie die ungewohnte Nähe nicht mehr ertragen und entzog ihm ihre Hand. War dieses Treffen heute schon ihr Abschied? Sie lief los, und Benjamin schloss hastig zu ihr auf.

»Henriette«, sagte er, als das Schweigen zu lange dauerte.

»Ja?«

»Ich wollte dir noch etwas sagen.«

Henriette blieb nicht stehen. Der Gedanke an einen erneuten Abschied von Ben schmerzte mehr, als sie sich eingestehen wollte. Plötzlich spürte sie seine Hand am Arm, die sie zurückhielt.

»Werden wir uns noch mal sehen … vorher?«, fragte sie.

»Natürlich«, antwortete er fest. »Aber ich wollte dir etwas anderes sagen. Erinnerst du dich an unser letztes Treffen, bevor du zu Genschow versetzt wurdest?«

Die Frage entlockte Henriette ein kleines Lachen. »Natürlich. Dein Verhalten war einfach unvergesslich.«

Ben blieb ernst. »Ich habe mich nie dafür entschuldigt … was ich hiermit tue. Trotzdem … Ist dir nie der Gedanke gekommen, dass ich einfach nicht damit umgehen konnte, dass du weggehen würdest?«

Das Geständnis kam für Henriette völlig unerwartet. Sie fühlte, wie sie errötete, und senkte den Blick. »Nein, ehrlich gesagt nicht.«

»Ich hatte Angst, dich zu verlieren.«

In Henriettes Kopf jagten sich die Gedanken. »Und jetzt, wo du vielleicht untertauchst, hast du diese Angst nicht?«, fragte sie.

»Doch.« Er hob ihr Kinn an und zwang sie, ihm in die Augen zu sehen. »Aber wenn ich es nicht tue, verliere ich dich auf jeden Fall.«

Henriette nickte nur. In ihren Augen sammelten sich Tränen, die sie ihm nicht zeigen wollte.

»Dann lass uns noch ein Stück laufen«, brachte sie schließlich heraus. Sie drehte sich um und wischte sich dabei hastig mit dem Handrücken über die Augen. Schweigend nahmen sie den Spaziergang wieder auf, aber Henriettes Gedanken kreisten um das, was Benjamin gesagt hatte.

Rolf saß im Besprechungsraum und folgte den Ausführungen des Kollegen Schultz, der ihnen Zahlen vortrug, die sie längst kannten – schließlich waren sie selbst diejenigen, die die Ratten aus ihren Häusern holten und in die Sammelstellen brachten. Wozu also dieser Vortrag? Irritiert nahm Rolf zur Kenntnis, dass die Zusammenfassung der Zahlen nur der Auftakt gewesen war. Jetzt kam der Kollege zum Kern: Sie waren zu langsam.

»Das geht einfach nicht schnell genug«, sagte Schultz. »Der Führer will Berlin endlich judenfrei. Das kann doch nicht so schwer sein. Wir müssen unsere Anstrengungen verdoppeln.«

»Aber es liegt doch gar nicht an uns«, wagte Rolfs Kollege Georg Hildebrandt einzuwerfen. »Um schneller zu arbeiten, bräuchten wir mehr Transporter. Mit denen, die wir haben, arbeiten wir bereits auf Hochtouren.«

Schultz nickte grimmig. »Vorschläge?«, fragte er in die Runde.

»Wir könnten zusätzlich private Fuhrunternehmen beauftragen«, schlug Rolf vor. »Aber natürlich hätte das den Nachteil, dass unsere Aktivitäten dadurch stärker in die Öffentlichkeit getragen würden.«

»Sie meinen Umzugsunternehmen? Möbelwagen?«, hakte Schultz nach, ohne auf Rolfs Bedenken einzugehen.

»Ja, genau.«

Schultz wog den Vorschlag ab.

»Um die Öffentlichkeit mache ich mir keine Sorgen«, meinte er schließlich. »Die Säuberung läuft jetzt seit fast einem Jahr – ohne jeden Protest der Zivilbevölkerung. Die Menschen haben andere Sorgen: die Front in Russland, Lebensmittelkarten, das Kinoprogramm.« Er lachte kurz. »Wer schert sich da schon um ein paar Juden, die aus der Nachbarschaft verschwinden. Aus den Augen, aus dem Sinn, wie man so schön sagt. Nein, ich muss zugeben, die Idee ist gut.« Er lächelte zufrieden. »Reinhardt, Hildebrandt, durchleuchten Sie die ansässigen Fuhrunternehmen und wählen Sie die geeignetsten aus. Achten Sie sowohl auf die logistischen Kapazitäten als auch auf die ideologische Eignung der Besitzer. Da winkt satter Verdienst. Ich kann mir nicht vorstellen, dass einer ablehnt.«

Nach der Besprechung gesellte sich Georg Hildebrandt zu Rolf. »Ich habe dir vorhin die Transportliste für die nächste Woche auf den Schreibtisch gelegt. Sie wurde mir heute Morgen gebracht, aber es ist ein Fehler drin, und das Ding soll noch einmal getippt werden. Könntest du das machen? Ich habe noch einen Termin«, bat er.

»Ich bin doch nicht die Sekretärin!«, konterte Rolf irritiert.

»Das Fräulein Luttmann ist krank. Komm schon, ich gebe dir demnächst einen aus.«

»Da reicht einer nicht«, brummte Rolf verstimmt. »Aber, na gut.«

Ich kann mir schon denken, wo der hinmuss, dachte Rolf noch immer gereizt, als er sein Büro betrat. Hildebrandt war dafür bekannt, dass er gerne in der Kantine mit den jungen Damen flirtete, die hinter der Theke arbeiteten. Er überflog die Liste und fand einen durchgestrichenen Namen. »Vorzeitig verstorben – zu ersetzen«, stand handschriftlich daneben. Na so was, dachte Rolf lächelnd. Wenn das nicht eine Fügung des Schicksals war!

Er setzte sich an den Schreibtisch. Henriettes Namen für den Verstorbenen einzusetzen, war ein Kinderspiel. Danach musste er nur noch an den Aktenschrank im Büro des Kollegen Rudolf rankommen und Genschows Zurückstellungsantrag aus Henriettes Akte verschwinden lassen – aber irgendwie ließ sich das schon bewerkstelligen. Bei Genschow würden sie sich wundern, aber wegen einer ungelernten Arbeiterin würden sie sich kaum mit dem Reichssicherheitshauptamt anlegen. Immerhin gingen die Zeiten, in denen sich die Juden hinter den Werkbänken bei Genschow, Siemens-Schuckert und Co. verstecken konnten, ohnehin zu Ende.

Das hätte ich längst machen sollen, dachte Rolf – vor allem, nachdem die zwei weiteren heimlichen Besuche in Henriettes Wohnung trotz sorgfältigster Suche nichts ergeben hatten. Und schließlich war er nicht der Einzige, der das System zu seinem Vorteil nutzte. Wenn man seine prekäre Lage in Betracht zog, war er sogar viel zu lange viel zu korrekt gewesen. Er legte ein frisches Blatt in die Schreibmaschine und tippte. Nur noch ein paar Tage, dann war er alle Sorgen los.

Ben dachte an seine Treffen mit Henriette, seit er ihr vor wenigen Wochen von seinen Plänen berichtet hatte, und fragte sich, warum es ihm nicht gelang, das umzusetzen, was ihm während der Gespräche so zwingend notwendig erschien. Untertauchen … Was war das letztlich anderes, als ein paar Sachen einzupacken und die Tür hinter sich zu schließen? Sogar eine erste Anlaufstation hatte er sich schon überlegt – was also hielt ihn in dieser kleinen Wohnung mit den wenigen alten Möbeln?

Der Küchentisch, an dem er saß, war mit einem abgenutzten Kunststofftuch bedeckt, das Ben genauso sauber hielt, wie seine Mutter es getan hatte. »Wir haben nicht viel«, hatte sie immer gesagt, »aber das, was wir haben, ist tipptopp in Ordnung!« Gegenüber an der Wand stand das Sofa, das seine Eltern sich vor zehn Jahren anlässlich ihres Hochzeitstages neu gekauft hatten. Daneben ein kleiner Tisch, auf dem das Radio gestanden hatte, das sie vor drei Jahren hatten abgeben müssen. Sonntags hatten seine Eltern gern dort gesessen, Tanzmusik gehört und dazu mit dem Fuß gewippt. Als er älter wurde, hatte Benjamin sich darüber lustig gemacht. »Geht doch mal in ein richtiges Tanzcafé«, hatte er gesagt, doch das wäre seinen biederen Eltern zu gewagt vorgekommen. Tanzen war etwas für junge Leute, Frischverliebte oder solche, die es werden wollten.

Und plötzlich wusste Ben, was ihn noch hielt. Es war nicht die Angst vor dem, was ihm bevorstand. Es war die Bindung an sein altes Leben mit den Eltern, an die Wärme und Sicherheit, die sie ihm gegeben hatten, die Zukunftspläne, die er hier geschmiedet hatte. Das saubere Plastiktuch und der leere Radiotisch, der ihn an ihre wippenden Füße erinnerte, waren alles, was von diesem Leben übrig geblieben war. An dem Tag, an dem er die Tür hinter sich zuzog, musste er auch das noch aufgeben. Das eigene Zuhause sollte ein sicherer Ort sein, dachte er bitter, aber das war schon lange nicht mehr so. Die eigenen vier Wände, das Dach über dem Kopf – eine Illusion.

Ben schrak zusammen, als es klingelte. Misstrauisch stand er auf und sah durch den Türspion. Auf dem Treppenabsatz stand ein älterer Mann in der Uniform eines Postboten, den er noch nie gesehen hatte. Andererseits hatte die Gestapo es nicht nötig, sich zu verkleiden. Ben öffnete.

»Guten Morgen«, sagte der Mann geschäftig und hielt ein Päckchen hoch. »Ich bin die Vertretung«, erklärte er ungefragt. »Herr Ludwig hat nämlich die Grippe. Sie sind der Herr Lewin?«

»Äh, nein«, antwortete Benjamin verdutzt. »Er war hier Untermieter, aber er wurde abgeholt. Weiß die Post so was denn nicht?« Er hatte sich die Bemerkung nicht verkneifen können.

Der Postbote schüttelte betrübt den Kopf. »Wir bei der Post erfahren es immer als Letzte, und meistens dann, wenn wir den Weg schon umsonst gemacht haben. Aber sehen Sie, in so einem Fall haben wir genaue Anweisungen, was wir schreiben müssen: ›Unbekannt in den Osten verzogen‹. Halten Sie bitte mal.«

Er zog einen Stift aus der Jackentasche und schrieb die Notiz auf das Päckchen. »Sehen Sie, schon erledigt.«

Ben wollte die Tür wieder schließen, als der Postbote ihn zurückhielt. »Halt, da ist noch etwas anderes.« Er suchte in seiner Umhängetasche. »Ein Brief vom Arbeitsamt für Herrn Benjamin Cahn. Das sind Sie, nehme ich an? Da bräuchte ich eine Unterschrift, dass ich den Brief ordnungsgemäß …«

»Der Herr Cahn wurde ebenfalls abgeholt«, sagte Ben und war selbst überrascht. Der Satz war ihm einfach herausgerutscht, aber es war zu spät, um ihn zurückzunehmen.

Der Briefträger sah ihn irritiert an, und Ben erwartete, jeden Augenblick der Lüge überführt zu werden, doch stattdessen sagte der Mann: »Da sehen Sie mal. Wir bei der Post sind also nicht die Einzigen, die man im Unklaren lässt. Wenn nicht mal das Arbeitsamt benachrichtigt wird!« Er schüttelte missbilligend den Kopf. »Dann ist also auch der Herr Cahn unbekannt in den Osten verzogen … Aber das schreibe ich später auf den Brief, der geht dann mit Vermerk ans Arbeitsamt zurück, dann wissen die gleich Bescheid. Also dann, auf Wiedersehen.«

Damit drehte der Briefträger sich um und ging die Treppe hinunter. Mehrere Sekunden stand Benjamin ungläubig in der geöffneten Tür. Was hatte er getan? War es richtig gewesen? Aber warum eigentlich nicht? Er schloss die Tür, setzte sich wieder an den Küchentisch und dachte nach.

Du hast Fakten geschaffen, dachte er. Spätestens am nächsten Tag würde das Arbeitsamt erfahren, dass er unbekannt in den Osten verzogen war – und damit existierte er für sie nicht mehr. Doch es war nur ein erster Schritt, denn für das Reichssicherheitshauptamt gab es ihn weiterhin. Für die Gestapo war er ein unbeschäftigter jüdischer Mann, der eher früher als später auf den Listen landen würde. Jetzt hatte er wirklich keine Zeit mehr zu verlieren. Er musste zu Ende bringen, was er begonnen hatte.

Ben zog die Tischschublade auf, in der die Liste mit den Namen und Adressen derjenigen lag, die ihm möglicherweise helfen konnten. Er durfte sie nicht bei sich tragen, sondern musste sie auswendig lernen. Außerdem war es Zeit, sich endlich für einen neuen Namen zu entscheiden. Aber zuerst musste er so schnell wie möglich den restlichen Hausrat verkaufen, denn er brauchte Geld, mit dem er sich über Wasser halten konnte, bis er jemanden fand, der ihn ohne Papiere einstellte. Seine Kennkarte mit dem aufgestempelten J für Jude hatte er bereits in das Innenfutter seiner Jacke eingenäht – vielleicht konnte sie ihm irgendwann noch einmal nützlich sein. Aber derzeit war sie nicht nur wertlos, sie war lebensgefährlich.

Erstaunt stellte Benjamin fest, wie schnell sein Gehirn plötzlich arbeitete. Die Schritte, die ihm bisher so schwergefallen waren, lagen glasklar vor ihm. Er hatte nur diesen Anstoß gebraucht – und ihn genutzt.

Richard Weiß nahm an dem Tisch Platz, den er bereits am Morgen reserviert hatte. Im *Romanischen Café* in der Budapester Straße am unteren Ende des Tiergartens hatten seine Frau und er ihre Hochzeitstage gefeiert – früher, als es noch von Künstlern und Schriftstellern besucht worden war, von denen viele Deutschland mittlerweile verlassen hatten. Er erinnerte sich an einen Abend, an dem sowohl Erich Kästner als auch Kurt Tucholsky und Mascha Kaléko hier gesessen hatten. Aber diese Zeiten waren lange vorbei.

Richard Weiß dachte an Helene und daran, wie blauäugig sie beide gewesen waren. Durch die Ehe mit ihm hatte Helene keinen Stern tragen müssen, und sie waren nicht gezwungen gewesen, ihre Wohnung aufzugeben und in ein sogenanntes Judenhaus zu ziehen. Vor anderen Repressalien wie den unzähligen Verboten oder der eingeschränkten Lebensmittelzuteilung hatte es sie nicht geschützt, doch das hatte sie klaglos hingenommen.

Er selbst war zum Glück schon im Ruhestand gewesen, als das Gesetz erlassen wurde, das »jüdisch versippte« Beamte aus dem Dienst entfernte. So hatten sie in den letzten Jahren relativ abgeschottet gelebt, sich geduckt und darauf gehofft, dass die Ehe mit ihm Helene vor dem Abtransport bewahren würde. Doch es war anders gekommen, denn wenn es ihnen in den Kram passte, pfiffen die Nazis auf ihre eigenen Regeln und Gesetze, und je länger der Krieg währte, desto willkürlicher wurden ihre Methoden.

Er dachte an den jungen Mann – Benjamin hieß er –, der ihm die Nachricht von der Deportation seiner Frau überbracht hatte. Ihn selbst hatten sie offenbar im letzten Augenblick gehen lassen, weil der Zurückstellungsantrag irgendeiner Firma vorlag. Seine Frau dagegen hatten sie mitgenommen, weil sie zur falschen Zeit am falschen Ort gewesen war – und unvorsichtig genug, sich von ihrer Freundin zu verabschieden.

Er schüttelte über sich den Kopf. Warf er seiner Frau etwa vor, selbst an ihrer Deportation schuld zu sein, weil sie Mitgefühl gezeigt und ihre Freundin umarmt hatte? Rechtlich gesehen hätte sie schließlich gar nicht abtransportiert werden dürfen, und genau das hatten er und sein Anwalt in den letzten Monaten unablässig bei Dutzenden Stellen geltend gemacht. Er hatte alle Register gezogen, um sie zurückzuholen – vergeblich. Niemand empfand sich als zuständig, sie wurden vertröstet und von Stelle zu Stelle weitergereicht. Angeblich gab es nicht einmal Dokumente, die den Abtransport belegten.

»Seien Sie doch froh, dass Sie den Klotz am Bein los sind«, hatte ein Beamter zu ihm gesagt. »Die hätte Sie am Ende noch mit in den Abgrund gerissen … Das machen die immer so, die Juden …«

»Welcher Abgrund?«, hatte Richard Weiß geschrien. »Meinen Sie den Abgrund, den Sie unter uns allen aufgerissen haben?«

»Passen Sie auf, was Sie sagen«, hatte der Mann kalt erklärt, und der Anwalt hatte Richard eilig aus dem Büro geschoben.

Und nun saß er an ihrem vierundvierzigsten Hochzeitstag hier im Café. Dreißig war er gewesen, als sie geheiratet hatten, und er hatte geglaubt, sich ihr näher zu fühlen, wenn er an diesem

Abend an ihrem Tisch saß, doch das war nicht der Fall. Er sah sich um. Das Café war mäßig besucht, überwiegend von Zivilisten. Nur am Nebentisch saßen zwei junge Männer, die zur Gestapo gehörten. Richard hatte ihre charakteristischen Mäntel und Hüte gesehen, als sie hereingekommen waren.

Der Ober erschien an seinem Tisch und fragte, ob er ein Dessert wünsche.

»Danke nein. Ich würde gerne zahlen«, sagte Richard, und der Ober ging, um die Rechnung zu holen.

Richard starrte auf das halb leere Glas. Auf dem Bierdeckel mit der Aufschrift *Pilsner Urquell* hatte sich ein feuchter Ring gebildet. Zwei Tische weiter lachte ein junges Paar, der Mann in Wehrmachtsuniform war offenbar auf Fronturlaub.

»Sieh mal an, der junge Reinhardt! Dass ich dich hier treffe, Rolf.«

Am Nebentisch war ein grauhaariger Mann bei den Gestapoleuten stehen geblieben.

»Guten Abend, Wilhelm. Machst du dir auch einen netten Abend?«, fragte der Angesprochene zurück.

Der Ältere zuckte mit den Schultern. »Welche Wahl hat man schon als Alleinstehender, wenn zu Hause die Küche kalt bleibt?«

Die beiden Jungen lachten zustimmend.

Der Ältere schwang den Zeigefinger. »Eigentlich müsste ich mich ja bei dir beschweren«, sagte er. »Oder wer immer bei euch dafür zuständig ist. Wir beim Arbeitsamt machen uns die Mühe, für eure Zwangsarbeiter Stellen zu finden – und zwar unentwegt, weil sie schlampig arbeiten und ständig gefeuert werden. Vorgaben kriegen wir auch noch, wer wo hinsoll oder nicht, und wenn der Bescheid über die neue Stelle dann rausgeht, erfahren wir von der Post, dass der Kerl längst abgeholt wurde. Die Post, meine Herren, selbst die ist besser informiert als das Arbeitsamt.«

»Das tut mir leid«, sagte der Mann, der offenbar Rolf Reinhardt hieß. »Kann schon mal vorkommen.«

»Gerade erst wieder geschehen … und nicht zum ersten Mal«, brummte der Ältere. Dann verabschiedete er sich und ging.

»Die sollen sich bloß nicht so haben beim Arbeitsamt«, meinte der andere junge Mann jetzt zu seinem Freund. »Schieben doch eine ruhige Kugel in ihren Büros, während wir die ganze Drecksarbeit machen.«

»Selbst das kleinste Rädchen möchte sich eben noch wichtig fühlen – und ist es vielleicht sogar«, gab Rolf Reinhardt zurück.

In diesem Moment trat der Ober mit der Rechnung an Richards Tisch, und er war froh, dass er gehen konnte.

11

Obwohl Henriette an diesem Sonntagnachmittag wie immer mit Benjamin verabredet war, hatte sie schon morgens nach dem Aufstehen nichts mehr in der Wohnung gehalten. Sie hatte sich schnell eine Tasse Kaffee gekocht und war aufgebrochen, bevor Berta und ihre Familie wach wurden. Mit Wehmut hatte sie sich an die Sonntage ihrer Kindheit erinnert, als sie schon frühmorgens mit der ganzen Familie an den Wannsee gefahren waren, um zu baden, zu picknicken und abends vor der Heimfahrt in einem Ausflugslokal zu Abend zu essen. Sie sah ihre Großmutter vor sich, wie sie einen weißen Schirm mit grünen Punkten als Sonnenschutz über sich hielt. Die Erinnerung an ihre Familie auf der Picknickdecke vor dem glitzernden See kam ihr so unwirklich vor, dass sie sich fragte, ob sie sich das Ganze nur einbildete. So viel war in den Jahren danach geschehen, dass sie keine Verbindung mehr zu jenem Leben empfand, und das fröhliche Mädchen im gestreiften Badeanzug kam ihr wie eine Fremde vor.

Wo ist eigentlich der gepunktete Sonnenschirm geblieben?, fragte sich Henriette, während sie nach dem Morgenspaziergang die Wohnungstür aufschloss.

»Hallo!«, rief sie. »Ich bin wieder da!«

Doch es kam keine Antwort. Waren Berta und ihre Familie auch schon früher als sonst zu ihrem Spaziergang aufgebrochen? Henriette betrat den Salon und stutzte. Auf dem Tisch stand das Frühstücksgeschirr von Berta, Helga und Elias. Die drei Tassen waren noch fast voll, und auf den Tellern lagen Reste von Brotscheiben.

»Berta?«, rief Henriette schrill.

Sie stürmte zu den beiden Zimmern, die Berta und ihr Sohn mit seiner Frau bewohnten. Die Türen waren angelehnt, und alles wirkte ordentlich. Eine Welle der Erleichterung überkam Henriette, trotzdem öffnete sie die Schranktüren. Sämtliche Koffer fehlten.

»O nein!«

Henriette eilte in die Küche, als könnten Berta und ihre Familie sich dort verkrochen haben, doch der Raum war leer. Kraftlos ließ sich Henriette auf einen Stuhl fallen. Ihr Blick flackerte durch die leere Küche und blieb an einem Zettel hängen, der halb unter einem Geschirrtuch hervorlugte. Automatisch griff sie danach und erkannte Bertas Schrift. Es sah aus, als wären die wenigen Worte in größter Eile hingekritzelt worden.

Fräulein Henriette, sie nehmen uns mit, aber sie waren eigentlich Ihretwegen hier und werden sicher wiederko

An dieser Stelle musste Berta unterbrochen worden sein. Vermutlich hatte sie den Zettel gerade noch unter dem Tuch versteckt, bevor jemand in die Küche gekommen war. Henriettes Gedanken fuhren Karussell. Die Gestapo hatte Berta und ihre Familie mitgenommen, obwohl sie es eigentlich auf sie, Henriette, abgesehen hatten! Aber wie konnte das sein? Es musste doch einen Zurückstellungsantrag der Firma Genschow geben? Seit sie in der Firma tätig war, hatte sie sich sicher gefühlt, und sie wusste von keinem anderen Genschow-Arbeiter, der abgeholt worden war. Wie schon beim Tod ihrer Mutter war sie im entscheidenden Augenblick in der Stadt herumspaziert. Wäre sie zu Hause gewesen, wären Berta, Elias und Helga noch hier – wahrscheinlich.

Henriettes Fingernägel schabten über das Tischtuch. Was mache ich nur?, dachte sie immer wieder, aber die Mischung aus Entsetzen und Schuldgefühlen lähmte sie. Sie wusste nicht, wie lange sie so gesessen hatte, als jemand laut an die Wohnungstür klopfte. Henriette schreckte hoch und hätte beinahe den Stuhl umgeworfen, konnte ihn aber in unerwarteter Geistesgegenwart packen. Sie hielt den Atem an. Wieder donnerte eine Faust an die Tür, und sie hörte Männerstimmen. Bildete sie es sich nur ein, oder war Rolfs darunter? Nach einer Zeit, die ihr endlos vorkam, wurde es still. Die Schritte im Treppenhaus entfernten sich. Vorsichtig näherte Henriette sich dem Fenster. Einer der beiden Männer saß bereits am Steuer, der andere öffnete die Beifahrertür. Erst als er noch einmal zu ihrem Fenster hochsah, konnte sie sein Gesicht unter der Hutkrempe sehen.

Es war Rolf.

Henriette zuckte so heftig zurück, dass sie beinahe nach hinten gestolpert wäre. Hatte er ihre Bewegung wahrgenommen? Doch im nächsten Moment hörte sie, wie unten der Motor gestartet wurde.

Sie setzte sich aufs Sofa und überlegte. Die Ordnung in den beiden Schlafräumen war seltsam gewesen, wenn man bedachte, dass drei Menschen in Panik ihre Koffer gepackt hatten. Nirgends hatte auch nur eine heruntergefallene Socke gelegen. Das konnte nur bedeuten, dass man sie nicht hatte warnen wollen. Zweimal waren sie schon hier gewesen, aber noch glaubten sie, dass Henriette ausgegangen war und wiederkehren würde. Rolf hoffte wohl, sie seelenruhig bei einer Tasse Ersatzkaffee in ihrer Küche anzutreffen.

Henriette spürte, dass ihre Hände und Lippen zitterten, aber ihr Kopf war klar. Sie hatte genau zwei Möglichkeiten. Wenn sie in der Wohnung blieb oder sich irgendwo im Haus versteckte, würde man sie finden. Also die zweite … Ich muss weg, dachte Henriette fiebrig. Und sie wusste auch, was das bedeutete: Sie konnte nie mehr in diese Wohnung zurückkehren.

Keinen Koffer, hatte Benjamin gesagt. Nur eine große Handtasche oder einen kleinen Rucksack. Es durfte nicht so aussehen, als hätte sie kein Zuhause mehr. Noch immer zittrig kramte Henriette in ihrem Schrank nach dem kleinen roten Leinenrucksack, den sie als Kind für Ausflüge benutzt hatte, stopfte ein paar Unterhosen und Socken hinein und ging die restlichen Sachen durch. Eine zweite Bluse, einen Pullover … Die Jacke konnte sie zum Glück anziehen, und auch die festen Schuhe fielen jetzt im Herbst nicht mehr auf. Sie griff nach ihrem besten Rock und zog ihn an, dann suchte sie nach der einzigen Jacke, die keinen Stern hatte. Aber was sollte sie mit ihrer Kennkarte machen, dessen J sie sofort als Jüdin abstempelte? Im Rucksack oder Geldbeutel würde er bei einer Kontrolle sofort gefunden werden, und um ihn sorgfältig in die Jacke einzunähen, blieb keine Zeit. Rolf und der andere Mann konnten jederzeit wiederkommen.

Ich lasse sie hier, entschied sie. Aber wo war der Glashund?

Sie suchte nach dem Rock, den sie am Morgen getragen hatte, fand das Tierchen in seiner Tasche und sah es an.

»Es ist so weit«, sagte sie leise, als ob der kleine Hund sie verstünde. »Wir müssen los. Bring uns beiden Glück, ja?« Dann steckte sie ihn ein.

Sie stand schon im Flur, als ihr einfiel, dass sie das Wichtigste vergessen hatte.

»Geld«, flüsterte sie hektisch.

Sie eilte ins Wohnzimmer. Das einzige Bargeld, das ihre Familie hatte retten können, lag in einer kleinen Schatulle hinter den Büchern ganz oben im Regal, wo man nur mit einer Leiter hinkam. Henriette hastete in die Küche zurück, holte die Haushaltsleiter und stieg hinauf. Es war kein besonders gutes Versteck, aber nicht schlechter als andere. Hastig schob sie ein paar Bücher zur Seite, hinter denen andere zum Vorschein kamen – die verbotenen, von denen ihr Großvater sich nicht hatte trennen können. Da, die Schatulle! Sie öffnete sie und nahm das Geld an sich. Es mussten etwa fünfzehnhundert Reichsmark sein.

Henriette wollte schon wieder hinuntersteigen, als ihr Blick an einem der versteckten Bücher hängen blieb. Heinrich Heines *Winterreise*! Ihr Großvater hatte ihr den Band zum sechzehnten Geburtstag geschenkt, obwohl das Buch damals schon verboten gewesen war, weshalb er ihr sein eigenes Exemplar gegeben hatte. Sie griff danach und öffnete es, um noch einmal die Handschrift ihres Großvaters zu sehen. In der linken oberen Ecke des Innendeckels stand sein Name. Sie blätterte um und las die Widmung.

Meine liebste Henriette!
Alles Liebe und Gute zum Geburtstag, zu dem ich Dir ein Buch schenken möchte, das mir sehr teuer ist. Lies es aufmerksam, aber ohne Angst, denn es ist ein Beweis dafür, dass Blitz und Donner schon immer über Deutschland hinweggezogen sind. Aber wie es Gewitter so an sich haben: Sie kommen … und sie gehen.
Dein Dich liebender Großvater

Henriette schluckte heftig. Wie hatte sie diese Widmung vergessen können? Unschlüssig stand sie da. Konnte sie das Buch, das seine Handschrift trug, mitnehmen?

Schon im nächsten Moment schüttelte sie über sich selbst den Kopf. Dachte sie tatsächlich daran, das Buch eines verbotenen jüdischen Autors mit auf die Flucht zu nehmen? Sie wollte den Band gerade zu den anderen stellen, als etwas Kleines, Leichtes auf den Boden segelte. Henriette stellte das Buch zurück, kletterte von der Leiter und traute ihren Augen nicht. Es war das Foto, das Rolf als kleinen Jungen vor dem siebenarmigen Leuchter seines Großvaters zeigte. Sie erinnerte sich nicht daran, aber offenbar hatte sie es irgendwann in die *Winterreise* gelegt. Ohne nachzudenken, steckte sie es zusammen mit den Banknoten in den Rucksack.

Als sie in der Tür zum Flur stand, sah sie sich noch einmal um, und plötzlich war ihr, als wäre sie nicht mehr allein im Raum. Am Tisch saß ihre Großmutter und legte mit Berta eine Patience.

»Patience ist das französische Wort für Geduld«, sagte sie mit nachsichtigem Lächeln, während sie Berta von irgendeiner falschen Entscheidung abhielt und deren Augenrollen übersah. Im Ohrensessel saß ihr Großvater mit seiner Pfeife, den Blick in die Zeitung vertieft. Daneben, auf dem Sofa, sah sie ihre Mutter.

Ach, Liebes, geh allein, ich bin ein wenig müde heute, außerdem habe ich Kopfschmerzen – das waren die Worte gewesen, mit denen sie Henriette verabschiedet hatte, ohne zu wissen, dass es ein Abschied für immer sein würde. Henriette widerstand dem Impuls, noch einmal über das Sofa zu streichen. Es war höchste Zeit zu verschwinden.

Möglichst leise ging sie die Treppen hinunter auf den Hinterhof und schlüpfte durch den zweiten Ausgang auf die Straße, nachdem sie sich, so gut es ging, vergewissert hatte, dass niemand sie aus einem parkenden Wagen beobachtete. Auf Nebenstraßen hastete sie zu ihrem Treffpunkt. Sie war spät dran und hoffte inständig, dass Benjamin auf sie wartete. Wenn jemand ihr sagen konnte, was jetzt zu tun war, dann er.

Als sie weit genug von ihrer Wohnung entfernt war, trat sie in einen düsteren Hofeingang und zog die Jacke mit dem Stern aus, die sie über der anderen trug. In einer Ecke stand eine Mülltonne. Hektisch riss sie den Stern ab und warf die Jacke mit den verräterischen Einstichen weg. Den Stern selbst ließ sie in einen Gully fallen und machte, dass sie weiterkam.

Erst als sie schon fast am Treffpunkt war, fiel ihr ein, dass sie das letzte Stück mit der Elektrischen hätte fahren können – doch wenn sie so aufgelöst aussah, wie sie sich fühlte, war es wahrscheinlich besser so. Endlich kam der Baum am Landwehrkanal in Sicht, aber Benjamin war nicht da. Sie war eine ganze Stunde zu spät und konnte es ihm nicht verdenken, dass er wieder gegangen war, trotzdem war sie enttäuscht. Fieberhaft dachte sie nach. Mittlerweile wusste sie, wo Benjamin wohnte. Kurz entschlossen machte sie sich auf zum Hackeschen Markt.

Mit zunehmender Unruhe hatte Benjamin auf Henriette gewartet. Es sah ihr nicht ähnlich, ihn zu versetzen. Vielleicht war ihr oder den Menschen, die bei ihr lebten, etwas zugestoßen?

Früher hatten wir Telefon oder konnten zumindest öffentliche Fernsprecher benutzen, dachte er bitter, als er endlich in die

Kantstraße einbog. Die Eingangstür ließ sich aufdrücken, und Ben stieg die Stufen im Treppenhaus hinauf. Vor ihrem Klingelschild rückte er seinen Hut zurecht, dann betätigte er den Knopf. Im Inneren erklang ein schriller Ton, doch ansonsten blieb es still. Noch einmal klingelte er … Nichts.

Beunruhigt stieg Benjamin die Stufen hinunter, doch auf dem letzten Treppenabsatz blieb er stehen und dachte nach. Schon am nächsten Morgen wollte er untertauchen. Das wenige, was er hatte verkaufen können, war am Vormittag abgeholt worden. Nun gab es nichts mehr, was ihn noch in der Wohnung hielt, und mit jedem Tag wurde sein Aufenthalt dort riskanter. Aber was danach kam, stand in den Sternen, und er wusste nicht, wann er Henriette wiedersehen würde. Kurz entschlossen stieg er die Treppe wieder hoch und stellte sich neben ihre Wohnungstür. Vielleicht hatten sie sich ja nur knapp verfehlt. Er würde warten, egal wie lange.

Nervös verfolgte Ben den Zeiger seiner Armbanduhr. Fast eine Stunde war vergangen, und noch immer keine Henriette in Sicht – ebenso wenig wie ihre Mitbewohner. Mittlerweile machte er sich ernsthaft Sorgen.

Plötzlich wurde unten die Haustür aufgerissen. Laute Schritte donnerten die Treppen herauf. Alarmiert verließ Ben den Treppenabsatz und lief nach unten. Ich hätte besser nach oben gehen sollen, dachte er noch, da kamen die zwei Männer schon auf ihn zu. Gestapo! Er drückte sich an die Wand. Die beiden drängten an ihm vorbei, ohne ihn eines Blickes zu würdigen. Ben hörte über sich den schrillen Klingelton, gefolgt von Faustschlägen gegen die Wohnungstür.

»Da stimmt was nicht. Wir brechen sie auf«, hörte er einen der Männer sagen.

Nur wenige Sekunden später krachte es. Starr vor Angst hörte Ben die lauten Schritte in Henriettes Wohnung. Was, wenn sie doch noch da war? Konnte es sein, dass sie ihm nur deshalb nicht geöffnet hatte, weil sie befürchtete, es könne die Gestapo sein?

Verzweifelt lauschte er auf mögliche Schreie, doch die blieben aus. Schließlich schienen die beiden Männer wieder im Treppenhaus zu stehen.

»Wir machen es wie besprochen«, sagte der eine. »Wir teilen uns auf und bleiben in der Nähe der zwei Hofeingänge. Wenn sie kommt, haben wir sie. Sollte sie bei Beginn der Ausgangssperre nicht zurück sein, durchsuchen wir das Haus, jede einzelne Wohnung, Dachboden, Keller, alles.«

Der andere stimmte zu. Benjamin fuhr zusammen, als die Schritte sich nach unten bewegten. So schnell er konnte, sprang er die Treppen hinunter und auf die Straße hinaus. Sie suchen Henriette, dachte er panisch. Aber offenbar hatte sie rechtzeitig davon erfahren und war ihnen entwischt. Die Frage war nur, wo sie sich jetzt aufhielt. Konnte es sein, dass sie bei ihm zu Hause auf ihn wartete?

Er lief los.

Das darf nicht wahr sein, dachte Henriette immer wieder. Sie sah nicht mehr auf die Uhr und wusste nicht, wie oft sie schon an Benjamins Tür geklingelt hatte. Er war nicht da – das stand fest. Aber Benjamin war doch sicher nicht untergetaucht, ohne sich von ihr zu verabschieden? Schließlich hatten sie heute noch eine Verabredung gehabt.

»Fräulein … pst.«

Erschrocken drehte sie sich um. Nachdem sie ein letztes Mal erfolglos an der Tür der Cahns geklingelt hatte, war sie auf dem Weg nach unten so in Gedanken gewesen, dass sie nicht bemerkt hatte, wie sich eine der anderen Wohnungstüren geöffnet hatte.

Eine alte Frau mit grauem Dutt und Kittelschürze lugte aus ihrer Wohnung. »Sie wollen zu dem jungen Herrn Cahn?«, fragte sie.

Henriette nickte.

»Sie kennen ihn wohl noch von früher … von ganz früher«, meinte die Alte, und zunächst verstand Henriette nicht, was sie meinte, doch dann fiel der Groschen. Natürlich! Sie trug keinen

Stern mehr. Die Frau hielt sie für eine Arierin, die einen jüdischen Bekannten »von früher« aufsuchte.

»Äh, ja, aus der Schulzeit«, antwortete Henriette. Das war nur halb gelogen.

»Da kommen Sie zu spät«, sagte die Alte. Sie war sichtlich zufrieden, in dieser Sache Auskunft erteilen zu können.

»Wurde Herr Cahn ... abgeholt?«, fragte Henriette und hatte Mühe, ihre Stimme zu kontrollieren.

Die Alte winkte ab. »Nicht dass ich wüsste, aber weg ist er trotzdem. Sogar seine Möbel wurden abgeholt heute Morgen. Wahrscheinlich ist er umgezogen. Ich wusste gar nicht, dass denen das noch erlaubt ist.«

Denen, dachte Henriette irritiert, doch sie ließ sich nichts anmerken und sagte so sachlich wie möglich: »Das wusste ich auch nicht. Vielen Dank jedenfalls und auf Wiedersehen.« Sie drehte sich um und stieg die Stufen hinunter.

Erst als sie wieder auf der Straße stand, wurde ihr die Tragweite der Information bewusst, die sie eben erhalten hatte: Benjamin war weg! Vielleicht war er noch zu ihrem Treffen gekommen, aber sie hatte ihn verpasst – doch nicht einmal das war sicher. Möglicherweise hatte er auch einfach beschlossen, ihnen beiden den Abschied zu ersparen.

Ihre Augen füllten sich mit Tränen. Sie hatte Benjamin verloren, und sie wusste nicht, wohin – denn insgeheim hatte sie gehofft, wenigstens ein paar Nächte bei ihm unterzukommen.

Da fiel ihr ein, was ihre Kollegin Margot erzählt hatte. Am Ku'damm sollte es eine Pension geben, wo man zwar horrende Preise verlangte, dafür aber nicht auf Kennkarten bestand und den Gast auch nicht bei der Polizei anmeldete, was eigentlich Pflicht war. Zwar hatte sie nicht vorgehabt, das Geld ihres Großvaters schon in der ersten Nacht auf ein einziges Zimmer zu verschwenden, aber was sollte sie machen? Sie konnte doch unmöglich die ganze Nacht herumlaufen und riskieren, kontrolliert zu werden.

Hundert Reichsmark hatte Henriette für eine einzige Übernachtung in der Pension am Ku'damm ausgegeben, aber wenigstens hatte ihre Kollegin Margot recht gehabt – niemand hatte sie nach ihrer Kennkarte gefragt, und ohne die war auch eine polizeiliche Meldung unmöglich. Am nächsten Morgen brach sie in aller Frühe auf, nur um sich eine halbe Stunde später zu fragen, wozu eigentlich. Ein endlos langer Tag lag vor ihr, und sie hatte keine Ahnung, wie sie ihn verbringen sollte. In ihr altes Viertel durfte sie nicht zurück, das wusste sie, aber sonst?

Erst am Nachmittag brachte sie den Mut auf, bei zwei besonders guten Mandanten ihres Großvaters zu klingeln, die sich auch nach Hitlers Machtergreifung nicht von ihm abgewandt hatten. Erst als man ihm die Zulassung entzogen hatte, war der Kontakt eingeschlafen. Henriette kannte sie nur flüchtig und hatte sie seit Jahren nicht gesehen. Einfach bei ihnen aufzutauchen und um Hilfe zu bitten, war ihr peinlich, und als niemand öffnete, empfand sie beinahe Erleichterung.

Doch die verflog im Nu, als der Abend näher rückte und sie wieder nicht wusste, wohin. Ob sie noch einmal zu den beiden Adressen zurückkehren sollte? Du musst, drängte sie sich selbst. Schließlich durfte sie kein zweites Mal hundert Reichsmark für eine Übernachtung ausgeben. Für dieses Geld konnte man sich auf dem Schwarzmarkt mehrere Wochen lang mit Essen versorgen. Dennoch führte eine unsichtbare Kraft sie zur Pension zurück. Sie war behütet aufgewachsen und hatte nie um Hilfe bitten müssen. Jetzt fiel es ihr unendlich schwer, zumal es nicht um einen simplen Gefallen ging. Hatte sie das Recht, um etwas zu bitten, das andere in Gefahr brachte? Sie wusste es selbst nicht.

»Bitte, ich habe nicht genug Geld. Nur eine Nacht, versprochen. Auch eine Abstellkammer ohne Bett würde mir reichen«, flehte sie die Dame an der Rezeption an.

Doch die blickte desinteressiert drein. »Was meinen Sie, wer hier alles in den Besenkammern schlafen würde, wenn wir das zuließen? Tut mir leid, Fräulein. Wenn Sie das Geld nicht haben, müssen Sie sich eine andere Bleibe suchen.«

Sie muss doch wissen, warum ich das nicht kann, dachte Henriette verzweifelt und setzte sich auf einen der durchgesessenen roten Plüschsessel in der Lobby. Der überquellende Aschenbecher auf dem niedrigen Tisch stank, und die Platte war fleckig. Erst jetzt fiel Henriette auf, dass sie außer einer belegten Stulle aus einem Automatenrestaurant den ganzen Tag nichts gegessen hatte, denn in ein Lokal hatte sie sich nicht getraut. Zu ungewohnt war der fehlende Stern auf ihrer Jacke, und nachdem sie sich jahrelang hatte anhören müssen, dass Juden »anders« aussahen, suchte sie – obwohl es völlig unsinnig war – in den Augen der Passanten nach dem Moment des Erkennens: *Da, haltet sie … eine Jüdin auf der Flucht!*

»Fräulein?«, unterbrach eine männliche Stimme ihre trüben Gedanken.

Henriette schreckte auf und sah den unscheinbaren Mann mit den Hosenträgern und der Halbglatze, der am Vorabend hinter der Rezeption gestanden hatte.

»Ich habe Ihr Gespräch mit meiner Kollegin gehört. Ihr Dienst ist gerade zu Ende gegangen, und ich hätte tatsächlich einen Vorschlag für Sie.«

»Ja?«, fragte Henriette freudig.

»Unser Zimmermädchen ist krank. Wenn Sie bereit wären, für sie einzuspringen, könnten wir eine Matratze in eine Abstellkammer legen.«

»Aber natürlich, sehr gerne«, bedankte sich Henriette erleichtert und folgte ihm.

»Verehrte Kollegin, nehmen Sie doch Platz.«

Oberstudienrat Winkler wies auf einen Stuhl vor seinem breiten Schreibtisch. Ingeborg Gliemann setzte sich und versuchte sich an einer neutralen Miene, obwohl sie ahnte, warum der Direktor ihres Gymnasiums sie zu sich gerufen hatte.

»Ich freue mich«, meinte dieser nun, »dass Sie sich so gut in unser Kollegium eingelebt haben.«

Ingeborg Gliemann nickte nur. Der Wechsel von ihrer alten Schule in Charlottenburg war ihr schwergefallen.

»Unsere Kollegen haben Sie herzlich aufgenommen«, fuhr der Direktor fort. »Ebenso wie unsere Schüler.«

Das war maßlos übertrieben, und Studienrätin Gliemann fragte sich, worauf er hinauswollte.

»Dass die Schüler Sie schätzen, ist besonders wichtig«, erklärte er nun, »wenn man bedenkt, um was für eine Schülerschaft es sich handelt. Ich bin mir sicher, dass Sie den Unterschied zwischen Ihren Charlottenburger Schülern und denen an unserem Gymnasium wahrgenommen haben.«

»Inwiefern?« Ingeborg Gliemann stellte sich absichtlich dumm.

Oberstudienrat Winkler lachte. »Aber Frau Kollegin, es ist kein Geheimnis, dass Moabit ein Arbeiterviertel ist, und ich sage freiheraus: Selbst unsere besseren Schüler sind vom Elternhaus und von ihrer Bildung her nur schwer mit dem Charlottenburger Milieu zu vergleichen. Aber das ist ja eben der Punkt. Heute sind wir alle vereint in unseren Anstrengungen, zusammen mit dem Führer ein neues Deutschland zu schaffen. Alte Dünkel haben da keinen Platz mehr.«

»Ich verstehe nicht ganz«, gab Ingeborg Gliemann endlich zu.

»Nun ja, es liegt die Beschwerde eines Vaters gegen Sie vor. Eine nicht ganz unberechtigte, wie ich meine.«

Ingeborg rückte die dicke Brille mit den dunklen Hornrändern zurecht. Das Gespräch ging in eine unangenehme Richtung.

»Der junge Meyer hat kürzlich bei Ihnen einen Aufsatz zum Thema geschrieben: ›Wie kann das deutsche Volk Hitler für seine Leistung danken?‹ Sein Vater ist der Ansicht, dass Sie die korrekte, ja geradezu leidenschaftliche Haltung seines Sohnes zugunsten kleiner stilistischer Schwächen sträflich unterbewerten.«

»Rechtschreibfehler und sogar grammatikalische Patzer sollten in der Obersekunda nicht mehr …«

»Natürlich, da gebe ich Ihnen recht«, unterbrach Winkler sie. »Aber wie gesagt, Moabit hat eine andere Klientel. Ich weiß nicht, ob Ihnen klar ist, dass dieses Viertel ursprünglich von den Kommunisten beherrscht wurde, deren zersetzerische Tätigkeit glücklicherweise ausgerottet werden konnte. Trotzdem ist gerade bei uns Lehrern Wachsamkeit geboten, und eine aufrechte nationalsozialistische Gesinnung wie die der Meyers kann nicht hoch genug geschätzt werden.«

»Ich soll also die Note des Jungen mit Blick auf seine leidenschaftliche nationalsozialistische Gesinnung verbessern«, fasste Ingeborg zusammen.

»Verehrte Kollegin, natürlich würde ich nie Ihre Kompetenz anzweifeln. Dennoch hat man ja als Lehrer gewisse Spielräume. Schöpfen Sie sie aus, ich verlasse mich da ganz auf Sie. Im Übrigen …« Er griff nach zwei Mappen auf dem Schreibtisch. »Im Übrigen habe ich da zwei Abituraufsätze aus dem Jahr 1934 für Sie.«

Ingeborg hob erstaunt die Augenbrauen und griff nach den Mappen.

»Die beiden Schüler haben unser Gymnasium natürlich längst verlassen, und der damalige Studienrat, ein sehr geschätztes Mitglied unseres Kollegiums, ist ebenfalls in Pension. Ich lege Ihnen die Lektüre dieser beiden Aufsätze sowie die Kommentare der Lehrkraft zur Veranschaulichung meiner Worte ans Herz.«

Ingeborg presste die Lippen zusammen wie immer, wenn sie eigentlich etwas sagen wollte, es letztlich aber nicht tat.

»Danke, ich werde mich noch einmal mit dem Aufsatz befassen«, meinte sie nur knapp.

»Vielen Dank.« Oberstudienrat Winkler stand auf. Die Unterredung war beendet.

Eine Stunde später saß Ingeborg Gliemann in ihrem Stammcafé, in dem sie sich noch immer ab und zu einen echten Bohnenkaffee leistete. Vor ihr lagen die beiden Aufsätze. Sie nahm einen Schluck Kaffee und seufzte wohlig. Wie sehr sie diesen Muckefuck hasste, den man auf Lebensmittelkarte bekam!

Sie griff nach der ersten Mappe. Der Abiturient betrachtete die Leistungen des Führers unter drei Gesichtspunkten, wovon der erste die trostlose Lage Deutschlands vor Hitlers Machtergreifung war. Hitler habe es geschafft, den Deutschen Glauben, Stolz und Ehre zurückzugeben, nachdem die Nation zuvor von Bolschewiken, Gaunern und Juden in den Schmutz gezogen und korrumpiert worden sei. Der junge Mann wies auf die überfüllten Irrenhäuser, die hohe Arbeitslosigkeit, die Zersetzung der Herrenrasse und einiges mehr hin, was dem Judentum über kurz oder lang zur Weltherrschaft verholfen hätte.

»Donnerwetter«, murmelte sie. »Und das nur ein Jahr nach der Machtergreifung.«

Ob der Abiturient, von dem die Worte stammten, wohl in der Reichsverwaltung Karriere gemacht hatte? Wenn nicht, war es gut möglich, dass er mittlerweile an irgendeiner Front gefallen war. Sie legte den Aufsatz beiseite und sah nach draußen, wo zwei junge Mädchen mit ihren Verehrern flanierten, die stolz die Uniform der Hitlerjugend trugen – wie der junge Meyer und viele andere in seiner Klasse. Dahinter ging eine Dame in Schwarz. Hatte sie den Mann verloren? Den Sohn – oder beide? Was dachte eine solche Frau? Hielt sie ihr Opfer für einen angemessenen Preis, um die überfüllten Irrenhäuser, die Bolschewiken, die Zersetzung der Herrenrasse und die Weltherrschaft des Judentums zu stoppen?

Ingeborg hatte keine eigenen Kinder, ihr würden die Nazis kein Mutterkreuz verleihen. Wie viel Nachwuchs brauchte man für das bronzene? Vier? Sie hatte es schon wieder vergessen.

Wie wenig ernst sie Hitler damals genommen hatte. Auch ihr Eintritt in den Nationalsozialistischen Lehrerbund war nichts als eine Formalie gewesen, um unliebsamen Fragen zu entgehen. Als die ersten jüdischen Familien ihre Kinder von der Charlottenburger Schule nahmen, um sie den Repressalien der anderen Schüler und sogar mancher Lehrer zu entziehen, hatte sie das bedauert, sich aber weder beim Direktor noch bei den Kollegen für diese Kinder starkgemacht. Erst als ein neues Gesetz die verbliebenen jüdischen Schüler von arischen Schulen ausschloss, war sie entsetzt gewesen. Doch was hätte sie tun können? Widerspruch wagen? Wann genau, bei wem und wie viel?

Erneut nahm sie den Aufsatz zur Hand und blätterte zum Kommentar des korrigierenden Studienrates vor.

»Ein kühner Wurf, getragen von ehrlicher Begeisterung und klarer, hellsichtiger Erfassung übergreifender weltgeschichtlicher Zusammenhänge mit kleinen formalen Mängeln, an denen der Schüler weiter zu arbeiten hat.«

Dahinter stand eine viel zu gute Note, wie sie dem Direktor wohl auch für den leidenschaftlich seinem Führer dankenden Meyer vorschwebte.

»Sie sind Deutschlehrerin?«, unterbrach der grauhaarige Ober ihre Gedanken und zeigte auf die beschriebenen Seiten. Sie hatte ihm gewunken, um zu bezahlen.

»Ja, das bin ich.« Ingeborg steckte die Aufsätze in ihre Tasche, aber der Ober hatte das Thema bereits gelesen.

»Die Leistungen des Führers«, sinnierte er. »Ein wichtiges Thema, gerade jetzt, wo unsere Truppen auf harten Widerstand stoßen und es immer mehr Menschen gibt, die bei den ersten Entbehrungen das Handtuch werfen wollen.«

»Diese Aufsätze sind von 1934«, erklärte Ingeborg.

»Dann sollten Sie das Thema mit Ihren Schülern unbedingt wieder aufgreifen. Die Rolle der Lehrer in der Erziehung unserer Jugend kann gar nicht hoch genug eingeschätzt werden. In so mancher Familie mag Wankelmut herrschen. Da ist es besonders wichtig, dass den jungen Menschen in der Schule Werte wie Standhaftigkeit, Unerschrockenheit und absolute Treue vermittelt werden.«

»Treue?«, wiederholte Ingeborg.

»Treue gegenüber dem Führer, aber auch gegenüber dem Kameraden im Feld und dem Vaterland in seinem Existenzkampf.«

Ingeborg bezahlte. Unser Existenzkampf, dachte sie. Bevor

Hitler an die Macht kam, gab es diesen Existenzkampf gar nicht. Und dass die Dinge nun so lagen, wie sie lagen, war ihre Schuld und die all jener, die Menschen wie dem Direktor oder dem Ober nie widersprochen hatten.

»Danke«, sagte sie und ging.

12

Mehrere Tage waren seit Henriettes spontaner Einstellung in der Pension vergangen. Mittlerweile war es November geworden, und sie betete jeden Tag, dass das eigentliche Zimmermädchen sich noch möglichst lange auskurieren musste. Henriette fühlte sich sicher in dieser seltsamen Pension und war kein einziges Mal vor die Tür gegangen.

Als sie eines Abends auf dem Weg in ihre Kammer war, traf sie die alte Frau Hundt auf dem Flur vor ihrem Zimmer an. Sie grüßte freundlich, denn Frau Hundt war die Einzige, mit der sie regelmäßig ein paar Worte wechselte. Wie allen anderen hatte sie sich auch ihr mit dem eilig erfundenen Namen Hermine Friedrich vorgestellt.

»Ach, Fräulein Hermine, sind Sie für heute fertig mit der Arbeit?«, fragte Frau Hundt sie überraschend.

»Ja, zum Glück«, antwortete Henriette lächelnd.

»Das ist gut.« Frau Hundt erwiderte ihr Lächeln. »Darf ich Sie … also, würden Sie mir vielleicht die Freude machen, mir auf dem Zimmer ein wenig Gesellschaft zu leisten?«

»Aber ja, gerne«, antwortete Henriette.

Frau Hundt bat ihr einen Stuhl an und goss Wasser in ein Glas. Henriette betrachtete sie. Die grauen Haare der alten Dame waren hinten zusammengesteckt, und auf den schmalen Händen zeigten sich erste Altersflecken. Ihre Finger zitterten leicht beim Einschenken.

»Sie sind nicht aus Berlin, oder?«, fragte Henriette, um ein Gespräch zu beginnen.

»Hört man das, ja?« Frau Hundt lachte leise. »Ich komme aus der Nähe von Bad Freienwalde. Allerdings bin ich schon seit September 1941 in der Stadt.«

»Oh, aber Sie haben bestimmt nicht die ganze Zeit in dieser Pension gelebt?«

Wieder lächelte die alte Dame. »Da müsste ich ja Millionärin gewesen sein«, sagte sie. »Nein, ich kam in der Hoffnung auf ein Ausreisevisum nach Berlin. Aber da war ich wohl sehr naiv. Hunderttausende standen schon ohne jede Hoffnung auf den Wartelisten der verschiedensten Konsulate für die wenigen Visa, die noch vergeben wurden. Und dann kam irgendwann das Ausreiseverbot.«

»Trotzdem sind Sie nicht nach Bad Freienwalde zurückgegangen?«, fragte Henriette, die sich wunderte, woher Frau Hundt das Vertrauen zu ihr nahm.

Die alte Dame zuckte mit den Schultern. »Eigentlich wollte ich zurück. Aber ich wohnte damals bei einer Freundin, deren Mann gerade verstorben war. Sie bat mich, ihr noch ein wenig Gesellschaft zu leisten. Dann schrieb mir ein Neffe aus Bad Freienwalde, dass er in meinem dortigen Briefkasten meine Listen gefunden habe. Ich wäre eine der Ersten gewesen auf diesen Transporten in den Osten.«

»O nein«, entfuhr es Henriette.

»Ja, und da bot mir meine Freundin an, mich bei sich zu verstecken. Offiziell erzählte sie ihren Nachbarn, ich sei abgereist, und von da an ging ich nicht mehr aus dem Haus … nicht mal mehr in die Nähe des Fensters.«

Henriette rutschte auf ihrem Stuhl nach vorne, als könne sie dadurch besser hören. »Aber was ist passiert?«, fragte sie leise. »Warum sind Sie nicht mehr bei ihr?«

»Meine Freundin ist schwer erkrankt. Sie liegt im jüdischen Krankenhaus, und es ist nicht klar, ob sie wieder gesund wird, aber alleine kann ich in ihrer Wohnung nicht bleiben. Ich darf ja nicht vor die Haustür, um einzukaufen.«

Henriette schwieg betroffen. Also ging es Frau Hundt ähnlich wie ihr. Sie hatte die Wohnung verlassen, in der sie nicht mehr bleiben konnte, und war nun in dieser Pension gestrandet. Nach

Bad Freienwalde konnte sie nicht zurück, und auch in Berlin hatte sie offenbar keine weiteren Anlaufstellen.

»Das tut mir leid«, sagte Henriette. Wie banal diese Worte doch klangen. Sagte man das nicht, wenn jemandem ein Lieblingsglas herunterfiel oder man sich bei einer Verabredung verspätete? Doch etwas anderes fiel ihr nicht ein, denn die Sprache war nicht vorbereitet auf Schicksale wie dieses.

»Es ist so freundlich von Ihnen, mein liebes Fräulein, sich die Geschichte einer alten Frau anzuhören«, sagte Frau Hundt, und ihre Augen leuchteten. »Ich wusste gleich, dass Sie ein nettes Mädchen sind.« Sie streckte ihre Hände aus, und Henriette nahm sie.

»Kommen Sie, ich habe etwas für Sie.« Frau Hundt entzog ihr die Hände, öffnete einen kleinen Koffer und suchte einen blauen Seidenschal heraus, den sie ihr reichte.

»Aber nein, das kann ich nicht annehmen«, protestierte Henriette. »Außerdem werden Sie ihn jetzt im Winter brauchen.«

»Ach, ich habe noch andere Schals«, wehrte Frau Hundt ab.

Henriette blieb nichts anderes übrig, als das Geschenk anzunehmen. Bewundernd betrachtete sie die filigranen Blumenstickereien auf dem nachtblauen Seidenstoff.

»Vielen Dank. Ich weiß gar nicht, was ich sagen soll.«

»Sie müssen mir nicht danken. So, und nun muss ich ein wenig ausruhen, und Sie bekommen Ihren wohlverdienten Feierabend.«

Zögernd stand Henriette auf, denn sie wäre gerne noch geblieben. »Also gute Nacht und bis morgen«, sagte sie.

»Ja, gute Nacht, mein Kind. Gute Nacht.« Frau Hundt begleitete sie zur Tür und schloss sie hinter ihr.

Erst jetzt merkte Henriette, dass sie tatsächlich müde war. In der Abstellkammer legte sie sich auf die Matratze und ließ den Schal durch die Finger gleiten. Dann schloss sie die Augen, und kurz darauf war sie eingeschlafen.

Richard Weiß saß im grauen Licht der Küche. Das Fensterbrett war nass vom Nieselregen. Obwohl es schon fast Mittag war, stand der Frühstücksteller noch vor ihm auf dem Tisch, die Zeitung lag ungeöffnet daneben. Als die Türklingel schellte, schreckte er zusammen. Die Besuche von Bekannten, die anfangs noch gekommen waren, um sich nach Helene zu erkundigen oder ihm Gesellschaft zu leisten, waren abgeebbt. Er wusste, warum sie nicht mehr kamen. Es war menschlich, sich nicht mehr als nötig mit dem Unglück anderer zu belasten. Dazu kam, dass Helene für manche von ihnen die einzige Jüdin in ihrem näheren Bekanntenkreis gewesen war. Erst durch ihr Verschwinden waren sie persönlich mit den Abtransporten in Berührung gekommen. Mitgefühl und Scham mischten sich mit dem Wunsch, nicht mehr zu erfahren als nötig.

»Was hätten wir schon tun können?«, hatten sie gefragt.

Viel, hatte Richard gedacht. Zwei Kollegen, die ihm ihr Beileid bekundet hatten, waren sogar in der Partei, und von einem wusste er, dass er aktiv an der Entlassung eines jüdischen Kollegen aus der Fakultät mitgewirkt hatte. Trotzdem war er zu Richard gekommen, um sich nach ihm zu erkundigen. Richard verstand die menschliche Psyche nicht mehr. Es passte einfach nichts zusammen.

Noch einmal schellte die Glocke, und erst jetzt bemerkte Richard, dass er noch gar nicht aufgestanden war. Langsam richtete er sich auf und ging zur Tür.

»Oh«, entfuhr es ihm, als er Benjamin Cahn erkannte, und ein erfreutes Lächeln huschte über sein Gesicht. Doch dann fiel ihm auf, wie sorgenvoll der junge Mann aussah. Seine Jacke war zerknittert und feucht vom Regen, die Schuhe durchnässt.

»Benjamin, das ist ja nett. Kommen Sie doch rein.«

Der junge Mann lächelte dankbar und trat ein.

»Möchten Sie eine Tasse Muckefuck? Ich wärme ihn schnell auf. Und ziehen Sie die nasse Jacke aus. Haben Sie keinen Schirm?«

Benjamin hängte die Jacke an die Garderobe und betrat die

Küche. Richard sah, wie sein Blick über den Frühstückstisch wanderte.

»Ich hatte keinen rechten Appetit heute Morgen«, erklärte er schnell. »Möchten Sie ein Käsebrot haben?«

Benjamin wurde rot. »Wenn ich Ihnen nichts wegesse, gern.«

»Ach was«, meinte Richard. »Wir alten Leute brauchen nicht mehr so viel.« Er stellte die Kaffeekanne auf die Gasflamme und schnitt weitere Brotscheiben ab.

»Haben Sie etwas von Ihrer Frau gehört?«, fragte Benjamin.

»Hm, ich weiß nicht.« Richard zog eine Schublade auf und zeigte ihm eine Postkarte, auf der ein Wald abgebildet war. »Diese Karte kam hier an, ein paar Wochen nachdem Sie mir von Helenes Abtransport erzählt hatten.« Er las sie dem jungen Mann vor: »*Lieber Richard, mach Dir keine Sorgen. Es geht mir gut. Und schicke nichts, wir sind hier bestens versorgt. Deine Helene.* Eigentlich müsste ich froh sein über die Karte, nicht wahr? Aber sie klingt so falsch, so unpersönlich – und das, obwohl es Helenes Schrift ist. Außerdem ist seither nichts mehr gekommen. Was denken Sie? Haben Sie eine Karte von Ihren Eltern erhalten?«

Benjamin schüttelte den Kopf. »Nein, aber …« Er schien mit sich zu ringen, dann sagte er: »Aber ich habe von Bekannten gehört, die Postkarten ihrer Angehörigen mit ähnlichen Landschaftsansichten und einem fast identischen Text bekommen haben.«

Richard stöhnte leise, dann ließ er sich auf einen Stuhl fallen. »Hab ich's mir doch gedacht. Also eher ein halbherziger Versuch, die Angehörigen ruhigzustellen.«

»Wahrscheinlich ja«, bestätigte Benjamin. Er sah schuldbewusst aus. Vermutlich hatte er jetzt ein schlechtes Gewissen, weil er ihm, Richard, die Hoffnung genommen hatte, dass es Helene tatsächlich gut ging. Doch Richard wusste, dass es in guter Absicht geschehen war. Die Nazis logen, wenn sie den Mund aufmachten. Das Letzte, was er brauchte, war eine weitere Lüge aus Benjamins Mund.

»Noch Hunger?«, fragte er.

»Vielleicht noch eine Scheibe … Aber nur, wenn es geht. Ich habe schon seit Tagen …«

Richard sah ihn prüfend an. »Ihr Kommen ist kein Höflichkeitsbesuch, habe ich recht, junger Mann?«

»Nein.« Benjamin wirkte verlegen. »Ich bin … also … ich kann nicht mehr in meine Wohnung zurück.«

»Sie sind geflüchtet.«

»Ja.«

Benjamin erzählte von seinem Rausschmiss bei Genschow. »Die letzten Nächte habe ich im Schuppen neben der früheren Werkstatt meines Vaters geschlafen. Ich hatte noch einen Schlüssel dafür, den wir aus Versehen nicht abgegeben hatten, aber heute Morgen wäre ich beinahe von einem Bekannten gesehen worden, der dort wohnt.«

»Sie sollten Orte meiden, an denen man Sie kennt«, sagte Richard.

Benjamin nickte ergeben. »Ich weiß, aber das ist gar nicht so einfach. Man sucht doch immer das, was einem vertraut ist.«

»Was brauchen Sie, Benjamin? Was kann ich für Sie tun?«, fragte Richard rundheraus.

Der junge Mann errötete. »Also … eigentlich wollte ich fragen, ob ich für ein paar Tage bei Ihnen unterschlüpfen kann.«

»Wenn Sie wollen, bin ich sogar bereit, Sie permanent bei mir zu verstecken«, bot Richard an, ohne nachzudenken. »Sie wären hier eingesperrt, aber wenigstens hätte es den Vorteil, dass ich niemandem im Haus oder auf der Straße Ihre Anwesenheit erklären müsste, und wenn Sie offiziell nicht da sind, muss ich Sie auch nicht polizeilich melden. Meine Lebensmittelkarten dürften für uns beide reichen.«

Benjamin sah auf seine Hände und schien mit sich zu ringen. »Ich danke Ihnen für Ihr Angebot, das ist wirklich sehr großzügig«, sagte er schließlich. »Vor allem, weil es nur oberflächlich einfacher aussieht. Was ist, wenn Sie Besuch bekommen? Oder wenn die Nachbarn mich hören oder jemand einen Schatten hinter dem Fenster sieht, wenn Sie selbst aus dem Haus sind? Der geringste Fehler meinerseits könnte uns verraten. Und wenn es herauskommt, geht es für uns beide böse aus.« Er schüttelte leicht den Kopf. »Nein, ich bitte nur um eine kurze Zeit. Vielleicht könnten Sie mich als Neffen ausgeben? Ich versuche, eine Arbeitsstelle zu finden, die es mir erlaubt, mich mit Lebensmitteln vom Schwarzmarkt zu versorgen und wechselnde Unterkünfte zu bezahlen.«

»Hm, ohne Kennkarte wird das schwer werden«, meinte Richard. »Dazu das Risiko, auf der Straße in eine Kontrolle zu geraten, wenn Sie jeden Tag unterwegs sind ...«

»Eine Lösung ohne Risiko gibt es nicht.«

»Da haben Sie recht«, sagte Richard nachdenklich. »Aber es gibt vielleicht jemanden, den ich wegen einer Stelle fragen könnte. Ein Mann, dem ich vertraue, arbeitet in der Universitätsbibliothek. Versprechen kann ich nichts, aber ich werde es versuchen.«

»Danke.«

»Danken Sie mir nicht.« Richard winkte ab. »Ich habe meiner Frau nicht geholfen, habe dem vermeintlichen Schutz von Worten und Zusicherungen vertraut ... Eine privilegierte Mischehe – was für ein verdammter Betrug! Noch mal mache ich den Fehler nicht!«

Ben nickte nur, dann saßen sie sich schweigend gegenüber.

Das Zimmer von Frau Hundt war das letzte auf dem Flur. Henriette klopfte, bekam aber keine Antwort. Langsam drückte sie die Klinke hinunter und öffnete die Tür.

»Oh«, entfuhr es ihr leise.

Frau Hundt schlief anscheinend noch. Henriette wollte die Tür schon wieder zuziehen, als sie stutzte. Die alte Dame war nicht zugedeckt und vollständig bekleidet. Die Hände hatte sie auf dem Bauch gefaltet. Konnte es sein, dass sie so eingeschlafen war?

Henriette haderte mit sich, doch dann trat sie ein und ging auf leisen Sohlen zum Bett.

»Frau Hundt?«, fragte sie ängstlich.

Das weiße Gesicht der alten Dame sah anders aus als sonst. Ihr Mund stand leicht offen, trotzdem nahm Henriette keine Atemgeräusche wahr.

»Frau Hundt …« Henriette berührte die blasse Wange mit den Fingern und zuckte zurück. Die Haut war kalt.

Ungläubig blickte Henriette sich um. Der Raum sah aus wie am Vorabend. Selbst das Wasserglas, aus dem sie getrunken hatte, stand noch auf dem Tisch. Aber was war das? Henriette griff nach der kleinen Schachtel auf dem Nachttisch. Es war das Schlafmittel Luminal, das ihr früherer Hausarzt der Mutter verschrieben hatte, wenn sie unter Schlafstörungen litt. Erst jetzt ging ihr auf, dass Frau Hundt nicht zufällig gestorben war. Sie hatte nicht mehr ein noch aus gewusst und sich der Hetzjagd und dem Abtransport durch Suizid entzogen.

Bestürzt dachte Henriette an den vergangenen Abend. Wie ruhig Frau Hundt von ihrer Lage erzählt hatte. Hätte ihr auffallen müssen, dass die alte Dame sich gar nicht um ihre Zukunft zu sorgen schien? Warum hatte sie sich bloß nicht danach erkundigt?

Henriette konnte den Blick nicht von dem weißen, aber friedlich wirkenden Gesicht losreißen. Wie friedlich kann jemand sich gefühlt haben, der den Tod als einzigen Ausweg sieht?, schalt sie sich. Noch einmal berührte sie die eingefallenen Wangen mit den Fingerspitzen, dann eilte sie aus dem Zimmer. Das Hotel musste die Tote melden, und dann würde die Polizei auftauchen. Sie durfte nicht bleiben – aber sie wollte es auch nicht.

In der Abstellkammer stopfte sie ihre wenigen Sachen in den roten Leinenrucksack. Nur den blauen Seidenschal faltete sie sorgfältig zusammen, bevor sie ihn dazulegte. Dann zog sie ihre Jacke an und verließ die Pension, ohne sich bei jemandem abzumelden.

Mehrere Stunden später lief Henriette noch immer wie ein aufgescheuchtes Huhn in der Stadt herum und hatte Mühe, ihre Gedanken im Zaum zu halten, doch sie musste sich beruhigen, wenn sie dem ehemaligen Mandanten ihres Großvaters nicht wie eine Vogelscheuche gegenübertreten wollte. Auch das noch, jetzt fing es sogar an zu regnen! Ein paar Schritte ging sie noch, doch sie hatte keinen Schirm, und was machte sie, wenn sie nass wurde? Am Ende wartete keine Wohnung mit Wanne, sauberen Handtüchern und trockener Kleidung auf sie. Das Postamt, fuhr es ihr durch den Sinn. Sie war ganz in der Nähe. Dort war sie im Trockenen und konnte sich etwas ausruhen.

Wie erhofft war die Post voller Menschen. Die meisten schienen ein Anliegen zu haben, andere standen am Eingang und warteten auf das Ende des Regenschauers. Henriette trat ein und steuerte auf die Telefonbücher zu. Mit einem der Wälzer setzte sie sich auf einen Stuhl und gab vor, eine Nummer zu suchen.

Mechthild und Rudi Jakovich in der Oranienburger Straße, Johann Jahnke in der Köpenicker Straße. Ihre Augen überflogen die Namen. So viele Menschen, so viele Leben … und alle in Berlin. Irgendwo unter ihnen musste es doch jemanden geben, der bereit war, ihr zu helfen?

»Henriette? Sind Sie das?«, hörte sie eine weibliche Stimme.

Henriette fuhr so schnell hoch, dass das Telefonbuch auf den Boden fiel. Sie hob es auf und packte es auf die Ablage, ohne die Frau anzusehen. Weg, nur weg.

»Henriette, Sie sind es tatsächlich, das freut mich aber. Wie geht es Ihnen?« Die Stimme der Dame klang so freundlich, dass Henriette einen Blick wagte.

»Frau Gliemann?«

»Sie erinnern sich also doch. Ich dachte schon, Sie hätten mich vergessen. Sie waren ja noch so jung damals.«

Die herzliche Begrüßung ihrer früheren Deutschlehrerin beruhigte Henriette, trotzdem blieb sie misstrauisch. Vielleicht war

Frau Gliemann der fehlende Stern nur noch nicht aufgefallen – oder sie hatte vergessen, dass Henriette Jüdin war?

»Ich habe meine Besorgung erledigt – Sie auch? Wenn ja, was halten Sie von einem Kaffee?«, fragte Frau Gliemann, bevor Henriette über ihr eigenes Vorgehen entscheiden konnte.

»Nein, ich muss …«

»Ach, kommen Sie. Ich habe so selten die Gelegenheit, mit ehemaligen Schülern zu plaudern.« Frau Gliemann nahm sie beim Arm und schob sie zum Ausgang. »Für einen Kaffee ist immer Zeit.«

Mechanisch ging Henriette neben der Frau her. Vor ihrem inneren Auge zerrte Frau Gliemann sie bereits vor den nächsten Schutzpolizisten anstatt in ein Café. Andererseits wäre es ein Leichtes gewesen, im Postamt durch Rufen auf Henriette aufmerksam zu machen. Unter den Anwesenden hätte es sicher mehr als genug gegeben, denen es ein Vergnügen gewesen wäre, Henriette festzuhalten, bis ein Schutzpolizist oder eine Gestapokontrolle gefunden werden konnte. Außerdem erinnerte sie sich daran, was Berta einmal zu ihr gesagt hatte: »Du kannst nicht jedem trauen, aber irgendjemandem musst du trauen.«

»Hier vorne an der Ecke ist es«, verkündete Frau Gliemann munter. »Es gibt auch Kuchen.«

An den Tischen im großen Innenraum saßen überwiegend ältere Damen und junge Frauen, doch als Henriette an der Garderobe zwei dunkle Mäntel mit entsprechenden Hüten sah, blieb sie unvermittelt stehen. So waren Gestapomänner angezogen! Ihr Blick fiel auf einen Tisch vor der Kuchentheke, an dem zwei Herren mittleren Alters saßen – das mussten sie sein.

»Kommen Sie. Dort drüben ist ein Tisch in einer Nische frei«, sagte Frau Gliemann, nahm sie an der Hand und zog sie mit sich. Sie setzten sich, und sofort eilte ein Ober auf sie zu.

»Ich nehme einen Bohnenkaffee und ein Stück Käsekuchen. Und Sie, Henriette?«

»Ich auch«, antwortete die, um nicht nachdenken zu müssen.

»Sehr wohl, die Damen.« Der Ober entfernte sich.

»So, und jetzt entspannen Sie sich«, sagte Frau Gliemann leise, aber bestimmt. »Benehmen Sie sich, als hätten Sie jedes Recht, hier zu sitzen und Kuchen zu bestellen. Sie müssen so aussehen, als würden Sie dazugehören.«

Henriette sah sie erschrocken an. Frau Gliemanns Worte konnten nur bedeuten, dass sie sich über Henriettes Lage im Klaren war.

»Wie macht man das?«, fragte sie zurück, und Frau Gliemann lächelte.

»Das weiß ich nicht«, sagte sie. »Aber so, wie ich das sehe, sollten Sie es möglichst schnell lernen.«

Der Ober kam, und beim Duft des Bohnenkaffees wurde Henriette beinahe schwindlig.

»Der Kuchen hier ist noch immer gut, und Zucker beruhigt die Nerven«, verkündete Frau Gliemann, und Henriette ließ es sich nicht zweimal sagen. Sie war völlig ausgehungert.

»Der Rucksack ist hübsch, wie lange haben Sie den schon?«, fragte Frau Gliemann wie beiläufig, doch Henriette verstand sofort.

»Erst seit ein paar Tagen«, sagte sie.

Frau Gliemann nickte und lächelte dem Ober zu, der an ihrem Tisch vorbei zu anderen Gästen eilte.

»Das erklärt alles«, sagte sie leise, als er wieder außer Hörweite war. »Und dennoch müssen Sie versuchen, so auszusehen, als wäre Ihr einziges Problem der Kuchen, der hier besser schmeckt als im *Café des Westens,* wo Sie gestern waren.«

Henriette musste unwillkürlich lächeln.

»Ihre Frisur gefällt mir übrigens ausnehmend gut«, meinte Frau Gliemann jetzt wieder lauter. »Sie hatten ja damals in der Schule schon auffallend schöne Haare.«

Henriette fragte sich, worauf sie diesmal hinauswollte, und Frau Gliemann ließ sie nicht lange warten. »Allerdings würde Ihnen ein moderner Schnitt auch gut stehen, was meinen Sie? Und vielleicht eine Modefarbe?«

»Sie meinen blond?«, fragte Henriette. Das absurde Gespräch heiterte sie tatsächlich auf.

»Genau!«, rief Frau Gliemann erfreut.

Henriette aß das letzte Stück Käsekuchen. »Da gibt es nur ein Problem. Ich kenne keinen empfehlenswerten Friseur, der sich mit dem Färben von Haaren auskennt.«

Frau Gliemann schien sie verstanden zu haben. Seit dem vergangenen Mai durften jüdische Bürger keine arischen Friseure mehr besuchen, und wie es um jüdische Friseure stand, wusste sie selbst nicht.

»Meine eigene Friseuse ist hervorragend«, erklärte Frau Gliemann. »Wenn ich Sie begleite, könnte es heute noch klappen, was meinen Sie?«

Henriette erschrak, als ihr klar wurde, dass es jetzt so weit war: Sie musste sich in eine Fremde verwandeln. Aber vielleicht war der Anstoß ihrer früheren Lehrerin ja genau das, was sie gebraucht hatte.

»Ja, das wäre wunderbar«, meinte sie.

»Darf es noch etwas sein, meine Damen?« Der Kellner war wieder an den Tisch getreten.

»Nein, danke. Wir möchten zahlen«, sagte Henriette und wunderte sich selbst über ihren festen Ton. »Der Kuchen war übrigens ganz hervorragend«, fügte sie hinzu, während Frau Gliemann die Rechnung beglich.

»Das freut mich ausnehmend, mein Fräulein. Ich werde es weitergeben. Und beehren Sie uns bald wieder, die Damen«, meinte der Ober und empfahl sich.

Ingeborg Gliemann nickte ihr anerkennend zu. »Sie haben schon in der Schule schnell gelernt«, sagte sie lächelnd, dann verließen sie gemeinsam das Café.

Als sie eintraten, waren alle Stühle im *Salon Gisela* besetzt. Ingeborg zögerte einen Moment, doch dann gab sie sich einen Ruck. Berlin ist ein Dorf, dachte sie, während die Friseuse Henriette

Fotos von aktuellen Frisuren vorlegte. Heute hatte sie ihre ehemalige Schülerin erkannt, wer würde es morgen sein? Schließlich zeigte Henriette auf eine modische Kurzhaarfrisur und eine dunkelblonde Farbe.

»Die helleren Blondtöne sind zurzeit am gefragtesten«, widersprach die Friseuse. »Denken Sie nur an Marika Rökk. Sieht sie nicht fabelhaft aus? Bestimmt kennen Sie ihren letzten Film, *Frauen sind doch bessere Diplomaten*. Wie fanden Sie denn die Szene, in der …«

Hastig stand Ingeborg auf. Henriette konnte den Film gar nicht gesehen haben, denn Kinobesuche waren Juden schon seit Jahren verboten. Um ihre ehemalige Schülerin aus dem gefährlichen Fahrwasser zu ziehen, rief sie: »O ja, ein helles Blond ist wirklich viel aparter, finden Sie nicht?«

»Gut, dann nehme ich Hellblond«, antwortete Henriette. »Ich will schließlich mit der Zeit gehen.«

»Eine gute Wahl«, bestätigte die Friseuse zufrieden. »Das Färbemittel wird übrigens ein wenig brennen, und zwei, drei Mal müssen Sie schon wiederkommen, bis Sie richtig blond sind, aber wer schön sein will, muss leiden.« Sie lachte vergnügt, und Henriette lachte im Spiegel mit.

Ingeborg setzte sich wieder.

Henriette macht das gut, dachte sie und fächelte sich mit einer herumliegenden Illustrierten Luft zu. Es war warm im Salon, eine Angestellte föhnte einer älteren Dame gerade das Haar – und dazu die Aufregung.

Als sie Henriette spontan zu ihrer Friseuse gebracht hatte, war ihr nicht bewusst gewesen, dass schon die harmlose Frage nach einem Kinokassenschlager zum Problem werden konnte. An die weiteren Färbetermine hatte sie auch nicht gedacht, zu denen sie Henriette wohl ebenfalls begleiten musste, um in brenzligen Situationen wie der heutigen präsent zu sein.

Ingeborg Gliemann war mulmig zumute. Als sie ihre ehemalige Schülerin vor wenigen Stunden wahllos in einem Telefonbuch hatte blättern sehen, hatte sie sie angesprochen, ohne weiter darüber nachzudenken. Ihr war aufgefallen, dass sie keinen Stern am Mantel trug, dabei war das Postamt voller Menschen. Konnte das Mädchen sich wirklich sicher sein, dass sich kein alter Bekannter unter ihnen befand? Der Rest – die Einladung ins Café, das Gespräch über die neue Frisur, ihr Besuch im *Salon Gisela* – war eine ungeplante Kettenreaktion gewesen, von der Ingeborg nicht wusste, wohin sie noch führen sollte.

Erst seit ein paar Tagen war Henriette in der Illegalität unterwegs, und man merkte ihr an, dass ihr die Angst vor der eigenen Courage noch gehörig in den Gliedern saß. Ingeborg dachte an den Backfisch Henriette Fraenkel zurück. Sie war eine gute Schülerin gewesen, und auch deshalb hatte es sie, ihre Deutschlehrerin, gefreut, dass ihr Großvater sie nicht vom Gymnasium genommen und in eine jüdische Schule gesteckt hatte, obwohl Repressalien natürlich immer wieder vorgekommen waren.

Ingeborg beobachtete, wie Henriette fasziniert die *Neue Illustrierte Zeitung* las. Natürlich, der Kauf dieser Blätter war ihnen ja auch verboten worden. Wenn man sich das mal vor Augen führte, hatten die Juden es wirklich nicht leicht gehabt in den letzten Jahren … Und jetzt diese Umsiedlung in Arbeitslager … Kein Wunder, dass das Mädchen ausgebüxt war.

Wo sie wohl untergekommen ist?, fragte Ingeborg sich, aber es war wohl besser, nicht nachzuhaken. Sie war ohnehin schon tiefer in die Sache hineingeraten, als sie anfangs vorgehabt hatte. Noch zwei weitere Friseurtermine, dann konnten sie sich voneinander verabschieden.

Der Gedanke beruhigte Ingeborg, und sie entspannte sich. Der Spiegel auf der anderen Seite des Raumes warf ihr Bild zurück. Sie sah eine kleine, zierliche Frau mit pechschwarzen kurzen Haaren und einer dicken Hornbrille. Nein, etwas Besonderes war sie nie gewesen – und schon gar keine Marika Rökk –, aber trotz ihrer dreiundsechzig Jahre hatte sie noch kein einziges graues Haar. Und darauf war sie stolz.

»Wenn ich es nicht besser wüsste, ich würde Sie nicht wiedererkennen«, sagte Ingeborg strahlend, als sie später mit Henriette auf dem Bürgersteig stand.

»Ich mich auch nicht.« Henriette berührte bewundernd ihren neuen blonden Bubikopf. »Danke für den Vorschlag. Ich fühle mich tatsächlich verändert.«

»Das freut mich, Henriette. Also dann, wir sehen uns beim zweiten Termin.«

»Auf Wiedersehen, Frau Gliemann. Es war nett, Sie getroffen zu haben«, sagte Henriette lächelnd, blieb aber stehen.

Na, komm schon, geh, dachte Ingeborg nervös, doch nichts geschah. So standen sie mehrere Sekunden, die Ingeborg endlos vorkamen.

»Wohin gehen Sie jetzt?« Die Frage hatte sich wie von selbst aus Ingeborgs Mund gelöst.

»Ich weiß noch nicht, aber ich finde bestimmt etwas«, hörte sie Henriette sagen, aber es klang nicht sehr überzeugt.

Hektisch überschlug Ingeborg die Namen von Bekannten, die vielleicht helfen konnten, doch am Ende kam nur eines dabei heraus: Sie war diejenige, die jetzt vor Henriette stand – *sie* konnte helfen.

»Kommen Sie mit«, sagte sie.

13

Ben stand in einem Hofeingang und beobachtete ungeduldig den Briefträger, der mit der Besitzerin eines Schuhgeschäfts sprach und offenbar keine Eile hatte. Professor Weiß hatte Ben auf die ebenso simple wie geniale Idee gebracht, sich einen Postausweis zu erschleichen. Dabei hatte der emeritierte Professor ein erstaunliches kriminelles Talent an den Tag gelegt. Der Zweck heiligte die Mittel, hatte er gesagt – und der Zweck bestand darin, Benjamin wenigstens einen Postausweis zu besorgen, wie er von den Postämtern als Identitätsnachweis ausgestellt wurde. Er hatte zwar nicht den gleichen Wert wie eine Kennkarte, doch er war besser als nichts.

Der Trick bestand darin, sich selbst einen Brief an eine falsche Adresse zu schreiben und den Postboten wie zufällig im Hof oder vor der Haustür abzufangen, wenn er ihn zustellte. Dann musste er nur noch so tun, als sei er erst kürzlich hierher verzogen, und die Prozedur so oft wiederholen, bis der Postbote ihn ausreichend kannte. Danach kam der wichtigste Teil des Plans. Ben würde dem Briefträger erneut begegnen, ihm klagen, dass er seinen Postausweis verloren habe, und ihn bitten, zwecks Ausstellung eines neuen beim Postamt seine Identität zu bestätigen.

Aber an diesem Punkt war Ben noch lange nicht, denn heute würde er zum ersten Mal versuchen, den am Vortag aufgegebenen Brief unter der falschen Adresse abzufangen. Er hatte die Gegend sorgfältig ausgewählt. Auf der breiten Berliner Straße in Pankow mit ihren zahlreichen Geschäften waren viele Menschen unterwegs, Busse und Trambahnen fuhren im Minutentakt. Hier würde es kaum auffallen, wenn er im Hofeingang herumlungerte und auf den Briefträger wartete. Eine klingelnde Straßenbahn kam genau vor dem Schuhgeschäft zum Stehen. Ein hellgelber

Doppeldecker hupte, und auf der gegenüberliegenden Hausseite prangte eine bedrohlich wirkende schwarz-weiße Industrielandschaft mit rauchenden Schloten. *Agfa – ein Begriff für photographische Wertarbeit*, las Ben.

Unvermittelt musste er an Henriette denken. Wo war sie wohl gerade? Sicher nicht in der Nähe der Kantstraße, was bedeutete, dass sie ebenso gut hier in Pankow sein konnte. Vielleicht kannte sie sogar diese grässliche Werbung …

Ben schrak auf. Er war so in Gedanken gewesen, dass er den Postboten übersehen hatte, der nur noch wenige Meter vom Hofeingang entfernt war. Schnell trat er ein paar Schritte zurück, bis er fast im Hof stand.

»Ah, guten Morgen, das trifft sich gut«, rief er scheinbar überrascht, als der Mann im Torbogen erschien. »Ich bin eben erst hierhergezogen und erwarte einen Brief. Kann ich ihn persönlich in Empfang nehmen?«

»Sicher.« Der Briefträger musterte ihn ohne großes Interesse.

Bitte jetzt nicht nach dem Postausweis fragen, betete Ben innerlich und fuhr fort: »Harry Arnold heiße ich. Der Brief ist gestern hier in Berlin aufgegeben worden.« Nervös beobachtete er, wie der Postbote seine große Tasche öffnete.

»Harry Arnold«, wiederholte Ben. Den Namen hatte er ausgesucht, weil er zu beiden Teilen einen Bezug hatte. Harry war der Name seines besten Schulfreundes gewesen, Arnold der Vorname seines Vaters.

Die fleischigen Finger des Briefträgers bewegten sich erstaunlich flink.

»Hab ich heute Morgen gesehen, Ihren Brief«, murmelte er. »Hab mich noch gefragt, wer das ist. War ja das erste Mal, dass Post kam auf diesen Namen.«

»Ja, ich komme aus Köln, wurde aber bei den Luftangriffen im Mai ausgebombt und bin jetzt hier, aber wahrscheinlich nur vorübergehend«, spulte er die Geschichte herunter, die der Professor und er sich ausgedacht hatten. Doch im nächsten Moment ärgerte er sich. Niemals ungefragt Informationen preisgeben, hatte Professor Weiß ihm eingeschärft. Jedes unnötige Wort konnte zum Stolperstein werden. Ben hatte sich gefragt, woher ein pensionierter Professor für Kunstgeschichte so etwas wusste, aber es leuchtete ihm ein.

»Ah, da ist er ja … Harry Arnold … bitte schön.«

»Wunderbar. Vielen Dank … Schönen Tag noch.«

»Gleichfalls«, hörte er den Postboten sagen.

Ben war zufrieden mit seinen Fähigkeiten als Laienschauspieler. Wie gern hätte er Henriette davon erzählt, die ihn für einen biederen Streber hielt. Aber das war in einem anderen Leben gewesen. Hier und jetzt mauserte er sich zu einem richtigen Ganoven.

Er sah auf die Uhr und erinnerte sich daran, dass er in die Universitätsbibliothek musste, wo Professor Weiß ihm tatsächlich eine Stelle hatte vermitteln können. Er beschleunigte seinen Schritt, als hinter ihm die Elektrische klingelte. Wenn ich doch nur …, dachte er. Doch im nächsten Moment fiel ihm ein, dass Harry Arnold, geboren 1918 in Köln, jedes Recht hatte, die Straßenbahn zu benutzen.

Die Universitätsbibliothek lag in der Dorotheenstraße. Ein langjähriger Bekannter des Professors hatte ihm die Stelle im Magazin verschafft. Ben holte die bestellten Bücher ab und brachte die Bände, die nicht mehr gebraucht wurden, dorthin zurück. Die Arbeit war ideal, da er kaum mit Kollegen zu tun hatte und nie mit den Besuchern der Bibliothek in Berührung kam. Nur wenige Angestellte hatten ihn überhaupt zur Kenntnis genommen.

Als Benjamin auf den Eingang zulief, hätte er am liebsten ein Lied gepfiffen. Eine ideale Arbeitsstelle und vielleicht bald schon ein Postausweis – er hatte sich schon lange nicht mehr so normal gefühlt. War das Leben als »U-Boot« doch einfacher als gedacht, oder hatte er einfach nur unglaubliches Glück gehabt?

Bitte lass Henriette genauso viel Glück haben, dachte er, und halte deine schützende Hand über meine Eltern … und alle anderen. Je länger das Stoßgebet wurde, desto mutloser fühlte er sich. Wo war Gott, während die Züge mit den vielen jüdischen Menschen nach Osten rollten? Er dachte an seine Mutter. Sie hatte Wert auf koscheres Essen gelegt, sein Vater dagegen hatte es damit nicht so genau genommen, und in die Synagoge waren sie immer nur an Feiertagen gegangen – in die schöne in der Oranienburger Straße, mit den goldenen Verstrebungen in der Kuppel.

Mittlerweile war Ben am Eingang angekommen und trat ein.

»Hallo, Sie da … Arnold?«

Ben wandte den Kopf. Vor ihm stand Herr Müller, einer der wenigen Kollegen, denen er namentlich vorgestellt worden war. Zögerlich blieb er stehen.

»Sie sind doch Arnold?«, fragte Müller, dessen Haare streng nach hinten gekämmt und mit Pomade festgeklebt waren.

Die Frage brachte Ben aus dem Konzept, doch er riss sich zusammen. Der Kollege war wohl einfach unsicher, ob er sich den richtigen Namen gemerkt hatte.

»Ja, das bin ich«, sagte Ben. Er musste dringend lernen, seine neue Identität mit größerem Selbstvertrauen auszufüllen.

Müller winkte ihn zu sich.

»Der Kollege am Empfang ist krank, und ich habe selbst viel Arbeit. Sie übernehmen seine Tätigkeit.«

Er zeigte Ben, was er zu tun hatte. Der folgte den Ausführungen wie erstarrt. Er sollte am Empfang stehen und sich um die Fragen und Wünsche der Besucher kümmern, die aus den unterschiedlichsten Stadtteilen kamen. Leicht konnte jemand dabei sein, der ihn kannte.

»Ich weiß nicht, ob ich das …«, hob er an, doch Müller ließ ihn nicht einmal ausreden.

»Sie sind doch erst vor Kurzem eingestellt worden, oder nicht? Da stellt man keine Forderungen«, herrschte er ihn an.

Kurz darauf fand Ben sich allein in der Eingangshalle wieder. Bei jedem hereinkommenden Besucher begann sein Herz zu rasen. Die meisten kannten sich aus und schlugen den Weg in den Lesesaal ein, ohne ihn weiter zu beachten.

Ich könnte mich einfach aus dem Staub machen, überlegte Ben, aber dann verliere ich wahrscheinlich die Stelle. So blieb er starr vor Angst stehen.

»Ist Ihnen nicht gut?«, fragte prompt eine ältere Dame, die um eine Auskunft gebeten hatte. »Sie sehen fiebrig aus, junger Mann.«

»Nein, danke, alles in Ordnung.« Ben zwang sich zu einem Lächeln. »Ich habe nur gerade eine Grippe hinter mich gebracht.«

Die Dame wünschte gute Genesung und verabschiedete sich.

»Was zum Teufel …«, erklang eine wohlbekannte Stimme. Erschrocken blickte Ben auf. Otto Ramme kam auf ihn zu, der Mann, der ihn eingestellt hatte.

»Sind Sie von allen guten Geistern verlassen?«, zischte er und bedeutete ihm mitzukommen. Ben folgte ihm in sein Büro.

»Sind Sie noch ganz bei Verstand, Arnold? Ich dachte, wir hätten beide ein Interesse daran, dass Sie unten in den Magazinen arbeiten?«

»Natürlich, aber …«

Ben beeilte sich, die Sache zu erklären. Sogleich stürmte Ramme aus dem Zimmer. Kurz darauf konnte Ben ihn im Gang schreien hören.

»Sagen Sie, Müller, was fällt Ihnen ein, sich meinen Anweisungen zu widersetzen und eigenmächtige Personalentscheidungen zu treffen! Ich hatte *Sie* als Vertretung für den Empfang eingeteilt!«

Ben schluckte. So ernst seine Lage auch gewesen war – er wollte nicht, dass Müller nun einen Groll gegen ihn hegte. Zusätzliche Feinde waren das Letzte, was er gebrauchen konnte. Aber er musste zugeben, dass Ramme seine Rolle gut spielte.

»Was glauben Sie, warum ich *Sie* am Empfang haben wollte, Müller?«, rief sein Vorgesetzter. »Dieser Grünschnabel von Arnold ist doch nur ein Läufer, gerade mal gut genug fürs Bücherschleppen im Magazin. Der kennt sich doch hier in der Bibliothek nicht aus! Und jetzt machen Sie, dass Sie auf Ihren Posten kommen, Müller! Der Empfang muss immer besetzt sein.«

Kurz darauf kehrte Ramme zurück. Er war hochrot im Gesicht, konnte sich aber ein Grinsen nicht verkneifen. »Na, wie war ich?«

Ben lachte steif. Der Schreck saß ihm noch in den Gliedern.

»Machen Sie sich keine Gedanken«, fuhr Ramme fort, als hätte er Bens Bedenken erraten. »Eine Ermahnung an den Kollegen Müller war überfällig. Sie haben mir nur einen weiteren Grund geliefert, und das weiß er auch. So, und jetzt ab in die Katakomben mit Ihnen.«

»Ach, der Herr Professor …«

Richard Weiß drehte sich unwillig um. Da die Portiersfrau nicht an ihrem Platz gesessen hatte, hatte er gehofft, ihr nicht mehr zu begegnen. Alle wussten, dass Frau Zander für die Gestapo die Augen offen hielt, weshalb er ihr nach Bens Einzug offiziell mitgeteilt hatte, dass sein Neffe aus Köln, der wegen einer Lungenkrankheit vorerst vom Wehrdienst zurückgestellt sei, ein paar Wochen bei ihm verbringen werde, da seine ausgebombte Familie in engsten Verhältnissen lebte.

»So, so, hoffentlich hustet det Jungchen uns hier nich alles voll«, hatte sie mit ihrem üblichen Takt geantwortet und hinzugefügt: »Ick will keene wegjeworfenen Taschentücher im Hausflur sehen, und bei der Polizei anmelden müssense den jungen Mann natürlich och.«

»Selbstredend«, hatte Richard nur geantwortet und war Frau Zander seither aus dem Weg gegangen, denn die hatte das Recht, den polizeilichen Meldeschein zu sehen.

»Ach, wat vermiss ick den Sommer«, meinte Frau Zander jetzt, als sie ihm entgegenschlurfte, in den Händen einen Eimer und eine Kehrichtschaufel. »Die Wärme is jut für mein Rheuma. Aber kaum is Herbst, machense wieder Scherereien, die alten Knochen.«

»Das tut mir leid«, antwortete Richard beflissen. Mit ein bisschen Glück hatte Frau Zander den Meldeschein vergessen. Er wollte gerade eine weitere Nichtigkeit sagen und sich empfehlen, als Frau Zander doch zum Thema kam.

»Hat sich ja offenbar jut einjerichtet bei Ihnen, der Herr Neffe aus Köln. Jefällt ihm wohl jut in der Hauptstadt? Is ja auch nen Ding … Köln … so 'ne schöne Stadt war det vor den Bomben und jetzt so was. Nich, dat ick mal dort jewesen wär, aber man hört ja so manches. Nun ja, det werden wir denen schon heimzahlen, die solln sich mal nich zu früh freun, nich wahr, Herr Professor?«

»Ja, natürlich«, sagte Richard schnell. »Also dann, ich wünsche noch einen schönen Tag, Frau Zander.«

»Gleichfalls«, rief sie. »Und den Meldeschein nich verjessen, Herr Professor. So een jewissenhafter Mann wie Sie und lässt mich warten. Dat is een ordentliches Haus hier, da jeht's mit rechten Dingen zu, darauf hab ick beede Augen, davon könnse aber ausjehen. Schließlich kennse doch die Frau Zander …«

»Ja, ja, natürlich.«

Richard hob beim Gehen winkend die Hand, ohne sich umzublicken. Erst als er vor seiner Wohnungstür stand, merkte er, wie schnell sein Puls ging. Die rechte Hand zitterte so stark, dass er sie mit der linken festhalten musste, um den Schlüssel ins Loch zu bekommen, das Herz schlug unruhig. Am besten nahm er gleich eine Tablette – diese Aufregungen waren Gift für seine Herzschwäche.

Er ging in die Küche, füllte ein Glas mit Wasser und schluckte die Tablette. Dieses Miststück mit ihrem Elefantengedächtnis, dachte er. Ordnung! Als ob es der Zander um Ordnung ging – die war doch nur froh, dass sie sich zum ersten Mal im Leben wichtigmachen und diese schäbige kleine Macht über andere ausüben konnte, von der sie bis vor ein paar Jahren nur hatte träumen können.

Er wartete, bis er sich stabiler fühlte, dann holte er sein Adressbuch. Otto Ramme hatte Benjamin die Stelle in der Universitätsbibliothek besorgt, und da er nicht wusste, an wen er sich sonst wenden konnte, musste er ihn noch einmal bemühen, denn als ehemaliger Sozialdemokrat hatte Ramme möglicherweise Bekannte, die bereit wären, Benjamin bei sich aufzunehmen.

Frau Zander hatte dem Professor nachgesehen. Das konnte sie gerade haben ... wenn einer auf feinen Herrn machte, aber dann meinte, über dem Gesetz zu stehen und seinen Neffen nicht anzumelden. Aber der würde auch noch spüren, dass der Wind jetzt andersrum wehte. Nun hatten sie nicht mehr das Sagen, die besseren Herrschaften mit ihrem Hochdeutsch und ihrem feinen Zwirn, und wenn der Meldeschein nicht bald beikam, würde sie das der Gestapo melden. Fehlte gerade noch, dass das gar kein Neffe war, sondern irgend so ein arbeitsscheues Subjekt, einer von diesen Kommunisten oder Deserteuren. So was konnte das ganze Haus in Verruf bringen, und sie ließ sich schließlich nicht für dumm verkaufen, nur weil der Herr Professor ihr seit zwanzig Jahren zu Weihnachten und Ostern Trinkgeld gab. Immerhin war er mit einer Jüdin verheiratet gewesen und hatte sich geweigert, sich von ihr scheiden zu lassen. Nicht, dass sie was gehabt hätte gegen die werte Frau Weiß. Eine nette Person war sie ja gewesen ... an der Oberfläche zumindest ... aber eben doch Jüdin, und mittlerweile wusste man ja, was das für welche waren.

Sie blieb vor einem feuchten Fleck stehen. Da hatte die Apothekerin Obermüller wieder ihren Dackel hinpinkeln lassen. Das machte die absichtlich, aber nicht mehr lange. Irgendwas ging da vor in der Wohnung der Obermüller. Immer wieder Besuch von anderen Weibsbildern, und dann wurde das Radio angeschaltet, und zwar so leise, dass sie von draußen nichts verstehen konnte. Aber sie war ja nicht auf den Kopf gefallen. Feindradio hörten die da drinnen. Na ja, irgendwann würde sie schon vergessen, das Fenster zu schließen. Frau Zander ging zu ihrem Geräteraum, um den Wassereimer zu holen.

Rolf rückte seine Krawatte zurecht und zupfte an dem Blumenstrauß, bevor er klingelte. Er konnte sich nicht mehr daran erinnern, welches die Lieblingsblumen seiner Schwiegermutter waren, dafür hatte er einen besonders großen Strauß weißer Rosen gekauft – die mochten schließlich alle Frauen.

Die Klingel ertönte, und Sekunden später öffnete Erika die Tür. »Du! Endlich!«

Sie schlang die Arme um seinen Hals, und er verlor beinahe das Gleichgewicht. Dann drückte sie ihm einen Kuss auf den Mund.

»Schnell, komm rein, du bist spät dran. Mein Vater hat schon ein paar Mal auf die Uhr gesehen. Oh, was hast du denn da? Meine Lieblingsblumen! Du bist ein Schatz!« Sie griff nach dem Strauß.

»Die sind für die Dame des Hauses, aber natürlich habe ich die weißen Rosen deinetwegen gewählt«, log Rolf.

»Schau mal«, rief Erika und drehte sich einmal um sich selbst. »Ich war beim Friseur und habe die Haare nachfärben lassen. Oben sah man schon den braunen Ansatz, es sah grässlich aus. Gefällt es dir?«

»Sehr hübsch!« Rolf griff nach ihrer Hand, erinnerte sich dabei jedoch an die braunhaarige Erika, in die er sich vor einem Jahr verliebt hatte. Ein schönes, volles Braun war es gewesen – fast so wie das von Henriette … Widerwillig musste er daran denken, wie er Henriette in ihrem Zimmer gegenübergestanden hatte. Sie war noch hübscher geworden seit damals. Gleichzeitig hatte er die Umkehrung der Machtverhältnisse genossen – und jetzt? Sie war ihm entwischt, und wieder fühlte er sich wie ein dummer Junge.

»Sie sind spät dran, Reinhardt, nicht gerade eine deutsche Tugend«, brummte Erikas Vater, während Rolf seiner zukünftigen Schwiegermutter den Strauß überreichte.

»Jetzt lass ihn doch, Herbert«, meinte die lächelnd. »Sicherlich hatte Herr Reinhardt etwas Wichtiges zu tun.«

»Ich wurde im Reichssicherheitshauptamt aufgehalten«, bestätigte Rolf. »Manchmal ist es einfach nicht möglich, bei Dienstschluss sofort den Griffel hinzuwerfen.«

»Das verstehe ich natürlich«, meinte Herbert Rossmann. »Bei Angelegenheiten des RSHA muss die zivile Pünktlichkeit zurückstehen.«

»Die Suppe ist auf dem Tisch!«, rief Erikas Mutter.

Sie setzten sich, und Herbert Rossmann dozierte über die Rolle des zu erwartenden Winterwetters für den Kriegsverlauf an der Ostfront.

»Nicht, dass so ein paar kalte Monate dem Sieg gefährlich werden könnten«, schloss er. »Aber mehr Mühe macht es durchaus.«

Inzwischen war der Braten aufgetragen worden, und Rolf bediente sich mit Soße, als Herbert Rossmann auf sein Lieblingsthema zu sprechen kam.

»Sagen Sie, Reinhardt, wann ist es denn so weit? Goebbels hat versprochen, dass Berlin judenfrei wird. War die endgültige Säuberung nicht schon für den vergangenen April geplant? Als Geburtstagsgeschenk für unseren Führer sozusagen?«

Rolf lächelte nachsichtig. »Das wäre in logistischer Hinsicht unmöglich gewesen«, belehrte er seinen zukünftigen Schwiegervater. »Zumal unsere Züge ja nicht nur die Juden in den Osten fahren, sondern auch unseren Truppen Nachschub und Materialien bringen.«

»Das ist wahr«, gab Herbert Rossmann sofort zu.

»Natürlich darf ich keine konkreten Pläne preisgeben«, fuhr Rolf betont gelassen fort. »Aber ich kann Ihnen versichern, dass es nicht mehr lange dauern wird. Die Schonfristen gehen dem Ende entgegen.«

»Recht so«, meinte Herbert Rossmann und schnitt sich ein Stück Braten ab. »Ganz hervorragend, was meine Frau heute wieder gezaubert hat, finden Sie nicht? Aber sagen Sie, was passiert, wenn diese Ratten Wind von der Sache bekommen und sich in irgendwelche Löcher verkriechen? Es soll Juden geben, die einfach verschwinden und falsche Identitäten annehmen. Das ist doch eine Gefahr für die Allgemeinheit.«

»Ach, Herbert«, warf seine Frau lachend ein. »Einfach verschwinden? Wie soll das gehen? Wo sollen sie denn hin? Etwa ins Hotel?«

Rolf zwang sich, mit den anderen zu lachen, doch das Thema provozierte ihn. Was sollten diese Anspielungen? Wollte sein Schwiegervater ihm etwa Ratschläge erteilen, obwohl er keine Ahnung von der Komplexität dieser Mammutaufgabe hatte, mit der er und seine Kollegen sich jeden Tag konfrontiert sahen?

»Der ein oder andere mag es für möglich halten, sich dem langen Arm des Staates zu entziehen«, sagte er von oben herab. »Aber das sind unbedeutende Einzelfälle. Sie können sich darauf verlassen, dass wir die bald wieder einfangen. Wie lange kann man sich schon ohne Lebensmittelkarten und ärztliche Versorgung verstecken? Und wer sollte ihnen helfen und dafür Schutzhaft oder … Ähnliches riskieren.« Das Wort Konzentrationslager vermied Rolf lieber. Die Familie seiner Verlobten war nicht naiv, aber man musste bestimmte unschöne Themen ja nicht unbedingt beim Abendessen heraufbeschwören.

Ungeduldig rutschte Henriette auf ihrem Stuhl hin und her. Offenbar überzog Frau Gliemann ihre Nachhilfestunde mit Franz wieder einmal. Der Zwölfjährige hatte Probleme mit der Rechtschreibung und war dazu noch schrecklich langsam – und wenn er eine Aufgabe nicht bis zum Stundenende fertig hatte, blieb er eben länger. Henriette ärgerte sich, dass sie kein Buch mit in das Zimmer genommen hatte, aus dem sie sich nicht wegbewegen durfte, während Frau Gliemann ihre Nachhilfeschüler empfing. Genau genommen durfte sie gar nichts. Im Zimmer herumgehen oder sich gar am Fenster zeigen – tabu. Aber auch das Sofa quietschte bei jeder Bewegung, weshalb sie seit über einer Stunde auf einem harten Holzstuhl saß und auf das Regal mit den *Faust*-Ausgaben starrte – eine beträchtliche Sammlung, die Frau

Gliemanns Vater begründet hatte und die sie nun weiterführte. Das ist das Deutschland, an das mein Großvater geglaubt hat, dachte Henriette traurig. Ein kulturell und humanistisch geprägtes Deutschland. Sie fragte sich, ob es dieses Land jemals gegeben hatte.

Endlich hörte sie, wie Frau Gliemann und ihr Nachhilfeschüler in den Flur hinaustraten, dann wurde die Wohnungstür geschlossen. Im gleichen Moment klingelte das Telefon.

Henriette öffnete leise die Tür. Frau Gliemann hielt den Hörer schon in der Hand. Als sie Henriettes unschlüssiges Gesicht sah, winkte sie sie zu sich heran.

»Guten Abend, Frau Fleming«, flötete Frau Gliemann in den Hörer. »Das freut mich aufrichtig … Ja, genau deshalb habe ich Ihnen das Mädchen ja auch empfohlen. Es ist eine ehemalige Schülerin aus anständigem Elternhaus mit untadeligen Manieren … ja, ja, sehr gebildet … genau, es ist ja mittlerweile fast unmöglich, deutsche Mädchen für diese Arbeit zu finden.« Eine längere Pause folgte, dann beteuerte Frau Gliemann: »Sie haben recht, Frau Fleming, die deutsche Frau muss an der Heimatfront ihren Mann stehen und in den Betrieben die Männer ersetzen, aber lassen Sie es mich trotzdem sagen: Die Leidtragenden sind unsere Kinder, die nun von Italienerinnen und Polinnen betreut werden, die nicht einmal Deutsch sprechen.«

Es folgte ein kurzer Austausch über das schlechte Wetter und eine Terminabsprache, dann legte Frau Gliemann auf.

»Es gibt eine hervorragende Neuigkeit«, erklärte sie strahlend.

»Ich soll als Kindermädchen arbeiten«, meinte Henriette erfreut. »Ja, ich denke, das könnte ich gut. Bei wem denn?«

»Bei einer sehr gut situierten Familie in Schöneberg«, erklärte Frau Gliemann. »Sie haben schon einen älteren Sohn, der einmal mein Nachhilfeschüler war.«

»Und das Kind, das ich betreuen soll?«, fragte Henriette.

»Die kleine Marion ist eine Nachzüglerin. Sie ist erst vier Jahre alt, aber sehr lebhaft. Außerdem haben die Flemings ein großes

Haus, das viel Pflege erfordert, und Frau Fleming ist häufig unpässlich. Sie hat es mit dem Kreislauf, deshalb suchen sie händeringend ein deutsches Kindermädchen, das auch im Haushalt hilft.«

»Werden sie mich denn nicht offiziell anmelden müssen?«, fragte Henriette skeptisch.

»Ach was. Frau Fleming ist so erleichtert, dass ihr die Anmeldung völlig egal ist, zumal Sie von mir empfohlen wurden. Schließlich gibt es Ausnahmefälle, in denen junge deutsche Frauen von der Arbeit in der Kriegswirtschaft ausgenommen sind. Und stellen Sie sich vor, Sie können auch dort wohnen, Henriette! Kost, Logis und eine gute Bezahlung … ein echter Glücksfall!«

»Sind sie … sind sie in der Partei?«, fragte Henriette.

»Oh, aber ja doch!«, rief Frau Gliemann. »Und nicht nur das. Herr Fleming ist Oberst des Ersatzheeres und als solcher zur Verteidigung der Stadt in Berlin stationiert.«

»Aber ich kann doch unmöglich bei einem Nazi arbeiten«, wandte Henriette erschrocken ein. »Und das auch noch ohne Kennkarte!«

»Warum nicht?«, gab Frau Gliemann mit einer Gelassenheit zurück, die Henriette fassungslos machte. »Vergessen Sie nicht, dass Sie nicht mehr Henriette Fraenkel sind, sondern Hermine Friedrich. Und auch ich werde jetzt nicht mehr den Fehler machen, Sie Henriette zu nennen. Hermine, das ist jetzt Ihr Name. Und wer würde schon vermuten, dass eine Jüdin sich freiwillig in die Höhle des Löwen begibt? Oberst Fleming und seine Frau ganz bestimmt nicht!«

Henriette sackte das Herz in die Hose. Die Aussicht auf eine Stelle bei einem Nazioffizier musste sie erst einmal verdauen.

14

Es hagelte, als Benjamin am Hochbahnhof Schlesisches Tor aus der Bahn stieg. Er durchquerte die Bahnhofshalle, in der es einen Blumenladen und eine Bäckerei gab. Ein Schild mit der Aufschrift *Torkrug* ließ ein Restaurant vermuten, doch daneben war ein weiteres angebracht: AEG – *Wohnheim für ausländische Gefolgschaftsmitglieder*. Offenbar hatte man hier – wie an vielen Orten in Berlin – die großen Räume des ehemaligen Lokals in eine Unterkunft für Fremdarbeiter umfunktioniert.

Ben verließ das Gebäude und versuchte sich zu orientieren. Zum Glück war der Hagel in Nieselregen übergegangen. Er blickte auf den belebten Platz, der einen Verkehrsknotenpunkt für Omnibusse, Autos, Taxis und Bahnen darstellte. Es war lange her, seit er zum letzten Mal in diesem Teil Kreuzbergs gewesen war, und er hatte keine Ahnung, welche der vom Platz abgehenden Straßen die Köpenicker war.

»Henriette?«

Er schloss zu der jungen Frau auf, die nicht reagiert hatte. Erst als er sie überholte und sie ihn misstrauisch anblickte, bemerkte er seinen Irrtum.

»Oh, entschuldigen Sie, ich habe Sie von hinten verwechselt.«

Kopfschüttelnd ging die junge Frau weiter. Mal sehe ich Henriette in Tempelhof, mal in Kreuzberg, dachte Ben. Kein Wunder, sie spukte ja auch ständig in seinem Kopf herum. Zum Beispiel wenn er Platanen sah – denn das waren die Bäume am Landwehrkanal gewesen, wo sie sich immer getroffen hatten. Oder wenn er in der Bibliothek ein Buch entdeckte, von dem sie einmal gesprochen hatte, oder einfach so, wenn er mal nicht über seinen Sorgen brütete.

Ben seufzte und ging auf den nächstbesten Passanten zu, um

nach dem Weg zu fragen. Kurz darauf bog er in die Köpenicker Straße ein. Die Adresse des Buchbinders Karl Krömer hatte er auswendig gelernt. Der Mann wohnte in den Räumen hinter seiner Buchbinderwerkstatt, und der Laden war leer, als Benjamin pünktlich um sechs Uhr eintrat. Gleich würde Herr Krömer schließen.

Ein grün karierter Vorhang zu einem hinteren Raum wurde zur Seite geschoben, und ein untersetzter Mann mit Vollglatze erschien. Seine Nase war so krumm, als wäre sie einmal gebrochen und dann unglücklich verheilt. Er musterte Benjamin interessiert.

»Herr Krömer?«, fragte Ben.

»Bin ich. Und Sie?«

»Harry Arnold«, stellte Benjamin sich vor, obwohl der Buchbinder, der ihn für eine Weile gegen Bezahlung als Untermieter aufnehmen sollte, von seiner jüdischen Herkunft wusste.

Krömer nickte. »Otto Ramme schickt Sie«, sagte er. »Na, dann kommen Sie mal mit.« Er zog einen Schlüsselbund aus seinem grauen Arbeitskittel, schloss die Ladentür ab und ging voraus.

»Kein guter Tag heute«, murmelte er. »Schlechtes Wetter … und seit die Braunen an der Macht sind, haben Bücher sowieso keine Konjunktur mehr.« Benjamin folgte dem Mann in den hinteren Raum, in dem die Maschinen standen.

»Sie haben früher Aufträge von der Universitätsbibliothek bekommen, nicht wahr?«, fragte Ben.

»Ja, aber irgendwann wurden sie an andere vergeben. Mein SPD-Parteibuch war ihnen ein Dorn im Auge.«

»Gibt es etwas, das denen kein Dorn im Auge ist?«, scherzte Benjamin, und Krömer lächelte schwach.

»Ziehen Sie sich die Schuhe aus«, sagte er vor einer weiteren Tür. »Meine Frau ist da sehr eigen. Die Kammer ist nicht groß, aber es steht ein Bett drin und ein Tisch. War das Zimmer meines Sohnes … der ist jetzt in Frankreich …« Krömer öffnete die Tür und trat ein. »Irma!«, rief er.

Eine blasse Frau mit dunkelblondem Dutt stand am Spülstein. Als sie sich umdrehte, verdüsterte sich ihr Blick.

»Das ist Harry Arnold, unser neuer Untermie…«

»Karl!«, brauste sie auf. »Darüber hatten wir doch gesprochen!«

»Eben«, gab er trotzig zurück.

Frau Krömer starrte ihren Mann herausfordernd an, doch er hielt dem Blick stand. Benjamin war verwirrt. Was hatte die feindselige Begrüßung zu bedeuten?

»Das Geschäft läuft schlecht«, brummte Herr Krömer schließlich. »Wir brauchen das Geld für die Untermiete. Und statt uns irgendjemanden zu holen, können wir doch einem armen Tropf wie ihm helf…«

»Nein, können wir nicht, denn dieser arme Tropf …« Frau Krömer machte eine Kopfbewegung zu Benjamin, ohne ihn direkt anzusehen, »bringt uns alle in Gefahr. Was wird denn aus dem Geschäft, wenn wir in Schutzhaft oder im KZ landen?«

»Das hatten wir doch schon alles«, knurrte Herr Krömer missmutig. Dann wandte er sich an Benjamin. »Kommen Sie, ich zeig Ihnen die Kammer.«

Doch Frau Krömer baute sich vor ihnen auf. »Und ich sage Nein. Nichts für ungut …« Zum ersten Mal sah sie Benjamin an. »Das hat nichts mit Ihnen zu tun, Sie tun mir leid, aber wir können Ihnen nicht helfen. Es ist zu gefährlich.«

Ihr Mann wollte sie ignorieren, aber Benjamin blieb stehen. »Herr Krömer, wenn Sie sich nicht einig sind, werde ich nicht hierbleiben.«

»Verdammt, Irma, kannst du nicht einmal tun, was *ich* will?«, stieß Herr Krömer böse hervor.

»Und du? Kannst du nicht einmal nachdenken?«, gab seine Frau schlagfertig zurück. »Glaubst du, die haben vergessen, wer du bist? Ein aufmüpfiger Sozi? Die haben dich auf dem Kieker, und du warst schon einmal für wesentlich weniger in Schutzhaft. Für das hier …«, sie zeigte auf Ben, »gehen wir direkt nach Sachsenhausen.« An Benjamin gewandt, fuhr sie fort: »Es tut mir aufrichtig leid, dass Sie umsonst hierhergekommen sind. Ich dachte, mein Mann und ich hätten das geklärt. Aber heute Nacht können Sie bleiben, wenn Ihnen das hilft. Es gibt Suppe.«

Benjamin nickte niedergeschlagen. Am nächsten Morgen würde er auf der Straße stehen, und zu Richard Weiß konnte er nicht zurück, denn dort war er eine Gefahr für sich und den alten Herrn geworden. Aber eine Nacht war besser als nichts, und eine heiße Suppe tat gut an diesem nasskalten Tag.

»Vielen Dank«, sagte er schwach.

»Frauen«, brummte Herr Krömer. »Immer die Hosen anhaben wollen, aber dann im entscheidenden Moment ein Hasenherz haben.«

Seine Frau zog es vor, nicht zu antworten, und drehte sich wieder zum Spülstein, um die Rüben für die Suppe zu schälen.

Oberst Hans Fleming legte den eben fertig geschriebenen Brief zu den anderen Korrespondenzen und sah auf seine Armbanduhr. Gleich drei, die ehemalige Nachhilfelehrerin seines Sohnes musste jeden Augenblick hier sein. Er hoffte, dass es klappte mit der jungen Dame, die ihnen so hoffnungsvoll angekündigt worden war. Seiner Frau wuchs die kleine Marion über den Kopf, dazu das Haus …

Es klingelte, und er sah erneut auf die Uhr. Fünf Minuten vor der Zeit, das ist deutsche Pünktlichkeit … Er lächelte. Nichts anderes hatte er erwartet, auf Frau Gliemann war Verlass.

Als er kurz darauf den Salon betrat, hatte seine Frau den beiden Gästen schon einen Stuhl angeboten. Er bemerkte, dass sie wieder besonders blass war, doch sie lächelte gewinnend.

»Unsere Köchin Frieda wird uns einen Bohnenkaffee bringen. Darauf könnte ich niemals verzichten, aber zum Glück erhält mein Mann ja Sonderzuteilungen«, sagte sie verschmitzt. »Oh, wenn man vom Teufel spricht … Da ist er ja schon.«

Fleming trat näher. »Aber nein, meine Damen, bleiben Sie

doch sitzen.« Er reichte zuerst Frau Gliemann, dann der jungen Dame die Hand. Ansprechend sah sie aus mit ihren graugrünen Augen, die wohl ursprünglich zu braunen Haaren gehört hatten, aber die meisten jungen Mädchen färbten sie ja mittlerweile, wenn die Natur sie nicht mit Blond gesegnet hatte.

»Jetzt bekommen wir einen Vorgeschmack auf den Winter«, machte Frau Gliemann Konversation. »Das Wetter ist ja wirklich zum Fürchten.«

»Allerdings, ich gehe schon gar nicht mehr aus dem Haus«, pflichtete seine Frau ihr bei. »Wie gerne würde ich meine Cousine auf dem Land besuchen, wo ich die Luft besser vertrage, aber der Schmutz auf den Landstraßen ist intolerabel.«

»So, und Sie sind also Hermine Friedrich?«, kam Hans Fleming zur Sache. »Haben Sie Erfahrung mit kleinen Kindern? Unsere Marion ist ein ganz schöner Irrwisch. Sie hält uns alle auf Trab.«

»Unsere Köchin Frieda ist im Augenblick unsere einzige Angestellte«, fügte seine Frau hinzu. »Ich brauche viel Ruhe und vertrage es nicht, so viele Menschen im Haus zu haben. Aber natürlich kann sich Frieda neben den Einkäufen und dem Kochen nicht um den ganzen Haushalt und das Kind kümmern, daher suchen wir nach einem Kindermädchen, das auch ein wenig im Haus hilft.«

»Ich habe in der Tat Erfahrung mit kleinen Kindern«, log Henriette. Gemeinsam mit Frau Gliemann hatte sie sich eine kleine Geschichte zurechtgelegt. »Da ich aus gesundheitlichen Gründen von der Fabrikarbeit freigestellt bin, habe ich im letzten Jahr auf die Kinder unserer Nachbarn aufgepasst, wenn die Eltern arbeiteten. Aber nun sind sie umgezogen, und ich wäre froh, mich wieder nützlich machen zu können.«

»Auf welche gesundheitlichen Probleme spielen Sie an?«, fragte Fleming. Die frische Art der jungen Frau gefiel ihm. Ihre Wangen hatten Farbe. Besonders krank sah sie nicht aus.

»Ach«, antwortete sie und lächelte ihn scheu an. »Ich leide unter einer rheumatischen Erkrankung. Daher ist es mir unmöglich, den ganzen Tag an einer Werkbank zu stehen oder zu sitzen. Am besten geht es, wenn ich mich immer wieder bewege.«

Hans Fleming nickte. Rheuma, das klang schmerzhaft, war aber nicht ansteckend. Er blickte zu seiner Frau, die der Köchin half, die Kaffeetassen auf dem niedrigen Tischchen abzustellen.

»Sollen wir das Teufelchen holen lassen, Irmgard?«, fragte er.

»Marion wartet natürlich schon. Richtig aufgeregt ist sie«, antwortete seine Frau und machte Frieda ein Zeichen. Kurz darauf kam die Kleine in den Raum gerannt, doch kurz vor dem Tisch blieb sie stehen, warf einen neugierigen Blick auf Henriette und drängte sich dann an die Beine ihrer Mutter.

»Sei artig und sag dem Fräulein Hermine guten Tag«, mahnte die Mutter, doch Marion hüpfte nur ein paarmal auf und ab, den Blick unverwandt auf Henriette gerichtet.

»Marion, wir hatten darüber gesprochen.« Hans Fleming blickte die Kleine streng an. Seine Frau schaffte es einfach nicht, dem Kind Manieren beizubringen, aber manchmal lernten Kinder ja von einer fremden Person besser. Gerade deshalb war es auch so wichtig, ein deutsches Kindermädchen zu bekommen – eine, die ihre Sprache sprach und vor allem eine tadellose Erziehung hatte. Nur wenige Tage hatten sie es mit einer Italienerin probiert, aber das ständige »Mamma Mia«, »O Christo Santo« und die Bekreuzigungen hatten an den Nerven seiner Frau gezehrt – ganz zu schweigen von dem konträren Effekt auf das Mädchen, das mit der Frau gemacht hatte, was sie wollte. Vom Arbeitsamt würde er niemanden mehr kommen lassen. Die Frauen, die da auf den Listen standen, waren für seine Familie ungeeignet – warum also nicht Frau Gliemanns ehemalige Schülerin?

»Du benimmst dich jetzt, Marion, oder es gibt heute Abend keinen Nachtisch«, sagte er mit ernster Stimme.

Marions Unterlippe schob sich nach vorne, und für einen Augenblick sah es so aus, als wolle sie schmollen, doch dann nuschelte sie: »Guten Tag, Fräulein Hermine.«

»Sie sehen«, wandte Hans Fleming sich an die junge Frau. »Bei meiner Tochter gibt es noch viel zu tun. Trauen Sie sich das zu?«

»O ja, durchaus«, sagte Henriette. »Die Kinder meiner Nachbarin waren auch richtige Lausbuben, und außerdem gab es noch eine kleine Schwester, die ihnen die ganze Zeit nacheifern wollte.«

»Wunderbar. Was meinst du, Irmgard?« Er blickte zu seiner Frau, die zustimmend nickte.

»Willkommen, Fräulein Hermine. Wann können Sie anfangen?«

»An Ihnen ist eine Schauspielerin verloren gegangen«, sagte Frau Gliemann anerkennend, als sie ein Stück gelaufen waren. Es war vereinbart worden, dass Henriette am kommenden Montag bei den Flemings anfangen sollte.

»Ich war ja auch gut vorbereitet«, meinte Henriette ungerührt.

»Das schon, aber Sie haben sich auch überzeugend verkauft. Wenn ich da an unsere erste Begegnung denke, wie nervös und ängstlich Sie waren! Man hat Ihnen von Weitem angemerkt, dass etwas mit Ihnen nicht stimmte und Sie etwas zu verbergen hatten.«

Henriette nickte. Frau Gliemann hatte recht.

»Ich lerne dazu«, sagte sie. »Vor allem, dass man mit fast jeder Lüge durchkommt, wenn man sie nur frech und überzeugend genug vorträgt.«

Frau Gliemann lachte. »Eine zweifelhafte Tugend, die Sie da lernen, aber in diesem Fall heiligt der Zweck die Mittel.«

Ein letzter Versuch des Buchbinders Karl Krömer, seine Frau umzustimmen, war gescheitert, und so hatte Benjamin die Wohnung in der Köpenicker Straße am Morgen wieder verlassen. Jetzt saß er auf einer Bank am Gröbenufer – eigentlich nichts Außergewöhnliches, und doch fühlte er sich noch immer, als müsse ihn gleich jemand dieses Verbrechens überführen. Aber die Menschen, die am Ufer entlanggingen, würdigten ihn keines Blickes. Der Regen hatte am Vorabend aufgehört, und beim Aufwachen hatte Ben erleichtert festgestellt, dass die Sonne schien.

Die Bank war trocken, und Ben sog die frische Luft ein. Er wusste nicht, wohin, trotzdem fühlte er sich besser als in den letzten Monaten in seiner Wohnung, wo seine Hilflosigkeit und Passivität schwer auf ihm gelastet hatten. Ob die Gestapo schon bei ihm geklingelt und seine verlassene Wohnung gefunden hatte? Wenn ja, stand er jetzt auf ihren Fahndungslisten. War es leichtsinnig, auf dieser Bank zu sitzen? Es konnte jederzeit ein Schutzpolizist oder eine Gestapostreife vorbeikommen und seine Kennkarte verlangen. Er hatte gehört, dass die Straßenkontrollen verschärft worden waren – nicht nur untergetauchte Juden wurden gesucht, sondern auch Wehrmachtsdeserteure. Trotzdem blieb er sitzen. Ihr werdet mich nicht kriegen, dachte er kampfeslustig – ich habe ein Recht zu leben, hier in meiner Stadt!

In seinem Rücken ratterte es, und kurz darauf fuhr eine gelbe Bahn, vom Schlesischen Tor kommend, über die dunkelrot geklinkerte Oberbaumbrücke in Richtung Friedrichshain. Die spitz zulaufenden Türme in der Mitte der Brücke erinnerten Ben an die Schlosszinnen in Märchenbüchern.

Plötzlich hörte er ein leises Kichern und bemerkte zwei junge Frauen, die direkt auf seine Bank zukamen. Automatisch versteifte er sich. Wollten die sich etwa zu ihm setzen? Er sah sich um. Tatsächlich war die nächste Bank weit weg. Entspann dich, dachte er und schüttelte innerlich den Kopf. Noch bis vor wenigen Jahren hätte er sich beim Anblick zweier Mädchen höchstens um seine Frisur oder den Sitz der Krawatte Sorgen gemacht.

Tatsächlich setzten die Frauen sich auf seine Bank, doch sie waren ganz mit sich beschäftigt und würdigten ihn keines Blickes. Ben betrachtete sie verstohlen. Eine von ihnen trug dunkle Hosen, Schnürstiefel, eine weiße Bluse und einen schwarzen Bubihaarschnitt, die andere, zierlichere war blond mit blauen Augen und sehr heller Haut. Sie tuschelten in einer Sprache, die sich wie Französisch anhörte, dann zog die Burschikose einen Apfel aus der Umhängetasche, hielt ihn der Blonden hin und lachte, als die theatralisch hineinbiss. Auf diese Weise teilten sie sich den Apfel bis zur Hälfte. Ben fühlte sich ertappt, als die Burschikose ihn plötzlich direkt ansah.

»Was guckst du?«, fragte sie mit unverkennbar französischem Akzent. »Noch nie zwei Mädchen gesehen?«

Die Blonde lachte über den Scherz, und Ben ärgerte sich, dass er rot wurde. Trotzdem sah er nicht weg.

»Sie kommen aus Frankreich?«, fragte er.

»Oui«, antwortete die Blonde. »Moi … aus Paris und Lucille aus Strasbourg.«

»Sind Sie …« Ben zögerte. »Sind Sie Zwangsarbeiterinnen?«

»Arbeiterinnen oui, Zwang, non«, erklärte die Blonde kokett, und ihre Freundin fügte hinzu: »Wir sind freiwillig hier und arbeiten bei AEG.«

Ben bemühte sich, sein Erstaunen zu verbergen. Zwei junge Frauen, die mitten im Krieg freiwillig ihr Land verlassen hatten und ausgerechnet nach Deutschland gekommen waren? In das Land, das ihres überfallen hatte?

»Probleme mit Eltern«, erklärte die Dunkelhaarige, die Lucille hieß. »Sie akzeptieren nicht meine Weise von Leben, und so ist es auch bei Marie. So bin ich gekommen nach Berlin, eine große Stadt. Und hier haben wir uns kennengelernt, Marie und ich. Ist Zufall, aber vor allem Glück.« Die blonde Marie schmiegte sich an ihre Freundin, und erst jetzt verstand Benjamin. Die beiden Frauen waren ein Paar. Aber ob es eine weise Entscheidung gewesen war, ausgerechnet hierher zu kommen, in ein Land, das Jagd auf alles machte, was als anders empfunden wurde? Ben wagte es zu bezweifeln.

»Seid vorsichtig und lasst euch nicht erwischen«, riet er ernst.

»Wir sind immer vorsichtig«, meinte Marie spitzbübisch. »Wir wohnen im AEG-Wohnheim, am Schlesischen Tor. Und dort sind wir … ihr Deutschen sagt: bierernst und ganz anständig.«

Sie lachten beide, und auch Benjamin musste lächeln. So verrückt die beiden Frauen auch waren, ihre sympathische Leichtigkeit war ansteckend.

»Und du bist ganz allein, hast keine Chérie?«, fragte Marie neckisch.

»Oder *einen* Chéri?«, fügte Lucille grinsend hinzu.

Vor Bens innerem Auge erschien Henriettes Gesicht, doch er schüttelte den Kopf. »Ich suche ein Zimmer.«

»Zimmer?« Lucille hob erstaunt die Augenbrauen. »So viel Zimmer in Berlin ... Wo ist das Problem?«

Benjamin erschrak heftig. Die beiden hatten ihm, einem völlig Fremden, so selbstverständlich ihr Geheimnis offenbart, dass er unvorsichtig geworden war und ihnen beinahe aus Versehen sein Dilemma verraten hätte. Er wollte gerade vom Thema ablenken, als Lucille ihn schmunzelnd ansah und fragte: »Hast keine Kennkarte? Bist Zwangsarbeiter, vielleicht weggelaufen?«

Zu seinem Ärger spürte Ben, wie er tiefrot wurde. Wie hatte er sich nur so gehen lassen können? Doch etwas sagte ihm, dass er vor den beiden keine Angst haben musste.

»Ich habe meine Kennkarte verloren und die neue noch nicht bekommen«, log er. »Aber das Zimmer brauche ich sofort.«

»Oui, oui, verloren, bien sûr ...« Lucille lachte. »Aber Zimmer ist kein Problem. Mach es wie wir, wenn wir allein sein wollen. Geh zur Zimmervermittlung. Die geben dir lange Liste mit Adressen. Du gehst zur Adresse am Abend und sagst, du brauchst Zimmer. Aber die Polizei hat schon zu, also kann der Vermieter dich anmelden nur am Morgen. Dann, am Morgen, sagst du, du brauchst das Zimmer nicht mehr. Du zahlst für die Nacht und gehst zur nächsten Adresse ... Musst aber immer warten bis zum Abend, wenn Polizei zu ist.«

»Manchmal zahlen wir auch nicht. Wir gehen früh, wenn Vermieter noch schläft«, fügte Marie verschmitzt hinzu.

Ben machte große Augen. Was die Frauen da vorschlugen, war nicht ohne Risiko, andererseits gab es im Augenblick nichts mehr in diesem Land, was nicht gefährlich war – allein seine Existenz war ein Risiko.

»Das könnte ich mal versuchen«, meinte er lässig, »solange ich noch keine neue Kennkarte habe.«

»Exactement!« Lucille grinste wieder, und Marie schob sich das letzte Stück Apfel in den Mund.

Ganz Berlin ist ein Irrenhaus, dachte Ben, als er eine Stunde später mit einer langen Liste aus dem Büro der Zimmervermittlung trat. Die deutschen Männer irgendwo an der Front, die Frauen in den Betrieben, Menschen aus ganz Europa, die zur Arbeit hierher verschleppt wurden, und dann gab es anscheinend solche, die sich freiwillig hatten anwerben lassen, und das obwohl sie lesbisch waren … Berlin war schon in Friedenszeiten exzentrisch gewesen, aber erst jetzt war es zu einer Stadt der Extreme geworden, zum Tummelplatz geheimer Machenschaften und Schwarzmarktaktivitäten. Jeder machte, was er wollte, und versuchte, irgendwie damit durchzukommen.

Im Gehen ging Benjamin die Adressen auf der Liste durch. Bis zum Abend war es noch lange hin, trotzdem beschloss er, es erst mal in Kreuzberg zu versuchen. Wer weiß, vielleicht brachten die beiden gewieften Französinnen ihm ja Glück. Er steuerte auf ein Kino zu, in dem er etwas Zeit totschlagen konnte.

»Wer da?«, rief jemand aus einem Fenster über ihm, nachdem Ben den Klingelknopf in der Wrangelstraße gedrückt hatte. Das ausgeschriebene Zimmer lag in einem Eckhaus mit blättrigem Putz, in dessen Erdgeschoss sich ein Lokal befand. *Essen nur auf Lebensmittelkarte,* stand groß mit Kreide auf einer schwarzen Tafel. Auf den verbleibenden Platz hatte der Wirt das Tagesgericht gequetscht: *Heute Kohlrouladen mit Kartoffeln.*

Ben blickte in das runde Gesicht einer grauhaarigen Dame und rief so unbekümmert wie möglich: »Ich bin wegen des Zimmers hier! Ist es noch zu haben?«

Statt einer Antwort verschwand das Gesicht, und der Türsummer wurde betätigt.

Die Wohnung, in die die Frau in der geblümten Kittelschürze ihn führte, war spärlich eingerichtet und roch nach Putzmittel.

»Das Zimmer gehört meinem Sohn«, sagte die Frau ohne Begrüßung. »Wenn er auf Fronturlaub kommt, muss es frei sein. Wann das ist, weiß ich aber noch nicht. Er war ja erst vor Kurzem da.«

»Ich werde ohnehin nur ein paar Tage bleiben«, sagte Benjamin. Er hatte sich seine Geschichte genau zurechtgelegt. »Ich habe meinen Marschbefehl bekommen, in ein paar Tagen geht's los. Aber gestern ist mein Onkel aus Rostock gekommen. Er wurde im April ausgebombt, und dort, wo er bisher untergekommen war, kann er nicht mehr bleiben. Jetzt ist er bei uns, in meinem Zimmer. Und da ich ja ohnehin in ein paar Tagen wegmuss, brauche ich nur kurzfristig eine Unterkunft.«

»Nur ein paar Tage.« Jetzt wirkte die Frau enttäuscht. »Na ja, was soll's. Aber Sie müssen mir ein wenig zur Hand gehen, den Müll runterbringen, Kohlen aus dem Keller holen, und in der Küche ist die Birne durchgebrannt, aber mir wird auf der Leiter so schwindlig. Dafür bekommen Sie auch morgens eine Tasse Ersatzkaffee.«

»Kein Problem«, sagte Benjamin freundlich.

»Ihre Kennkarte brauche ich noch für die Anmeldung. Aber heute ist die Polizei ja schon zu. Das machen wir dann morgen früh.«

Der Schreck, der Ben bei der Nennung des Wortes Kennkarte in die Glieder gefahren war, obwohl er damit gerechnet hatte, verflog sofort wieder. Alles lief genauso, wie er es sich erhofft hatte.

»Kommen Sie, ich zeige Ihnen die Kammer.«

Die Frau führte Benjamin in ein kleines Zimmer, in dem ein schmales Bett, eine braune Kommode und ein Tischchen standen. Neben der Tür hing ein Abreißkalender, der ein elf Tage zurückliegendes Datum zeigte.

»Nichts abreißen«, mahnte die Frau, die seinem Blick gefolgt war. »Das ist der Tag, an dem mein Junge zum letzten Mal hier war.«

Ben stellte seine Tasche ab. »Zeigen Sie mir die Glühbirne doch am besten gleich«, meinte er.

Die Frau führte ihn in die Küche. Über der Spüle hing ein elektrischer Wasserboiler, und auf der Anrichte stand ein Zweiplattenherd. Einen Kühlschrank gab es nicht, dafür einen hölzernen Eisschrank. In der Mitte des Raumes standen ein Tisch und zwei Stühle.

Die Frau öffnete eine Schublade und reichte Ben die Glühbirne. »Endlich krieg ich wieder Licht«, murmelte sie erfreut. »Essen gibt's übrigens keins. Aber für Ihre Mühe kriegen Sie ein Glas Milch.«

Ben prüfte die Standfestigkeit des Stuhls, stieg hinauf und drehte die neue Birne ein. Dann betätigte die Frau den Schalter, und ein Lächeln erschien auf ihrem Gesicht.

»Wollen Sie die Milch sofort?«, fragte sie statt eines Dankeschöns.

Kurz darauf saß Ben an dem Tisch in seiner Kammer. In einem Kurzwarengeschäft hatte er zuvor zwei Briefbogen und Umschläge gekauft. Noch zwei weitere an seine angeblich neue Adresse gerichteten Briefe, dann würde er dem netten Briefträger sein Dilemma mit dem verlorenen Postausweis klagen, und wenn er Glück hatte …

Das Deckenlicht war trüb, und er musste genau hinsehen.

Lieber Harry!
Heute hatten Mutti und ich einen anstrengenden Tag, aber es war auch schön. Unsere Kuh Elsa hat gekalbt. Schwarz-weiß ist die Kleine, und Traudel will sie Bella nennen. Das ist Italienisch und bedeutet »schön«, wusstest Du das?

Ich warte schon sehnsüchtig darauf, dass Du mich das nächste Mal besuchen kommst, dann gehen wir wieder unten am Fluss auf dem Treidelpfad bei den Weiden entlang, hinter denen Du mich das letzte Mal geküsst hast.

Ben stutzte. Was war das denn für ein Groschenroman, den er hier schrieb? Die Szenerie auf dem Land, die Kuh, der Fluss mit dem Treidelpfad und den Weiden, die kannte er tatsächlich aus seiner Kindheit, denn seine Großmutter hatte in einem Dorf in Brandenburg gelebt, und im Sommer waren sie regelmäßig hingefahren. Aber was war mit dieser Frau, die ihm angeblich schrieb und die er geküsst haben wollte? Hatte sie ein Gesicht?

Er schob den Gedanken beiseite. Das war doch nur, damit der Brief auch authentisch klang, falls etwas schiefging und jemand ihn aufmachte. Schön banal musste es sein, das war am glaubwürdigsten. Er überlegte, wie die Geschichte weitergehen sollte, und musste auf einmal wieder an Henriette denken. Ob sie wohl die Natur mochte? Sie war in der Stadt aufgewachsen, aber das war er schließlich auch. Seine Großmutter lebte schon lange nicht mehr, und er wusste nicht einmal, wem ihr kleines Haus heute gehörte. Ob die Weiden noch standen?

Plötzlich verspürte er den Wunsch, mit Henriette dort hinzufahren … irgendwann, wenn das alles hier vorbei war. Aber wann würde das sein, und was musste bis dahin noch geschehen?

15

Wie geht es Erika?«, fragte Rolfs Mutter gegen Ende des Abendessens.

Rolf verzog unmerklich das Gesicht. Er wusste schon, was jetzt kommen würde. Über vermeintlich Unverfängliches würde sie sich langsam zum Thema Hochzeit vorarbeiten.

»Gut … sehr gut, denke ich.«

»Das ist schön. Wir haben ihre Eltern ja letzte Woche im Theater getroffen, es war sehr nett, sehr herzlich.«

»Das sagtest du bereits, und natürlich freut es mich, dass ihr euch so gut versteht.«

Rolfs Mutter lächelte süßlich. »Vielleicht sollten wir beim nächsten Mal alle zusammen gehen? Dir könnte es jedenfalls nicht schaden. Du warst schon lange nicht mehr im Theater … Immer geht es nur um die Arbeit. Ich finde, dass du deine Verlobte vernachlässigst. Sie nur am Wochenende zu sehen, setzt nicht die richtigen Zeichen.«

»Zeichen wofür?«, fragte Rolf verärgert, obwohl er die Antwort kannte und gar nicht hören wollte.

»Na ja, ihr meint es doch ernst miteinander, da ist es doch nicht zu früh, über einen möglichen Hochzeitstermin zu sprechen, oder nicht? Ich bin mir sicher, die Rossmanns warten ebenfalls darauf.«

Rolf legte das Besteck auf den noch halb vollen Teller. Wie erwartet hatte ihm das Gespräch den Appetit verdorben, nachdem er ohnehin schon schlecht gelaunt von der Arbeit gekommen war. Er sah seine Mutter an, die eigentlich seine Stiefmutter war. Sein Vater hatte sie nicht lange nach dem Tod seiner leiblichen Mutter geheiratet und großen Wert darauf gelegt, dass er sie Mutter nannte.

»Mutter«, sagte er jetzt eine Idee zu scharf. »Du machst dir nicht klar, unter welchem Druck mein Referat steht. Im Moment habe ich wirklich keinen Sinn für Privates.«

Seine Mutter wurde rot, und Rolf konnte sehen, dass ihr eine heftige Erwiderung auf den Lippen lag, doch sein Vater, der bislang unbeteiligt dabeigesessen hatte, kam ihr zuvor.

»Unser Junge hat völlig recht, Margaret. Und die Rolle der Frau ist es, den Mann in seinen täglichen Anstrengungen zu fördern und zu unterstützen. Dazu gehört es, das Private dem Gemeinwohl unterzuordnen. Die Judenfrage steht vor dem endgültigen Abschluss, und dann hat unser Sohn auch die Möglichkeit, sich dem Thema Hochzeit zuzuwenden, nicht wahr, Rolf?«

»Sicher, Vater, so ist es. Und jetzt entschuldigt mich, ich habe noch Arbeit mitgebracht.« Ohne seine Eltern anzusehen, faltete Rolf die Serviette und erhob sich.

In seinem Zimmer setzte er sich an den Schreibtisch, den er schon seit Jugendtagen benutzte, und starrte auf die mit schwarzem Karton verdunkelte Fensterscheibe. Dass er noch Arbeit hatte, war eine Ausrede gewesen, doch es stimmte, dass seine Verstimmung mit der Arbeit zu tun hatte, denn heute hatten sie im Referat eine äußerst ärgerliche Direktive erhalten. Mit einem Ruck zog er die Schreibtischschublade auf, die schon seit Jahren klemmte, holte sein schwarzes Notizbuch heraus, und schrieb:

Dezember 1942

Seit der Führer im September darauf gedrängt hat, die jüdischen Zwangsarbeiter in den rüstungswichtigen Betrieben endlich zu ersetzen und die Judensäuberung der Stadt mit allen Mitteln zu beschleunigen, hat mein Referat seine Anstrengungen aufs Effektivste verschärft. Zehntausende sind in nur wenig mehr als zwei Monaten evakuiert worden, und jetzt im Dezember, kurz vor dem Ende unserer Bemühungen, erhalten wir die Nachricht einer sofortigen Juden-Transportsperre! Die Wehrmacht benötigt sämtliche zur

Verfügung stehenden Güterzüge für Wehrmachtsurlauber und andere kriegswichtige Transporte in den Osten. Nicht, dass ich an der Wichtigkeit dieser Transporte zweifeln würde, aber es ist irritierend, dass unsere Arbeit offenbar weniger wertgeschätzt wird. Heute mussten wir den Lagern in Riga und Auschwitz-Birkenau mitteilen, dass vorerst keine neuen Judentransporte aus Deutschland bei ihnen eingehen werden, was ich angesichts der Gründe als peinlich empfinde. Sollte unser Erfolg tatsächlich an fehlenden logistischen Kapazitäten scheitern?

Rolf las den Eintrag noch einmal und strich den letzten Satz wieder aus. Natürlich würden sie nicht scheitern … Er nagte an seiner Unterlippe. Es war nur ein Aufschub, genau wie Henriettes Verhaftung.

Er blätterte im Notizbuch nach hinten und nahm den Zettel heraus, auf den er vor Jahren das Hesse-Zitat geschrieben hatte, mit dem er Henriette bei einem ihrer Treffen hatte beeindrucken wollen, obwohl er kaum etwas von dem verbotenen Autor gelesen hatte: *Wenn ein Tier oder ein Mensch seine ganze Aufmerksamkeit und seinen ganzen Willen auf eine bestimmte Sache richtet, dann erreicht er sie auch.*

Rolf lächelte. Was er damals mit diesen Worten verbunden hatte, als er glaubte, Henriette gegen alle Widerstände für sich erobern zu müssen, lag Lichtjahre entfernt. Nach ihrem niederträchtigen Verhalten war der Zettel eine Mahnung geworden, all seine Anstrengungen auf den Führer auszurichten. Jetzt hatten die Worte eine zusätzliche Dimension erhalten: Er musste Henriette endlich finden und sich ihrer entledigen. Erst wenn er sie in Auschwitz wusste, war er frei, an seine Hochzeit mit Erika zu denken.

Rolf steckte den Zettel wieder zwischen die Seiten und legte das Buch in die Schublade zurück.

Die Pförtnerin Frau Zander stand im Hinterhof, als eine von Frau Obermüllers Bekannten durch das Tor in den Hof trat, sie grüßte und dann an der Erdgeschosswohnung der Apothekerin im Hinterhaus klingelte. Frau Zander kniff die Augen zusammen. Wenn demnächst auch die beiden anderen Bekannten kamen, fand bestimmt wieder eines dieser verdächtigen Treffen statt.

Tatsächlich, da waren ja auch schon die beiden anderen Damen. Sie grüßten freundlich und klingelten. Frau Zander machte sich an den Mülltonnen zu schaffen und behielt dabei die Fenster der Apothekerin im Auge, deren Vorhänge schon den ganzen Nachmittag geschlossen gewesen waren.

Aber was war das? Eines der Fenster war nur gekippt. Ob die Obermüller das wusste? Wahrscheinlich nicht. Kurz entschlossen holte Frau Zander einen Besen und tat, als ob sie unter dem Fenster fege, doch in Wahrheit lauschte sie. Wenn sich die Frauen – wie sie vermutete – zum Radiohören getroffen hatten, würde sie endlich herausfinden, ob es dieser englische Sender war. Mechanisch bewegten ihre Hände den Besenstiel, da wurde tatsächlich das Radio angeschaltet. Ein Musikstück erklang. Diese amerikanische Negermusik, dachte Frau Zander. Ein deutscher Sender war das sicher nicht. Sie rührte sich nicht von der Stelle. Jetzt war die Musik zu Ende. Glocken erklangen, die an Kirchenglocken erinnerten, dann kam eine Stimme. Frau Zander lauschte angestrengt. Sie konnte die Worte nicht verstehen, aber eines war sicher: Es war kein Deutsch!

Jetzt hab ich euch, ihr verdammten Luder!, dachte sie und hastete in ihre Wohnung zum Telefon. Dann stellte sie sich auf den Bürgersteig.

Sie musste nicht lange warten. Ein Kastenwagen hielt, und mehrere Männer in dunklen Mänteln und Hüten sprangen heraus.

»Sie haben angerufen?«, fragte einer von ihnen, ohne stehen zu bleiben.

»Ja, ich … Die Wohnung ist da vorne, die beiden Fenster mit den zugezogenen Vorhängen.«

Sie musste sich beeilen, um mit den Männern Schritt zu halten. Als sie das Hinterhaus betraten, blieb sie im Hof stehen. Kurz darauf ertönte ein lautes Krachen, offenbar hatten die Männer die Wohnungstür der Apothekerin eingetreten, und Frau Zander hörte das Schreien der Frauen. Frau Obermüllers Dackel bellte frenetisch und kam schließlich auf den Hof gerannt. Frau Zander machte ein paar drohende Schritte auf ihn zu und scheuchte ihn Richtung Straße. »Weg mit dir!«, rief sie, doch dann wandte sie sich wieder dem Hinterhaus zu, aus dem gerade die vier Frauen geführt wurden. Mit Genugtuung stellte Frau Zander fest, dass ihre Frisuren aufgelöst waren, eine von ihnen weinte.

»Wo bringen Sie uns hin? Es war das erste Mal, das müssen Sie mir glauben«, flehte Frau Obermüller.

Da stürzte Professor Weiß in den Hof.

»Halt!«, rief er. »Wo bringen Sie die Damen hin? Was liegt gegen sie vor? Ich kann für ihre Untadeligkeit meine Hand ins Feuer legen.« Er schloss zur Gruppe auf.

»Passense mal uff, dass Se sich da nich verbrennen«, murmelte Frau Zander.

Da die Gestapomänner nicht reagierten, hielt Professor Weiß eine der Frauen am Arm zurück.

Irritiert blieben die Männer stehen. »Was wollen Sie?«, herrschte einer ihn an. »Sind Sie Anwalt?«

»Nein, ich bin emeritierter Kunstprofessor.«

»Emeri… was?«, fragte der Gestapomann.

»Ein Pauker in Pension«, erklärte ein anderer. »Nimm ihn mit, wahrscheinlich gehört der auch dazu.«

Sofort packte der Angesprochene Richard Weiß am Arm. Der versuchte sich loszureißen, doch es gelang ihm nicht.

»Lassen Sie mich«, schrie er heiser. »Ich habe nichts getan.«

Frau Zander schüttelte den Kopf. Dass sie den Professor mitnahmen, hatte sie nicht beabsichtigt, aber was mischte der sich auch in alles ein? Arrogant waren diese Leute, immer meinten sie, ihre Stimme müsse überall Gewicht haben. Und wer weiß, vielleicht traf es ja nicht mal den Falschen. Der sogenannte Neffe war auffällig plötzlich wieder verschwunden, einen Meldeschein hatte sie nie gesehen. Helfen würde sie dem Professor sicher nicht. Mit grimmiger Befriedigung beobachtete sie, wie zwei Männer Herrn Weiß in die Mitte nahmen und ihn durch den Hof schleiften.

»Hilfe!«, keuchte der plötzlich. »Mir geht es schlecht. Hilfe, mein Herz.« Doch die Männer reagierten nicht.

»Der Mann ist herzkrank!«, rief die Apothekerin alarmiert.

Ein paar Meter zerrten die Männer ihn noch weiter, dann sackte Richard Weiß zusammen, und sie mussten ihn ablegen.

»Um Himmels willen!«, schrie Frau Obermüller, doch es gelang ihr nicht, sich loszureißen. »Der Mann ist herzkrank«, wiederholte sie. »Vielleicht hat er Herzversagen. So holen Sie doch einen Krankenwagen!«

Ratlos sahen sich die Männer an. Endlich beugte sich einer von ihnen über Richard Weiß, klatschte ihm ein paarmal auf die Wangen und tastete nach dem Puls.

Schulterzuckend stand er auf. »Krankenwagen können wir uns sparen«, meinte er lakonisch.

»Der hatte wohl ein schlechtes Gewissen und Angst, dass wir ihn mal so richtig durchleuchten«, sagte ein anderer. Dann wandte er sich an Frau Zander: »Wir schicken einen Leichenwagen.«

Frau Zander nickte, und als die Männer mit den weinenden Frauen gegangen waren, schüttelte sie nachdenklich den Kopf.

Erfahrene Leute waren das bei der Gestapo. Die kannten sich aus mit Anzeichen von Schuld – aber sie selbst war auch nicht auf den Kopf gefallen. Was der Mann da gesagt hatte, hatte sie schon vorher gewusst. Der Professor hatte was zu verbergen gehabt. Diese Sache mit dem Jüngelchen aus Köln … zum Himmel hatte die gestunken, und sie war viel zu gutmütig gewesen.

Frau Zander ging in die Pförtnerloge und wartete auf den Leichenwagen.

BERLIN
1943

16

Benjamin schreckte auf, als er in der Nähe eine Tür klappen hörte, doch die Schritte kamen nicht in seine Richtung. Er setzte sich gerade auf den Stuhl, auf dem er eingenickt war, und sah auf die Uhr. Tatsächlich hatte er eine halbe Stunde im Magazin der Universitätsbibliothek geschlafen, und offenbar hatte ihn niemand vermisst, denn das Wetter war scheußlich an diesem dunklen Februartag, und in der Bibliothek war kaum etwas los.

Nach der halben Stunde unbequemen Schlafs fühlte Benjamin sich erst recht müde. Er dachte an seine derzeitige Unterkunft. Über einen Monat hatte er die verschiedenen Adressen auf der Liste der Zimmervermittlung abgeklappert und jede Nacht in einem anderen Bett geschlafen, bis ihm eines Abends eine geschäftstüchtige Architektenwitwe im fleckigen Morgenmantel die Wohnungstür geöffnet hatte. Ben hatte sich als Interessent für das freie Zimmer vorgestellt und wollte – nach seiner rührseligen Geschichte von den ausgebombten Verwandten und den beengten Verhältnissen bei seinen Eltern – gerade hinzufügen, dass er das Zimmer nur für ein paar Tage bis zu seiner Einberufung bräuchte, als die Dame ihn unterbrach.

»Heißt das, dass Sie noch in der Wohnung Ihrer Eltern gemeldet sind?«

Ben hatte verwirrt genickt. Diese Frage hatte ihm bislang noch keiner gestellt, und er wusste nicht, worauf die Frau hinauswollte und ob seine Antwort richtig gewesen war.

»Na, wenn das so ist, dann brauche ich Sie ja kein zweites Mal anzumelden, oder?«, erklärte die Dame, die sich als Auguste

Gollnow vorgestellt hatte, sichtlich erfreut und fügte schelmisch hinzu: »Da spar ich mir die Steuer, wenn's Ihnen recht ist. Sie verraten mich doch nicht, junger Mann? Eine arme Witwe muss schließlich sehen, wo sie bleibt.«

Ben hatte die »arme Witwe« einen Augenblick baff angesehen und ihr dann übertrieben freundlich versichert, dass er damit überhaupt kein Problem habe – als wäre er es, der ihr einen Gefallen tat. Wie gut, dass er noch nicht angekündigt hatte, nur für ein paar Tage zu bleiben, denn seither lebte er als regulär zahlender Mieter bei Frau Gollnow, ohne dass irgendeine offizielle Stelle davon wusste.

Der einzige Nachteil dieser Bleibe war, dass die Witwe zwei weitere Zimmer ihrer geräumigen Wohnung vermietete. Die beiden jungen Damen, die im Kabarett arbeiteten und den Raum neben Ben bewohnten, waren sehr laut – vor allem nachts, wenn sie angeschickert nach der Spätvorstellung nach Hause kamen. Frau Gollnow schien das nichts auszumachen. Sie lag in ihrem mit Kirschholzmöbeln, Kissen und Teppichen vollgestopften Salon auf dem Kanapee und hörte Schallplatten in demselben fleckigen Morgenmantel, den sie auch tagsüber nie ablegte.

In der vergangenen Nacht war es im Nebenzimmer wieder sehr laut geworden, was Benjamins Müdigkeit erklärte.

»Harry?«, hörte er eine Stimme von oben und rappelte sich auf. Hastig prüfte er, ob das Hemd noch in der Hose saß, und strich sich die dunklen Haare aus der Stirn.

Im Vorraum des Magazins nahm Benjamin die Liste mit nur zwei Büchern entgegen, die von einem Besucher angefordert worden waren. Es dauerte nicht lange, bis er sie herausgesucht und oben abgegeben hatte. Er wollte sich schon wieder in die unteren Räume trollen, als er im Besucherraum eine weibliche Stimme hörte, die ihm bekannt vorkam. Vorsichtig näherte er sich der angelehnten Tür und blickte nach draußen.

Dort stand Dora Naucke. Sie war die ältere Schwester von Bruno, einem Jungen, den sein Vater in seiner Werkstatt als Lehrling angenommen hatte. Bruno Naucke war ein schwieriger Jugendlicher gewesen, der schon in der Schule keine Lust zum Lernen gehabt hatte und anschließend aus mehreren Lehrstellen geflogen war. Seine gut situierten Eltern waren Kunden in der cahnschen Werkstatt gewesen, und eines Tages hatte die Mutter, Agnes Naucke, seinen Vater verzweifelt gebeten, Bruno als Lehrling bei sich aufzunehmen. Ben erinnerte sich, dass sein Vater widerstrebend und aus reiner Gutmütigkeit zugesagt hatte, aber zum Erstaunen aller hatte sich Bruno in der Werkstatt passabel gemacht. Die »Autoschrauberei«, wie er sie nannte, lag ihm, und Arnold Cahns besonnene Art hatte ihm gutgetan. Frau Naucke war vor Glück außer sich gewesen und hatte sich immer wieder mit Konfekt, Wein und Südfrüchten erkenntlich gezeigt. Doch dann hatten die Nazis dem Vater die Werkstatt weggenommen, und soweit Ben wusste, war Bruno Naucke mit dem neuen arischen Besitzer aneinandergeraten und hatte die Lehre kurz vor ihrem Ende abgebrochen. Seitdem hatte Ben nichts mehr von den Nauckes gehört.

Ben zog sich zurück, als Dora Naucke zufällig in seine Richtung blickte, und lief die Stufen zum Magazin hinunter, doch die unerwartete Begegnung ließ ihn nicht los. Brunos Vater hatte im Wehrbezirksamt gearbeitet, was wohl bedeutete, dass er Nazi war, wenngleich ihn das weder daran gehindert hatte, sein Auto von Arnold Cahn warten zu lassen, noch seinen Sohn als Lehrling bei ihm unterzubringen, als alle anderen Stricke gerissen waren.

Die Nauckes schulden meiner Familie einen Gefallen, dachte Ben, und ich weiß auch schon, welchen. Die Idee war so gewagt wie vielversprechend, denn der Postausweis, den er mithilfe der Briefträgerfinte ergattert hatte, war ein oberflächlicher Schutz, der einer echten Personenkontrolle nicht standhalten würde. Was er brauchte, war eine Kennkarte, oder – noch besser – einen Wehrpass, der ihm bescheinigte, dass er aus gesundheitlichen Gründen vom Wehrdienst freigestellt war. Konnte er es wagen,

Frau Naucke darum zu bitten, und würde es ihr gelingen, ihm ein solches Dokument zu beschaffen?

Das Risiko war enorm, trotzdem sah Ben auf die Uhr. In einer Viertelstunde begann sein freier Nachmittag. Dora Naucke war in der Bibliothek und würde voraussichtlich noch eine Weile mit ihren Büchern im Lesesaal beschäftigt sein. Der Vater war bei der Arbeit und die Mutter vermutlich allein zu Haus.

Denk erst mal in Ruhe nach und schlaf eine Nacht drüber, sagte Benjamin sich, doch gleichzeitig wusste er, dass ihn der Mut verlassen würde, wenn er anfing, darüber nachzugrübeln.

Die Kleiststraße, in der die Familie Naucke wohnte, befand sich in Schöneberg, in der Nähe des Nollendorfplatzes. Als Benjamin vor dem herrschaftlichen Eingang des vierstöckigen Gebäudes stand, kamen ihm erneut Zweifel. Es war Wahnsinn, die Frau eines Wehrmachtsangestellten um ein Dokument zu bitten. Seit Monaten hatte er nun schon ein Dach über dem Kopf und eine Arbeitsstelle, die ihm das nötige Geld für Lebensmittel lieferte. Warum konnte er sich nicht damit zufriedengeben? Ein Wehrmachtsausweis – das war doch die reine Hybris! Benjamin wollte sich schon umdrehen und gehen, als von innen die Tür aufging und ein alter Herr am Stock heraustrat, der ihm einen misstrauischen Blick zuwarf.

»Zu wem wollen Sie denn, junger Mann?«, fragte er.

Nur eine Sekunde haderte Benjamin noch, dann sagte er: »Zu Frau Naucke.«

»Vierter Stock«, brummte der Mann und ging.

Benjamin trat ein und stand wenig später vor der Wohnungstür der Nauckes, die schon nach dem ersten Klingeln geöffnet wurde.

»Benjamin Ca…?« Frau Naucke sprach den Namen nicht zu Ende.

»Ganz genau. Sie erinnern sich?«, entgegnete Benjamin und ärgerte sich, nicht besser auf das Wiedersehen vorbereitet zu sein. Wie sollte er das Gespräch beginnen? Und was tat er, wenn Frau Naucke ihn gar nicht erst hereinbat?

Die Sekunden vergingen, und es war offensichtlich, dass Frau Naucke ebenso ratlos war wie er. Endlich fasste sie einen Entschluss.

»Kommen Sie«, sagte sie schnell, und Benjamin trat ein.

»Wollen Sie zu Bruno? Der ist nämlich nicht da«, erklärte sie, als sie die Tür hinter ihnen schloss.

Benjamin drehte nervös den Hut in den Händen. »Nein, und bitte entschuldigen Sie mein unangemeldetes Auftauchen. Ich wollte kurz mit Ihnen sprechen und hoffe, ich komme nicht ungelegen.«

Frau Naucke nickte vage. »Kommen Sie«, sagte sie noch einmal.

Ben folgte ihr in den Salon und setzte sich auf ein mit grünem Samt bezogenes Fauteuil, das Frau Naucke ihm zuwies. Erst als sie ihm gegenüber Platz nahm, schien sie den fehlenden Stern auf seinem Mantel zu bemerken. Ihr Gesicht färbte sich tiefrot, und ihre Hand tastete nach dem Dekolleté. Ben wurde klar, dass er selbst den Anfang machen musste.

In knappen Worten berichtete er vom Abtransport der Eltern und seinem Abtauchen in den Untergrund, ohne Namen, Adressen oder andere Details preiszugeben.

»Ihre Eltern …«, sagte Frau Naucke in eine Pause hinein. »Ich habe ab und zu an Sie alle gedacht und mich gefragt, ob Sie wohl noch da sind …«

Erst als sie geendet hatte, schien sie sich der Tragweite dieser banalen Worte bewusst zu werden.

Benjamin ging darüber hinweg. »Nein, meine Eltern sind nicht mehr da, und ich habe keinerlei Nachricht von ihnen«, bestätigte er. Sollte sie es ruhig noch einmal hören.

Frau Naucke presste die Lippen zu einem dünnen Strich zusammen. Ihre Finger spielten nervös in ihrem Schoß.

Jetzt oder nie, dachte Ben.

»Ich komme mit einer Bitte, Frau Naucke, auch wenn ich nicht weiß, wie es zu bewerkstelligen ist. Trotzdem, Sie sind meine einzige Chance. Dieser Krieg kann noch lange dauern, und das Risiko, in eine Straßenkontrolle zu geraten, ist hoch. Die Gestapo durchkämmt die Stadt auf der Suche nach Deserteuren … oder solchen wie mir. Ein Wehrmachtsausweis, der mir Wehrunfähigkeit bescheinigt, würde mein Leben retten.«

Frau Naucke griff sich wieder ans Dekolleté, auf dem sich rötliche Flecken gebildet hatten.

»Ja, aber … ich weiß nicht, wie Sie sich das vorstellen. Wie soll denn mein Mann …«

»Könnten Sie mir nicht selbst helfen, ohne ihn einzuweihen?«, fragte Ben dringlich.

»Aber was glauben Sie denn, wie ich alleine an ein solches Dokument kommen soll?«, fragte Frau Naucke fassungslos. »Und selbst mein Mann … Sie stellen sich das so einfach vor.«

Ben hatte Mühe, seine Gefühle im Zaum zu halten. Etwas in ihm wollte Frau Naucke ins Gesicht schreien, dass es hier um sein Leben ging, gleichzeitig spürte er, wie sein Magen sich verkrampfte, und er musste die Tränen zurückdrängen.

»Bitte, helfen Sie mir«, stieß er hervor.

Frau Naucke schien nachzudenken, dann schüttelte sie leicht den Kopf, als hätte sie das Nein bereits auf den Lippen, doch zu Bens Überraschung sagte sie: »Kommen Sie heute in einer Woche wieder. Genau um diese Uhrzeit. Aber versprechen kann ich gar nichts. Höchstwahrscheinlich werde ich Sie enttäuschen müssen.«

Benjamin nickte kurz und stand auf. Es war besser zu gehen, bevor Frau Naucke es sich noch einmal anders überlegte.

Hans Fleming saß im *Hotel Esplanade* am Rand des Tiergartens, vor sich den leeren Teller vom Mittagessen, den der offenbar neue und sehr langsame Kellner noch nicht abgetragen hatte. Aber das Essen war wie immer ausgezeichnet gewesen. Hier und im *Kempinski* bekam man ohne Bezugsscheine wenigstens noch etwas Gutes, wenn auch für teure Reichsmark. Er griff nach einer der Tageszeitungen, die er sich für den Nachtisch und den Mokka aufgehoben hatte, aber er las nicht. Die Tatsache, dass der Kellner auf sich warten ließ, irritierte ihn. Stattdessen beobachtete er die neuen Mittagsgäste, die eben den eleganten Saal betreten hatten. Es waren Hugo Stinnes, Fritz Thyssen und Alfred Krupp. Oberst Fleming hielt die Zeitung hoch. Er hatte keine Lust auf eine Begrüßung. Diese Industriellen … Sie kamen ins *Esplanade*, aßen teuer zwischen Kronleuchtern, Piccolos, Liftboys, funkelnden Gläsern und dicken roten Teppichen und biederten sich bei hohen Wehrmachtsfunktionären an, um durch sie neue Aufträge an Land zu ziehen. Dabei hielten sie sich eigentlich für etwas Besseres. Für sie waren Wehrmachtsoffiziere Holzköpfe, wenn auch nützliche, denn diese Holzköpfe hielten im Krieg den Kopf für sie hin und sorgten obendrein noch dafür, dass sie weiterhin in Ruhe und Sicherheit Auftrag um Auftrag akquirieren konnten.

Flemings Blick fiel auf eine Schlagzeile. Ein paar Tage zuvor hatten Erwin Rommel und sein Afrika-Korps ihre Überraschungsoffensive gestartet und beim »Unternehmen Frühlingswind« die Schlacht von Sidi Bou Zid in Tunesien für sich entschieden. Er kannte die Details bereits und blätterte weiter. Dass die sechste Armee in Russland sich Anfang Februar ergeben hatte und die Schlacht um Stalingrad endgültig verloren war, wurde zum Glück mit keinem Wort mehr erwähnt, und auch die Nachricht, dass in den vergangenen Wochen eine ganze Reihe deutscher U-Boote von britischen Zerstörern versenkt worden waren, verdiente nur eine Kurzmeldung auf Seite fünf. Diese feigen englischen Hunde, dachte Fleming. Wartet nur, wir werden's euch schon noch zeigen.

Seine Augen blieben an einem längeren Artikel hängen. Ach ja, das waren diese Münchner Studenten, die gemeint hatten, mit Flugblättern die Leute aufhetzen zu müssen. Jetzt würden die ersten drei demnächst mit der Guillotine hingerichtet werden. Ein

Bild war auch dabei. Die Geschwister Hans und Sophie Scholl sowie ein Christoph Probst. Jung sahen sie aus. Hans Fleming schüttelte den Kopf. Da sah man es wieder. Alle Freiheiten hatten sie gehabt – vor allem die jungen Männer. Statt an der Front zu stehen, hatten sie das Privileg genossen, in der Heimat sicher und bequem einem Studium nachzugehen. Und wie hatten sie es ihrem Staat gedankt? Mit List und Tücke. Eine Schande war das.

»Oberst Fleming? Heil Hitler!«

»Oh, Oberleutnant Reitmeyer, das ist ja eine Überraschung, auch zum Essen hier?« Hans Fleming hob kurz den Arm zum Gruß.

»Nein, ehrlich gesagt nur auf einen Kaffee und einen Zigarillo.«

»Na, dann setzen Sie sich doch. Auch wenn das mit dem Ober heute eine Tragödie ist. Ich warte schon seit zehn Minuten darauf, dass endlich der leere Teller abgetragen wird. Hallo?«, rief er unwirsch in Richtung des zuständigen Kellners, der herbeieilte und unter Entschuldigungen die Bestellung zweier Mokkas und Liköre aufnahm.

»Wie heißen Sie?«, fragte Hans Fleming unfreundlich.

»Moritz Nagel, Herr …«

»Ich habe mich erkundigt, Herr Nagel, weil ich mich über Sie beschweren werde, wenn Sie beim nächsten Mal wieder so träge sind.«

»Ich bin neu und werde mir alle Mühe geben.«

»Sie können wegtreten«, unterbrach Fleming ihn, als spräche er zu einem Soldaten. Der Ober eilte davon.

»Alle fähigen Männer sind an der Front, und wir an der Heimatfront müssen mit dem schwächlichen Rest vorliebnehmen, der aufgrund irgendwelcher Defekte ausgesondert wurde«, bemerkte Fleming, doch Oberleutnant Reitmeyer interessierte sich für etwas anderes.

»Waren Sie eigentlich bei dem Treffen mit Hitler am 7. Februar dabei?«, fragte er Fleming.

Der lachte. »Allerdings, und ich kann Ihnen versichern, dass die Worte des Führers eine Inspiration waren. Stalingrad war ein Schlag ins Kontor, nennen wir das Kind beim Namen, aber auch dieses Mal ist es unserem Führer gelungen, die richtigen Worte zu finden und die Zweifler zur Räson zu bringen. Wir werden diesen Krieg gewinnen, Stalingrad hin oder her.« Fleming nahm einen Zug vom Zigarillo, den Reitmeyer ihm angeboten hatte, und blies den Rauch betont langsam in den Raum.

»Ich beneide Sie«, sagte der Oberleutnant bewundernd. »Dem Führer in kleinem Kreis zu begegnen, ist ein kostbares Privileg.«

»Was sagen Sie zu Goebbels' großartiger Veranstaltung im Sportpalast gestern Abend?«, fragte Fleming, ohne auf Reitmeyers Kommentar einzugehen.

»Die Inszenierung eines Genies«, meinte der Oberleutnant lächelnd. »Ich hätte Churchills Gesicht gerne gesehen, als er im Radio Tausende den totalen Krieg deklamieren hörte.«

Mittlerweile war der Mokka gekommen. Fleming nippte daran, rauchte wieder und seufzte wohlig. »Ich habe mir das Rauchen fast abgewöhnt – meiner Frau zuliebe. Sie erträgt den Rauch nicht.«

»Wie geht es Ihrer Gattin?«, fragte Reitmeyer.

Fleming zuckte mit den Achseln. »Mal so, mal so. Dass die Alliierten angekündigt haben, ihre Luftangriffe auf deutsche Städte zu verstärken, macht ihr Angst, und ich frage mich, ob ich sie nicht doch zu ihren Verwandten aufs Land schicken sollte.«

»Die Alliierten machen einen Fehler. Ihr erklärtes Kriegsziel ist die bedingungslose Kapitulation Deutschlands, Italiens und Japans – aber da können sie lange warten. Bevor es dahin kommt, müssen sie sich selbst geschlagen geben.«

»Natürlich, so wird es kommen. Trotzdem macht unsere Presse, die ja auch im Ausland gelesen wird, unverzeihliche Fehler. Was habe ich vorhin gelesen?« Fleming tippte auf die Zeitung. »Deutsche Schüler werden nun als Flakhelfer in der städtischen Flugabwehr herangezogen. Das ist löblich …« Er zog eine Grimasse. »Aber es erweckt beim Feind den Eindruck, als hätten wir es nötig, Kinder hinzuzuziehen.«

»Sie haben recht«, stimmte Reitmeyer zu. »Manche Dinge sollten einfach stillschweigend geschehen.«

Sie rauchten und blickten sinnierend nach draußen.

»Ist das nicht der junge Reinhardt aus dem Reichssicherheitshauptamt?«, fragte Reitmeyer plötzlich.

Fleming beugte sich vor. »Sicher ist er das. Aber seit wann klebt er selbst Flugblätter? Haben die dafür keine Kulis?«

Er grinste, dann hob er den Arm und bedeutete dem Ober, dass er zahlen wollte. Kurz darauf standen die Männer draußen vor dem Hotel. »Kann ich Sie noch irgendwo absetzen?«, fragte Fleming, als sie auf die schwarze Limousine zuliefen, deren Fahrer bereits die Tür aufhielt.

»Sehr freundlich, aber ich habe noch etwas in der Nähe zu erledigen«, antwortete Reitmeyer.

Sie verabschiedeten sich, doch bevor Fleming den Wagen erreichte, fiel sein Blick auf den Fahndungsaufruf, den Rolf Reinhardt vom Reichssicherheitshauptamt persönlich an einem Laternenpfahl angebracht hatte.

GESUCHT

Die Jüdin Henriette Fraenkel hat sich am 25. 10. 1942 der Umsiedlung entzogen und lebt vermutlich unter falschem Namen in Berlin. Hinweise, die zu ihrer Erfassung führen …

Fleming starrte auf das Blatt. Die Formulierungen waren anders als sonst. Offenbar hatte der junge Reinhardt ein besonderes Interesse an der Festnahme dieser Frau, weshalb er privat zusätzliche Flugblätter entworfen hatte. Doch das war nicht der Grund für Flemings Fassungslosigkeit. Vom Bild des Fahndungsaufrufes sah ihn das Kindermädchen seiner Tochter an – braune lange Locken statt der blonden Kurzhaarfrisur, aber es herrschte kein Zweifel. Hermine Friedrich war Henriette Fraenkel. Diese Jüdin hatte sich in seinem Haus eingenistet, spielte mit seiner Tochter, aß ihr gutes Essen und machte einen Narren aus ihm. Hans Fleming spürte, wie die Farbe aus seinem Gesicht wich.

»In Ihr Büro, Herr Oberst?«, fragte der Chauffeur höflich, als Fleming sich dem Auto näherte.

»Ja, nein, fahren Sie mich nach Hause.«

»Wie Sie wünschen, Herr Oberst.«

Auf dem Weg zu seiner Villa konnte Fleming keinen klaren Gedanken fassen. Er wusste nur eins: Er würde diese Frau eigenhändig ins Reichssicherheitshauptamt schleifen und sie Rolf Reinhardt höchstpersönlich übergeben. Was immer er mit ihr vorhatte, es geschah ihr recht.

»Halten Sie hier an.«

Der Chauffeur warf seinem Dienstherrn einen überraschten Blick im Rückspiegel zu, denn sie waren noch gut hundert Meter vom Gartentor der Villa entfernt.

Ich brauche Luft, dachte Fleming, als er ausstieg. Er schwitzte unter den Armen, seine Hände waren feucht. Als er das Gartentor zur Villa aufstieß, rannte ihm seine Tochter Marion entgegen.

»Vati, Vati, ich und Tante Hermine gehen in den Park, kommst du mit?«

»Das heißt ›Tante Hermine und ich‹, Marion«, erklang Henriettes mahnende Stimme von der Haustür. Lächelnd kam sie auf ihn zu, während die kleine Marion seine Beine umklammerte.

»Guten Tag, Herr Oberst. Ihre Frau hat Sie noch gar nicht erwartet. Ich bringe ihr ein Stück Kuchen mit, möchten Sie auch eins?«

»Was? Kuchen? Nein, auf keinen Fall.« Hans Fleming befreite sich von seiner Tochter und eilte auf das Haus zu.

»Auf Wiedersehen, Vati!«, hörte er Marion noch rufen, dann warf er die Haustür hinter sich zu und lehnte sich erschöpft an die Wand. Was war mit ihm los? Warum hatte er nicht gehandelt und die Frau festgenommen oder sie zumindest mit seinen neuen Erkenntnissen konfrontiert? Er wusste es nicht. Es war wohl einfach nicht der richtige Zeitpunkt, dachte er um eine Erklärung ringend. Nicht vor dem Kind. Er würde sich später darum kümmern, und dann umso gründlicher.

»Hans? Bist du das? Ich habe dich vom Fenster aus gesehen.«

»Ich habe nur ein paar Unterlagen vergessen«, rief er und ärgerte sich, dass seine Stimme zitterte. »Ich bin sofort wieder weg.«

Frau Naucke saß mit einem Buch in der Hand im Salon, doch sie konnte sich nicht konzentrieren. Die von innen mit Karton abgedunkelten Fensterscheiben machten die Atmosphäre in der Wohnung erdrückend. Zu wissen, dass die Nacht dort draußen von keiner Straßenlaterne und keinem erleuchteten Fenster erhellt wurde und die Stadt sich wie ein schwarzes Tier auf das ebenso schwarze Land duckte, um von oben unsichtbar zu bleiben, machte ihr Angst. Bislang war Berlin bei den Luftangriffen der Alliierten auf Deutschland mit einem blauen Auge davongekommen, und ihr Mann versicherte ihr, dass die Alliierten es nicht wagen würden, die Hauptstadt anzugreifen … Aber warum eigentlich nicht?

Sie dachte an den Sohn der Cahns. Es war schon ein paar Tage her, dass er wie aus dem Nichts bei ihnen aufgetaucht war, und es war dumm von ihr gewesen, ihm Hoffnungen zu machen. Bald würde er wiederkommen, und was sollte sie ihm dann sagen? Es gab nichts, was sie für ihn tun konnte … zumindest nicht ohne die Hilfe ihres Mannes, und den einzuweihen, barg ein Risiko, das sie bislang nicht hatte eingehen wollen.

Albert war kein schlechter Mensch und ließ sich oft – bewusst oder unbewusst – von ihr lenken. Aber in einer solchen Angelegenheit, die die Politik und seine Arbeit betraf? Die Judenfrage? Nicht, dass sie je darüber sprachen – so genau kannte sie seine Meinung gar nicht, und wenn sie ehrlich war, wusste sie nicht einmal, ob sie selbst eine Meinung dazu hatte. Natürlich war es bedauerlich für die vielen Leute, dass sie jetzt alle in den Osten mussten.

Es hatte ein paar Juden in der Nachbarschaft gegeben, die sie flüchtig gekannt hatte. Man hatte sich gegrüßt und ein paar Worte gewechselt, beim Einkaufen im Laden oder im Vorbeigehen.

Und dann waren da natürlich die Cahns, denen ihre Familie tatsächlich viel verdankte. Trotzdem hatte sie den Gedanken an sie in den letzten Jahren überwiegend verdrängt, und solange man nichts Genaues wusste, war das ja auch nicht schwer. Doch nun waren sie weg, und ihr Sohn, Benjamin, wollte sich dem Abtransport entziehen.

Wie immer, wenn ihre Gedanken diesen Punkt erreichten, stieg Ärger in ihr hoch. Benjamin Cahn hatte kein Recht, sie in eine derart prekäre Lage zu bringen, in der sie zwischen einer Straftat und einem schlechten Gewissen wählen musste. Was bildete er sich ein? Ja, natürlich hatte sein Vater ihnen damals einen großen Gefallen getan, als er Bruno in seinen schwierigen Jahren als Lehrling akzeptierte, aber letztlich hatten sie ihn ja nicht um etwas Verbotenes gebeten, und am Ende hatte Bruno sich in der Lehre so gut gemacht, dass er geradezu eine Bereicherung für die Werkstatt geworden war. Konnte man das nicht so sagen? Was Benjamin Cahn dagegen von ihr und ihrem Mann verlangte, war kriminell! Und überhaupt, woher sollte Albert denn so ein Dokument nehmen? Er konnte doch nicht einfach irgendeins verschwinden lassen!

Genau so muss ich ihm das sagen, wenn er wiederkommt, dachte Agnes Naucke. Es gab eine Grenze dessen, was man seinen Mitmenschen zumuten und von ihnen verlangen konnte. Schließlich war sie nicht schuld an den Entscheidungen der Regierung in der Judenfrage. Sie konnte doch nichts dafür, dass die jetzt alle wegmussten – und dann waren es ja auch nur Arbeitslager. Nichts, wovor man flüchten musste, oder? Nein, die Lage, in die der junge Cahn sie gebracht hatte, war unzumutbar … einfach unzumutbar!

Agnes Naucke nahm das Buch wieder auf und begann zu lesen, doch als sie eine Viertelstunde später feststellte, dass sie kaum wusste, worum es in der Handlung ging, warf sie es ärgerlich neben sich auf das Sofa. Das Ticken der Wanduhr in der vollkommenen Stille des Salons war nervtötend. Sie wunderte sich, dass ihr das bislang noch nie aufgefallen war, und als nebenan im Arbeitszimmer ihres Mannes das Telefon schrillte, schrak sie geradezu zusammen. Ihr Mann führte ein leises Gespräch, und auch wenn sie die einzelnen Wörter nicht verstand, beruhigte es sie, seine Stimme zu hören.

Ich werde noch ganz verrückt, dachte sie. Völlig irre macht mich diese Geschichte.

Dann war es wieder leise, das Gespräch war beendet, und das Ticken der Wanduhr erschien ihr noch unerträglicher.

Agnes Naucke stand auf und ging hinüber ins Arbeitszimmer.

»Albert?«

Ihr Mann wandte sich auf dem Drehstuhl um. Aus dem Aschenbecher auf dem Schreibtisch schlängelte sich der dünne Faden einer Zigarette Richtung Decke, und im Dämmerlicht, das von der Schreibtischlampe mit dem grünen Schirm ausging, bemerkte sie Falten auf seiner Stirn, die sie nicht kannte.

»Ich bin gleich fertig, Agnes. Du hast völlig recht, ich hatte versprochen, abends nicht mehr so lange zu arbeiten.«

»Nein, das ist es nicht.«

Ihr Mann sah sie fragend an.

»Benjamin Cahn war vor ein paar Tagen hier. Du erinnerst dich? Er ist der Sohn von Brunos Lehrherrn in der Werkstatt.«

Sie berichtete in kurzen Worten und empfand Erleichterung. Was immer jetzt bei der Sache herauskam, es war nicht mehr allein ihre Verantwortung.

Als sie geendet hatte, sah ihr Mann sie schweigend an. Seine Miene war ausdruckslos, doch als er sprach, klang seine Stimme eisig: »Du willst mir allen Ernstes sagen, dass ein flüchtiger Jude bei uns klingelt, und du hast ihn reingelassen?«

Einen Augenblick schwieg Agnes Naucke betroffen, dann sagte sie: »Aber Albert … es war doch Benjamin Cahn!«

»Das interessiert mich nicht!«, zischte Albert. »Und du hast ihm sogar noch gesagt, er soll wiederkommen? Hast ihm Hoffnungen auf ein Wehrmachtsdokument gemacht? Wie dumm kann man eigentlich sein?«

Bei seinen letzten Worten regte sich Widerstand in Agnes. »Dumm? Du hältst mich für dumm?«

»Besonders gescheit war es jedenfalls nicht, das musst du zugeben. Das Einzige, was ich für ihn tun kann, ist, ihn nicht auf der Stelle zu denunzieren. Was fällt diesem Kerl eigentlich ein, hier aufzutauchen und dich zu belästigen? Da hört sich doch alles auf. Weißt du was, wenn ich es recht bedenke …« Er nahm den Telefonhörer ab.

»Albert!«, rief Agnes schrill. »Das kannst du nicht tun. Denk daran, was Bruno den Cahns verdankt. Ohne diese Ausbildung hättest du ihn niemals beim militärisch-technischen Wartungsdienst hier in Berlin unterbringen können. Er wäre jetzt an der Front, vielleicht sogar in Russland, vielleicht sogar schon tot. Er war so ein schwieriger Junge. Wenn Arnold Cahn nicht etwas aus ihm gemacht hätte …«

»Was ist mit Herrn Cahn?«

Agnes Naucke und ihr Mann sahen überrascht zur Tür, in der Bruno erschienen war. Seine Mutter berichtete knapp.

»Was?«, schrie Bruno. »Herr Cahn wurde abgeholt? Mitsamt seiner Frau?«

Wütend knallte Albert Naucke den Hörer auf die Gabel, sprang auf und wedelte mit dem Finger in Brunos Richtung. »Jetzt spiel hier bloß nicht die Unschuld vom Lande, mein Lieber!«, rief er mit rotem Kopf. »Was hast du denn geglaubt? Meinst du, für die Cahns gelten andere Regeln, nur weil mein Herr Sohn bei ihnen eine Ausbildung gemacht hat? Außerdem hat es dich bisher doch auch nicht geschert, was aus deinem ehemaligen Lehrherrn oder irgendeinem anderen früheren Bekannten geworden ist.«

Bruno war hochrot im Gesicht, aber offenbar wusste er nicht, was er auf die Worte seines Vaters erwidern sollte. Abrupt drehte er sich um, griff nach der Tür und schlug sie so vehement hinter sich zu, dass Agnes Naucke zusammenzuckte.

Ihr Mann atmete lautstark aus. »Sind denn jetzt alle in diesem Haus verrückt geworden?«, stieß er hervor. Agnes sah ihn an, doch er unterbrach den Blickkontakt und murmelte noch einmal: »Verrückt geworden, allesamt verrückt geworden …«

Wortlos drehte Agnes sich um, öffnete die Tür und ging. Kopfschüttelnd blickte Albert Naucke ihr nach.

»Ja, geht ihr nur«, murmelte er. »Einem untergetauchten Juden ein Wehrmachtsdokument besorgen … Ich glaub, ich bin im Wald.«

Er drehte sich wieder zum Tisch und drückte die halb verglühte Zigarette aus, deren Stummel im Aschenbecher qualmte.

17

Die Architektenwitwe Auguste Gollnow lag auf dem Kanapee, streichelte ihr Hündchen Adelaide und hatte sich gerade eine neue Zigarette angesteckt, als es an der Tür klingelte. Auguste Gollnow fuhr vor Schreck zusammen. Mit einem Satz war Adelaide auf dem Boden und raste kläffend auf die Wohnungstür zu, an der es schon zum zweiten Mal schellte. Die erste Verwunderung über die plötzliche Störung machte der unangenehmen Einsicht Platz, dass sie ihre Nachbarin aus der unteren Etage vergessen hatte, die einmal pro Woche immer zur gleichen Zeit zu Besuch kam. Trotzig blieb Auguste Gollnow liegen. Früher war die Krause nur ab und zu auf einen Plausch bei ihr vorbeigekommen, und Auguste Gollnow verdächtigte die alte Schwatzbase, nur deshalb eine Gewohnheit daraus gemacht zu haben, weil sie auf diese Weise neben dem Muckefuck ein paar echte Butterkekse abstaubte, die ihre beiden Untermieterinnen aus dem Kabarett mitbrachten. Allerdings hielt sie sich dadurch schadlos, dass sie die beiden jungen Damen regelmäßig in den Keller schickte, um ein paar von Frau Krauses Kohlen abzustauben. Den jungen Herrn Arnold hielt sie da raus, der sah viel zu anständig aus, aber die Zeiten waren, wie sie waren, und als Witwe musste man schließlich sehen, wo man blieb. Kekse gegen Kohlen – eine Hand wusch die andere.

Es schellte ein drittes Mal, die kleine Adelaide kläffte sich die Lunge aus dem Leib und zerkratzte dabei von innen die schon stark lädierte Wohnungstür. Auguste Gollnow erhob sich schwerfällig, wedelte ein wenig mit den Händen durch den Rauch und stand auf.

»Komme gleich, meine Liebe … nur einen Augenblick … ich flieeege!«, flötete sie, während sie sich in dem goldgerahmten

Flurspiegel die Haare zurechtzupfte, die hinten vom Liegen platt gedrückt waren.

»Meine Teuerste …«, empfing sie die Nachbarin mit charmantem Lächeln. »Ist es tatsächlich schon wieder so weit? Die Zeit verfliegt auf geradezu schamlose Weise.«

Die beiden Damen drückten sich angedeutete Küsse auf die Wangen, dann machte Auguste Gollnow den Ersatzkaffee warm, der noch vom Frühstück in der Kanne übrig geblieben war.

»So, und auch ein paar von den guten Butterkeksen, bei denen Sie immer so gerne zugreifen.«

Mit geschürzten Lippen stellte sie die Schale auf den Esstisch, doch die Andeutung prallte an Frau Krause ab.

»Sie rauchen noch, meine Liebe«, bemerkte sie stattdessen. »Ach, Sie Glückliche, dass Sie sich das noch leisten können. Ich habe es mir ja leider abgewöhnt. Unsereins muss lernen, mit dem Notwendigsten auszukommen, aber das betrifft Sie ja nicht. Was haben Sie es gut, dass Ihr Mann Sie so wohlversorgt hinterlassen hat.«

»Wie wahr, wie wahr, ich danke es ihm jeden Tag«, sagte Auguste Gollnow mit dünnem Lächeln. Frau Krause nagte nicht halb so sehr am Hungertuch, wie sie es darstellte, denn ihr verstorbener Mann hatte ihr eine solide Pension hinterlassen, wenn auch nur die eines Beamten mittleren Ranges.

Frau Krause griff nach einem Keks, kaute genüsslich und spülte mit einem Schluck Muckefuck nach.

»Und warm haben Sie es hier«, sagte sie halb vorwurfsvoll. »Unsereins kann sich das Heizen vor dem Abend nicht mehr leisten.«

»Frau Krause, jetzt übertreiben Sie aber«, rügte Auguste Gollnow ihren Gast. »Zumal ich auch nur dieses eine Zimmer heize.«

»Untermieter müsste man haben, genau wie Sie«, fuhr Frau Krause ungerührt fort und griff nach einem weiteren Keks. »Aber leider würde mein Sohn mir das niemals erlauben. ›Mutter‹, sagt er immer. ›Wer weiß, welches Gesindel du dir da ins Haus holst.‹« Beflissen legte sie eine Hand auf Frau Gollnows Unterarm. »Nichts gegen *Ihre* Untermieter, meine Liebe. Sie haben es ja wirklich ausnehmend gut getroffen. Wenn ich die bei Ihnen ein und aus gehen sehe, denke ich immer an diesen hübschen Schlager: ›Bei Fräulein Lisbeth im Parterre wär ich so gern möblierter Herr, sie hat ein Bad und Telefon und ist ’ne reizende Person.‹ Ach, ich fürchte, Sie haben die letzten Guten erwischt.«

»Was macht Sie denn so misstrauisch?«, fragte Auguste Gollnow mit erhobener Augenbraue.

»Ach, was soll's, ich habe ja sonst niemanden, dem ich mein Leid klagen kann.« Frau Krause seufzte, als kostete es sie die größte Überwindung. »Die Menschen sind schlecht geworden, geradezu liederlich. Wissen Sie, jemand stiehlt von meinen Kohlen unten im Keller.« Sie sah Frau Gollnow an, die sich nicht sicher war, wie sie den Blick deuten sollte.

»Aber nein, das kann ich mir beim besten Willen nicht vorstellen. Sie müssen sich irren«, sagte sie im Brustton der Überzeugung.

»Leider bin ich mir ganz sicher.« Frau Krause schüttelte bekümmert den Kopf. »Wissen Sie, mein Sohn kommt bald auf Fronturlaub. Deshalb habe ich in letzter Zeit besonders viel Kohle eingespart, damit er es warm hat, wenn er hier ist. Und trotzdem werden es stetig weniger Briketts. Ich verdächtige die Hartwig aus dem Hinterhaus. Immer so gut angezogen, immer was Neues – und das in diesen Zeiten, wo man alles nur auf Kleiderkarten bekommt. Wer weiß, wo die die Sachen herhat. Ich sage Ihnen, das ist eine ganz unlautere Person.«

»Ich kenne diese Frau fast gar nicht. Seit dem Tod meines Gatten komme ich ja auch kaum mehr aus dem Haus. Aber wie schön, dass Ihr Sohn zu Besuch kommt«, wechselte Auguste Gollnow das Thema. »Das muss eine große Freude sein. Nein, ich beneide wirklich niemanden, der in diesen schwierigen Zeiten

Kinder hat. Ich selbst wurde ja zum Glück von dieser Sorge verschont.«

»Wie meinen Sie das?«, rief Frau Krause erzürnt. »Ich selbst empfinde es als Ehre, dass mein Heinz einen Beitrag für die Verteidigung unseres Vaterlandes leistet. Wir alle müssen dem Führer dienen, der so viel für uns tut.«

Auguste Gollnow presste die Lippen zusammen. Sie hasste es, wenn Frauen wie ihre Nachbarin mit ihren heldenhaften Söhnen prahlten. Die machten sich doch nur mit ihnen wichtig, und wenn die Bengel dann eines Tages nicht mehr heimkehrten, war das Geschrei groß. Trotzdem bemühte sie sich um eine Entschuldigung.

»Aber nein, Sie haben mich missverstanden«, hörte Benjamin seine Vermieterin sagen, als er leise die Wohnungstür schloss. Es war der Wochentag, an dem Frau Krause zu Besuch kam. Ben mochte die Dame nicht, die ihn immer so neugierig anstarrte. Er konnte ihr geradezu ansehen, dass sie sich brennend dafür interessierte, warum er vom Wehrdienst zurückgestellt war.

Er beschloss, in Hut und Mantel in sein Zimmer zu gehen. Dort warf er die Sachen auf die geblümte Steppdecke, zog einen Umschlag aus der Innentasche des Mantels und setzte sich an den schmalen Tisch, auf dem ein Brieföffner in Form eines orientalischen Dolches lag.

Bens Blick hing an dem weißen Umschlag, und sein Herz schlug heftig gegen die Rippen. War das der alles entscheidende Augenblick, der ihm das Leben retten würde? Seine Finger zitterten leicht, als er den Umschlag aufschlitzte und hineingriff. Der Ausweis war grau und offenbar benutzt, denn das Material war weich und an manchen Stellen abgegriffen. Gerade recht, dachte er. Ein Dokument, das nicht neu war, wirkte glaubwürdiger. Er öffnete es und erstarrte. Der Ausweis, ausgestellt auf einen jungen Mann namens Gottfried Lindner, enthielt auch dessen Foto inklusive des Stempels, der das Bild beglaubigte – doch zwischen ihm und diesem Lindner bestand keinerlei Ähnlichkeit.

Ungläubig starrte Ben auf den Ausweis. Ja, Gottfried Lindner war wegen einer Kriegsverletzung, die zu einer Sehbehinderung geführt hatte, vom Wehrdienst befreit. Auch mit dem Namen konnte er leben, wenn er ihn nur bei Leuten verwendete, die ihn nicht schon als Harry Arnold kannten – aber das Foto und der Stempel darauf?

Ben knipste die schwarze Tischlampe an, hielt den Ausweis unter den Lichtkegel und näherte sein Gesicht dem Bild. Wie oft hatte er schon Dokumente gesehen, auf denen die Stempel stark verblichen und kaum erkennbar gewesen waren, aber dieser hier hätte nicht deutlicher sein können. Wenn er Gottfried Lindners Bild ablöste und durch sein eigenes ersetzte, fehlte die zweite Stempelhälfte, und die würde er nie ausreichend professionell ersetzen können. Aber ein Ausweis, der schon auf den ersten Blick manipuliert wirkte, war bei einer Kontrolle gefährlicher als gar keiner. Da war er selbst mit seinem armseligen Postausweis noch besser dran, der immerhin legitim auf ihn ausgestellt worden war.

Ben spürte, wie Enttäuschung in ihm aufstieg, die sich in Ärger verwandelte. Er hatte sein Glück kaum fassen können, als Frau Naucke ihm tatsächlich ein offizielles Wehrmachtsdokument überreicht hatte, das angeblich sogar von ihrem Mann besorgt worden war. Aber was hatten die beiden sich denn vorgestellt? Hatten dieser Naucke oder seine Frau allen Ernstes geglaubt, dass ihm mit so einem Ding geholfen war? Oder war das genau der Punkt? Hatten sie ihm am Ende sogar schaden wollen?

Ben ballte die Fäuste und presste die Lippen aufeinander. Ich hätte es wissen müssen, dachte er verzweifelt. Es war einfach zu schön, um wahr zu sein. Einen Augenblick erwog er, zu den Nauckes zu gehen und sie zur Rede zu stellen. Vielleicht hatte dieser Naucke nur gedankenlos gehandelt und konnte ihm ein besseres

Dokument besorgen? Aber dann sah er wieder Agnes Naucke vor sich, wie sie ihn verabschiedete. »Alles Gute«, hatte sie gesagt, und Ben hatte sich schon bedanken wollen, als sie hinzufügte: »Und bitte kommen Sie nie mehr hierher.«

Ben stützte die Ellbogen auf die Tischplatte und legte das Gesicht in die Hände.

Irmgard Fleming wiegte leicht den Kopf. Die Stehlampe neben dem großen Ohrensessel beschien ihre rechte Gesichtshälfte, die andere lag im Dunkeln. Hans Fleming fand, dass seine Frau noch immer schön aussah. Selbst ihre Blässe, ein Zeichen ihrer schwächlichen Konstitution, die sie ans Haus fesselte, war auf ihre Art attraktiv.

»Du meinst also auch …?«, fragte sie nun.

Hans Fleming nickte. »Wie gesagt, ich halte Berlin für einen ganz und gar sicheren Ort. Aber mir reicht es, wenn *du* Bedenken hast und deine Nervosität dich nicht zur Ruhe kommen lässt.«

»Ja, Hans, die Sorge raubt mir den Schlaf. All diese abscheulichen Luftangriffe überall.« Sie wedelte vage mit der Hand in den Raum. »Es geht mir ja nur um Marion. Auf dem Land wären wir doch sicher, oder nicht? Deswegen gibt es doch die Kinderlandverschickung … weil auch der Führer glaubt, dass wir auf dem Land sicher sind. Und meine Cousine würde sich freuen. Sie und ihr Mann haben doch genügend Platz und sogar einen Garten, auch wenn zu dieser Jahreszeit alles ganz schlammig ist. Ach, man wird kaum vor die Haustür treten können! Aber wenn es der Sicherheit dient?«

Sie sah zu ihrem Mann, der geduldig nickte.

»Dann ist es also entschieden, Schatz«, schloss er die Diskussion ab. »Mein Fahrer wird euch in meinem Dienstwagen hinbringen.«

»Ach, es ist alles so furchtbar«, meinte seine Frau und seufzte. Doch plötzlich fiel ihr etwas ein. »Aber unsere Angestellten behältst du bitte, Hans. Frieda, unsere Köchin, und natürlich auch unser Fräulein Hermine. Du brauchst doch jemanden, der sich hier um dich kümmert. Und wenn ich wiederkomme, will ich schließlich nicht noch einmal von vorne anfangen mit der leidigen Suche nach einer geeigneten Person für unsere Marion. Unser Schatz hat sich so gut entwickelt mit Fräulein Friedrich.«

Hans Fleming nickte. »Natürlich, Liebling, ganz wie du meinst.«

»Dann rufe ich jetzt sofort meine Cousine an.« Irmgard stand auf und drückte ihrem Mann beim Hinausgehen die Schulter. Der schenkte sich noch einen Cognac ein und blickte auf den Lichtkegel des nun leeren Ohrensessels.

Er hatte seiner Frau nichts von der falschen Identität ihres Kindermädchens erzählt, genauso wenig, wie er sie ins Reichssicherheitshauptamt geschleift hatte. Das Seltsame war, dass er nicht wusste, warum. War es Sympathie? Mitleid? Zum wiederholten Male horchte er in sich hinein, doch das Forschen in seinem Inneren war ihm unangenehm und hatte bisher kaum etwas Brauchbares zutage gefördert. Letztlich wusste er nicht, warum er sein Wissen um die wahre Identität dieser Frau ignorierte, als hätte er das Flugblatt nie gesehen, und tatsächlich hatte er das Gefühl, dass es besser war, diese Dinge nicht zu hinterfragen. Ausnahmen von der Regel gab es immer, in jedem Bereich des Lebens. Henriette Fraenkel alias Hermine Friedrich war seine Ausnahme, und dabei würde er es belassen.

Rolf betrachtete seine Finger unter dem Besprechungstisch und stellte zu seiner Irritation fest, dass sich Schmutz unter dem kleinen Fingernagel festgesetzt hatte. Er legte Wert auf gepflegte Hände und hätte den Schmutz gerne sofort entfernt, hatte aber Angst, dass die neben ihm sitzenden Kollegen etwas mitbekamen.

Die Tür zum Besprechungsraum öffnete sich schwungvoll, und SS-Oberführer Liebig betrat den Raum. Sofort wurde es leise.

»Heil Hitler.«

»Heil Hitler«, grüßten die etwa dreißig Männer, die für die heutige Besprechung ins Reichssicherheitshauptamt geladen worden waren.

»Meine werten Herren, wie würde es Ihnen gefallen, schon sehr bald in einer judenfreien Stadt zu leben?« SS-Oberführer Liebig setzte sich und sah die Anwesenden lächelnd an. Einige klatschten spontan, und sein Lächeln vertiefte sich, doch dann wurde er ernst.

»Sie wissen besser als ich, dass unsere intensiven Bemühungen im letzten Herbst, die Ziele des Führers endlich umzusetzen, im Dezember einen unschönen Dämpfer erhielten, als die Güterzüge, auf die wir für die Judenevakuierung angewiesen sind, fast vollständig für kriegswichtige Transporte in die östlichen Frontgebiete eingeplant wurden. Was soll ich sagen? Wir arbeiten an zwei monumentalen Aufgaben gleichzeitig: dem baldigen Endsieg in diesem Krieg und dem Kampf gegen das internationale Judentum, den wir nun auch bald gewinnen werden. Und da kann es schon mal zu logistischen Überschneidungen und Engpässen kommen. Aber das Warten hat sich gelohnt. Die Erfüllung unserer Aufgabe hier an der Heimatfront steht unmittelbar bevor.«

Die Worte des SS-Oberführers erregten Rolf. Es war eine Anspannung, die er kannte. Schon in der Hitlerjugend hatte er sie empfunden, wenn er vor einer Prüfung oder einem Wettkampf stand. Es war der Wunsch, sich zu beweisen – in der Hitlerjugend gegen die Konkurrenz der anderen Jungen und nun schon seit einigen Jahren gegen den Widerstand der Juden, diesen Gegner und Feind im eigenen Land. Gleichzeitig war er frustriert. Was immer sie demnächst an Großem leisten würden, es war nicht vollständig, wenn er es nicht schaffte, Henriette aufzuspüren, die es sich offenbar zur Lebensaufgabe gemacht hatte, all seine Anstrengungen ad absurdum zu führen und ihn damals wie heute zu demütigen. Nicht ein einziger Hinweis war eingegangen, seit er die offiziellen Fahndungsbemühungen durch Hunderte eigener Flugblätter verstärkt hatte. Tagelang hatte er sie persönlich in der ganzen Stadt verteilt. Herrgott, es konnte doch nicht sein, dass niemand diese Frau gesehen hatte, obwohl er sicher war, dass sie sich noch in Berlin aufhielt! Das war ihre Stadt, hier kannte sie sich aus. Es musste Leute geben, die ihr halfen, aber er hatte schon alle arischen Bekannten der Familie überprüft, und von den jüdischen war niemand mehr übrig.

»Die geplante Razzia läuft unter dem Namen ›Großaktion Juden‹«, hörte er SS-Oberführer Liebig sagen. »Zum jetzigen Zeitpunkt befinden sich noch circa fünfzehntausend jüdische Zwangsarbeiter allein in Berlin und in anderen Städten weitere Tausende. Unsere ›Großaktion Juden‹ wird fast alle endgültig evakuieren. Wir werden sie Ende des Monats gleich morgens an ihren Arbeitsplätzen in den Fabriken einsammeln. Ja, bitte? Obersturmbannführer Kleinschmidt?«

Rolf sah zu dem Kollegen, der offenbar eine Zwischenfrage hatte. »Mit Verlaub, Herr SS-Oberführer, was bedeutet ›fast alle‹?«

»Eine gute Frage, die ich ohnehin noch behandeln wollte«, meinte Liebig. »Vorerst ausgenommen sind jüdische Partner aus Mischehen sowie ein paar weitere Unterkategorien. Genauere Anweisungen für die technische Durchführung werden noch heute vom Referat IV B 4 zusammengestellt und an alle Verantwortlichen herausgegeben.« An einigen Stellen des Raumes erhob sich irritiertes Gemurmel.

»Ich bitte um Ruhe, meine Herren«, mahnte Liebig. »Oberstes Gebot ist, die Sache so glatt wie möglich und ohne Proteste in der Zivilbevölkerung über die Bühne zu bringen. Das größte Protestpotenzial liegt naturgemäß bei den arischen Ehepartnern.«

»Und was passiert mit den zurückgestellten Juden?«, warf Rolf ein. »Werden die während der Aktion einfach in den Fabriken belassen? Das würde unsere Arbeit vor Ort extrem erschweren, denn dann müsste inmitten des Aufruhrs in den Fabrikhallen die Identität eines jeden einzelnen definitiv festgestellt werden, was mir nicht durchführbar scheint.«

»Das ist es auch nicht«, beschwichtigte Liebig ihn mit einem Lächeln. »Nein, Sie werden alle mitnehmen, ausnahmslos, allerdings werden die Privilegierten ins Gebäude der Jüdischen Gemeinde in der Rosenstraße im Bezirk Mitte verbracht, wo ihre Identität geprüft wird. In die kriegswichtigen Betriebe werden sie aber auch danach nicht zurückkehren. Stattdessen sind sie anderorts zur Zwangsarbeit einzusetzen, sodass wir sie im Folgenden jederzeit abholen können, ohne uns mit Einsprüchen aus der Rüstungsindustrie herumscheren zu müssen.«

Rolf nickte nur halb zufrieden.

»Nun zum Zeitplan, meine Herren«, fuhr Liebig fort. »Für Städte wie Dresden und Breslau rechnen wir damit, die Großaktion in zwei Tagen abschließen zu können. Das ist natürlich in Berlin bei der großen Zahl an Juden utopisch. Wir gehen aber davon aus, dass innerhalb einer Woche alles zu Ende sein wird.«

Es gab eine weitere Wortmeldung.

»Ja, bitte?«, sagte Liebig.

»Wann werden die Betriebe von der Großaktion in Kenntnis gesetzt?«, fragte ein junger Kollege mit hellblonden Haaren, dessen Namen Rolf vergessen hatte. »Ich frage, weil wir doch damit rechnen müssen, dass ein Wort über die Aktion nach außen dringt und die Juden gewarnt werden. Ich fürchte …«

»Das brauchen Sie nicht«, unterbrach Liebig ihn. »Wir werden nämlich anders als bisher keine genauen Daten für die Aktion herausgeben. Wenn Sie gestatten, fasse ich jetzt zusammen. Gestapo und SS werden in einer konzertierten und den Betrieben nicht angekündigten Aktion am Morgen des 27. Februar gleichzeitig etwa hundert Betriebe abriegeln. Die erfassten Personen werden dann auf Lastkraftwagen zwecks Durchschleusung in die entsprechenden örtlichen Sammelstellen verbracht, unter anderem das Konzerthaus Clou im Bezirk Mitte, die Pferdeställe der

Rathenower Kaserne in Moabit und die Fahrzeughalle der Hermann-Göring-Kaserne in Reinickendorf sowie weitere Örtlichkeiten, die Sie bitte der Liste des Referats IV B 4 entnehmen. Zufällig auf der Straße angetroffene und durch den Judenstern identifizierbare Subjekte sind bei dieser Gelegenheit ebenfalls einzusammeln und mitzunehmen. Die endgültige Evakuierung erfolgt nach Auschwitz. Noch Fragen, meine Herren? Wenn nicht, entnehmen Sie die Details bitte den Anweisungen zur technischen Durchführung, die heute noch an Sie herausgehen werden.«

Rolf blickte sich um. Niemand schien mehr Fragen zu haben, doch ihm brannte ein Anliegen auf den Nägeln.

»Ja, bitte«, meinte Liebig beinahe unwillig.

Rolf räusperte sich. Das Thema, das er ansprechen wollte, war delikat. »Mit Verlaub, ich bin mir der Tatsache bewusst, dass Derartiges unter allen Umständen zu vermeiden ist, aber falls es bestimmten Subjekten während der Großaktion gelingen sollte, sich der Verhaftung zu entziehen und unterzutauchen, welche Maßnahmen sind in diesem Fall zu ergreifen?«

SS-Oberführer Liebig nickte. »Lassen Sie uns vornehmlich daran arbeiten, dass solche Fälle die Ausnahme bleiben. Mit den wenigen, denen die Flucht doch gelingen sollte, wird sich unser jüdischer Fahndungsdienst befassen. Habe ich Ihre Frage beantwortet?«

»Ja, vielen Dank«, sagte Rolf, doch er war irritiert. Seit Monaten spazierte Henriette da draußen herum und hielt dem jüdischen Fahndungsdienst den Spiegel vor. Wenn dieser Dienst bei anderen ebenso ineffizient war, dann gute Nacht!

»Gut, meine Herren«, schloss Liebig, »dann wünsche ich Ihnen viel Erfolg. Der Tag, auf den wir seit Langem hinarbeiten, steht unmittelbar bevor. Lassen Sie uns den 27. Februar zu einem Datum machen, das in die Geschichtsbücher eingeht und unsere Enkel und Urenkel mit Stolz erfüllen wird. Heil Hitler!«

»Heil Hitler!«

Nach dem vereinten Gruß fühlte Rolf sich besser. Henriette hatte sich immer schon für besonders schlau gehalten, aber gegen ihre geballte Entschlossenheit würde sie letztlich nichts ausrichten können. Berlin war nicht mehr ihre Stadt – hier war sie nur noch von Feinden umgeben.

18

Henriette hatte für Oberst Fleming eine Besorgung gemacht, aber sie musste nicht sofort zurück, denn seit Frau Fleming mit der kleinen Marion zu ihrer Cousine aufs Land gefahren war, hatte sie außer der Hausarbeit nichts zu tun, und für das Einkaufen und die Küche sorgte Frieda. Sie dachte an Benjamin. Monate waren vergangen, seit sie ihn zum letzten Mal gesehen hatte, und am Ende hatten sich die Ereignisse auf beiden Seiten so überschlagen, dass sie nicht mehr die Gelegenheit gehabt hatten, sich voneinander zu verabschieden. Die Tatsache, dass sie nichts mehr von ihm wusste, war wie eine wunde Stelle, zu der sie ständig in Gedanken zurückkehrte, die sie aber nicht heilen konnte. Ebenso wenig wie die Sehnsucht nach ihrer Mutter und den Großeltern.

Henriette atmete tief durch. Sie durfte sich nicht erlauben, in die Traurigkeit abzudriften, das hatte sie bereits gelernt. Denn normal war ihr Leben nur an der Oberfläche. Und der trügerische Schein konnte durch den kleinsten Fehler, die kleinste Unachtsamkeit oder einfach nur einen dummen Zufall zunichtegemacht werden. Zu lächeln, auch wenn einem nicht danach war, und den Mitmenschen keck ins Gesicht zu lügen, erforderte trotz aller Übung, die sie mittlerweile hatte, eine enorme Kraftanstrengung.

Von Weitem sah Henriette die geschwungenen Lettern des *Café Kranzler* und hielt darauf zu. Bevor sie zu Oberst Fleming zurückging, würde sie sich einen echten Bohnenkaffee leisten. Ein Soldat auf Fronturlaub kam ihr entgegen, und sie bemerkte seinen schüchternen Blick, doch als sie ihn ansah, blickte er verlegen zu Boden. Henriette schmunzelte in sich hinein. In den ersten Wochen ohne Stern hatte sie gegen das Gefühl ankämpfen müssen, auch ohne ihn mühelos als »anders«, als jüdisch, erkennbar zu sein – doch natürlich war das Unsinn gewesen, und mittlerweile spielte sie ihre Rolle perfekt.

Zwei Männer mit grauen Mänteln und Hüten kamen auf sie zu, der eine rauchte. Gestapo, dachte Henriette, und ihr Herz schlug schneller, doch äußerlich blieb sie ruhig, und als die Männer sie ansahen, warf sie ihnen ein charmantes Lächeln zu. Der Mann mit der Zigarette lächelte zurück und deutete eine Verbeugung an, der andere fasste sich grüßend an den Hut, und im Vorbeigehen hörte sie ein: »Madame …«

Ich schlage sie mit ihren eigenen Waffen, dachte Henriette befriedigt. Die Nazis logen so viel, dass sie selbst die Wahrheit nicht mehr von der Lüge unterscheiden konnten. Wichtig war nur, dass man sie dreist genug an der Nase herumführte. Henriette öffnete die Tür zum *Café Kranzler*. Sie hatte Glück. Der Tisch, den sie schon bei vorherigen Besuchen belegt hatte, war frei – weit genug vom Fenster entfernt, um nicht von jedem Vorbeigehenden gesehen zu werden, dabei im richtigen Verhältnis zur Tür, um eintretenden Gästen nicht sofort aufzufallen und doch im Notfall schnurstracks hinausgehen zu können.

Henriette setzte sich, bestellte einen Bohnenkaffee und sah sich um. Zur Nachmittagszeit war das *Kranzler* gut besucht, und der Duft von echtem Kaffee vermischt mit Gebäck schenkte ihr einen Augenblick lang das trügerische Gefühl, den Krieg und die Verfolgung nur geträumt zu haben. Sie sah zur Tür, als müsse jeden Moment ihre Mutter hereinkommen. Wie oft waren sie in Henriettes Kindheit nach dem Sonntagsspaziergang mit den Großeltern zusammen hier eingekehrt und hatten auf den weißen Lackstühlen vor dem Lokal Platz genommen. Und wenn dann das Bananenfrappé kam, das nicht nur sie, sondern auch ihre Mutter und ihre Großmutter bestellten, hatte die alte Dame jedes Mal verschwörerisch nach ihrer Hand gegriffen und gesagt: »Wie in der Sommerfrische, Henriette, sag selbst, wir haben's so schön hier in Berlin, wir brauchen gar nicht mehr in den Urlaub zu fahren.«

Henriette wurde aus ihren Gedanken gerissen, als ein Lastwagen am Café vorbeiratterte, auf dessen Ladefläche sie junge Männer erkannte. Ein Schauer lief ihr den Rücken hinunter. Hastig griff sie nach der Kaffeetasse, um sich durch die praktische Geste zu beruhigen. Als sie sie abstellte, fing sie den Blick eines Mannes in Anzug und Krawatte auf. Henriette schätzte ihn auf Mitte dreißig. An seinem Revers steckte das Parteiabzeichen der NSDAP. Als er ihr zulächelte, lächelte sie mechanisch zurück, denn vor ihrem inneren Auge sah sie noch immer die Ladefläche des Lasters vor sich, und die Reibung zwischen den verschiedenen Realitäten war beinahe unerträglich. Zu spät bemerkte sie, dass der Herr sich erhoben hatte und an ihren Tisch trat.

»Darf ich mich vorstellen? Lemke, mein Name, Werner Lemke, Ministerialbeamter im Landwirtschaftsministerium. Ich sehe, das Fräulein sitzt ganz allein, und habe mich gefragt, ob ich vielleicht meine Gesellschaft anbieten darf?«

Henriette hatte Mühe, ihren Widerwillen zu verbergen.

»Ja, warum nicht?«, sagte sie trotzdem mit knappem Lächeln. Sofort rückte sich Werner Lemke einen Stuhl zurecht und winkte dem Ober.

»Einen kleinen Likör dürfen wir uns zu dieser Stunde doch schon leisten, oder?« Er lächelte ihr verschwörerisch zu. »Ich habe heute Nachmittag frei.«

»Wir haben nur Eierlikör«, erklärte der Ober kurz darauf.

»Zweimal bitte«, bestellte Werner Lemke mit erhobenem Zeige- und Mittelfinger.

Der Likör kam, und Werner Lemke prostete ihr zu.

»Das Junggesellenleben ist ja doch sehr eintönig«, meinte er. »Aber an Tagen wie diesen, wenn man im *Kranzler* neben einer so reizenden jungen Dame sitzen darf, fällt es einem gleich leichter.«

Henriette, die sich wieder gefangen hatte, lächelte charmant. Die Rolle war ungewohnt, aber was blieb ihr anderes übrig, als mitzuspielen?

Werner Lemke beschrieb seine unentbehrliche Tätigkeit im Landwirtschaftsministerium. »Die Bedeutung der Ernährungswirtschaft für die Kriegswirtschaft kann gar nicht hoch genug eingeschätzt werden«, dozierte er. »Ziel unseres Ministeriums ist eine möglichst autarke Ernährungssicherung, die uns von den internationalen Blockaden unabhängig macht. Deshalb könnte man durchaus sagen, dass auch wir hier in Berlin an vorderster Front kämpfen.«

»Die Reduzierung der Fettzuteilung ist für die Menschen sehr bedrückend«, bemerkte Henriette, um Konversation zu machen, obwohl sie selbst seit Monaten keine Lebensmittelmarken mehr erhielt und bei Oberst Fleming gut versorgt war.

Werner Lemke griff den Faden bereitwillig auf. »Die Versorgungslücke bei Fetten ist tatsächlich sehr bedauerlich, aber um den Rückgang der Getreideproduktion in Deutschland zu verhindern, sind Einschränkungen bei der Viehhaltung unvermeidlich, was Konsequenzen für die Produktion von Butter, Milch und Käse hat. Natürlich sind all diese Engpässe nur vorübergehend. Sobald wir den Krieg gewonnen haben, wird in Kontinentaleuropa unter Deutschlands Führung ein Großwirtschaftsraum nie da gewesenen Ausmaßes entstehen – eine Art Schlaraffenland!«

Doch Henriettes Aufmerksamkeit war abgeschweift. Sie sah nach draußen, wo ein weiterer Lastwagen vorbeiratterte.

»O ja, die Transporte«, bemerkte Werner Lemke, der ihrem Blick gefolgt war. »Das fällt nicht in den Aufgabenbereich meines Ministeriums, aber natürlich kann ich so viel sagen, dass seit heute Morgen eine große Aktion läuft, die die letzten Juden in den Fabriken betrifft.« Er wedelte mit der Hand. »Jetzt heißt es endgültig ›Adios‹.«

»Ach ja?«, machte Henriette, die um ihre Contenance kämpfte. Sie trank den letzten Schluck Likör und sah auf ihre Armbanduhr. »Es war sehr nett, mit Ihnen zu plaudern, und wirklich hochinteressant, aber ich fürchte, ich muss jetzt nach Hause, meine Mutter braucht mich.« Sie hob den Arm und winkte dem Ober.

»Aber nein, selbstredend übernehme ich die Rechnung!«, rief Werner Lemke, verwirrt über ihren überraschenden Aufbruch. Henriette hätte sich am liebsten sofort verabschiedet und den eitlen Ministerialbeamten allein mit der Rechnung zurückgelassen, entschied sich aber dagegen. Schließlich sollte es nicht so aussehen, als sei sie auf der Flucht. Trotzdem saß sie auf heißen Kohlen. Sie wollte nur noch weg von diesem grässlichen Menschen.

»Also dann, wie gesagt, es war sehr aufschlussreich. Auf Wiedersehen«, meinte sie, sobald sie auf den Gehsteig traten.

»Sie müssen zu Ihrer Mutter? Ich begleite Sie gerne ein Stück. Wo wohnen Sie denn?«

Henriette begann zu schwitzen. »Es ist recht weit, und ich werde auch mit der Elektrischen fahren«, wehrte sie ab. Verzweifelt überlegte sie, wie sie diesen klebrigen Kerl wieder loswurde.

»Ach, es ist ja mein freier Nachmittag, und ein Spaziergang würde mir guttun, also …«

»Ach, meine Liebe, bitte verzeih meine Verspätung. Jetzt hast du deinen Kaffee wohl schon alleine getrunken …«

Henriette fuhr herum und traute ihren Augen nicht. Vor ihr stand Benjamin in Mantel und Hut.

»Möchtest du noch einmal zurück ins Café?«, fuhr er fort. »Dann könnte ich mein Zuspätkommen wiedergutmachen.« Benjamin berührte sie vertraulich am Arm. Herrn Lemke dagegen würdigte er keines Blickes.

»Leider nicht, ich muss zu meiner Mutter, aber du kannst mich ein Stück begleiten«, sagte Henriette geistesgegenwärtig und wandte sich an Herrn Lemke: »Darf ich vorstellen? Mein Verlobter.«

Benjamin nickte Herrn Lemke ohne übertriebene Freundlichkeit zu. »Harry Arnold, mein Name. Und wer ist der Herr?«

»Ach«, meinte Henriette leichthin. »Herr Lemke war so nett, mir während deiner Abwesenheit Gesellschaft zu leisten.«

Werner Lemke schien die Situation plötzlich unangenehm zu sein. Er deutete eine Verbeugung an und empfahl sich. Spontan hakte sich Henriette bei Ben ein und zog ihn mit sich. Erst als sie um die nächste Hausecke gebogen waren, blieb sie stehen. Unsicher sah sie ihm in die Augen, und auch Ben wirkte plötzlich verlegen.

»Da bist du ja«, sagte sie leise und fügte hinzu: »Wenn man an den Teufel denkt …«

Ben lachte kurz. »Ich habe auch an dich gedacht. Das muss es gewesen sein.«

Henriette spürte, wie sie errötete. Sie drehte sich um und ging weiter. Ben schloss zu ihr auf.

»Nein, das kann es nicht gewesen sein«, meinte sie. »Sonst hätten wir uns längst wiedergetroffen.«

»Jeden Tag …«, sagte Ben leise.

»Jeden Tag zehn Mal«, fügte sie hinzu und versuchte, ihrer Stimme einen ironischen Unterton zu geben, doch sie war froh, dass sie Ben dabei nicht ansehen musste.

»Als ihr aus dem Café kamt, war ich schon ganz in der Nähe, aber ihr habt mich nicht gesehen. Ich habe euer Gespräch belauscht und beschlossen, dir ritterlich zu Hilfe zu eilen«, erklärte Benjamin lächelnd.

»Danke.«

Henriette drückte kurz seinen Arm. Was hatte sie Ben in den letzten Monaten nicht alles erzählen wollen, doch jetzt, wo er so unerwartet neben ihr lief, raubte eine unerklärliche Nervosität ihr die Leichtigkeit, und sie brachte kein Wort heraus.

»Nur gut, dass ich dich nicht Henriette genannt habe«, sagte Ben jetzt. »Beinahe wäre es mir herausgerutscht, aber ich nehme an, du nennst dich nicht mehr so …«

Henriette blieb stehen und gab ihm die Hand. »Sehr erfreut, Herr Arnold«, sagte sie lächelnd. »Mein Name ist Hermine Friedrich.«

»Die neue Frisur steht Ihnen ausgezeichnet, Fräulein Friedrich.« Er grinste schief, und Henriette war froh, dass sie gemeinsam lachen konnten.

»Du dagegen siehst aus wie immer, und das ist gut so …«

»Ja? Ist es das?« Benjamin sah sie intensiv an.

»Nur den Hut kenne ich noch nicht«, lenkte Henriette ab, und er ging darauf ein.

»Ja, so ist das bei uns Männern. Wir bleiben uns immer gleich, nur ab und zu wechseln wir den Hut oder die Krawatte.«

Henriette knuffte ihn in die Seite. »Du Quatschkopf.«

Als sie etwas später ein Plätzchen am Spreeufer gefunden hatten, an dem sie ungestört waren, begann Henriette zu erzählen, doch als sie von ihrer neuen Unterkunft berichten wollte, hielt er sie zurück.

»Nicht!«

Erschrocken blickte sie ihn an.

»Ich will nicht wissen, wo oder bei wem du jetzt wohnst … und ich werde dir auch nicht sagen, wo ich untergekommen bin.«

Offenbar hatte sie ihn irritiert angesehen, denn Ben fuhr fort: »Man weiß nie. Was ist, wenn ich geschnappt werde? Ich habe gehört, dass sie unter Folter die Namen der Helfer und den Aufenthaltsort von anderen Flüchtigen herauspressen.«

Henriette nickte bedrückt. »Du hast recht. Aber heißt das auch, dass wir uns nicht mehr treffen werden?«

Ben sah ihr in die Augen. »Doch, wenn du das willst? Ich will es nämlich. Die letzten Monate waren …«

»Ich will es auch.« Verlegen senkte Henriette die Augen. »Allerdings muss ich jetzt wirklich los. Ich werde erwartet und bin spät dran.«

Wieder hakte sie sich unter, und sie gingen los. Ein Bild erschien vor Henriettes Augen … Ben in ihrem Klassenzimmer in der Kunstgewerbeschule. Damals hatte sie ihn für einen langweiligen Streber gehalten, und jetzt versuchte sie, so langsam wie möglich zu gehen, um die gemeinsame Zeit um ein paar Minuten zu verlängern.

Mittlerweile war die frühe Dämmerung über die Stadt hereingebrochen, die Kälte zog an, und die Straßen leerten sich. Da hörten sie wütende Stimmen, die teils einzeln, teils im Chor riefen.

»Was ist das?«, fragte Henriette verwundert.

»Ich glaube, es kommt aus der Rosenstraße da vorne.«

Ben hatte recht gehabt. Vor dem ehemaligen Gebäude für Wohlfahrtswesen und Jugendfürsorge der Jüdischen Gemeinde Berlins hatten sich Dutzende Frauen und Männer versammelt.

»Gebt unsere Ehemänner heraus!«, rief eine ältere Dame verzweifelt, und ein Mann schrie: »Wir leben in privilegierter Mischehe. Dazu haben Sie kein Recht! Wir wollen unsere Frauen und Männer wieder!«

»Wir wollen unsere Frauen und Männer wieder«, skandierten mehrere andere im Chor.

Henriette spürte Bens schützenden Arm um ihre Schulter. Automatisch beschleunigten sie ihren Schritt. Wir dürften nicht hier sein, dachte sie nervös. Mit möglichst unbeteiligten Mienen gingen sie auf der anderen Straßenseite vorbei, ohne die Demonstranten eines weiteren Blickes zu würdigen. Aus den Augenwinkeln sah Henriette, wie Uniformierte aus dem Gebäude kamen.

»Weg hier, gehen Sie nach Hause, oder wir nehmen Sie in Schutzhaft!«, hörte sie noch, dann bogen sie um eine Hausecke.

»Was war das?«, flüsterte Ben, nachdem sie eine Weile schweigend nebeneinander hergelaufen waren.

Leise berichtete sie, was ihr der Ministerialbeamte erzählt hatte, und Ben wurde blass. »Dann geht es jetzt los«, sagte er leise. »Nun werden sie auch die letzten von uns gnadenlos jagen. Ich wünschte nur …« Er vergewisserte sich, dass sie alleine waren, und sagte dann: »Ich habe da ein Wehrmachtsdokument mit einer falschen Identität. Das Problem ist, dass bereits ein abgestempeltes Bild drin ist, das mir kein bisschen ähnlich sieht.«

Er berichtete ihr von seinen Bedenken, das Bild auszutauschen und den Stempel zu fälschen. »Dabei wäre es meine Rettung«, schloss er bedauernd.

Henriette dachte nach, dann sagte sie: »Weißt du was? Ich glaube, ich traue mir das zu. Zwar bräuchte ich ein paar Utensilien, aber immerhin habe ich Kurse in Grafik belegt. Bring den Ausweis zu unserem nächsten Treffen mit.«

»Henriette …«

Ben blieb stehen, und Henriette sah ihn fragend an.

»Weißt du«, meinte er verschmitzt. »In der Kunstgewerbeschule habe ich dich für eine eingebildete Zicke gehalten, aber in Wahrheit bist du … also … unglaublich.«

Henriette lachte verlegen und schob ihn weiter, um ihm nicht in die Augen sehen zu müssen.

»Das bin ich auch«, sagte sie. »Ich bin in Wahrheit eine unglaubliche Zicke.«

Johanna Lemansky setzte den letzten Stich, nachdem sie den Saum am Talar des Pfarrers repariert hatte, vernähte den Faden und schnitt ihn ab. Draußen war es dunkel geworden, und da das Licht in dem Raum mit der hohen Decke unzureichend war, rieb sie sich die angestrengten Augen. Als gewöhnliches Mitglied der Dahlemer Bekenntnisgemeinde war sie zu derlei Arbeiten weder verpflichtet noch wurde sie bezahlt, und nur wenige Menschen wussten, warum sie sich bereit erklärt hatte, jeden Abend nach dem Fürbittengottesdienst länger zu bleiben, um dies oder jenes zu ordnen und zu richten.

Johanna hatte das Gewand in den Schrank zurückgehängt. Die Näharbeit hatte keine Viertelstunde gedauert, aber das reichte, um in der kleinen St.-Annen-Kirche ungestört zu sein. Sie löschte das Licht in der Sakristei und durchquerte den nur noch schwach erleuchteten weiß gestrichenen Kirchenraum.

Ihre Schritte auf dem Steinfußboden hallten, während sie auf den Opferstock zulief. Schnell öffnete sie sein Türchen, ließ den Inhalt in einen mitgebrachten Stoffbeutel fallen und verstaute ihn in ihrer Handtasche. Dann verschloss sie den Opferstock und ging auf den Ausgang zu. Die schwere Tür quietschte und fiel stöhnend hinter ihr ins Schloss, doch da war Johanna bereits auf dem Weg zur Königin-Luise-Straße. Sie ließ das verdunkelte Wirtshaus *Zum Alten Krug*, aus dem leise Stimmen klangen, hinter sich und bog in die Thielallee ein. Es war kaum mehr als zwanzig Jahre her, dass die unersättlich wachsende Hauptstadt sich den Gutsbezirk Dahlem einverleibt hatte, und sein dörflicher Charakter war noch immer zu sehen – auch wenn der Grundstücksverkauf das kleine Dahlem, das um die Jahrhundertwende keine zweihundert Einwohner gezählt hatte, jetzt schon in eine Berliner Villenkolonie verwandelt hatte.

Wenig später stand Johanna vor dem Häuschen im Kuckucksweg, das sie seit dem Tod ihrer Eltern allein bewohnte. Sie schloss die Tür auf und vergewisserte sich, dass die Fenster ordnungsgemäß verdunkelt waren, erst dann schaltete sie das Licht in der Küche ein. Hastig legte sie Mantel und Mütze auf einen Stuhl, rieb sich die kalten Finger und leerte den Inhalt des Stoffbeutels in eine bereitstehende Schüssel. Die Ausbeute an Münzen war im vierten Kriegsjahr noch magerer geworden, doch Johannas Herz hüpfte, als sie den Ausweis sah. Aber schon im nächsten Moment machte sich Ernüchterung breit. Es war ein Postausweis – wesentlich weniger wert als eine Kennkarte und auch schwerer zu manipulieren, denn zusätzlich zu dem obligatorischen Stempel links oben auf dem Foto war unten eine Briefmarke halb über das Lichtbild geklebt. Darüber hinaus waren die Marke und das Foto mit einem weiteren Stempel versehen. Ein solches Bild kunstgerecht auszutauschen war praktisch unmöglich.

Johanna warf einen Blick auf den Namen der Frau, die das Dokument gespendet hatte. Clementine Schäfer aus Zehlendorf war von Beruf Friseuse. Das Foto zeigte eine junge Frau mit gewellten Haaren und scheuem Lächeln. Seufzend ließ Johanna sich auf den Küchenstuhl fallen und legte den Ausweis beiseite. Sie trank einen Schluck von einer halb vollen Tasse Ersatzkaffee und dachte an Jonathan. Am nächsten Morgen würde sie ihm berichten, dass sich noch immer kein passendes Dokument für die junge Jüdin gefunden hatte, der er zu helfen versuchte, obwohl auch seine eigene Lage prekär war, denn Jonathan war evangelischer Christ jüdischer Abstammung – und für die Nazis zählte nur Letzteres. Ohne den gefälschten Taufschein auf einen erfundenen Namen, den Johanna ihm mithilfe des Pfarrers besorgt hatte, wäre er sicherlich längst abtransportiert worden.

Johanna nahm noch einen Schluck kalten Muckefuck. Sie fühlte sich müde und sehr allein, obwohl die Arbeit für die Gemeinde ihr gewöhnlich Kraft gab. Als sich die Bekennende Kirche vor knapp zehn Jahren gebildet hatte, um der Gleichschaltung der evangelischen Kirche mit Hitlers Staatsapparat zu entgehen, hatte sie sich nicht vorstellen können, was noch alles passieren würde. Heute war ihr damaliger Pfarrer im Konzentrationslager, und obwohl die Behörden sie bisher in Ruhe ließen, fühlte Johanna sich wie ein Spion im Feindesland. Dabei konnte man nicht einmal sagen, dass ihre Gemeinde eine politische Widerstandsbewegung gewesen wäre. Zusammen mit ein paar Eingeweihten aus dem theologischen Arbeitskreis versuchte Johanna zu helfen, wo es ging, doch sie war sich darüber im Klarem, dass ihre Aktivitäten geheim bleiben mussten, da sie selbst innerhalb der Gemeinde auf Gegner treffen würden.

Trotzdem konnte sie sich nicht beklagen. Die Information, dass man seinen Ausweis in den Opferstock der St.-Annen-Kirche werfen konnte, um dadurch vielleicht einem Verfolgten zu helfen, hatte sich in den vergangenen Monaten hinter vorgehaltener Hand herumgesprochen, und so purzelten regelmäßig Kennkarten und Postausweise in den Opferstock, die anschließend von ihren rechtmäßigen Besitzern als verloren gemeldet und ersetzt wurden. Das Problem war nur, dass Johanna und ihr kleiner Kreis niemanden an der Hand hatten, der die Dokumente überzeugend manipulieren konnte, sodass sie nur die Exemplare verwendeten, deren Stempel schlecht gesetzt oder sehr hell waren oder deren ehemalige Besitzer einem Untergetauchten zum Verwechseln ähnlich sahen, was nur höchst selten geschah.

Johanna seufzte. Einen Moment betrachtete sie noch den Postausweis, dessen Briefmarke das Konterfei Adolf Hitlers im Profil zeigte. Sie nahm ihn an sich, ging ins Schlafzimmer und hob die Matratze an, unter der ein Umschlag lag. Ganze acht Ausweise, darunter drei echte Kennkarten, warteten hier auf eine zündende Idee, wie man sie endlich für irgendjemanden nutzbar machen konnte. Johanna steckte den Postausweis der jungen Frau Schäfer aus Zehlendorf dazu und kehrte in die Küche zurück, um die Suppe vom Vortag aufzuwärmen.

19

Henriette sah auf ihre Armbanduhr. Oberst Fleming war bis zum Abend außer Haus. Es war *die* Gelegenheit, die benötigten Materialien für die Fälschung von Benjamins Dokument zu kaufen und sich an die Arbeit zu machen. Womit sie nicht gerechnet hatte, war die Knappheit an Künstlerbedarf.

»Was wollen Sie denn mit einem Japanpinsel und violetter Aquarellfarbe?«, hatte ein Schreibwarenhändler sie geradezu barsch gefragt. »Doch nicht etwa malen?«

Ähnlich war es auch in den anderen Läden gegangen, sodass ihr nur mehr *Boll's Bedarf der Schönen Künste* in der Nürnberger Straße blieb, wo sich auch ihre ehemalige Kunstgewerbeschule befand. Eigentlich hatte sie das Geschäft meiden wollen, weil sie früher dort Stammkundin gewesen war. Andererseits war das Jahre her, und sie sah heute ganz anders aus.

Doch als sie vor dem Laden stand, waren die Scheiben dunkel und der Innenraum leer.

»Verdammt«, murmelte sie halblaut.

»Sie wollten zu Boll?«, hörte sie eine männliche Stimme hinter sich. Es war ein Schutzpolizist.

»Ja«, antwortete Henriette knapp, doch dem Schupo war offensichtlich nach einem Plausch.

»Der alte Boll ist nicht mehr da. Bankrott, munkelt man. Sie wissen schon … als die Kunstgewerbeschule schließen musste, sind ihm die Kunden abhandengekommen. Und ganz unter uns, wer denkt schon an die schönen Künste in diesen Zeiten?«

»Dasselbe habe ich heute schon mehrfach gehört«, bemerkte Henriette. »Aber vielleicht hat Herr Boll ja noch Waren von damals? Er wohnt doch hier in der Straße, nicht wahr?« Sie lächelte den Schutzmann gewinnend an.

Der Polizist fühlte sich sichtlich geschmeichelt.

»Nicht mehr, gnädiges Fräulein, nicht mehr. Als er aus der Schutzhaft entlassen wurde, ist er zu seinem Sohn gezogen ... irgendwo im Schwäbischen, soweit ich weiß.«

»In Schutzhaft? Der nette Herr Boll? Aber wieso denn?«, fragte Henriette mit unschuldigem Augenaufschlag.

»Tja ...« Der Schutzmann wiegte bekümmert den Kopf. »Wenn man einem Mann den Lebensunterhalt nimmt, kann er schon mal pampig werden. Und der Herr Boll, der war fuchsteufelswild. Als er den Laden zumachte, hat er ein Schild ins Fenster gehängt: *Aus Mangel an schönen Künsten bleibt dieses Geschäft bis zum Endsieg geschlossen*. Na, und deswegen war er dann in Schutzhaft.« Er senkte verschwörerisch die Stimme: »Unser Führer hat sicher viele Stärken, aber Humor hat er nicht.«

Henriette lachte, und es war nicht einmal gespielt.

»Da drüben gibt es noch ein Kolonialwarengeschäft, die haben alles Mögliche«, riet ihr der Polizist.

Henriette bedankte sich und ging.

Als sie eine Viertelstunde später aus dem Laden trat, war sie die Besitzerin mehrerer feiner Japanpinsel, einer ganzen Palette von Aquarellfarben und eines Produkts, das eigentlich schon vom Markt genommen worden war, da man damit Dokumente fälschen konnte, und das den bezeichnenden Namen *Pelikan-Radierwasser-Tintentod* trug. Für all das hatte die Ladenbesitzerin einen horrenden Preis verlangt, obwohl Henriette ihr angesehen hatte, wie froh sie gewesen war, diese Ladenhüter los zu sein. Falls die Frau sich gewundert haben sollte, was Henriette mit den Sachen vorhatte, hatte sie es sich jedenfalls nicht anmerken lassen.

Als Henriette die Villa betrat, war Oberst Fleming noch nicht zurück. Sie schätzte, dass ihr noch gut eine Stunde blieb. In ihrem Zimmer betrachtete sie das Passfoto, das Benjamin ihr gegeben hatte. Impulsiv berührte sie seine Wange mit der Fingerspitze – etwas, das sie schon am Ende ihres letzten Treffens hatte tun wollen, aber nicht getan hatte. Dann legte sie das Foto zur Seite.

Sie musste sich konzentrieren. Vorsichtig löste sie das Bild des alten Passbesitzers aus dem Dokument, das seine Entlassung aus dem Wehrdienst bescheinigte. Was ihm zugestoßen sein mochte, dass er den Pass nun offenbar gar nicht mehr brauchte? Henriette hatte sich in der Schule nie besonders für Geschichte interessiert, aber sie konnte sich keine Zeit vorstellen, in der es mehr Möglichkeiten gegeben hätte zu sterben, zu verschwinden oder in Haft zu geraten. Sie nahm Bens Foto und befestigte es an der Stelle, an der eben noch das Bild des fünfundzwanzigjährigen Gottfried Lindner geklebt hatte.

Der erste Schritt war geschafft, nun ging es ans Eingemachte. Henriette rührte die violette Aquarellfarbe an, bis sie die exakte Farbe des Stempels hatte, tauchte die Spitze des haarfeinen Japanpinsels hinein und fuhr die einzelnen Teile des Hoheitsadlers mit seinen zwölf großen und vierundzwanzig kleinen Federn sowie das Hakenkreuz nach. Fertig! Jetzt musste es schnell gehen. Sie griff nach einem Stück unbedrucktem Zeitungspapier, befeuchtete es mit der Zunge und drückte es vorsichtig auf den nachgefahrenen Stempel. Gespannt verfolgte sie, wie das Papier die Linien der Aquarellfarbe aufsaugte, bis sich ein exaktes Spiegelbild des Stempels herausbildete, das sie auf die Ecke von Bens Foto drücken musste – und zwar so, dass die Stempelhälfte auf der Zeitung direkt an die Stempellinien des Ausweises anschlossen. Henriette biss sich auf die Lippen, als sie das Zeitungspapier von Benjamins Bild löste. Ihre Augen flogen über die filigranen Linien auf der Suche nach Bruchstellen und Farbunterschieden, doch sie fand nichts.

»Unglaublich«, flüsterte sie. »Es hat geklappt!«

Tatsächlich sah der Stempel völlig intakt und authentisch aus. Henriette atmete tief aus. Sie legte den Ausweis zum Trocknen beiseite und horchte in die dunkle Villa. Oberst Fleming hatte es sich noch nie erlaubt, bei seiner Heimkehr bei ihr anzuklopfen.

Trotzdem war es besser, alle Spuren der kleinen Bastelarbeit vor seinem Eintreffen zu beseitigen. Mit vor Erleichterung flattrigen Händen machte sie sich an die Arbeit.

»Warum treffen wir uns erst so spät?«, wollte Henriette am nächsten Abend von Benjamin wissen, als sie sich neben ihn auf die Bank des kleinen Parks setzte. Sie hörte das Wasser in der efeubewachsenen steinernen Brunnenarkade. Die Gründerzeitfassaden, die den Olivaer Platz umgaben, waren im Dunkeln nicht zu erkennen. Trotzdem meinte sie fast, sie vor sich zu sehen, denn sie kannte die Gegend gut. Hier hatten früher viele ihrer Freunde und Bekannte gewohnt, und es hatte eine Menge von Juden geführte Geschäfte gegeben. Henriette erinnerte sich an einen Zahnarzt, Schuhmacher, Konditoreien und ein besonders feines Strumpf- und Miederwarengeschäft. Sie waren Deutsche gewesen – wie alle anderen auch. Lag das wirklich erst ein paar Jahre zurück?

Ben lachte leise. »Für Arier gibt es doch keine Ausgangssperre.«

Henriette spürte, wie sie errötete. »Ja, schon klar, aber es ist stockfinster.«

Sie zeigte auf die schwarze Stadt, in der keine Straßenlaterne brannte und kein Fenster leuchtete. Natürlich waren auch die Neonreklamen am Ku'damm verschwunden. Und an diesem Abend sorgte ein verhangener Himmel dafür, dass vom Mond keine Abhilfe zu erwarten war.

»Wie sollen wir einen Spaziergang machen, wenn wir die Hand nicht vor Augen sehen?« Sie brach ab. Als sie ihr Treffen vereinbart hatten, war sie davon ausgegangen, dass auch Ben Zeit mit ihr verbringen wollte, aber stimmte das überhaupt? Vielleicht war er nur an der Übergabe des Ausweises interessiert?

»Wir werden auch nicht spazieren gehen«, antwortete Ben. »Wart's ab. Aber erst mal zum Geschäftlichen …«

Seine Stimme war leise geworden, und Henriette sah sich um. Park und Platz waren verwaist. Schnell nahm sie den Umschlag mit dem Ausweis aus der Tasche und reichte ihn Ben wie beiläufig.

»Steck ihn einfach ein«, flüsterte sie. »Bei der Dunkelheit kannst du ohnehin nichts erkennen.«

»Es hat also geklappt?«, flüsterte Ben aufgeregt. Unschlüssig sah er auf den Umschlag, doch dann verstaute er ihn vorsichtig in seiner Manteltasche.

»Ja«, sagte sie. »Bei einer Straßenkontrolle dürfte es keine Probleme geben, aber du musst ihn unbedingt vor Nässe schützen. Die Farbe ist nicht ganz wasserfest.«

»Gut, dass du mir das sagst. Mit meinen früheren Ausweisen bin ich immer schwimmen gegangen – falls irgendwelche Nazifische mich kontrollieren sollten.«

»Du Quatschkopf«, sagte Henriette lächelnd und erinnerte sich, dass sie ihn schon öfter so genannt hatte. Sie mochte seinen Humor, der selbst ihrer absurden Lage noch eine gewisse Leichtigkeit verlieh, die Henriette alleine oder in Gesellschaft anderer nie empfand.

Aber diesmal ging Ben nicht darauf ein.

»Ich weiß jetzt übrigens, was diese Menschenansammlung in der Rosenstraße neulich zu bedeuten hatte«, sagte er ernst.

Henriette nickte nur. Sie hatte es auch in den Zeitungen gelesen, die Oberst Fleming mit nach Hause brachte.

»Ich weiß es auch«, sagte sie. »Das waren die christlichen Ehepartner der jüdischen Arbeiter, die sie an dem Tag in den Fabriken verhaftet hatten. Mutig, dass sie protestiert haben. Bislang haben die Deutschen ja fein stillgehalten bei allem, was uns geschehen ist.« Sie erschrak. Zum ersten Mal hatte sie von »den Deutschen« gesprochen, als gehöre sie selbst nicht mehr dazu. Und im Grunde war es ja auch so. Seit man den jüdischen Bürgern die Staatsbürgerschaft aberkannt hatte, war sie offiziell staatenlos, um nicht zu sagen vogelfrei. Eine Person ohne Daseinsberechtigung, die zufällig Deutsch sprach.

»Sie haben alle jüdischen Zwangsarbeiter in den Fabriken zusammengetrieben und abtransportiert«, meinte Ben. »Tausende Menschen in wenigen Tagen. Und wenn wir noch bei Genschow gearbeitet hätten, wären wir auch dabei gewesen.«

»Ich bin mir sicher, dass viele irgendwie entwischen konnten«, sagte Henriette hoffnungsvoll. In den Zeitungen hatte davon zwar nichts gestanden, aber so etwas würden die Nazis auch nie öffentlich zugeben. Trotzdem hatte Benjamin recht. Tausende Menschen waren abtransportiert worden oder warteten in irgendwelchen Sammellagern darauf, zur Gleisanlage 17 in Berlin-Grunewald gebracht zu werden, von wo aus die Güterwaggons in den Osten fuhren – ein Anblick, den man den arischen Berlinern wohl nicht zumuten wollte.

»Die Gefangenen in der Rosenstraße sind aber noch da«, sagte Ben plötzlich. »Ich habe von meinem Chef in der ...« Er unterbrach sich. »Ich habe gehört, dass ihre Identitäten geprüft werden, um festzustellen, ob es sich wirklich um Ehepartner aus privilegierten Mischehen handelt. Offenbar sollen die, auf die das zutrifft, tatsächlich wieder freigelassen werden.«

»Wie lange noch?«, kommentierte Henriette bitter. »Letztlich werden sie nicht ruhen, bis sie auch die Letzten von uns ...«

»Nein!«

Henriette erschrak, als Ben so heftig ihre Hand nahm, dass es wehtat. Aber schon im nächsten Moment ließ er sie verlegen wieder los.

»Das darfst du nicht einmal denken, sonst bist du schon verloren, hörst du?«, flüsterte er, und zu Henriettes Überraschung nahm er noch einmal ihre Hand und zog sie hoch. »So, und jetzt komm. Wir bringen uns auf andere Gedanken!«

Nur wenig später standen sie vor einem Klub.

»Hier sollen wir rein?«, fragte Henriette erschrocken.

Es war Jahre her, seit sie abends ausgegangen war. Zunächst hatte es an der abendlichen Ausgangssperre für Juden gelegen, aber auch seit ihrem Untertauchen zog sie es vor, die Abende in der Sicherheit ihres Zimmers zu verbringen – in der Höhle eines nationalsozialistischen Löwen, die für sie so etwas geworden war wie das Auge im Orkan.

Ben hatte nicht auf ihre Frage geantwortet und einfach die Tür geöffnet. Sie folgte ihm durch einen Gang, der von kleinen roten Wandlampen erhellt wurde, dann schob Ben einen schweren Samtvorhang beiseite und ließ sie vorgehen.

Der Raum war gut gefüllt, auf den runden Tischen standen Lämpchen mit grünen Schirmen, weitere waren an den Wänden befestigt. Die Luft war schwer vom Zigarettenrauch, der im Schein der Lampen waberte, und auf einer kleinen Bühne stimmte eine Band aus vier Männern ihre Instrumente, darunter auch ein Saxofon. Die Stimmung im Raum war bestens, es wurde geredet und gelacht, und zwischen den Tischen schlängelten sich Kellnerinnen mit Cocktails und Sektkelchen hindurch.

Henriette war so überrascht von der ausgelassenen Atmosphäre, dass sie die Uniformen mancher Gäste erst im zweiten Moment wahrnahm, doch dann durchfuhr es sie wie ein Blitz: Die waren von der SS! Wo in aller Welt hatte Benjamin sie hingeschleppt? Sollte dieser Ort sie etwa auf andere Gedanken bringen? Verwirrt ließ sie sich von Ben zu einem freien Tisch im hinteren Teil des Raumes ziehen, denn mit ihm zu diskutieren wäre zu auffällig gewesen.

Sie hatten sich kaum gesetzt, als eine junge Kellnerin mit tiefem Dekolleté an ihren Tisch trat. Benjamin bestellte ein Glas Whisky und sah Henriette an. Die nickte zustimmend. Anders würde sie diesen Klub kaum überleben. Sie beugte sich zu Benjamin und wollte etwas sagen, da fing die Band zu spielen an. Die Energie der Jazztrompete wirkte ansteckend, und sie fühlte sich leicht im Kopf, dabei hatte sie nicht einmal vom Whisky genippt.

»Ich dachte, es gäbe keinen Jazz mehr in Berlin? Ist der nicht offiziell unerwünscht?«, fragte sie in Benjamins Ohr.

»Lassen sich die Berliner je etwas ganz verbieten?«, entgegnete Ben grinsend.

»Und die da?« Henriette deutete mit dem Blick auf zwei hochrangige SS-Männer, deren Damen elegante Abendkleider trugen.

»Denen gefällt die Musik offenbar auch«, gab Ben zurück. »Außerdem kamen früher viele Juden hierher, um ihre Wertsachen zu verkaufen, und die SSler waren willige Abnehmer.«

Henriette konnte es kaum fassen. Sie nahm einen großen Schluck Whisky. »Das ist ja abscheulich. Aber woher weißt du das überhaupt?«

»Von einem Kollegen bei Genschow«, meinte er. »Als ich seinerzeit die Sachen meiner Eltern verkauft habe, gab es ein paar wenige Dinge, für die sich hier Abnehmer fanden. Natürlich weit unter Wert, aber es war besser als nichts.«

»Und da sitzen wir hier bei einem Glas Whisky?«, fragte Henriette verwirrt. »Ist das nicht furchtbar zynisch?«

»Ja«, gab Ben unumwunden zu. »Aber ich liebe diese Musik und nehme mir, was ich in dieser Stadt noch kriegen kann. Es steht uns zu. Wer weiß, was die Zukunft bringt? Heute jedenfalls hören wir Jazz.«

»Ich habe noch nie eine Jazzband gehört«, rief Henriette ihm ins Ohr. »Dafür war ich mit meiner Familie oft bei den Berliner Philharmonikern und in der Deutschen Oper.«

»Daran zweifle ich keine Sekunde«, gab Ben verschmitzt zurück, und Henriette versetzte ihm einen leichten Klaps auf den Oberarm. Dann wandte sie sich der Bühne zu.

Ihr war ein wenig schwindelig, was nur teilweise dem Whisky geschuldet war. Die laute Musik, die rauchgeschwängerte Luft, die Menschen, die sprachen und lachten, ohne dass sie sie hören konnte, gaben ihr das Gefühl, in einer Parallelwelt gelandet zu sein – und vielleicht war sie das sogar. Draußen auf der Straße war die Nacht so schwarz, als wäre die Welt untergegangen. Irgendwo weit weg, im verschneiten Osten, kämpften Juden in Lagern und Soldaten an der Front um ihr Leben, wobei das Überleben der Ersteren davon abhing, wie viele Soldaten starben und wie schnell der Krieg verloren werden konnte.

Und sie? Sie saß zusammen mit Ben bei einem Glas Whisky in einem Jazzklub, am Nebentisch SS-Offiziere, und hörte verbotene Musik. Hier ging es um nichts anderes als den Eigennutz und die Hingabe an den Genuss. Vielleicht ist mir deshalb so schwindlig, dachte Henriette. Unbewusst griff sie in ihre Rocktasche und schloss die Hand um den kleinen Glashund – der einzige Punkt, an dem Vergangenheit und Gegenwart sich noch vereinten. Halt suchend griff sie mit der anderen Hand nach Bens und drückte sie. Aus den Augenwinkeln sah sie, dass er ihren Blick suchte, doch sie erwiderte ihn nicht. Die Frage, was Ben ihr bedeutete, war zu viel für diesen Moment.

Rolf drückte missmutig seine Kartoffel klein, obwohl er wusste, dass seine Mutter das nicht mochte. Sie sah ihn strafend an, schwieg jedoch. Vermutlich wollte sie seine Verlobte Erika nicht auf diese unverzeihliche Unsitte aufmerksam machen. Rolf zerdrückte auch noch die zweite Kartoffel und goss reichlich Soße darüber. Er war hundemüde, und es irritierte ihn, dass seine Mutter Erika zum Abendessen eingeladen hatte, ohne es mit ihm abzusprechen. Als wenn er in diesen Tagen der Großaktion an Privates denken könnte. Er wollte keine Konversation machen – nur essen und ins Bett. Erika verstand das, aber wenn seine Mutter sie einlud, sagte sie natürlich nicht Nein.

»Wie läuft es denn mit den Fabrikjuden?«, fragte sein Vater.

»Ganz gut, aber ein paar Tage werden wir noch brauchen, um sie alle abzutransportieren.«

»Man munkelt, es wären euch einige durch die Lappen gegangen«, bemerkte sein Vater kauend.

Rolf sah ihn verärgert an. Woher hatte er das schon wieder?

»Das bleibt nicht aus«, sagte er kühl. »Dafür waren es zu viele. Und du kannst dir denken, was für ein Chaos da morgens in den Fabrikhallen ausgebrochen ist. Dazu kommt, dass wohl einige gewarnt wurden. Anders kann ich mir das nicht erklären.«

»Gewarnt? Durch wen? Etwa die Fabrikbesitzer?«

»Besitzer, Vorarbeiter, wer auch immer. Und zu denen musste es auch erst mal irgendwie durchsickern.«

»Die sogenannten besseren Kreise«, sagte sein Vater verächtlich und tupfte sich mit der Serviette die Lippen. »Manche wollen Hitlers Judenpolitik einfach nicht begreifen und spielen sich sogar zu Judenrettern auf. Aber ihr kriegt die Flüchtigen schon wieder. Wo sollen sie auch hin? Gerade jetzt, wo ihr den jüdischen Fahndungsdienst aufgebaut habt. Juden fangen Juden. Glaub mir, niemand arbeitet besser als Leute, denen man die Pistole auf die Brust setzt. Ihnen zu versprechen, dass ihre Familien verschont werden, wenn sie andere Juden für euch drankriegen, war eine kluge Idee, denn wer könnte das besser als die? Schließlich kennen die sich alle untereinander. Das wird schon, Junge.«

Rolf nickte nur. Er konnte es nicht leiden, wenn sein Vater den Allwissenden spielte, und schon gar nicht, wenn er ihn »Junge« nannte.

»In der Rosenstraße sollen angeblich irgendwelche Angehörigen protestieren«, fing nun auch noch seine Mutter an. »Sogenannte Ehegatten. Stimmt das wirklich?«

»Das haben wir im Griff«, versicherte Rolf und nahm Fleisch nach. »So viele sind es auch gar nicht. Außerdem lassen wir die Ehepartner aus Mischehen nach gewissenhafter Überprüfung ihrer Identität sowieso wieder frei.«

»Ihr lasst sie laufen?«, rief Margaret Reinhardt. »Dann wird Berlin ja nie judenfrei! Dazu noch die Exemplare von eurem jüdischen Fahndungsdienst und deren Familien. Wenn ihr die wirklich alle unbehelligt lasst ...«

»Wir lassen niemanden unbehelligt«, unterbrach Rolf sie hitzig. »Wir versprechen ihnen nur, dass ihre Verwandten nach Theresienstadt kommen, wenn sie für uns arbeiten. Manchmal stimmt das, manchmal nicht. Und in jedem Fall kommen sie alle irgendwann weg – sobald wir den jüdischen Fahndungsdienst nicht mehr brauchen.«

»Da hörst du es, Margaret«, sagte Rolfs Vater. »Gibt es noch Dessert?«

»Dafür hat es leider nicht gereicht«, antwortete seine Frau betrübt. »Du weißt doch, wie knapp wir trotz Rolfs zusätzlicher Rationen bemessen sind. Außerdem war die Einladung an Erika so kurzfristig. Aber wolltet ihr nicht vielleicht noch ins Kino gehen?«

»Dafür habe ich im Augenblick wirklich keinen Kopf.« Rolf wandte sich an Erika. »Das verstehst du doch?«

»Natürlich.« Erika nahm lächelnd seine Hand. »Aber wenn diese ermüdende Aktion vorbei ist, gehen wir, versprochen? Anfang März soll der Film *Münchhausen* mit Hans Albers Premiere haben. Da können wir endlich mal wieder herzlich lachen.«

Rolf nickte. »Das klingt gut.«

»Wie schön, dass die Filmindustrie uns nicht vergisst und ein wenig Kurzweil und Entspannung bietet«, bemerkte seine Mutter. »Das machen die schon richtig. Man kann ja schließlich nicht immer nur an den Krieg denken!«

Margot Weishaupt versuchte normal zu gehen, doch sie wusste nicht mehr, wie das ging. Seit es ihr gelungen war, sich im Chaos der Fabrikrazzia zu verstecken und schließlich zu fliehen, fühlte sie sich in ihrem blauen Arbeitsoverall mit Stern wie ein Zirkuspferd in der Manege. Alle Augen waren auf sie gerichtet. Was sollte sie tun? Sie wusste, dass sie den Stern vom Kittel reißen und untertauchen musste – die Zeit der sicheren Arbeit in der Fabrik war abgelaufen. Jetzt holten sie alle, die noch übrig waren, und in Kürze würde auch die Öffentlichkeit darüber Bescheid wissen. Wer immer sie dann mit Overall und Stern auf der Straße sah, konnte daraus seine Schlüsse ziehen: Sie war eine von denen, die entwischt waren und wieder eingefangen werden mussten. Aber wenn sie den Stern abriss, blieben die verräterischen Löcher im Stoff, und das sprach dieselbe eindeutige Sprache. Wo aber konnte sie neue Kleidung herbekommen?

In ihre Wohnung durfte sie nicht zurück, und sie hatte keinen Geldbeutel … nichts!

Margots Blick blieb an einem öffentlichen Mülleimer hängen, und sie konnte kaum fassen, was sie sah. War das nicht der Ärmel einer Jacke, der da heraushing?

Die schickt mir der Himmel, jubilierte Margot innerlich. Sie sah sich um. Hinter ihr liefen zwei Frauen. Wenn die vorbeigegangen waren, konnte sie die Jacke unbemerkt aus dem Eimer fischen. Sie stellte sich an ein Schaufenster und tat, als betrachte sie die Auslage.

»Los, Jüdin, weg von meinem Geschäft! Willst mir wohl die Kundschaft vergraulen!« Der glatzköpfige Besitzer stand im Eingang seines Ladens und fuchtelte böse mit dem Arm.

Schnell machte Margot, dass sie weiterkam, doch vor dem nächsten Hofeingang blieb sie erneut stehen. Kurz darauf waren die beiden Frauen an ihr vorbeigegangen. Eilig lief sie die wenigen Meter zu dem Mülleimer, griff nach der zusammengeknüllten Jacke und kehrte in den Hofeingang zurück. Wenn jetzt bloß niemand kam! Ihre Hände zitterten vor Angst, als sie mit Fingern und Zähnen den Stern von ihrem Overall riss. Endlich … das Ding war ab. Sie entfaltete die Jacke – und traute ihren Augen nicht. Auf der rechten Brustseite war ein Stern aufgenäht!

Margot stöhnte. Wie hatte sie nur glauben können, dass jemand in diesen Zeiten grundlos eine Jacke wegwarf! Hektisch überschlug sie, was zu tun war. Bei Tageslicht durfte sie sich auf keinen Fall mit den gut sichtbaren Nahtlöchern sehen lassen, doch bald würde es dunkel werden. Im Hof des Gebäudes, nur wenige Meter von ihr entfernt, stand ein Schuppen neben den Mülltonnen. Es war kein gutes Versteck, aber sie hatte keine Zeit, sich ein besseres zu suchen.

Margot hatte Glück, der Schuppen war nicht abgeschlossen. Sie schlüpfte hinein und verbarg sich hinter alten Gerätschaften. Draußen kamen und gingen die Hausbewohner. Wann immer sich Schritte näherten, drückte Margot ihr Gesicht zwischen die

Knie, um sich so klein wie möglich zu machen, doch niemand öffnete die Schuppentür.

Endlich war es dunkel. Ich brauche andere Kleider und etwas zu essen und zu trinken, dachte Margot, denn sie war völlig ausgehungert. Vorsichtig trat sie nach draußen. Der Hof schien leer zu sein, und sämtliche Fenster waren verdunkelt. So leise wie möglich hob Margot den Deckel einer Mülltonne an. Auf altes Brot konnte sie nicht hoffen, aber wenn wenigstens ein paar Kartoffel- oder Karottenschalen dabei waren, wollte sie schon zufrieden sein. Behutsam durchsuchte sie die Abfälle. Tatsächlich … Kartoffelreste! Sie war gerade dabei, die Schalen zusammenzuraffen und sich in die Taschen zu stopfen, als sie hinter sich ein Geräusch hörte, und noch bevor sie sich umdrehen konnte, packte eine harte Hand sie am Oberarm und riss sie herum.

»Diebin!«, knirschte eine ältere Männerstimme. »Eine jemeine Diebin hab ick da erwischt.«

»Nicht, bitte, ich habe nur Hunger … Und es sind bloß ein paar weggeworfene Kartoffelschalen«, rief Margot und wollte sich dem Griff entwinden, doch der Mann ließ nicht los und zerrte sie zu einem Hauseingang. Im Inneren machte er Licht, und es dauerte nur wenige Sekunden, bis er die Lage erfasst hatte.

»Eine Jüdin hab ick da erwischt. Ohne Stern, aber man sieht's noch jenau, wo der war«, sagte er mit zufriedenem Grinsen und brüllte: »Elisabeth! Ruf die Polizei … oder die Jestapo … oder beede … Elisabeth!«

Nur wenige Meter von ihnen ging im Parterre eine Tür auf.

»Hellmuth?«, fragte eine Frau mit blond gefärbten Haaren.

»Biste taub jeworden?«, schrie ihr Mann. »Hörste nich, wat ick sage? Ruf die Jestapo, aber dalli.«

Verzweifelt versuchte Margot, sich aus dem festen Griff des Mannes zu befreien, aber gegen seine Kraft hatte sie keine Chance. Ich war frei, dachte sie noch. Ein paar Stunden lang war ich frei in diesem Geräteschuppen.

20

Der Vorhang, der eben gefallen war, hob sich zum zweiten Mal. Fred verbeugte sich, umgeben von den anderen Künstlern des Varietés. Wally Bierhoff, ihr neues Revuegirl, trat ganz nach vorne auf die Bühne. Der Applaus wurde lauter. Hohe Absätze, Federboas, lange Handschuhe und Netzstrümpfe kamen immer gut an. Der Vorhang fiel und hob sich noch ein paarmal, ehe er unten blieb und die Reihen der Darsteller sich auflösten.

Fred schlug den Weg zu seiner Garderobe ein, da nahm ihn jemand an der Hand und schloss zu ihm auf. Es war Günther. Hastig entzog Fred ihm die Hand.

»Lass das«, sagte er warnend, doch Günther ließ sich nicht abschrecken und hielt mit ihm Schritt. Fred blieb nichts übrig, als ihn in seine Garderobe eintreten zu lassen. Während Günther die Tür hinter ihnen schloss, schenkte sich Fred ein Glas Wein ein. Er hatte Hunger, aber zuerst musste er sich entspannen, und solange es für die Artisten im *Wintergarten* noch Alkohol umsonst gab, sagte er nicht Nein.

»Willst du mir gar nichts anbieten?«, fragte Günther mit weicher Stimme und legte einen Arm um Freds Taille. Der ließ es zu, dass Günther ihn küsste, doch als er durch den seidigen Hosenstoff Günthers Hand auf seinem Hintern spürte, machte er sich los.

»Lass das«, fauchte er. »Es könnte jemand hereinkommen.«

»Ich kann abschließen«, sagte Günther grinsend, doch Fred wehrte ab.

»Als ob das unverfänglicher wäre. Ich dachte, ich hätte mich deutlich genug ausgedrückt. Einmal Schutzhaft hat mir gereicht.«

Günther nickte, aber noch gab er nicht auf. »Ich könnte dich nach Hause begleiten«, säuselte er und trat wieder einen Schritt auf Fred zu, aber der wandte sich zum großen Spiegel und begann sich abzuschminken.

»Günther, ich bin müde. Außerdem haben meine Nachbarn schon Verdacht geschöpft, nachdem du mehrfach bei mir übernachtet hast. Es ist einfach zu riskant.«

»Was heißt das?«, fragte Günther jetzt ernüchtert. »Willst du damit sagen, dass ich dich überhaupt nicht mehr zu Hause besuchen kann? Aber wo sollen wir uns dann sehen? Du weißt doch, ich wohne bei meinen Eltern, da geht es nicht …«

»Wir sehen uns doch hier fast jeden Abend«, erwiderte Fred und warf die verschmierten Wattebällchen in den Papierkorb unter dem Schminktisch.

»Ja, und hier läuft dann auch wieder nichts. Sag doch gleich, wenn du mich loswerden willst. Was ist? Gibt es einen anderen?«

Verärgert drehte Fred sich um. »Bitte, lass uns einfach jeder zu sich nach Hause gehen und schlafen, in Ordnung?«

Aber seine Worte beruhigten Günther nicht im Mindesten. Wütend drehte er sich um und schlug die Tür hinter sich gerade so laut zu, dass seine Absicht klar wurde.

Fred ließ sich auf den Hocker vor dem Spiegel gleiten und betrachtete sein Gesicht. Es war der Augenblick des Tages, den er am meisten fürchtete. Er betastete die Haut unter seinen braunen Augen, der die Spannkraft fehlte. Ein paar Jahre noch, dann würden sich die ersten Fältchen zeigen und graue Haare unter die dunkelblonden stehlen. Er seufzte. Jetzt, wo Günther fort war, hatte er es nicht mehr eilig, in seine Wohnung zu kommen, wo nur sein Kater auf ihn wartete.

Jeden Tag das Gleiche, dachte er erschöpft. Tagsüber die Proben, abends die grellen Lichter auf der Bühne, ein Meer unbekannter Gesichter, dann die völlige Dunkelheit auf den Straßen – und niemand, zu dem er gehen konnte. Die ehemaligen Freunde mieden ihn, oder er mied sie, aus Angst, noch einmal denunziert zu werden. Und seine Eltern hatten ihm nahegelegt, sich erst wieder blicken zu lassen, wenn er eine Verlobte gefunden hatte.

Plötzlich fühlte Fred sich einsam, und beinahe bereute er, Günther vor den Kopf gestoßen zu haben. Aber insgeheim wusste er, dass es richtig gewesen war. Günther war ein netter Kerl, und er mochte ihn – aber nicht genug, um seinetwegen das Risiko von Schutzhaft und Konzentrationslager auf sich zu nehmen. Gab es diesen Menschen überhaupt, für den er bereit wäre, alles zu riskieren?

Missmutig wischte er den letzten Rest Schminke ab und trank den Wein aus. Er schreckte auf, als es klopfte.

»Freddie, kommst du mit? Wir gehen noch in die *Bärenschenke*«, rief ein Kollege.

Fred zögerte kurz, doch dann rief er: »Komme gleich!«

Sein Kater würde noch ein paar Stunden auf ihn warten müssen.

Schon als er auf dem Treppenabsatz stand, hörte Benjamin aus der Wohnung seiner Vermieterin das Lachen der Nachbarin Frau Krause, die zum wöchentlichen Kaffeekränzchen gekommen war. So leise wie möglich drehte er den Schlüssel im Schloss. Er hatte keine Lust, in den Salon gerufen zu werden, wo Frau Krause ihm nach Belieben neugierige Fragen stellen konnte. Ben war schon auf dem Weg in sein Zimmer, als die kleine Adelaide durch einen Spalt in der Salontür witschte und fröhlich kläffend an ihm hochsprang.

»Herr Arnold, sind Sie das?«, trällerte seine Vermieterin prompt.

»Ja, ich bin's. Guten Tag!«, rief Ben zurück und löste den Hund von seinem Bein.

»Kommen Sie doch zu uns«, flötete Frau Gollnow. »Wir haben heute noch einen zusätzlichen Gast, den ich Ihnen unbedingt vorstellen möchte … ein junger Mann in Ihrem Alter.«

»Ich bin etwas in Eile«, rief Benjamin zurück, um Zeit zu gewinnen, denn derartige Überraschungen waren genau das, was es zu vermeiden galt. Andererseits war die Wahrscheinlichkeit, dass er den Mann kannte, verschwindend gering. Vermutlich war es auffälliger, sich nicht zeigen zu wollen.

»Seien Sie doch nicht so schüchtern!«, rief Auguste Gollnow wieder.

Ben öffnete mit einem leisen Seufzer die Salontür, und sofort fiel ihm die Wehrmachtsuniform des Besuchers auf. Nervös streifte sein Blick das Gesicht des Mannes – Gott sei Dank, er kannte ihn nicht. Mit dem Hut in der Hand begrüßte er die beiden Damen und wandte sich dann dem Soldaten zu, der aufgestanden war.

»Darf ich vorstellen? Das ist Herr Arnold, mein Untermieter. Er ist aufgrund eines Augenleidens vom Wehrdienst zurückgestellt und arbeitet an der Universität«, spulte Frau Gollnow die wenigen Dinge herunter, die sie von Benjamin wusste. Die beiden Männer gaben sich die Hand.

»Und der schneidige junge Herr ist Frau Krauses Sohn Erich. Er ist gerade auf Fronturlaub. Bei welchem Regiment sind Sie noch gleich? Ach, haben Sie Mitleid mit einer vergesslichen alten Schachtel.« Sie lachte über ihren eigenen Scherz, und Erich Krause lächelte nachsichtig.

»Ich diene bei der Heeresgruppe A«, sagte er knapp.

Während die beiden Frauen diese Tatsache kommentierten, hatte Ben Gelegenheit, sich sein Gegenüber genauer anzusehen. Auf den ersten Blick war nichts Besonderes an ihm: dunkelblonde Haare, soldatischer Schnitt, eine leicht schiefe Nase … und die Uniform ließ ja sowieso alle gleich aussehen. Bens Blick blieb noch einmal an der Nase hängen – und plötzlich wurde ihm heiß. Erich Krause? Noch bevor er das Kindergesicht seines Gegenübers aus dem Gedächtnis hervorkramen konnte, war er sich sicher: Sie beide hatten als Jungen im selben Sportverein Fußball gespielt. Erich hatte oft im Tor gestanden, und den Nasenbruch hatte er sich zugezogen, als er einen Ball direkt ins Gesicht bekommen hatte.

Innerlich zitterte Ben so stark, dass er einen prüfenden Blick auf seine Hände warf, doch die waren ruhig. Anscheinend hatte Erich ihn nicht erkannt. Kaum verwunderlich, denn sie waren beide noch Kinder gewesen, und da die Anfeindungen in der Mannschaft gegen ihn und einen weiteren jüdischen Jungen zugenommen hatten, lange bevor Juden aus »arischen Sportvereinen« ausgeschlossen worden waren, hatte Benjamin den Verein früh verlassen. Trotzdem – er selbst hatte Erich erkannt, wenn auch erst auf den zweiten Blick.

»Ich bitte die Herrschaften, mich zu entschuldigen«, wandte er sich an die beiden Damen. »Wie ich schon sagte, ich habe leider noch einen dringenden Termin und bin sehr in Eile.«

Alle Gesichter wandten sich ihm zu, und plötzlich glaubte Ben, etwas Prüfendes in Erich Krauses Blick zu sehen, doch natürlich konnte das auch Einbildung sein.

»Wie schade!«, riefen Frau Gollnow und Frau Krause beinahe gleichzeitig.

»Es hat mich gefreut, Ihre Bekanntschaft zu machen«, sagte Ben zu Erich Krause und bemühte sich um Gelassenheit.

»Gleichfalls«, erwiderte der knapp.

Ben winkte noch kurz mit dem Hut und ging in sein Zimmer. Dort ließ er sich auf die Bettkante sinken. Das Blut pochte ihm in der Schläfe, und er verknotete die Finger ineinander.

Erich, dachte er. Warum musste er ausgerechnet in diesem Haus wohnen? Bens Gedanken rasten. Erich war kein schlechter Kerl gewesen, und im Gegensatz zu anderen Mannschaftskameraden hatte er nie ein beleidigendes Wort zu ihm gesagt, aber hieß das auch, dass er ihn nicht denunzieren würde, falls er ihn erkannte?

Er muss mich ja nicht erkennen, dachte Ben verzweifelt. Wenn er jede weitere Begegnung im Treppenhaus oder auf dem Hof vermied, sich vielleicht sogar krankmeldete und in seinem Zimmer blieb, würde Erich vielleicht in zwei Wochen an die Front zurückkehren, ohne einen weiteren Gedanken an die heutige Begegnung verschwendet zu haben.

Nervös rieb Ben sich die Wangen. Ja, natürlich konnte es so ablaufen. Aber was, wenn nicht? Selbst ohne weitere Begegnungen konnte Erich sich genauso plötzlich an seinen Fußballkameraden erinnern, wie Ben es getan hatte – und dann stünde möglicherweise die Gestapo vor Frau Gollnows Tür. Ben machte sich nichts vor. Der gefälschte Wehrmachtsausweis konnte bei einer Routinekontrolle auf der Straße helfen, bei der kein konkreter Verdacht bestand. Einer ernsthaften Überprüfung nach erfolgter Denunzierung würde seine falsche Identität nicht standhalten und einer Leibesvisitation erst recht nicht, denn er war beschnitten.

Ben legte die Stirn in die Hände. Nicht alle Wehrmachtssoldaten waren Nazis, das war ihm bewusst. Er erinnerte sich an einen Mann in Uniform, der einer sichtlich erschöpften Jüdin mit Stern seinen Sitzplatz in der Elektrischen angeboten hatte. Sofort hatten Mitfahrende ihn beschimpft, ihm Schändung der Uniform vorgeworfen und nach seinem Regiment und der Dienstnummer gefragt. Die verängstigte Frau war an der nächsten Haltestelle ausgestiegen.

Aber was nutzten solche Geschichten? Ben wusste nichts über Erichs politische Einstellung, und so schwer es ihm fiel, seine bequeme Unterkunft bei Frau Gollnow aufzugeben und erneut heimatlos zu werden – es führte kein Weg daran vorbei. So viele wurden täglich gefasst, weil sie ähnliche Risiken eingingen, noch immer zu sehr an das Gute im Menschen glaubten oder eine einmal gefundene Unterkunft nicht wieder aufgeben wollten.

Als er eine halbe Stunde später die Stimmen der Gäste an der Wohnungstür vernahm, hatte er seine Tasche schon gepackt.

»Frau Gollnow«, sagte er kurz darauf zu der ahnungslosen Dame. »Bitte entschuldigen Sie, aber ich wollte es Ihnen nicht vor Ihren Gästen sagen. Meine Abteilung an der Universität wird ausgelagert. Mehr kann ich leider nicht sagen, es ist … geheim, wenn Sie verstehen, was ich meine.« Ben kam sich vor wie in einem schlechten Spionagefilm, doch das Wort »geheim« hatte in diesen Zeiten alles Lächerliche verloren, und Frau Gollnow zuckte ob der billigen Erklärung nicht einmal mit der Wimper.

»Ach, Herr Arnold, und was bedeutet das nun? Sie ziehen doch nicht etwa aus?«

»Leider doch. Und zwar noch heute Abend. Es tut mir wirklich leid. Ich habe sehr gerne bei Ihnen gewohnt.«

Frau Gollnow wirkte ehrlich bestürzt, doch dann besann sie sich sofort aufs Praktische. »Wo bekomme ich denn jetzt so schnell einen neuen Untermieter her?«, fragte sie kläglich.

»Ich könnte Ihnen den nächsten Monat noch bezahlen. Bis dahin haben Sie sicher Ersatz gefunden.« Ben hatte gehofft, das Angebot vermeiden zu können, doch vielleicht half es Frau Gollnow, ihn und den überstürzten Auszug möglichst schnell zu vergessen.

Die Miene der alten Dame hellte sich auf. »Ach, das wäre wirklich sehr nett von Ihnen. Ich habe es immer gewusst, Sie sind ein reizender und grundanständiger Mensch!«

Ben seufzte innerlich, doch er hatte die fünfundsechzig Reichsmark für die nächste Monatsmiete vorsorglich schon in der Manteltasche stecken.

»Nun ja, Herr Arnold«, sagte Auguste Gollnow, nachdem sie das Geld an sich genommen hatte. »Alles Gute wünsche ich Ihnen bei Ihrer geheimen Aufgabe. Ich bin mir sicher, sie ist von kriegswichtiger Bedeutung. Auch die studierten Menschen an der Universität kämpfen hier an der Heimatfront mit, das vergisst man so leicht.«

»Allerdings, Frau Gollnow. Ihnen auch alles Gute.« Ben hob kurz seinen Hut zum Gruß, dann verließ er die Wohnung. Erst als er auf der stockdunklen Straße stand, wurde ihm bewusst, dass er keine Ahnung hatte, wohin er gehen sollte, denn die veraltete Liste der Zimmervermittlung hatte er irgendwann weggeworfen, und für heute waren die Vermittlungsbüros bereits geschlossen.

Mit meinem gefälschten Ausweis könnte ich in eine Pension,

dachte Benjamin. Aber der Gedanke, sein Dokument freiwillig auf die Probe zu stellen, indem er zuließ, dass die Pension ihn damit bei der Polizei registrierte, widerstrebte ihm. Doch welche anderen Möglichkeiten hatte er? Vor der Haustür stehen bleiben konnte er schließlich nicht.

Ist doch ganz einfach, dachte er bitter. Entweder du gehst nach links oder nach rechts. Er entschied sich für rechts.

Oberst Fleming saß in seinem Arbeitszimmer und blickte durch den Schleier der Gardine auf die geschlossenen Fensterläden. Vor ihm lag die aufgeschlagene Tageszeitung. Von der kleinen Gruppe Münchner Studenten, die gemeint hatte, mit ihren Flugblättern den Lauf der Welt zu verändern, waren die ersten drei hingerichtet worden. Ein effektiv statuiertes Exempel, dachte Fleming. Viel mehr hatte ihn allerdings die Nachricht interessiert, dass in Mexiko ein neuer Vulkan entstanden war. Offenbar war er am ersten Tag zehn Meter hoch gewesen, nach wenigen Tagen schon auf fünfzig gewachsen, und wer wusste schon, welche Höhen er noch erreichen konnte? Nicht den Vulkan an sich fand Fleming faszinierend, sondern die Tatsache, dass ihm dadurch wieder bewusst geworden war, dass irgendwo da draußen eine Welt existierte, die nichts mit dem Deutschen Reich und dem Krieg zu tun hatte. Dort saßen jetzt Menschen beim Essen, die nicht einmal wussten, wo Deutschland auf der Karte zu finden war, ja vielleicht wussten sie nicht einmal etwas von diesem Krieg? Er fand den Gedanken so befremdlich, dass er die Zeitung zuschlug. In diesem Moment klopfte es an die Tür.

»Herein!«, rief er.

»Sie wollten mich sprechen, Herr Oberst?«

»Ja, Fräulein Friedrich, ich hatte Sie hergebeten, weil ich Sie um einen Gefallen bitten möchte. Es geht um Ihren freien Tag. Sagen Sie mal, Sie kennen nicht zufällig Oberstleutnant Feldmann und Major Böhm?«

Erstaunt fuhren die Augenbrauen seiner Haushaltshilfe hoch.

Eine unsichere Röte überzog ihr Gesicht … Ganz offensichtlich überlegte sie, ob es sich um eine Fangfrage handelte.

»Nein, soweit ich mich erinnere, hatte ich noch nie mit einem Herrn Feldmann oder Böhm … Entschuldigung, mit einem Oberstleutnant Feldmann oder einem Major Böhm zu tun.«

»Aha, na dann …«

Einen Augenblick genoss Fleming noch ihre Verwirrung, dann erklärte er: »Ich habe sie am Sonntag zu einem frühen Abendessen eingeladen und möchte, dass Sie bedienen. Unsere Köchin ist ja in der Küche beschäftigt, und dann ist die Gute auch nicht wirklich etwas fürs Auge …« Er grinste über die kleine Anzüglichkeit.

Vor ihm schien Hermine Friedrich sich zu winden. Mittlerweile hatte die Sache durchaus einen Reiz für ihn. Ihren richtigen Namen zu kennen, verlieh ihm ein angenehmes Gefühl der Überlegenheit. Fleming bemerkte, dass ihre Hand in der Rocktasche etwas zu reiben schien, wie immer, wenn sie verunsichert war.

»Sie haben etwas vor?«, fragte er leicht irritiert. Eigentlich hatte er mit sofortiger Zustimmung gerechnet.

»Ja … das heißt, nein, gar nichts. Ich gehe sonntags immer spazieren, aber natürlich bediene ich sehr gerne bei Ihrem Abendessen.«

»Wunderbar. Die Herren kommen um siebzehn Uhr, und es soll Ihr Schade nicht sein. Der Herr Oberstleutnant ist eben erst aus Frankreich gekommen und hat ein paar besondere Leckereien mitgebracht, von denen sicher etwas übrig bleibt.«

»Das ist sehr freundlich, danke.«

Fleming versuchte, ihren Blick zu deuten, aber es gelang ihm nicht, obwohl er ihre Anspannung fühlen konnte.

»Gut, wenn es weiter nichts gibt, können Sie gehen«, sagte er und sah ihr nach, wie sie die Tür ins Schloss drückte. Er fragte sich, was diese Frau, die es gar nicht mehr geben durfte – weder in seinem Haus noch in der Stadt –, wohl an ihren freien Sonntagen machte. Doch dann verbat er sich solche Gedanken. Hermine Friedrich oder besser Henriette Fraenkel war ein Zugeständnis an das Irrationale in ihm – und das war nur allzu menschlich. Darüber hinaus war es besser, nichts zu wissen. Er schlug die Zeitung wieder auf.

Heute ist der 1. März, nur noch zwanzig Tage bis zum Frühlingsanfang, dachte Benjamin. Doch die Nachtluft war kalt und feucht, und je länger er ging, desto klammer hingen seine Kleider an ihm herunter. Ob er den gefälschten Ausweis doch einem ersten Test unterziehen und in eine Pension einkehren sollte? Er hatte sich noch nicht entschieden, als er nicht weit entfernt eine Gruppe von Menschen an einer Straßenecke stehen sah. Erst jetzt erkannte er in der Dunkelheit das *Wintergarten,* eines von Berlins berühmtesten Varietés. Er warf einen Blick auf die Armbanduhr. Wahrscheinlich ging gleich eine Spätvorstellung los. Plötzlich fühlte Ben sich unendlich müde, und der Wunsch, sich in dem warmen Theaterraum auf einem bequemen Sitz niederzulassen, war überwältigend. Als er noch nicht bei Frau Gollnow gewohnt hatte und seine Tage mit Herumlaufen verbrachte, bis er am Abend bei einer neuen Unterkunft vorsprechen konnte, war er oft ins Kino gegangen, um sich auszuruhen oder aufzuwärmen, denn der dunkle Zuschauerraum bot eine angenehme Anonymität. Warum also nicht auch jetzt? Wenigstens konnte er dort in Ruhe über seine nächsten Schritte nachdenken.

»Ausverkauft«, verkündete der Mann an der Kasse, und Ben spürte, wie aus Enttäuschung Verzweiflung wurde. Da sprach ihn ein Mann an.

»Meine Frau ist krank, und ich hatte zwei Karten zu verkaufen. Eine ist noch übrig, möchten Sie?«

»Wirklich? Vielen Dank, das ist ja wunderbar! Ich weiß gar nicht, wie ich Ihnen danken soll!«

Ben wurde sich seiner übertriebenen Reaktion erst bewusst, als der Mann ihn kopfschüttelnd anlächelte. »Das klingt ja, als hinge Ihr Leben davon ab«, meinte er amüsiert.

»So etwas Ähnliches.«

Das Lächeln des Mannes vertiefte sich. »Wissen Sie was? Dann schenke ich Ihnen die Karte.« Er reichte sie ihm. »Und trinken Sie etwas da drinnen. Sie sehen durchgefroren aus.« Er hob den Hut zum Gruß und ging.

Als kurz darauf im großen Saal der Vorhang aufging, ahnte Ben, dass er der Einzige war, der während der Tanzrevue die Augen schloss. Um ihn herum erfreuten sich mehrere Hundert Menschen an den leicht bekleideten Mädchen und lauschten dem Orchester. Ben entspannte sich.

Auf den Tanz folgte eine Akrobatiknummer. Anschließend kamen drei Zauberer auf die Bühne. Ben, der noch immer keine zündende Idee für die Nacht hatte und sogar erwog, sich im Theater einschließen zu lassen, lachte herzlich, als der »große Rudolfo Caffarelli« durch die Zuschauerreihen ging und den Menschen Seidentücher und Münzen aus dem Ärmel zog. Dann wurde ein Herr aus dem Publikum gesucht, um auf der Bühne an einem Trick mitzuwirken, und zu Bens Entsetzen kam der Mann direkt auf ihn zu. Ben unterdrückte den Impuls, aufzustehen und zu fliehen, denn das wäre zu auffällig gewesen.

»Na, schöner junger Mann, wollen wir gemeinsam Bühnenluft schnuppern?« Rudolfo Caffarellis Hand lag leicht auf Bens Schulter. Die Menschen um ihn herum sahen ihn aufmunternd an.

Ben war steif vor Schreck und konnte kaum einen klaren Gedanken fassen. Folgte er dem Mann auf die Bühne, setzte er sich den Blicken Hunderter Menschen aus, unter denen, wenn der Zufall es wollte, auch ein Bekannter aus früheren Zeiten sitzen konnte. Doch wenn er sich weigerte, würde man sich fragen, was er zu verbergen hatte, zumal ohnehin schon der ganze Saal in seine Richtung starrte.

»Na, kommen Sie, ich werde Sie schon nicht fressen«, bemerkte Rudolfo Caffarelli süffisant. Die Umsitzenden lachten. Bleischwer erhob sich Ben und folgte dem Mann auf die Bühne.

Als er zehn Minuten später wieder Platz nahm, war ihm

schwindlig vor Anspannung. In jeder Sekunde hatte er mit Ausrufen gerechnet wie: »Ist das nicht der Jude Benjamin Cahn? Polizei! Fasst ihn!«

Und selbst jetzt war die Gefahr noch nicht gebannt. Als der Vorhang fiel, wartete er, bis alle aufgestanden waren, um das Theater zu verlassen. Draußen auf der Friedrichstraße streifte er vor Eile beinahe einen der beiden Männer, die vor dem *Central-Hotel,* zu dem das Varieté gehörte, rauchten.

»Hoppla!«, sagte der, und Ben erkannte Rudolfo Caffarelli.

»Kommen Sie, rauchen Sie eine Zigarette mit uns«, rief Caffarelli ihm zu, doch Ben schüttelte den Kopf und eilte weiter. Erst als er in eine menschenleere Seitenstraße kam, lehnte er sich an die Wand eines Hofeingangs und schöpfte Atem.

In Gedanken zählte er die Fehler auf, die er an diesem Tag begangen hatte. Es war wirklich ein Wunder, dass er nicht schon im Verhörraum der Gestapo saß. Während er noch mit sich haderte, drang ein leises Summen in sein Bewusstsein, und noch bevor er sich einen Reim darauf machen konnte, heulten die Sirenen des Luftalarms. Sofort kehrte das Adrenalin in seinen Körper zurück. Wo befand sich der nächste Luftschutzkeller?

Kopflos rannte er zurück in die Richtung, aus der er gekommen war. Auf der Friedrichstraße flitzten von überallher kleine Lichter an Ben vorbei. Es waren die Phosphorleuchtknöpfe, die viele am Revers trugen, um nachts auf den verdunkelten Straßen nicht mit anderen Passanten zusammenzustoßen. In einer Art Kurzschlussreaktion schloss Ben sich den Lichtpunkten an, die dazugehörigen Menschen konnte er in der Dunkelheit nur schemenhaft erkennen. Er rannte, so schnell es die Dunkelheit zuließ, stolperte über einen Bordstein, rappelte sich wieder auf. Wie viel Zeit blieb ihm noch? Knatternd lösten sich erste Flaksalven von den Flugabwehrstellungen auf den Dächern, ihre tanzenden Scheinwerferfinger tasteten den Himmel nach feindlichen Maschinen ab.

Bevor er es sich versah, fand Ben sich vor dem Theater wieder.

Am Eingang herrschte dichtes Gedränge, da etliche Gäste zurück ins Innere stürmten. Der Herdeninstinkt funktioniert noch perfekt, schoss es Ben durch den Kopf, als er sich mitten ins Getümmel stürzte. Die erste Detonation erreichte ihn auf der Treppe, die ins Untergeschoss des Hotels führte.

In den Kellerräumen herrschte heilloses Chaos, und die Neuankommenden stolperten über jene, die bereits saßen oder an den Wänden lehnten. Als Ben einen niedrigen Verschlag unter einem Treppenaufgang sah, kroch er kurz entschlossen hinein. Jetzt kamen die Detonationen in kurzer Abfolge, Wände und Boden vibrierten. Als eine Bombe in der Nähe einschlug, kreischten Hunderte Stimmen gleichzeitig auf – eine davon in Benjamins Rücken. Zusammengekauert, wie er war, konnte er den Kopf nur halb wenden, trotzdem erkannte er das panische Gesicht von Rudolfo Caffarelli.

»Wird schon werden«, murmelte Ben, ohne zu wissen, warum.

Als der Angriff nach Stunden endlich vorbei war, hatte Benjamin jedes Gefühl in den Beinen verloren. Umständlich schälte er sich aus dem Verschlag und rieb sich die schmerzenden Knie. Menschen strömten an ihm vorbei. Jetzt wollten alle nur noch nach Hause … falls es dieses Zuhause noch gab. Ratlos betrachtete Ben das kopflose Treiben. Der Gedanke, sich im Theater einschließen zu lassen, kehrte zurück, da hörte er Rudolfo Caffarellis Stimme hinter sich.

»Bitte entschuldigen Sie meine Aufdringlichkeit vorhin im Saal. Sie wollten wirklich nicht auf die Bühne kommen, oder? Es tut mir leid, während einer Vorstellung verliere ich den Sinn dafür, dass es noch anderes gibt als mich selbst. Ich hoffe, ich habe Ihnen keinen …«

»Ich stehe einfach nicht gerne im Rampenlicht, das ist alles«, wehrte Ben kurz angebunden ab. Wenn dieser Caffarelli nur endlich verschwand, könnte er unbemerkt in den Verschlag zurückkriechen. Aber der Zauberer dachte gar nicht daran.

»Ich heiße übrigens Fred Kollwitz, aber Sie können mich Freddie nennen.«

»Gottfried Lindner«, stellte Ben sich mit dem Namen auf seinem Wehrmachtsausweis vor.

»Wohnen Sie in der Nähe?«, wollte Fred Kollwitz wissen.

»Nein«, erwiderte Ben ausweichend. »Sogar ziemlich weit weg.«

»Oje«, meinte der hartnäckige Zauberer, den der Luftangriff beim Abschminken überrascht haben musste, was ihn bizarr aussehen ließ. »Es ist sicher gefährlich, heute Nacht noch eine weite Strecke zurückzulegen. Die Elektrischen werden nicht mehr fahren und die Flieger könnten wiederkommen. Wenn Sie wollen ...« Er zögerte kurz. »Na ja, ich wohne hier in der Nähe, und Sie könnten bei mir auf dem Sofa übernachten. Das Haus hat auch Kellerräume ... nur für den Fall.«

Ben sah ihn überrascht an. Mit diesem Angebot hatte er nicht gerechnet. Dennoch war er unsicher. Die Aussicht auf ein Schlafsofa war verlockend, aber konnte er dem Mann vertrauen? Er hatte sich dafür entschuldigt, ihm Schwierigkeiten bereitet zu haben. Ahnte er etwas? Wollte er ihn zu sich locken, um ihn denunzieren und eine Belohnung einkassieren zu können? Andererseits, was hinderte ihn daran, ihn hier und jetzt festzuhalten und die Polizei zu alarmieren?

»Das ist sehr freundlich von Ihnen«, sagte Ben kurz entschlossen. »Und obwohl ich fürchte, Ihnen Umstände zu machen, nehme ich dankend an.«

21

Rolf rieb sich die Augen und griff nach der Kaffeetasse, die auf dem Büroschreibtisch stand, doch sie war leer. Er seufzte. Die beiden Nächte mit den verfluchten Luftangriffen hatten ihn den Schlaf gekostet. Dazu kam, dass seine Mutter seitdem völlig hysterisch war. Wie hatte es nur so weit kommen können?, hatte sie immer wieder gefragt. Wie konnten sie es wagen, diese Hunde, wie war es ihnen gelungen, Berlin anzugreifen, die Hauptstadt des Reiches!

Rolf überflog einen Bericht. Ribbentrop, der Reichsminister des Auswärtigen, hatte sich einen neuen Scherz ausgedacht. Dreißigtausend überwiegend westeuropäische Juden sollten von den Deportationen ausgespart werden, um sie gegen im Ausland festgesetzte Deutsche auszutauschen. Der Mann machte sich offenbar kein Bild davon, was für einen verwaltungstechnischen und logistischen Aufwand das bedeutete. Na, zum Glück fiel das nicht in seinen Zuständigkeitsbereich.

Es folgte eine Meldung des SS-Wirtschaftsamtes. Man hatte den Kommandanten des Konzentrationslagers Auschwitz angewiesen, eine größere Zahl von arbeitsfähigen polnischen Häftlingen ins Reichsinnere zu überstellen. Jeweils tausend Metallarbeiter waren unter anderem an Buchenwald und Sachsenhausen zu liefern.

Rolf kratzte sich den Kopf. Polnische Häftlinge … ob die was taugten? Na ja, irgendwie musste man die ausfallenden jüdischen Arbeiter ja ersetzen, und immerhin wurden auf diese Weise die Güterzüge auf dem Rückweg aus dem Osten ausgelastet.

Erfreulich war, dass laut Bericht ein Großteil der flüchtigen Fabrikarbeiter, die ihnen während der Großaktion abhandengekommen waren, schon wieder eingefangen werden konnte. Eine lange Liste mit Namen folgte, geordnet nach ehemaligen Arbeitsplätzen. Rolfs Blick blieb an einem von ihnen hängen: Margot Weishaupt, Waffenfabrik Genschow. Er überlegte, und vor seinem inneren Auge tauchte ein Gesicht auf. Natürlich! Nach Henriettes Verschwinden hatte er persönlich in Genschows Fabrik Nachforschungen angestellt und dabei auch eine Frau namens Margot Weishaupt verhört, mit der Henriette sich angeblich angefreundet hatte. Wenn das kein glücklicher Zufall war! Er ging zu einem großen Schrank, fand die Akte, die er suchte, und griff zum Telefonhörer.

»Guten Morgen, Reinhardt hier vom Referat IV B 4. Es geht um eine Margot Weishaupt, während der Großaktion geflüchtet, aber mittlerweile wieder festgenommen. Ist die noch bei Ihnen in der Sammelstelle, oder wurde sie schon abgefertigt?«

Der Kollege am anderen Ende versprach nachzusehen und bat Rolf, am Apparat zu bleiben.

Rolf kaute auf der Unterlippe, sein Atem ging schneller. Aus der Akte ging hervor, dass Margot Weishaupts Mutter und Großmutter nach Auschwitz gebracht worden waren. Bestimmt waren sie längst tot, aber das konnte diese Margot ja nicht wissen. Er würde ihr versprechen, die beiden nach Theresienstadt zu schaffen und am Leben zu halten, wenn sie im Gegenzug als Spitzel für den jüdischen Fahndungsdienst arbeitete. Ein ganz besonderer Spitzel, angesetzt auf eine einzige Person: Henriette!

Am anderen Ende meldete sich der Kollege zurück: »Ja, Margot Weishaupt befindet sich noch hier in der Sammelstelle.«

»Sehr gut. Dann überstellen Sie mir die Frau bitte umgehend. Ich fordere sie offiziell an. Die Papiere lasse ich Ihnen zukommen, vielen Dank.«

Rolf legte den Hörer auf und schlug mit der flachen Hand auf die Tischplatte. Endlich hatte er den Trumpf im Ärmel, nach dem er gesucht hatte – einen jüdischen Spitzel, der seine Zielperson persönlich kannte.

Margot Weishaupt folgte dem SS-Mann durch einen langen Gang. Sie fühlte sich fiebrig, doch das mochte daran liegen, dass sie seit ihrer Flucht am Tag der Fabrikrazzia kaum geschlafen hatte. Die beengten Verhältnisse in der Sammelstelle und die Angst vor dem Abtransport hatten sie wach gehalten. Nervös fragte sie sich, warum man sie ausgesondert und ins RSHA gebracht hatte. Wollte man sie wegen ihrer Flucht verhören? Würde man sie schlagen?

Der SS-Mann klopfte an eine Tür und wartete, bis von drinnen ein »Herein!« ertönte, bevor er öffnete.

»Heil Hitler!«, grüßte er. »Ich bringe Ihnen Margot Weishaupt.«

Margot trat ein und erkannte den Mann sofort wieder. Der junge Kerl war bei Genschow gewesen, nachdem Henriette eines Tages nicht mehr zur Arbeit erschienen war, und hatte alle Zwangsarbeiter verhört, mit denen sie Kontakt gehabt hatte – ob sie etwas über ihr Verschwinden wussten, über Orte und Menschen, bei denen sie sich vielleicht verstecken konnte. Aber Margot hatte nichts gewusst. Im Gegenteil, sie hatte immer das Gefühl gehabt, dass Henriette wesentlich weniger über die Möglichkeit des Untertauchens nachdachte als sie selbst.

»Frau Weishaupt, setzen Sie sich doch.«

Misstrauisch ließ Margot sich auf dem angebotenen Stuhl nieder.

»Heute ist Ihr Glückstag.« Der Mann lächelte. Er kam ihr vor wie ein großer böser Junge in Uniform. Sie sagte nichts und wartete ab.

»Es hat sich spontan eine Verwendung in Berlin für Sie ergeben. Sie sind vom Transport zurückgestellt«, erklärte er nun.

Margot traute ihren Ohren nicht. Zurückgestellt? Das war mehr als nur Glück, doch warum teilte dieser Mann ihr das persönlich mit?

»Kann ich wieder in der Fabrik arbeiten?«, fragte sie hoffnungsvoll.

»O nein, wir haben etwas Besseres für Sie … etwas wesentlich Angenehmeres. Dazu kommen weitere Vorteile, die Sie sicher zu schätzen wissen. Sie werden für den jüdischen Fahndungsdienst arbeiten.«

»Den jüdischen …«

Margot brach ab. In der Fabrik waren Gerüchte über einen solchen Dienst kursiert. Angeblich wurden von der Gestapo rekrutierte jüdische Spitzel auf untergetauchte Juden angesetzt. Sie durchstreiften die Stadt, um die »Geflitzten« auf der Straße, in Kinos und Cafés ausfindig zu machen und festzusetzen oder zu denunzieren.

»Der jüdische Fahndungsdienst besteht aus Menschen wie Ihnen. Sie werden sich in unserem Auftrag frei in der Stadt bewegen, natürlich ohne Stern und mit entsprechenden Papieren. Sie werden Cafés und Kinos besuchen und am Ku'damm bummeln – die Spesen übernehmen natürlich wir. Und wenn Sie eine bestimmte Person sehen, nach der wir fahnden …«

»Das werde ich nicht tun, und Sie können mich nicht dazu zwingen. Wenn Sie mich in den Osten schicken wollen, dann gehe ich, aber diesen Dienst … Das mache ich nicht.«

Zu ihrem Erstaunen lächelte der junge Kerl vor ihr. Er schien ihr Gespräch zu genießen.

»Mir liegt die Erkenntnis vor, dass Ihre Mutter und Großmutter im KZ Auschwitz interniert sind … wahrlich kein schöner Ort, aber sie leben … noch«, sagte er nun.

Margots Herz schlug schneller. Ihre Mutter und Großmutter lebten! Plötzlich ahnte sie, worauf der Mann hinauswollte.

»Es wird sich herumgesprochen haben, dass Auschwitz kein … wie soll ich sagen … sicherer Ort ist. Harte Arbeit, viele … Unfälle. Ihre Mutter und Großmutter hatten Glück. Aber das Glück sollte man nicht herausfordern. Wenn Sie für uns arbeiten, werde ich den Transport Ihrer Verwandten nach Theresienstadt veranlassen und mich persönlich für ihre Unversehrtheit einsetzen, wenn nicht …«

Margot sah den jungen Mann entsetzt an. Seine Worte waren eindeutig. Ihre Mutter und Großmutter würden sterben, wenn sie nicht tat, was er sagte. Es lag in ihren Händen.

»Vielleicht kann ein weiteres Detail Ihnen die Entscheidung zusätzlich erleichtern«, sprach der Mann weiter. »Wir haben einen Spezialauftrag für Sie, denn es geht um eine einzige Person, die Sie persönlich kennen, weshalb Sie für diese Aufgabe besonders geeignet sind – auch wenn die Person sich mittlerweile äußerlich verändert haben dürfte. Was Sie tun müssen, um Ihrer Familie zu helfen, ist also tatsächlich herzlich wenig.«

»Eine ganz bestimmte Person? Wer?«

»Ihre Bekannte Henriette Fraenkel.«

»Henriette?«

Margot starrte ihr Gegenüber an. Es ging ihm also immer noch um sie. Was gab es da zwischen diesem Mann und Henriette, dass er so verbissen nach ihr suchte?

Der Mann schien ihr Schweigen als Zustimmung aufzufassen.

»Ich lasse dann die Papiere fertig machen«, sagte er. »Sie unterstehen ausschließlich mir, verstanden? Sie werden mit allem ausgestattet, was Sie brauchen, inklusive Wohnung und …«

Margot hörte dem Mann nicht mehr zu. Sie wusste, dass sie Nein sagen musste, er konnte sie nicht zwingen. Tränen schossen ihr in die Augen, als sie an ihre Mutter und Großmutter dachte. Henriettes Leben gegen das ihrer Familie? Nein, sagte sie mehrmals in ihrem Kopf, doch nach außen drang kein Ton.

Hektisch wischte Henriette über die Anrichte. Eine der Gabeln, die sie eben abgetrocknet hatte, verfing sich im Lappen und fiel klirrend zu Boden. Die Köchin Frieda schüttelte den Kopf.

»Es ist doch gar nicht Ihre Aufgabe, mir beim Saubermachen in der Küche zu helfen, Fräulein Hermine. Was sind Sie denn so fahrig?«

»Ach, es ist nichts, Entschuldigung«, sagte Henriette. Dass sie auf heißen Kohlen saß, weil Flemings Gäste auch nach dem frühen Abendessen keine Anstalten machten zu gehen, wollte sie Frieda nicht sagen. Bis zu ihrer Verabredung mit Ben waren es nur noch zwanzig Minuten. Selbst wenn sie sofort losginge, würde sie zu spät kommen, doch an einen Aufbruch war nicht einmal zu denken.

»Hier«, sagte Frieda und stellte ein Tablett vor ihr ab. »Das ist der Käse, den der Herr da draußen aus Frankreich mitgebracht hat. Oberst Fleming wollte ihn als Nachtisch. So machen die das in Frankreich … essen Käse zum Nachtisch.«

Auch das noch! Henriette seufzte innerlich und brachte die Platten in den Salon.

»Ah, was für ein Duft. In Frankreich müsste man leben!«, rief Oberst Fleming gut gelaunt. »Fräulein Hermine, schenken Sie uns doch noch von dem Bordeaux ein … Die Flaschen stehen dort drüben.«

Dann wandte er sich wieder an seine Gäste. »Was du da sagst, mein Lieber, ist nur allzu wahr. Natürlich schaffen die Luftangriffe Unruhe und Verunsicherung, aber letztlich wissen die Menschen doch, was Deutschland blüht, wenn wir in diesem Krieg schwächeln.«

»Das denke ich auch«, meinte der Oberstleutnant aus Frankreich. »Ich hatte unlängst die Gelegenheit, mit Goebbels darüber zu sprechen, und er meinte, Deutschland habe sich gerade mit der Judenfrage so festgelegt, dass es kein Entrinnen mehr gäbe – eine Niederlage können wir uns schlichtweg nicht leisten.«

Henriette schenkte Rotwein ein, ihr Gesicht hatte sich verfärbt, und sie musste sich zusammenreißen, um ihre Hand ruhig zu halten.

»Unser Volk hat die Brücken hinter sich abgebrochen«, sinnierte Oberst Fleming. »Und wer keine Rückzugsmöglichkeiten mehr hat, kämpft wie ein Stier. Ich bin trotz aller Rückschläge zuversichtlich.«

»Vielen Dank, hübsches Fräulein«, meinte der Gast aus Frankreich lächelnd, als Henriette sein Glas gefüllt hatte. »Wie wär's?

Wollen wir die reizende Dame nicht bitten, sich zu uns zu gesellen?« Bei der Frage streifte seine Hand Henriettes Unterarm.

Oberst Fleming hob scherzhaft den Zeigefinger. »Benimm dich, Ernst. Das ist ein anständiges Haus, hier arbeiten nur anständige Mädchen. Ich glaube, du verwechselst da was mit deinen Lokalen in Frankreich.«

Alle lachten, und Henriette eilte aus dem Salon. Dabei fiel ihr Blick auf die Standuhr. In diesem Moment stand Ben an ihrem Treffpunkt – wie lange würde er warten?

Eilige Schritte näherten sich dem Eingang des kleinen Parks, und Ben stand von der Bank auf. Also hatte Henriette sich tatsächlich nur verspätet. Doch die Schritte verhallten. Verdammt! Ben lief ein paarmal auf und ab, zwang sich zur Ruhe und setzte sich wieder.

Noch nie war Henriette zu spät gekommen. War sie verhindert? Und was passierte, wenn sie gar nicht kam? Er wusste weder, wo sie arbeitete, noch, wo sie untergekommen war, und sie wusste nichts von ihm. Außerdem hatten sie seit ihrem Wiedersehen jedes Mal einen anderen Treffpunkt gewählt, um niemandem aufzufallen. Diese Entscheidung war ihm immer richtig vorgekommen – doch jetzt erfüllte sie ihn mit plötzlicher Wut. Wenn ihr heutiges Treffen platzte, hatten sie keine Möglichkeit, eine neue Verabredung zu treffen – sie hätten sich erneut verloren. Der Gedanke schmerzte, doch im nächsten Moment schalt er sich einen Dummkopf.

Wie kannst du nur?, dachte er panisch. Wenn Henriette heute Abend nicht kam, war ein neues Treffen ihr geringstes Problem. Natürlich konnte sie einfach verhindert sein, aber was, wenn man sie geschnappt hatte? Er wollte den Gedanken nicht zulassen, doch er drängte sich auf. Sie konnte in eine Kontrolle geraten oder erkannt und denunziert worden sein. Wieder sah er auf seine Uhr. Jetzt war Henriette schon eine Dreiviertelstunde zu spät. Im stockdunklen Park war es gespenstisch still, und Bens Angst wuchs mit jeder Minute. Er fühlte in seiner Manteltasche nach dem Kugelschreiber. Falls er auch noch ein Stück Papier fand, konnte er ihr eine Nachricht mit einem neuen Treffpunkt hinterlassen und sie irgendwo in der Nähe der Bank verstecken. Er wollte schon nach einem Zettel suchen, als er den Plan aufgab. Der Zettel musste so platziert sein, dass Henriette ihn finden konnte – aber dann würde auch jeder andere ihn sehen können. Und wenn der Finder zwei und zwei zusammenzählte, würde an Henriettes Stelle die Gestapo am Treffpunkt stehen.

Mittlerweile war über eine Stunde vergangen. Benjamin stützte den Kopf in die Hände. Henriette, dachte er. Wo bist du nur? Er fühlte in sich hinein, doch er empfand weder Furcht noch Schrecken. Sie kann nicht verhaftet worden sein, dachte er. Das würde ich spüren. Es war kein überzeugendes Argument, und Benjamin hatte sich immer über Menschen lustig gemacht, die an solche Ahnungen glaubten, trotzdem war er sich sicher, dass sein Gefühl ihn nicht trog. Er würde, nein, er *musste* sie wiedersehen.

22

Verdrießlich ließ Margot die Augen durch den Raum des eleganten Restaurants im *Hotel Esplanade* schweifen. Nichts. Es war eine dumme Idee, hierherzukommen, dachte sie. Warum in aller Welt sollte die untergetauchte Henriette ausgerechnet in diesem piekfeinen und teuren Hotel Kaffee trinken?

»Darf ich Sie zu einem Tisch führen, gnädige Frau?«

Margot sah den Oberkellner erschrocken an und wollte schon verneinen, doch dann entschied sie sich spontan dagegen. Den ganzen Vormittag hatte sie die Stadt auf der Suche nach Henriette durchstreift, und da endlich der Sommer in die Stadt eingekehrt war, fühlte sie sich verschwitzt und erschöpft. Wenn das RSHA schon alle Spesen übernahm, war jetzt der richtige Moment, es sich bei Limo und Apfelkuchen gut gehen zu lassen.

Der Oberkellner hatte sie zu einem hübschen Tisch geführt und versprach, umgehend einen Ober mit der Karte zu schicken.

Sie musste nicht lange warten.

»Oh, … Dani…?«

Margot sprach den Namen nicht zu Ende. Vor ihr stand Daniel Feidmann, der Sohn ihrer ehemaligen Nachbarn, die nur wenige Wochen nach Beginn der Transporte abgeholt worden waren. Daniel dagegen hatte in den kriegswichtigen Siemens-Schuckertwerken gearbeitet. Ab und zu hatte der traurige junge Mann nach dem Verlust der Eltern sogar in ihrer Küche gesessen, und sie hatte versucht, ihm Mut zuzusprechen. Doch dann hatte Margot ihre Wohnung verlassen müssen und war zur Untermiete in eine andere eingewiesen worden. Der Kontakt zu Daniel war abgebrochen – bis jetzt. Margot wusste nicht, was sie sagen sollte, und dem jungen Mann schien es ähnlich zu gehen. Seine Wangen waren rot, und seine Augen flackerten unruhig durch den

Raum, als müsse er sich vergewissern, dass niemand ihnen Beachtung schenkte.

Daniel war also untergetaucht, und natürlich musste er dasselbe auch von ihr denken. Was gäbe ich darum, wenn es so wäre, dachte sie. »Ich will, dass Sie alle Ihre Energie und Konzentration auf Henriette Fraenkel richten«, hatte dieser Reinhardt gesagt. »Andere interessieren mich nicht.« Nein, Daniel hatte nichts von ihr zu befürchten, trotzdem war sie eine Verräterin, die im *Esplanade* auf Kosten des Reichssicherheitshauptamtes Limonade bestellte.

Offenbar hatte Daniel den ersten Schreck überwunden. »Was darf ich der Dame bringen?«, fragte er, und nur an seiner wackligen Stimme konnte sie seine Nervosität erkennen.

»Eine Zitronenlimonade und … ein Stück Kuchen.«

»Ich kann den Apfelkuchen empfehlen. Er ist ganz frisch.«

»Ja, dann nehme ich Apfelkuchen.«

Daniel entfernte sich, doch kurz darauf war er zurück.

»Ich bin froh, dass es Ihnen gut geht«, flüsterte Margot ihm zu, als er Glas und Teller vor ihr abstellte.

»Gleichfalls«, sagte er nur und fügte leise hinzu: »Ich hoffe, wir sind nicht die Einzigen.«

»Das glaube ich nicht«, antwortete sie ebenso leise.

Er nickte ihr zu und entfernte sich, übersah aber vor Aufregung den erhobenen Arm eines Herrn, der ihn zu sich winkte.

»Nagel, schlafen Sie schon wieder? Die Herrschaften am Fenster möchten zahlen. Wollen Sie, dass man sich wieder über Sie beschwert?«, hörte Margot den Oberkellner zischen.

Nagel nennt er sich jetzt also, dachte Margot und wünschte sich sofort, es nicht gehört zu haben. Freudlos aß sie das Stück Kuchen, trank die Limo und winkte einem anderen Ober, um zu zahlen.

Als sie wieder nach draußen auf den Potsdamer Platz trat, atmete sie auf. Die Begegnung hatte sie mitgenommen, und wieder fühlte sie sich schuldig. Für Daniel war sie seine Nachbarin Margot Weishaupt gewesen, doch in Wahrheit war sie ein böser Geist, der eigentlich gar nicht mehr da sein sollte – denn dass sie Anfang März nicht nach Auschwitz gebracht worden war, verdankte sie nur ihrer Bekanntschaft mit Henriette. Was, wenn es ihr tatsächlich gelang, ihre frühere Kollegin zu finden? Dann würde sie sich an Henriette schuldig machen, vielleicht sogar für ihren Tod verantwortlich sein – und gleichzeitig ihre eigene Daseinsberechtigung verlieren. Wenn sie Glück hatte, würde man sie nach Theresienstadt zu ihrer Mutter und Großmutter schicken. Vielleicht konnten sie den Krieg dort gemeinsam aussitzen?

Sie erinnerte sich an ihr letztes Treffen mit Reinhardt. Er wurde von Woche zu Woche ungehaltener und warf ihr vor, ihn zu hintergehen. »Sie wissen, was mit Ihrer Mutter und Großmutter geschieht, wenn ich zu dem Schluss komme, dass Sie nutzlos sind«, hatte er am Ende des Gesprächs gesagt. Draußen auf dem Gehsteig war sie vor Wut und Verzweiflung in Tränen ausgebrochen.

Bei der Erinnerung daran blieb sie vor dem erstbesten Schaufenster stehen, ohne die Auslage wahrzunehmen. Nicht einmal das Glöckchen über dem Eingang drang in ihr Bewusstsein.

»Margot?«

Erschrocken drehte sie sich zu der Frau um, die gerade aus dem Geschäft getreten war.

»Henriette!«

Margot sackte das Herz in die Kniekehlen. Seit Monaten suchte sie Henriette Fraenkel, und nun stand sie einfach so vor ihr. Sie versuchte, herzlich zu lächeln, aber in ihrem Kopf jagten sich die Gedanken. Die Anweisungen sahen vor, ein Gespräch anzufangen und Henriettes Vertrauen zu gewinnen, um zu erfahren, wo sie untergeschlüpft war. Dann würde die Gestapo sowohl sie als auch ihre Helfer festnehmen. Falls dies nicht gelang, sollte Margot sich so lange an ihre Fersen heften, bis sie einen Schutzpolizisten oder eine Gestapokontrolle trafen, und sie spontan anzeigen.

»Wie schön, dich zu sehen«, sagte Margot nun etwas fester und versuchte, wie der nette Mensch zu klingen, der sie nicht mehr war.

»Wollen wir ein paar Schritte gehen?«, fragte Henriette, und Margot stimmte sofort zu.

Ohne sich abgesprochen zu haben, gingen sie in Richtung Tiergarten, doch erst, als sie auf einer Bank saßen und sich unbeobachtet fühlten, kam Leben in ihr Gespräch.

»Wie geht es dir?«, fragte Henriette leise. »Seit wann bist du …?« Das Wort »untergetaucht« sprach sie nicht aus, doch Margot verstand sie auch so.

»Seit der Razzia in den Fabriken«, antwortete sie und hoffte, dass Henriette ihr das Unbehagen nicht anhörte. Es war schön, sie wiederzusehen, und die Tatsache, dass sie sie der Gestapo ausliefern würde, hatte etwas Irreales. Denk an deine Familie, ermahnte Margot sich selbst. »Ich hatte Glück. In den letzten Monaten habe ich als Pflegerin für eine alte Dame gearbeitet. Aber das ist leider vorbei. Allerdings fange ich nächste Woche in einem kleinen Molkereibetrieb an, wo ich auch wohnen kann«, spulte Margot die Geschichte herunter, die Reinhardt für sie zurechtgelegt hatte.

Scheinbar furchtlos berichtete sie in allen Einzelheiten von ihrem Leben, doch Henriette zögerte und konnte sich offenbar nicht zu demselben Vertrauen entschließen.

»Ich habe übrigens erfahren, dass meine Mutter und meine Großmutter noch leben. Sie sind in Theresienstadt«, fuhr Margot fort, um das Gespräch in Gang zu halten, doch im nächsten Moment biss sie sich beinahe auf die Zunge. Was sagte sie da? Jetzt würde Henriette sicher fragen, woher sie diese Informationen hatte. Doch die schien an anderes zu denken.

»Das ist ja wunderbar. Dann besteht noch Hoffnung …«, war alles, was sie sagte.

»Ja, in der Tat«, bestätigte Margot und gab die Frage gleich weiter: »Und deine Familie? Hast du je eine Nachricht erhalten?«

Henriette senkte den Kopf. »Nein«, sagte sie kaum hörbar.

Margot sah, wie sie in ihre Rocktasche griff und einen kleinen Hund aus mundgeblasenem Glas herausholte.

»Den habe ich dir doch schon einmal gezeigt, oder? Er ist das Einzige, was ich noch von meinem Großvater habe«, meinte sie. »Ich habe ihn immer bei mir, Tag und Nacht.«

Margot nickte. Ja, sie hatten darüber gesprochen, aber sie wollte sich jetzt nicht daran erinnern. Sie durfte nicht sentimental werden und beschloss, den Stier bei den Hörnern zu packen. »Bis ich in der Molkerei anfangen kann, vergehen noch ein paar Tage, und so lange lebe ich praktisch auf der Straße …«

Henriette sah sie alarmiert an, doch Margot beruhigte sie.

»Nein, keine Sorge. Ich bitte dich nicht, mich zu beherbergen … wo immer du jetzt untergekommen bist. Aber …«

»Brauchst du etwas zu essen?«, fragte Henriette sofort und öffnete ihre Einkaufstasche. »Ich habe Äpfel und Brot … und kann dir auch noch mehr besorgen.«

Sie drückte Margot einen Apfel in die Hand. Die schüttelte den Kopf und kämpfte gegen die Tränen an. Warum musste Henriette auch so verdammt liebenswürdig sein?

Henriette hatte es offenbar bemerkt und legte ihr die Hand auf den Arm. »Sag mir, was du brauchst.«

»Eigentlich nicht viel. Nur waschen würde ich mich gerne mal. Gibt es ein Bad in deiner Unterkunft? Könntest du mich vielleicht kurz reinlassen, wenn niemand da ist?«

Margot sah, wie es in Henriettes Kopf arbeitete.

»Ich weiß nicht«, sagte sie. »Es ist meistens jemand im Haus …«

Margot beobachtete Henriettes Finger, die den Glashund rieben, und wieder kehrte die Erinnerung an ihr Gespräch in der Mittagspause zurück. Henriette hatte die Figur von ihrem Großvater bekommen, nachdem sie ihren richtigen Hund weggegeben hatten – und offenbar hatte der Großvater viel riskiert, um ihn kaufen zu können. Kurz danach waren er und seine Frau abgeholt worden, und seitdem war der Glashund Henriettes Maskottchen, denn er stand für die Liebe des Großvaters – und sie glaubte fest daran, dass diese Liebe sie beschützen würde ... So oder ähnlich hatte sie es damals ausgedrückt.

Plötzlich hatte Margot einen bitteren Geschmack im Mund.

»Vielleicht könnte es ja doch gehen«, unterbrach Henriette ihre Gedanken. »Weißt du, ich arbeite in ...«

»Nicht«, warf Margot im letzten Moment dazwischen, ohne nachzudenken.

Henriette hielt verdutzt inne.

»Du hast recht, es war nicht richtig, dich zu bitten. Und stinken tue ich ja zum Glück noch nicht.«

Noch immer wirkte Henriette überrascht, doch dann lachte sie.

Margot erhob sich schnell. »Ich muss jetzt los. Mach's gut.«

»So plötzlich?«, fragte Henriette sichtlich enttäuscht.

»Ja.«

Margot fühlte, dass sie wegmusste, bevor sie es sich anders überlegte. Sie sah, wie Henriettes Mund sich leicht öffnete, doch noch bevor sie etwas sagen konnte, hob Margot die Hand zum Gruß.

»Pass auf dich auf.«

Sie drehte sich um und entfernte sich mit schnellen Schritten. Sie war noch keine zwanzig Meter gegangen, da kam ihr ein Schutzpolizist entgegen. Margots Finger umklammerten den Apfel, den Henriette ihr gegeben hatte, dann bog sie in einen Seitenweg ein.

Mit unruhigen Schritten ging Ben auf die Bibliothek zu. In der letzten Nacht hatte er schlecht geträumt, und obwohl er sich nicht an Details erinnern konnte, hatte er das Gefühl, dass der Traum ein schlechtes Omen war. Hatte es etwas mit Henriette zu tun? Mehrere Monate waren seit dem Treffen verstrichen, zu dem sie nicht erschienen war, und er wusste nichts über sie. Trotzdem hatte er eisern an dem Gefühl festgehalten, dass es ihr gut ging und sie in der Stadt war. Jede freie Minute verbrachte er damit, durch Berlin zu streifen in der Hoffnung, ihr zu begegnen. Berlin konnte mitunter ein Dorf sein – aber eben auch eine sehr große Stadt.

Wenn der Zufall uns nur noch einmal zu Hilfe käme, dachte Ben. Nur noch einmal, dann würde er alle Vorsicht in den Wind schießen und ihr erzählen, wo er jetzt wohnte …

Er dachte an Fred Kollwitz. Nachdem er die erste Bombennacht bei ihm verbracht hatte, war er am nächsten Tag aufgebrochen, um sich eine neue Liste der Zimmervermittlung zu holen und das alte Spielchen zu beginnen, doch er hatte nicht mit den vielen Menschen gerechnet, die bei dem Luftangriff obdachlos geworden waren. »Belegt … belegt … Mütter mit Kindern haben Vorrang …«, hieß es immer wieder. Ratlos und verzweifelt hatte er spät in der Nacht erneut an Freds Tür geläutet, und zu seiner Überraschung hatte der sich gefreut, ihn wiederzusehen.

»Mein Zimmer gibt es nicht mehr«, hatte Ben gelogen. »Das Haus hat eine Bombe abgekriegt, und bei der Zimmervermittlung …«

Fred hatte ihn unterbrochen. »Mach dir keine Sorgen. Du kannst so lange bleiben, wie du willst. Ich sage den Nachbarn einfach, dass du ein Bekannter bist, der ausgebombt wurde und vorerst bei mir unterkommt. Bei so vielen Obdachlosen in der Stadt wird das keiner hinterfragen.«

Schon wieder habe ich ein verdammtes Glück gehabt, dachte Ben, während er den Flur der Bibliothek entlanglief. Wenn nur Henriette auch diesen Funken Glück haben durfte, er würde sein eigenes gerne hergeben.

Vor ihm tauchte die Tür seines Vorgesetzten auf, in dessen Zimmer er seine Tasche ablegen durfte. Das Klopfen ersparte er sich, denn Otto Ramme kam immer erst eine halbe Stunde nach ihm. Er öffnete die Tür – und blieb wie angewurzelt stehen. Vor ihm stand Otto Ramme und stopfte eilig irgendwelche Dokumente in eine große Tasche. Um ihn herum lagen Ordner und lose Papiere.

Als er Ben bemerkte, zischte er: »Tür zu.«

Eilig kam Ben seiner Bitte nach.

»Ich wurde denunziert, oder zumindest nehme ich es an«, stieß Ramme hervor, während er weiter die Ordner durchforstete und einzelne Seiten herausriss. Ben wartete auf eine Fortsetzung, aber die kam nicht, und er wagte nicht, nach Einzelheiten zu fragen. Hatte es damit zu tun, dass Otto Ramme Sozialdemokrat gewesen war? War er weiterhin aktiv und hatte belastendes Material ausgerechnet hier im Büro gebunkert?

»Kann ich Ihnen vielleicht helfen?«, fragte Ben unsicher.

Mit einem Ruck richtete Ramme sich auf. »Sie müssen hier weg, Arnold. So leid es mir tut … und kommen Sie ja nicht wieder, hören Sie?«

»Aber …«

»Kein Aber, bleiben Sie der Bibliothek fern. Die werden hier alles auf den Kopf stellen, alle Angestellten überprüfen, alle Dokumente …«

Ben stand wie vom Donner gerührt da.

»Gehen Sie!«, zischte Otto Ramme.

In diesem Augenblick fuhren draußen drei schwarze Wagen vor. Sofort sprangen Männer in SS-Uniform heraus. Ben drehte sich um und eilte so unauffällig wie möglich den Gang hinunter, der zum Hinterausgang führte – doch auch von dort kamen ihm Uniformierte entgegen. In einem ersten Impuls wollte er umkehren, doch dann zwang er sich zu einem ruhigen Schritt und unbeteiligter Miene.

»Heil Hitler«, grüßte er, als er an den Männern vorbeiging. Die streiften ihn nur mit den Blicken, ohne den Gruß zu erwidern. Dann waren sie vorbei, und Ben ging etwas schneller. Augenblicke später erklang in seinem Rücken lautes Rufen, dazu die unverständlichen Schreie seines Vorgesetzten. Es hörte sich nach einem Kampf an. Offenbar leistete Otto Ramme Widerstand.

Das Herz schlug Ben bis zum Hals, als er die Tür des Hinterausgangs aufdrückte und mit mühsam aufrechterhaltener Ruhe an weiteren Uniformierten entlanglief. Erst als er um die Ecke gebogen war, erlaubte er sich zu rennen.

Als er etwas später in Freds Küche trat, hatte Ben noch immer weiche Knie.

»Mein Vorgesetzter wurde festgenommen, und ich habe meine Stelle verloren«, stieß er hervor, noch bevor Fred, der spät aufgestanden war, sich wundern konnte. Aufgeregt berichtete Ben, was passiert war. Dabei fiel ihm ein, dass er Fred verschwiegen hatte, dass er Jude war. Sollte er ihm jetzt vielleicht …? Aber er entschied sich dagegen.

»Eine neue Stelle zu finden, wird nicht leicht werden … weißt du, es gibt da ein Problem mit meinen Entlassungspapieren von der Wehrmacht«, erklärte er vage und war erleichtert, dass Fred sich nicht darum zu kümmern schien.

Stattdessen versuchte er ihn zu trösten. »Du wirst schon etwas Neues finden«, meinte er gelassen.

Ben nickte besorgt. »Ja, aber wer weiß, wann?«

»Mir musst du jedenfalls nichts mehr zur Miete dazugeben – ich hatte dir gleich gesagt, dass ich nichts will. Ich werde am Theater nicht schlecht bezahlt, und auch meine Lebensmittelkarten dürften für uns beide reichen.«

Ben schämte sich. Fred war freundlich und großzügig – und er? Er log ihn an und verheimlichte ihm, dass er einen untergetauchten Juden bei sich beherbergte. Falls die Gestapo dahinterkam, würde sie Fred niemals glauben, dass er nichts von Bens wahrer Identität wusste. Wie so oft in den letzten Monaten fühlte er sich schuldig, aber je länger er mit der Wahrheit wartete, desto schwieriger wurde es, sie auszusprechen, denn Fred würde ihn rausschmeißen – allein schon seiner Unaufrichtigkeit wegen.

»Weißt du was?«, fragte Fred in Bens düstere Gedanken hinein. »Mit der Suche nach einer neuen Arbeit kannst du auch morgen noch anfangen. Heute brauchst du Ablenkung. Komm …« Er stand auf. »Da draußen ist ein herrlicher Septembertag. Wir fahren an die Havel.«

Zuerst hatte Ben keine Lust gehabt, aber als sie in Pichelsberg aus der S-Bahn stiegen und kurz darauf der Stößensee, eine Art Ausbuchtung der Havel, vor ihnen in der Sonne glitzerte, atmete er auf. Wie lange war es her, dass er die Stadt hinter sich gelassen und einen Spaziergang in der Natur gemacht hatte? Mit einem Schlag fühlte er sich in ein längst vergangenes Leben zurückversetzt, in dem er am Sonntagmorgen entschieden hatte, an welchem Ort er sich in die Scharen der Sommerfrischler einreihen wollte.

Ben atmete tief durch, während sie die Havelchaussee entlangliefen. Zu ihrer Linken erstreckte sich der herbstliche Grunewald, und am anderen Ufer des Stößensees lag die Halbinsel Pichelwerder.

An einem Bootsverleih blieben sie stehen. »Ich habe nur noch zwei Boote, und die sind beide ausgeliehen. Kommen Sie in einer Stunde wieder«, erklärte ein magerer Mann mit grauen Bartstoppeln und verschlissener Seemannskappe.

»Und was ist mit dem da?« Fred zeigte auf ein Segelboot mit kleiner Kajüte.

»Steht zum Verkauf«, meinte der Mann. »Aber wer kauft in diesen Zeiten schon ein Boot? Wenn Sie segeln können, leihe ich Ihnen das auch … kostet aber mehr. Die Kajütentür ist übrigens defekt.«

»Kannst du denn …?«, wollte Ben fragen, doch Fred hatte schon zugestimmt.

»Mein Vater hat ein Boot«, erklärte er, als sie kurz darauf über die spiegelnde Fläche glitten.

Ben war beeindruckt. »Dann segelst du sicher öfter?«, meinte er. »Ich an deiner Stelle wäre ständig hier draußen. Jede freie Minute.«

»Ich habe meine Eltern seit Jahren nicht mehr gesehen«, gab

Fred knapp zurück. »Sie bemängeln meinen fehlenden Sinn für ein anständiges Leben.«

»Was ist denn so unanständig daran, in einem Varieté aufzutreten?«, fragte Ben, aber er erhielt keine Antwort, und seine Gedanken drifteten zu seinen eigenen Eltern. Auch sie waren sonntags gerne mit Stullen und Thermoskanne in die Wälder und an die Havel gefahren. Einen Besuch in einem Ausflugslokal hatten sie sich nur zu besonderen Gelegenheiten geleistet, obwohl sein Vater sechs Tage in der Woche hart gearbeitet hatte. Und jetzt? Jetzt hatten die Nazis sie wahrscheinlich umgebracht. Bitterkeit und hilfloser Zorn stiegen in ihm auf. Ich werde leben, dachte er. Ihnen zuliebe und den Nazis zum Trotz – und wenn das meine einzige Rache ist, aber mich kriegen sie nicht!

»Hallo, hörst du mich nicht? Pack mal mit an!«, rief Fred.

Ben hatte kaum wahrgenommen, dass der Wind auf der breiten Havel beträchtlich zugelegt hatte, und Fred hatte alle Hände voll zu tun, das Boot vor dem Wind zu halten. Immer wieder rief er Ben Anweisungen zu, doch als das Boot sich in eine Kurve legte, rutschte Ben aus und fiel ins Wasser.

»Hilfe, ich kann nicht schwimmen«, rief er theatralisch, als er wieder nach oben kam.

»Echt nicht?«, schrie Fred entgeistert und versuchte, das Boot zu stoppen.

»Natürlich kann ich schwimmen«, meinte Ben lachend und ließ sich kurz darauf von Fred an Bord ziehen.

»Du hast mich ganz schön erschreckt.« Fred grinste schief.

»Und zur Strafe dafür hole ich mir jetzt in dem nassen Zeug den Tod«, erwiderte Ben lächelnd.

»Du übertreibst. Aber lass uns umkehren«, sagte Fred, und zu seiner Überraschung strich er Ben eine nasse Strähne aus der Stirn.

»Ich geh in die Kajüte«, murmelte Ben verlegen. »Vielleicht gibt es da eine Decke.«

Fred nickte und machte sich am Ruder zu schaffen.

23

Mehrere Wochen waren seit jenem Tag auf der Havel vergangen, und noch immer hatte Ben keine neue Arbeit gefunden, denn er hatte Angst, sich auf reguläre Stellen zu bewerben, die möglicherweise eine eingehende Prüfung seiner Papiere oder eine Anmeldung beim Arbeitsamt erforderten.

»Morgen will ich ein paar Autowerkstätten abklappern«, sagte er am Küchentisch zu Fred. »Vielleicht braucht ja jemand unbürokratische Hilfe.«

»Gute Idee.«

Fred hatte an diesem Abend noch eine Vorstellung. Er war in der Wanne gewesen und saß im Bademantel am Tisch. Plötzlich klingelte es an der Wohnungstür, was sonst nie vorkam. Obwohl die Hausbewohner ihn kannten, versteifte Ben sich. Konnte es jemand sein, der sich daran störte, wie lange er nun schon hier wohnte, oder wollte doch einer die polizeiliche Meldung sehen? Am liebsten hätte er Fred zurückgehalten, doch der war schon aufgestanden.

»Vielleicht braucht ein Nachbar etwas«, meinte er unbekümmert.

Doch dann hörte Ben ihn im Flur leise fluchen. Angst stieg in ihm hoch, und er lief zum Fenster, doch sie waren im dritten Stock, ein Sprung war ausgeschlossen. Aus dem Flur war nichts mehr zu hören. Hämmerte die Gestapo nicht für gewöhnlich an die Tür?

»Komm schon, Fred. Ich weiß, dass du da bist«, ertönte eine männliche Stimme hinter der Wohnungstür. Mehrere Sekunden geschah nichts, dann machte Fred auf.

»Hallo, Günther. Was gibt's?«, hörte Ben ihn fragen.

»Kann ich reinkommen?«

»Das ist gerade schlecht. Ich habe noch eine Vorstellung und muss mich umziehen. Aber wenn du hier wartest, gehen wir noch kurz in ein Café. Ich lade dich ein.«

»Warum kann ich nicht drinnen warten?«

»Lass das … nein, Günther!«

Zu seinem Schreck hörte Ben ein Handgemenge, und kurz darauf stand ein junger Mann in der Küchentür.

Als er Ben sah, schnaubte er verächtlich. »Dachte ich's mir doch, dass ich den hier finde. Du dachtest wohl, ich wüsste nichts von deinem Neuen? Mir einreden wollen, dass dir das Zusammensein mit mir zu gefährlich sei und dass du Angst vor einer Denunziation hättest! Nicht mal auf einen Kaffee durfte ich mehr hochkommen. Und in der Zwischenzeit lässt du den Kerl da ganz unverblümt bei dir wohnen. Du brauchst es gar nicht zu leugnen.«

Günther drehte sich zu Fred um, der blass geworden war. »Ich habe ihn schon mehrfach abends hier ins Haus gehen sehen – nur raus kam er nicht mehr. Und jetzt weiß ich auch, in welchem Bettchen er schläft.« Er lachte böse.

»Du spinnst«, erwiderte Fred heftig, doch seine Stimme zitterte. »Das ist nur ein Bekannter, der ausgebombt wurde.«

»Ach ja? Und deshalb sitzt du so aufreizend im Bademantel mit ihm am Küchentisch?«

Ben verfolgte die Diskussion mit zunehmender Nervosität. Dieser Günther nahm offenbar an, dass er und Fred ein Paar waren … und war eifersüchtig. Hatten die beiden etwa auch mal ein Verhältnis gehabt? War Fred …?

»Dass du mich abserviert hast, muss ich akzeptieren. Aber dafür, dass du mich mit dieser demütigenden Lügerei zum Deppen machst, wirst du bezahlen!«, stieß Günther hervor, drehte sich brüsk um und knallte die Wohnungstür hinter sich zu.

Fred zündete sich mit zittrigen Fingern eine Zigarette an.

»Jetzt weißt du es also«, sagte er zu Ben. »Tut mir leid, ich hätte es dir sagen müssen, zumal ich deswegen schon ein paar Wochen im KZ Sachsenhausen war. Ich steh auf deren Liste.«

In Bens Kopf jagten sich die Gedanken. »Wenn sie dich kontrolliert und mich hier gefunden hätten … ich … ich bin zwar nicht homosexuell, aber …«

»Aber jüdisch?«

»Du wusstest es?«, fragte Ben perplex.

Fred schüttelte den Kopf. »Nein, aber ich habe es für möglich gehalten. Bitte verzeih mir. Ich habe dich in Gefahr gebracht, aber ich wollte einfach nicht, dass du gehst … Weißt du, ich habe mich in dich verliebt … verdammt … gleich am ersten Abend.«

Er sog den letzten Rauch der Zigarette ein und drückte den Stummel aus.

»Na ja«, meinte Ben verwirrt. »Ich war ja auch nicht ehrlich zu dir … und habe dich damit genauso in Gefahr gebracht.«

Fred lächelte schwach, doch plötzlich sprang er auf.

»Günther!«, rief er. »Wenn er sich ernsthaft an mir rächen will, könnte er mir die Polizei auf den Hals hetzen. Du musst weg, sofort.«

Erst jetzt erkannte auch Ben den Ernst der Lage. Mit fahrigen Handgriffen suchte er seine wenigen Sachen zusammen.

»Werden wir uns wiedersehen?«, fragte Fred kurz darauf an der Tür. In seiner Stimme klang Wehmut mit.

»Ich weiß nicht … vielleicht.« Doch dann setzte Ben hinzu: »Hoffentlich.«

»Ich nehme an, du wirst mir deinen richtigen Namen nicht verraten, oder? Denn Gottfried Lindner, wie es in deinem Ausweis steht, bist du ja offenbar nicht.«

Ben schüttelte den Kopf. »Lieber nicht. Es ist besser für uns beide.«

Dann überraschte er Fred mit einer kurzen, aber heftigen Umarmung, öffnete die Tür und eilte das Treppenhaus hinunter. Draußen war es bereits dunkel – und wieder wusste er nicht, wohin.

In Günther tobte es. Wie viele Male hatte er in den vergangenen Monaten vor Freds Haus gestanden und diesen Kerl hineingehen sehen, aber Verdacht hatte er erst geschöpft, als sie am Vorabend gemeinsam gekommen waren. Er hatte versucht, über Fred hinwegzukommen, und sich geschworen, seine Haltung zu respektieren. Nie hatte er der Versuchung nachgegeben, bei ihm zu klingeln, und stattdessen wie ein liebeskranker Hund darauf gehofft, Fred am Fenster zu sehen. Und auch im Varieté hatte er Abstand gehalten, was nicht schwer war, denn Fred war ihm geradezu aus dem Weg gegangen. Alles aus Angst, hatte er sich eingeredet, dabei hätte er es wissen müssen … diese falsche Schlange.

Er stieß die Tür zur Polizeiwache auf. Was er hier tat, war falsch. Natürlich! Aber Freds Verhalten doch auch? Er hatte sich hinter dem Paragrafen 175 des Reichsstrafgesetzbuches versteckt, um ihn loszuwerden und es sich mit diesem Kerl in seinem Liebesnest bequem zu machen. Na warte, jetzt sollte er ihn bekommen, seinen Paragrafen.

»Kann ich Ihnen helfen?«, fragte ein Polizist.

»Ja. Ich möchte Anzeige erstatten wegen homosexueller Handlungen«, antwortete Günther.

»Warum holen wir den warmen Bruder nicht gleich raus?«, fragte Hugo Lubicky seinen Kollegen. Sie lehnten im Eingang zum Zuschauersaal. Auf der Bühne des *Central-Hotels* stand Fred Kollwitz und zauberte bunte Seidentücher aus einem Zylinder.

»Lass doch den Leuten ihren Spaß«, meinte der. »Schließlich haben sie für die Vorstellung bezahlt, und wenn wir den Kerl jetzt mittendrin hopsnehmen, wird sie möglicherweise abgebrochen.«

Das Publikum im Saal lachte, und auch Hugo Lubicky konnte sich der Stimmung nicht entziehen. Diese Künstler … irgendwie brauchte man sie ja, wenn man sich mal entspannen wollte, trotzdem machten sie auch die meisten Scherereien. Aufsässig waren sie, dazu gab es viele Liberale und Juden unter ihnen. Na ja, mit den Juden hatten sie unter den Künstlern ja schon aufgeräumt. Blieben die Unruhestifter, die sich Kabarettisten nannten und den Führer lächerlich machten wie dieser Werner Finck oder eben die warmen Brüder. Sie wurden dieses Problems einfach nicht Herr. Wo immer sie diese Pilze aus dem Boden rissen, schossen sie an anderer Stelle wieder hoch. Diese Menschen konnten es nicht lassen, trafen sich immer weiter, obwohl ihre Lokale wie die *Weinmeister Klause* ständig kontrolliert wurden. Bei der letzten Razzia in einem Lokal in der Alten Jakobstraße hatten sie sogar Kollegen von der SA und SS angetroffen, die sich dort mit Homosexuellen trafen. Es war nicht zu fassen!

Als kurz darauf die Vorstellung zu Ende war, klatschte Hugo freundlich, dann nickte er seinem Kollegen zu.

»Wenn die Festnahme reibungslos verläuft, hatten wir ausnahmsweise mal einen schönen Abend im Dienst«, meinte er auf dem Weg zu den Garderoben. »Hier, das scheint die richtige zu sein.« Er klopfte an, wartete aber keine Antwort ab, sondern öffnete sofort die Tür.

»Was wollen Sie?«, rief Kollwitz und ließ den Wattebausch fallen, mit dem er sich gerade abschminkte.

»Wir nehmen Sie fest wegen homosexueller Handlungen. Leugnen ist zwecklos, es gibt Zeugen. Also, mitkommen«, sagte Hugos Kollege.

»Was meinen Sie? Hat mein Kollege Günther …?«, fragte der Mann hochrot.

»Mitkommen«, wiederholte Hugo Lubicky die Anweisung.

»Das ist eine infame Lüge!«

Fred Kollwitz war aufgesprungen, machte aber keine Anstalten, sich anzuziehen. »Mein Kollege irrt sich, das heißt, er will sich irren. Er will mir eins auswischen, weil er eifersüchtig ist.«

»Sie geben also zu, dass Ihr Kollege Grund zur Eifersucht hat?«, fragte Hugo grinsend.

»Mitkommen, sofort«, rief sein Kollege. »Und glauben Sie nicht, dass Sie Ihre Lage verbessern, wenn Sie Ihrem Kollegen Homosexualität unterstellen. Seine Zeugen mit dem zu belasten, was einem selbst vorgeworfen wird, ist nicht besonders originell.

Das erleben wir auf der Wache jeden Tag. Aber ein paar Monate Konzentrationslager werden Ihnen die Lust auf solche Spielchen schon austreiben ... So, und jetzt los.«

Henriette fröstelte, während sie über die vom Wind gekräuselte Oberfläche des Stößensees blickte. Es war Oktober, bald würde es kalt werden – ein weiterer Kriegswinter stand bevor. Schon der letzte war für Deutschland eine Katastrophe gewesen. Ob die Alliierten Deutschland endlich in die Knie zwingen und den Terror beenden konnten? Wenn ja, waren die nächsten Monate möglicherweise ihre letzten auf der Flucht! Spätestens dann würde sie erfahren, was mit ihren Großeltern und all den anderen Menschen geschehen war, die man verschleppt hatte – ob sie vielleicht doch noch lebten.

Was diesen Punkt anging, machte sie sich wenig Illusionen. Immer mehr Gerüchte kursierten darüber, dass die angeblichen Arbeitslager in Wahrheit grausame Konzentrationslager waren, in denen die Menschen an Hunger, Krankheit und Folter starben. Und ihre innere Stimme sagte ihr, dass ihre Großeltern nicht mehr am Leben waren.

Was Ben betraf, war sie optimistischer. Ja, Ben lebte, das spürte sie, denn oft konnte sie seine Stimme hören, die irgendeine witzige oder ironische Bemerkung machte ... oder auch ganz leise und weich sprach.

Spontan holte Henriette den Glashund aus der Rocktasche und stellte ihn auf einen Stein, der von der späten Nachmittagssonne angeleuchtet wurde. Sofort brach die Figur das Licht, doch kurz darauf verschwand die Sonne, und der Wind trieb braune Blätter über den Rasen vor Oberst Flemings Ferienvilla. Henriette nahm die Figur an sich und wandte sich zum Gehen. Es gab noch eine Menge zu tun für das Abendessen, zu dem Fleming zahlreiche Kollegen in die Villa am See eingeladen hatte.

Zwei Stunden später fuhr der erste Wagen vor. Henriette wartete im Flur, in der Hand eine Gästeliste. Während sie noch Mantel und Hut des ersten Gastes aufhängte, knirschten schon neue Reifen auf dem Kies der Einfahrt.

Eine halbe Stunde später traf der letzte Wagen ein. Laut Gästeliste handelte es sich um SS-Standartenführer Erwin Hörmann. Die schwarzen SS-Uniformen jagten Henriette noch immer Schauer über den Rücken, doch mittlerweile hatte sie Übung darin, ihre Nervosität zu unterdrücken, und sie begrüßte den Mann mit einem gekonnten Lächeln. Während sie ihm den Mantel abnahm, klappte draußen eine Autotür. Henriette horchte auf. Ein weiterer Gast war nicht gemeldet, aber wahrscheinlich war Erwin Hörmann wie die meisten mit Chauffeur gekommen. Sie wandte sich zur Garderobe, um nach einem Kleiderbügel zu greifen, da sah sie im Garderobenspiegel die Tür hinter sich aufgehen, und das Blut gefror ihr in den Adern: Es war Rolf Reinhardt mit einem Kofferplattenspieler im Arm.

»Sie sagten, Ihr Plattenspieler sei kaputt«, hörte sie Hörmann wie aus weiter Ferne zu Fleming sagen, der eben in den Flur getreten war. Wie erstarrt fixierte Henriette Rolfs Spiegelbild, doch zum Glück hielt der seinen Blick auf Fleming gerichtet und hatte den Spiegel noch nicht bemerkt.

Endlich gelang es Henriette, sich aus der Starre zu befreien. Mit einem Schritt trat sie aus dem Spiegelbild und entfernte sich in den hinteren Teil des Flurs. Jetzt nur noch schnell die Treppe hinunter ins Untergeschoss, wo das ihr zugeteilte Zimmer lag. Der obere Teil der Stufen war vom Flur aus einsehbar, doch sie hielt sich nahe an der Wand und senkte den Kopf. Unten angekommen, rannte sie kopflos in ihr Zimmer und schloss hinter sich ab. Erst jetzt wurde ihr klar, dass sie in der Falle saß, falls Rolf sie gesehen hatte und ihr nachging. Ihre einzige Möglichkeit bestand darin, aus dem Fenster zu steigen – und dann …?

Das musste ja so kommen, dachte sie verzweifelt. Wie dumm sie gewesen war, ausgerechnet eine Stelle bei einem Nazioffizier anzunehmen! Sie war schon auf dem Weg zum Fenster, da klopfte es an die Tür.

»Fräulein Friedrich?« Das war Oberst Fleming, und seine Stimme klang eher besorgt als erregt. »Darf ich kurz hereinkommen?«

»Ja«, sagte sie zögernd und schloss die Tür auf.

»Ist Ihnen nicht wohl?«, fragte Fleming.

»Mir ist etwas flau im Magen«, brachte Henriette hervor, und es war nicht einmal gelogen.

»Sie sehen in der Tat sehr blass aus.«

Henriette nickte nur.

»Gut, dann bleiben Sie heute Abend hier unten. Wir wollen schließlich unsere Gäste nicht anstecken«, meinte Fleming und wollte die Tür schon zuziehen. »Ach, noch etwas, Fräulein Friedrich. Falls Sie frische Luft brauchen, gibt es hier unten eine Hintertür in den Garten, einfach diesen Gang hinunter. Der Schlüssel hängt am Brett daneben – wäre doch schade, wenn Sie das Fenster aufmachten und die ganze gute Heizungswärme verloren gehen würde.«

Henriette nickte verwirrt. Was wollte er jetzt mit der Heizungswärme?

»Ja, natürlich«, sagte sie. »Danke.«

Kaum hatten sich Flemings Schritte entfernt, warf sie ihre Habseligkeiten in den Rucksack. Sie wusste, dass es weniger auffällig wäre, in den folgenden Tagen unter irgendeinem Vorwand zu kündigen, doch das änderte nichts an ihrem Entschluss. Sie musste weg, weg von Rolf – noch an diesem Abend. Leise öffnete sie die Zimmertür. Den Geräuschen nach zu urteilen, setzten sich die Männer im Salon gerade zu Tisch. Henriette trat auf den Flur und schlich zur Hintertür. Als sie an der Treppe vorbeikam, die nach oben führte, hörte sie Flemings Stimme.

»Ja, meine Nichte ist unpässlich … eine spontane Magenverstimmung.«

Offenbar hatte jemand nach ihr gefragt. So leise sie konnte, eilte Henriette weiter. Tatsächlich – neben der Hintertür hing ein einzelner Schlüssel an einem Brett. Doch was war das? In seinem Ring steckte ein zusammengerollter Zettel. Henriette zog ihn heraus und entfaltete ihn. Etwas fiel herunter. Ein Geldschein?

»Hundert Reichsmark!«, flüsterte sie, hob den Schein auf und las die Zeile auf dem Zettel: *Alles Gute und vielen Dank für Ihre Dienste!*

Was hatte das zu bedeuten? Waren Geld und Zettel für Sie? Es musste so sein. Aber das hieß ja, dass Oberst Fleming wusste, wer sie war – und auch, dass sie ihn noch an diesem Abend verlassen würde.

Da hörte sie im Erdgeschoss Schritte. Mit zitternden Händen drehte sie den Schlüssel im Schloss. Dann drückte sie die Tür hinter sich zu, stopfte den Geldschein in die Manteltasche und wollte loslaufen, doch plötzlich spürte sie, dass etwas sich an ihrem Ärmel verfangen hatte und auf den Boden fiel. Der Glashund! Panisch bückte sie sich und tastete mit beiden Händen in der Dunkelheit. Da war etwas … ein einzelnes Ohr! Der Hund musste zersprungen sein. Sie wollte die Suche schon aufgeben und fliehen, da fand ihre Hand den Rest des Hundes. Sie ballte ihre Faust um die Glasfigur und verschwand in der Dunkelheit.

Rolf war aus dem Salon getreten und die Treppe ins Untergeschoss hinuntergestiegen, denn dorthin war die blonde Frau zuvor verschwunden. Er hatte sie erst spät bemerkt und ihr Gesicht nicht gesehen, doch da war etwas an ihrem Gang gewesen, an der Art, sich zu bewegen, das ihn an Henriette erinnert hatte. Natürlich war es mehr als unwahrscheinlich … trotzdem. Er lief den Gang entlang und öffnete die erste Tür, die sich ihm bot: eine Vorratskammer. Hinter der zweiten lag ein leeres Gästezimmer, doch es gab noch weitere.

»Na, so was, Reinhardt, haben Sie sich verlaufen?«

Rolf hatte die Schritte seines Gastgebers gar nicht gehört und fuhr herum.

»Ja, allerdings, ich suche die Toilette.«

»Da hätten Sie nicht so weit gehen müssen. Sie ist gleich oben im Eingangsbereich.«

»Ja, dann …«

»Warten Sie einen Moment, Sie können mir helfen. Wir brauchen noch Wein.«

Oberst Fleming öffnete die Tür zur Speisekammer und drückte Rolf mehrere Flaschen in die Hand.

»So, und nun zeige ich Ihnen das Badezimmer.«

Rolf blieb nichts anderes übrig, als seinem Gastgeber zu folgen.

Ziellos lief Henriette auf dem Uferweg am Wasser entlang. In anderen Zeiten hätten Straßenlaternen und die Fenster der Häuser ausreichend Licht gespendet, aber jetzt war es so dunkel, dass sie kaum die Hand vor Augen sah. Nur der See glänzte schwach im blassen Mondlicht. Die vertäuten Boote, die sanft auf dem Wasser schaukelten, waren lediglich zu erahnen. Sie hatte Angst. Eine junge Frau allein hatte hier draußen in der Dunkelheit nichts zu suchen, und wenn jemand sie sah, musste sie damit rechnen, dass er die Polizei rief. An einem Steg lag ein Boot mit Kajüte. Es war unwahrscheinlich, dass sie offen war, aber wenn doch, konnte sie bis zum Morgen darin verschwinden und dann mit der ersten S-Bahn in die Stadt zurückfahren.

Vorsichtig betrat sie das Boot und zog an der kleinen Tür, die problemlos aufsprang. Sie machte einen zögernden Schritt, doch im nächsten Moment nahm sie eine Bewegung wahr.

»Nein!«, entfuhr es ihr, und sie taumelte zurück.

»Henriette? Bist du das?«

Abrupt blieb sie stehen. »Ben?«

In der Kajüte wurde ein Streichholz angerissen, und Bens Gesicht leuchtete auf. Sofort war Henriette bei ihm.

»Ben«, wiederholte sie atemlos. Das Streichholz erlosch, doch das war egal. Ben hatte sie an sich gezogen, und sie schlang ihre Arme um ihn.

»Ich wusste, dass wir uns wiedersehen. Ich weiß nicht, warum, aber ich habe es einfach gespürt«, flüsterte sie und merkte, dass ihr die Tränen kamen.

»Ich wusste es auch – und das, obwohl du nicht zu unserem Treffen gekommen bist.« Bens Stimme klang rau.

Henriette löste sich leicht von ihm und sah in sein dunkles Gesicht. Auch in seinen Augen glitzerte etwas, das wie Tränen aussah. Ohne nachzudenken, fuhr sie mit den Fingern die Konturen seiner Wangen nach. Ben zuckte leicht, doch er hielt ganz still, dann nahm er ihre Finger in seine Hand und küsste zärtlich ihre Spitzen. Dabei sahen sie sich in die Augen. Als ihre Lippen sich berührten, wurde Bens Arm um sie fester, und Henriette gab sich der Berührung hin.

Am nächsten Morgen wurde Henriette vom Schaukeln des Bootes wach. Obwohl sie Bens Körper neben sich spürte und er seinen Arm über sie gelegt hatte, war ihr kalt, denn sie hatten nur eine dünne Decke gefunden, auf die sie sich gelegt hatten. Schlagartig kam die Erinnerung an den Vorabend zurück. Rolf in der Villa, Flemings Zettel, ihre Flucht, der Glashund. Vorsichtig tastete sie in der Manteltasche nach den beiden Teilen. Sie waren noch da. Jetzt schlug Ben die Augen auf, und ein Lächeln erschien auf seinem Gesicht.

»Guten Morgen, du Wunderschöne.«

Henriette errötete.

»Guten Morgen«, murmelte sie verlegen und schmiegte sich noch näher an ihn. Mehrere Minuten blieben sie so liegen, bis Ben sagte: »Vor dem Einschlafen habe ich mir gewünscht, die Nacht möge nie zu Ende gehen und wir könnten immer hierbleiben, aber natürlich hat sie uns den Gefallen nicht getan. Und jetzt? Wohin mit uns?«

Henriette schüttelte den Kopf. Sie hatte keine Ahnung.

»Nur eines weiß ich«, sagte Ben leise, aber bestimmt. »Ich will mich nicht mehr von dir trennen. Wenn wir es schaffen, dieser Hölle zu entkommen, dann gemeinsam.«

»Das geht mir genauso«, erwiderte Henriette. Dann hatte sie eine Idee. »Wir könnten zu meiner ehemaligen Lehrerin gehen, Frau Gliemann. Sie hat mir schon einmal geholfen, vielleicht kann sie es noch mal tun. Lass uns ein Postamt finden, damit ich ihre Telefonnummer nachschlagen und sie anrufen kann.«

Tatsächlich öffnete Frau Gliemann ihr wenige Stunden später die Tür. Doch ihr Lächeln verschwand, als sie Ben an Henriettes Seite sah.

»Dürfen wir reinkommen?«, fragte Henriette bang.

Frau Gliemann schien sich wieder zu fassen. »Ja, natürlich, kommen Sie schnell.«

Sie führte die beiden in ihr Wohnzimmer, wo sich eine Frau vom Sofa erhob. Henriette erschrak, doch Frau Gliemann beruhigte sie.

»Das ist Johanna Lemansky, eine Bekannte von mir. Als Sie anriefen, war sie gerade da, und ich habe sie gebeten zu bleiben, denn möglicherweise kann sie Ihnen helfen. Allerdings wusste ich nicht, dass Sie noch jemanden mitbringen.«

Henriette errötete leicht, dann stellte sie Ben vor und beschrieb in kurzen Worten, in welcher Situation sie sich befanden. Johanna Lemansky, die Henriette auf knapp über dreißig schätzte, hörte aufmerksam zu. Dann nickte sie nachdenklich.

»Es ist gut möglich, dass ich eine Unterkunft für Sie habe«, sagte sie. »Bei Ihrem Freund ist es schwieriger. Männer sind nur schwer zu vermitteln und auch viel gefährdeter.«

»Ich habe ein Dokument, das helfen könnte. Falsche Entlassungspapiere der Wehrmacht«, sagte Ben hoffnungsvoll.

»Tatsächlich?« Johannas Augenbrauen hoben sich. Ben zog den Wehrmachtsausweis aus seiner Jackentasche und reichte ihn ihr.

»Oh, der hat ja sogar Ihr Foto! Wie haben Sie das nur geschafft?« Sie reichte ihn an Ingeborg Gliemann weiter, die ihn staunend betrachtete.

»Ich habe den Stempel gefälscht«, erklärte Henriette.

»Ach, Sie können so etwas?«, fragte Johanna Lemansky perplex.

Henriette nickte und berichtete von der abgebrochenen Ausbildung zur Grafikerin an der Kunstgewerbeschule. Die beiden Frauen tauschten vielsagende Blicke.

»Unsere Begegnung kann kein Zufall sein, Fräulein Fraenkel«, sagte Johanna Lemansky. »Schon seit Langem suche ich nach jemandem mit Ihren Fähigkeiten.«

Sie berichtete von ihrer Tätigkeit bei der Bekennenden Kirche in Dahlem und erzählte, dass regelmäßig Ausweise gespendet wurden, die sie aus dem Opferstock fischte. »Leider können wir nur diejenigen verwenden, deren Fotos zu untergetauchten Personen passen, was leider nur selten der Fall ist. Ich habe mehrfach versucht, die Stempel selbst zu fälschen, aber es ist mir nicht gelungen. Würden Sie das für uns machen? Natürlich gegen Bezahlung. Auf diese Weise könnten wir sehr viel mehr Menschen helfen, und auch Sie bekämen einen neuen Ausweis.«

Henriette musste nicht überlegen. »Aber natürlich! Gerne!«

Johanna Lemansky klatschte in die Hände. »Ich kann es kaum fassen. Aber jetzt lassen Sie mich gehen. Ich will persönlich mit der jungen Dame reden, bei der Sie eventuell unterschlüpfen können. Sie ist ein wenig speziell … ach, das sagt sie Ihnen dann selbst. Jedenfalls ist sie eine durch und durch gute Seele. Und für Sie«, Johanna Lemansky wandte sich an Ben, »finden wir auch etwas. Ich habe da eine Idee, auch wenn es nicht sehr komfortabel wäre.«

»Das ist völlig egal«, versicherte Ben.

Noch am selben Abend war Johanna Lemansky wiedergekommen und hatte Henriette nach Kreuzberg gebracht. Im Hinterhaus am Kottbusser Damm roch es nach Kartoffeln und Majoran.

»Komme gleich«, ertönte eine helle Stimme, als Johanna Lemansky an einer Tür im dritten Stock klingelte. Drinnen waren unbestimmte Geräusche und die Schritte zweier Personen zu hören, dann öffnete sich die Wohnungstür, und ein Mann mit Bartstoppeln und Schiebermütze kam heraus. Er grüßte flüchtig und zündete sich eine Zigarette an, dann sprang er leichtfüßig die Treppe hinunter. In der Tür stand eine junge Frau von Ende zwanzig mit roten Locken.

»Immer rin, die Damen«, meinte sie fröhlich.

»Das ist Annie Liebermann«, sagte Johanna. »Annie, das ist Hermine Friedrich. Leider muss ich gleich weiter. Wir sprechen uns bald, ja?« Sie öffnete die Tür, nickte ihnen zu und verschwand.

»Uffjeräumt is nich so richtig«, meinte Annie fröhlich und ging Henriette in die Küche voraus. Sie war nur mit einem dünnen Bademantel bekleidet, der ein wenig aufging, als sie auf einer elektrischen Herdplatte einen Rest Muckefuck aufwärmte. »Und du bist also die Hermine, wat?«

»Ja.« Henriette fühlte sich befangen.

Annie drehte sich zu ihr um. »Fürs Hinsetzen brauchste hier keene Erlaubnis. Is ja jetzt auch dein Reich, nich wahr? Und dat von meener Kleenen, dem Mariechen. Aber heute Abend lass ich die mal bei Muttern, dann können wir zwei Hübschen uns besser beschnuppern, wat? Tagsüber is det Mariechen immer bei meiner Mutter, da muss ick arbeiten. Und deshalb musste da auch ausm Haus. Abends kannste wiederkommen, da hab ick Feierabend. Musst mir och nich sagen, warum die Braunen dich uffm Kieker haben. Interessiert mich nich die Bohne. Und vor den Leuten im Haus musste och keene Angst haben. Die Köpenicks unter mir sind beide vorbestraft, die hams nich so mit der Obrichkeit … solidarisch mit allen Verfolgten sozusagen. Und die Knizeks ausm ersten Stock … wart nur, bis se dir erzählen, dass se ganz eigentlich nen Akzent uffm z haben. Wenn du se gleich danach fragst, werdense dich lieben. Die kommen aus Tschechien und ham Heimweh. Aber sie ham ja hier das Milchjeschäft und kommen nich weg.«

So plauderte Annie munter fort. Henriette hörte aufmerksam

zu, dachte dabei aber immer wieder an den Mann, der zuvor die Wohnung verlassen hatte.

»Und Ihr Verlobter?«, fragte sie in eine Pause hinein.

»Meen wat?«

»Der Herr an der Tür …«

Annie lachte schallend.

»Kindchen«, sagte sie, obwohl sie nur wenige Jahre älter war als Henriette. »Det war der Giovanni. Zwangsarbeiter. Deutsche Jungs jibt's ja keene mehr. Kundschaft, wenn de verstehst, wat ick meene. Ick bin sozusagen im horizontalen Jewerbe. Aber keene Angst, det Schlafsofa hier in der Küche haste janz für dich, und abends is hier Zapfenstreich, da kommt ja meene Kleene nach Hause. Da drüben steht der Kombi. Da ist das Geschirr drin und die Wäsche. Kannst deine Sachen auch reintun, aber viel scheinste ja nich dabeizuhaben.«

Henriette nickte und nippte an der Tasse mit dem Ersatzkaffee. »Danke, dass Sie mich aufnehmen, und natürlich zahle ich Miete.« Verstohlen sah sie sich in der Küche um. Ein Boiler über einem weißen Emaille-Spülbecken, ein Tisch mit drei Stühlen, ein Zweiplattenkocher und ein Sammelsurium von Tassen und Tellern. Auf dem Schlafsofa lagen ein paar Kleidungsstücke.

»Zahlen is jut, meene Kleene hat bald Jeburtstag. Vier Jahre wirdse und will 'ne blonde Puppe. Aber mit deiner Miete is dat ja jetzt 'n Kinderspiel. Willste mit, sie aussuchen? Und willste nich mal det blöde Sie lassen?«

Henriette lachte. »Ja, gerne … beides.« Ihr fiel ein Stein vom Herzen. Annie war genau so, wie Johanna Lemansky sie beschrieben hatte – eine gute Seele.

BERLIN
1944

24

Noch immer nicht fertig, Gottfried!«, rief Walter Ramsperger. »Was musste ich auch einen mit zwei linken Händen als Gesellen anstellen? Du bleibst hier, bis der Schuh besohlt ist.« Er wandte sich an die anderen Arbeiter. »Und ihr macht, dass ihr eure Werkbänke aufräumt.«

Kurz darauf war Ben allein. Er hatte die Arbeit wie immer absichtlich in die Länge gezogen, damit der Besitzer der kleinen Schuhfabrik, Walter Ramsperger, ihn zum Bleiben nach Arbeitsschluss verdonnern konnte. Als er fertig war, griff Ben zum Besen und kehrte den Boden. Er war bester Laune, denn heute war Samstag, der einzige Abend, an dem er es wagte, sich mit Henriette zu treffen. Unter der Woche verbrachte er lange einsame Abende in der Werkstatt. Dann musste er trotz der verdunkelten Fenster das Licht löschen, um den Anschein zu erwecken, dass auch der letzte Arbeiter gegangen war. Er schlief auf einer dünnen Schaumstoffmatratze, die er in Ramspergers Büro ausrollte. Noch vor den frühen Morgenstunden verstaute er die Matratze wieder im Schrank. Danach schlüpfte er – noch bevor der Rest des Hauses erwachte – aus dem Gebäude auf die Straße, um später zusammen mit den anderen Arbeitern wiederzukommen – ganz so, als hätte er die Nacht in einem richtigen Bett verbracht, in irgendeiner Wohnung in Zehlendorf, Kreuzberg oder Reinickendorf.

Aber heute war Samstag. Ben blickte beim Fegen auf die Uhr.

»Wenn du so weitermachst, ist das Holz bald weggescheuert«, hörte er die Stimme seines Chefs hinter sich. Ramsperger stellte einen Teller mit zwei Brotscheiben und ein paar sauren Gurken auf die Werkbank.

»Hier deine Brotzeit, Junge.«

Ben stellte den Besen weg und griff zu. Er mochte seinen neuen Vorgesetzten. Johanna Lemansky hatte erzählt, dass Ramsperger Kommunist war und ursprünglich blinde Arbeiter beschäftigt hatte. Zweimal waren sie von den Nazis abgeholt worden, und zweimal war es ihm gelungen, sie wieder loszueisen, indem er bei den entsprechenden Instanzen mächtig auf den Putz gehauen und Stein und Bein geschworen hatte, ohne genau diese Arbeiter einpacken zu können – und was hätte die Wehrmacht davon? Immerhin produzierte die Schuhfabrik deren Stiefel. Aber beim dritten Mal war Ramsperger gescheitert. Er solle sich beim Arbeitsamt Ersatz besorgen, hatte man ihm erklärt und ihm zusätzlich ein paar Zwangsarbeiter geschickt.

»Kennen Sie Fräulein Lemansky eigentlich aus der Bekennenden Kirche?«, fragte Ben zwischen zwei Essiggurken.

»Seh ich aus wie ein Lutheraner?«, antwortete Ramsperger erbost. »Nein, ich bin Katholik.«

Ben war verwirrt. »Ich dachte, die Kommunisten machen sich nichts aus Religion. Sind sie nicht sogar dagegen?«

Ramsperger winkte ab. »Der Marx, der war schon gescheit, aber eines hat er nicht bedacht. Ich selbst habe diese Verbindung hergestellt«, sagte er stolz.

Ben sah ihn erwartungsvoll an, und Ramsperger fuhr fort: »Schau mal, der Kommunismus, die gerechte Gesellschaft, das ist doch wie das Paradies auf Erden, oder nicht? Früher, da gab's im Paradies nur Apfelbäume ... Agrikultur eben. Jetzt ist alles ein bisserl moderner ... Städte, Fabriken, Gott geht mit der Zeit, und das moderne Paradies, das ist eben die gerechte Gesellschaftsordnung. Wenn Gott also das Paradies erfunden hat, dann steckt er auch hinter der Idee des Kommunismus. Siehst du, was ich meine? Die beiden schließen sich nicht aus, sie gehören logisch zusammen. So wie der Kommunismus und das

Gebot, den Schwächeren zu helfen. Leider sehen das nicht alle so …«

Ben sah ihn fragend an. Hatte sich Ramspergers letzte Bemerkung auf ihn bezogen? Sein Chef zuckte mit den Schultern und seufzte demonstrativ. »Na ja, ich habe zwei Parteifreunden von dir erzählt …«

Ben wurde heiß, was man ihm offenbar ansah, denn sofort wiegelte Ramsperger ab. »Mach dir keine Sorgen, sie würden dich nie verraten, aber sie waren auch nicht begeistert davon, dass ich dich hier verstecke. Nicht, dass sie etwas hätten gegen deinesgleichen. Sie sind keine Judenhasser, aber sie glauben, dass ich mir meine Energie für die großen Aufgaben der Partei aufsparen soll, statt mich durch diese Aktion hier in Gefahr zu bringen und zu verzetteln.«

Ben schwieg betroffen. Er und unzählige andere kämpften um das nackte Überleben, und das sollte weniger wert sein als die kommunistische Parteiarbeit im Untergrund und die zukünftigen »großen Aufgaben«?

Ramsperger musste seine Gedanken erraten haben.

»Keine Sorge«, donnerte er. »Denen hab ich die Leviten gelesen. Am Arsch lecken können die mich, und zwar kreuzweise. Was nützen die konspirativen Treffen und großspurigen Pläne für die Zukunft unserer Gesellschaft? Das Einzige, was zählt, ist das Retten von Menschenleben, oder nicht?«

Ben nickte und wollte schon etwas antworten, da wechselte Ramsperger das Thema.

»Heute ist Samstagabend«, meinte er grinsend. »Triffst doch sicher wieder dein Mädchen?«

Erschrocken sah Ben auf die Uhr. »Ja, schon bald.« Hastig aß er die letzte Brotscheibe.

»Na, dann nix wie weg mit dir. Und seid vorsichtig, wenn ihr hierher zurückkommt … Keinen Mucks!«

Ben nickte und verabschiedete sich.

Eine Stunde später begrüßte er Henriette auf der dunklen

Straße mit einem Kuss. Die nasskalte Januarluft kroch unter ihre Mäntel, und er drückte sie beim Laufen enger an sich.

»Gehen wir wieder in einen Klub?«, fragte Henriette.

»Nein, ich hatte an etwas Besonderes gedacht«, antwortete Ben. »Lass uns ins *Hotel Esplanade* gehen. Dort arbeitet ein Bekannter von mir als Ober, und ich möchte wissen, ob es ihm gut geht.«

»Ins *Esplanade?* Ist das nicht zu gefährlich? Da steigen doch sicher auch Nazigrößen ab?«

»Als ich noch besser verdient habe, war ich regelmäßig dort«, beruhigte Ben sie. »Du müsstest doch aus eigener Erfahrung wissen, dass sie uns in der Höhle des Löwen am wenigsten vermuten. Auch Ausweiskontrollen gibt es keine, weil man die gut zahlenden Gäste nicht verärgern will. Und was meinen Bekannten angeht: Daniel und ich waren als Jungen im selben jüdischen Fußballverein, nachdem ich den arischen verlassen hatte.«

»Mulmig ist mir trotzdem. Ich habe mich lange bei Oberst Fleming sicher gefühlt, dabei wusste er längst, wer ich war. Das hätte böse ausgehen können, und es ist mir noch immer schleierhaft, warum er mich nicht verraten hat. Seitdem möchte ich noch vorsichtiger sein.«

»Komm schon. Nur auf ein Getränk. Und ich passe gut auf dich auf, versprochen.« Ben lächelte, und sie stimmte seufzend zu.

Tatsächlich eilte Daniel an ihren Tisch, sobald sie sich gesetzt hatten. Er lächelte Ben wissend an, bevor er Henriette begrüßte.

»Fallen wir auf, wenn wir ein Glas Bier statt Wein bestellen?«, fragte Ben seinen alten Freund.

»Zur Feier des Tages würde ich heute Champagner empfehlen«, sagte der auffallend leise.

Ben hob die Augenbrauen.

»Haben die Herrschaften noch nicht gehört?«, fragte Bens Freund lächelnd. Er nahm seinen Block und schrieb ein paar

Worte hin, dann legte er den Zettel auf den Tisch. *Alliierte jetzt bei Monte Cassino, 120 km südlich von Rom,* stand darauf. Der Ober nahm das Stück Papier sofort wieder an sich.

»Ach«, entfuhr es Ben. »Dann nehmen wir tatsächlich den Champagner, nicht wahr?«

Henriette nickte.

Ben sah sich verstohlen um. Waren die Gespräche der anderen Gäste in ihren feinen Anzügen und Uniformen deshalb so verhalten? Er selbst hatte Mühe, seine Freude nicht laut herauszuschreien, und er sah, dass es Henriette ähnlich ging. Er griff nach ihrer Hand und drückte sie fest. Als der Champagner kam, prosteten sie sich lautlos zu, und ihre Augen leuchteten.

Keine zwei Stunden später bogen sie in die Straße ein, in der Walter Ramspergers kleine Schuhfabrik in einem Hinterhaus direkt über einer Blechwerkstatt lag. Im Schwarz des Toreingangs lauschten sie angestrengt in die Dunkelheit, doch es war völlig still. Auf leisen Sohlen überquerten sie eilig den Hof. Ben sorgte dafür, dass die schwere Metalltür stets geölt war. Sie gab kaum einen Laut von sich. Auf den Treppen folgte Henriette ihm auf Schritt und Tritt, denn Ben wusste, welche Stufen beim Treten quietschten. Kurz darauf betraten sie Ramspergers Büro, und Ben rollte die dünne Matratze aus, auf der sie nur eng umschlungen Platz fanden. Der Ofen hinter ihnen war nicht mal mehr lauwarm. Ben breitete eine Decke über ihnen aus und umschlang Henriette, die sich an ihn drängte.

»Wenn das wahr ist«, sagte er, »könnte schon in wenigen Monaten alles vorbei sein.«

»Vielleicht sogar in wenigen Wochen! Ben, wenn die Alliierten erst mal in Rom sind, dann sind sie doch auch bald in Deutschland!«

Ben strich ihr übers Haar und küsste sie zärtlich. »Walter Ramsperger wird morgen über seine kommunistischen Kanäle sicher Informationen haben, die nicht in der Zeitung stehen«, sagte er. »Ich kann es kaum abwarten.« Er zog Henriette noch enger zu sich und streichelte ihren Rücken. »Wir schaffen das«, flüsterte er. »Wir werden in einer freien Welt leben.«

»Vielleicht sogar in Amerika«, sagte sie leise.

»Wo immer du willst.« Er küsste sie leidenschaftlich.

Rolf trommelte wütend mit dem Kugelschreiber auf seinen Schreibtisch. Mehrere Monate dauerten nun schon die Kämpfe südlich von Rom an, und nicht nur Deutschland, sondern auch die Alliierten hatten hohe Verluste erlitten, von der Zerstörung des Klosters Monte Cassino ganz abgesehen – aber darüber mochten sich andere aufregen, ihn selbst interessierte diese Abtei nicht im Geringsten. Trotzdem ließen sich die Alliierten nicht in die Knie zwingen! Wie auch, wenn die Briten das gesamte Gewicht ihrer Kolonialmacht in die Waage warfen. Selbst indische und neuseeländische Divisionen kämpften dort unten an der Seite der Alliierten.

Und die Deutschen? Seit dieser Verräter Mussolini die Seiten gewechselt hatte, waren sie auf sich gestellt. Rolf feuerte den Kugelschreiber über den Tisch. Er landete auf dem Boden. Versager, dachte er, überall Versager. War er nicht in der nationalsozialistischen Partei, weil sie die Gewinner waren? Die, die demütigten, statt gedemütigt zu werden? Er sah auf die Uhr. Wo nur der Mann blieb, der ihm Margot Weishaupt bringen sollte?

Auch diese Weishaupt war eine Versagerin. Henriette war in Berlin, davon war er überzeugt, denn nur hier kannte sie sich aus, hatte möglicherweise alte Kontakte, von denen er nichts wusste, und fiel in der Menge der Menschen nicht auf.

Längst ging es ihm nicht mehr um das elende Foto. Nein, es machte ihn wahnsinnig, dass sie ihm den Spiegel vorhielt, ihm immer einen Schritt voraus zu sein schien. Jeden Tag fand der jüdische Fahndungsdienst untergetauchte Juden, jeden Tag wurden mehr von ihnen bei Razzien und Kontrollen der Gestapo gefasst – nur Henriette nicht! Wie viel Glück konnte eine einzelne Person haben?

Es klopfte an der Tür.

»Herein!«, rief er.

»Heil Hitler, ich bringe Ihnen Margot Weishaupt.«

»Danke, bleiben Sie bitte an der Tür stehen, es dauert nicht lange.«

Margot Weishaupt grüßte zaghaft und wartete offenbar darauf, dass er ihr den Besucherstuhl anbot, was er nicht tat. Verunsichert sah sie ihn an und setzte sich dann trotzdem. Er schwieg weiter.

»Also«, hob sie schließlich von sich aus an. »Diese Woche bin ich Reinickendorf abgelaufen, außerdem Charlottenburg.« Sie nannte eine schier endlose Reihe von Lokalen, die sie besucht, Kinos und Theatern, die sie kontrolliert hatte.

Lustlos hörte Rolf zu. Seit wie vielen Monaten leierte sie ihre wöchentlichen Berichte jetzt schon herunter? Als sie geendet hatte, sah sie ihn ängstlich an. Ihre Hände wanderten zu den Schläfen und rieben sie.

»Kopfschmerzen?« Es war das erste Wort, das er an sie richtete.

»Ja, sehr«, antwortete sie leise.

»Schmidt, bitte bringen Sie Frau Weishaupt ein Aspirin und ein Glas Wasser!«

Der Angesprochene sah ihn überrascht an, machte sich dann aber auf den Weg. Kurz darauf kam er mit den gewünschten Dingen zurück. Margot Weishaupt nahm sie dankbar entgegen, schluckte die Tablette und trank das Wasser.

»Danke«, sagte sie und lächelte.

»Würden Sie bitte den Kuli aufheben, der vor Ihnen auf dem Boden liegt?«, bat Rolf.

Margot Weishaupt bückte sich und reichte ihm den Stift.

Rolf nahm ihn, setzte seine Unterschrift unter ein Dokument mit einem einzelnen Namen und schrieb dahinter: *Rückkehr unerwünscht*. Dann reichte er es dem Uniformierten und sagte: »Frau Weishaupt geht auf den nächsten Transport. Festnehmen.«

Schmidt nickte und zog Handschellen hervor.

»Was? Nein! Warum?«, schrie Margot Weishaupt panisch. »Ich habe alles getan, was Sie wollten!«

»Vielleicht … vielleicht auch nicht. In jedem Fall hat sich Ihre Mitarbeit als wertlos erwiesen.«

»Bitte, was ist mit meiner Mutter und Großmutter? Ich verspreche, ich werde mir noch mehr Mühe geben. Bitte … noch eine einzige Chance.« Sie versuchte, ihren Arm aus dem Griff des Uniformierten zu lösen, der schon die Tür geöffnet hatte.

»Bitte lassen Sie wenigstens meine Mutter und Großmutter in Theresienstadt«, flehte sie. »Ich kann Ihnen auch einen Namen dafür nennen. Es ist nicht Henriette, aber er ist Jude.«

»Ich höre?«

»Er heißt Daniel Feidmann und arbeitet als Ober im *Hotel Esplanade* unter falschem Namen. Nagel, glaube ich. Bitte, bitte, machen Sie mit mir, was Sie wollen, aber lassen Sie meine Mutter und meine Großmutter in Theresienstadt.«

Rolf hatte die Angaben notiert. Ohne Margot Weishaupt noch einmal anzusehen, signalisierte er Schmidt, sie abzuführen. Der zerrte Margot Weishaupt durch die Tür.

»Ich kann mehr tun, ich verspreche es, bitte tun Sie meiner Familie nichts!«, hörte er sie auf dem Gang schluchzen.

Jämmerliches Pack, dachte er und ärgerte sich, dass er Margot Weishaupt nicht erzählt hatte, dass es ihre Familie schon lange nicht mehr gab. Sollte er es nachholen? Aber ihr auf dem Gang hinterherzurufen, war unter seiner Würde. Stattdessen nahm er den Kugelschreiber und feuerte ihn an die gegenüberliegende Wand.

BERLIN
1945

25

Die ganze Stadt lag in Trümmern, trotzdem gab Hitler nicht auf. Im Gegenteil – eher ließ er das Land und seine Menschen vor die Hunde gehen!

Bitter dachte Henriette an ihre Hoffnung, dass die Alliierten nach ihrer Landung in Italien zügig nach Deutschland vorstoßen und den Krieg beenden würden. Über ein Jahr war das nun her, und natürlich konnte man nicht sagen, dass seither nichts geschehen war. Rom war eingenommen worden, und im vergangenen Sommer waren die Alliierten in der Normandie gelandet. Paris war wieder eine französische Stadt, während die deutschen Städte zunehmend in Schutt und Asche lagen. Warum also gelang es den Alliierten nicht, die Nazis endgültig in die Knie zu zwingen?

Henriette wusste, dass sie ungerecht war. Vor ein paar Monaten hatte Hitler den Deutschen Volkssturm ausgerufen. Jetzt kämpften selbst Kinder und alte Männer. Was hatte Fleming einmal gesagt? Durch seine Verbrechen habe Deutschland die Brücken hinter sich abgebrochen, auf einen Ausweg durch Friedensverhandlungen könne man nicht mehr hoffen. Deutschland müsse gewinnen – oder alles verlieren. Und wenn sie sich umsah, waren sie auf dem besten Weg zu Letzterem. Beinahe tausend Flugzeuge der US Air Force hatten Anfang Februar einen Bombenteppich über die Stadt gelegt und ganze Viertel der Innenstadt, aber auch angrenzende Bezirke verwüstet. Das Wehrmachtsradio sprach von knapp dreitausend Toten, aber wenn man dem Feindradio glaubte, hatten über zwanzigtausend Berliner ihr Leben verloren.

Henriettes trübe Gedanken wurden durch Annies Tochter Marie unterbrochen, die zwischen ihr und Ben lief und jetzt nach ihren Händen griff.

»Das Krokodil hat so viel Hunger«, erklärte die Kleine.

»Ja, sehr viel Hunger«, antwortete Ben und machte Kaugeräusche nach.

Henriette lächelte. Marie hatte die Geschichte vom hungrigen Krokodil erfunden, um die abstrakte Gefahr aus der Luft in etwas Anschaulicheres zu verwandeln. Seitdem ein paar Monate zuvor der Tiergarten bei einem Bombenangriff zerstört worden war, wurde eines der Krokodile vermisst, das möglicherweise überlebt hatte, und Marie stellte sich vor, wie es sich hungrig durch die Häuser fraß – eine gruselige Erklärung, die sie aber weit weniger zu erschrecken schien als die Flugzeuge.

Doch plötzlich kam dem Mädchen ein alarmierender Gedanke. »Tante Hermine, was ist, wenn das Krokodil auch unser Haus fressen will?«, fragte sie besorgt.

»Das wird nicht geschehen«, beruhigte Henriette sie. »Das Krokodil ist nämlich eigentlich sehr nett. Es frisst nur die Häuser der bösen Menschen.«

Ben warf Henriette einen zweifelnden Blick zu, und auch die kleine Marie erkannte den Haken an Henriettes Argumentation.

»So viele böse Menschen gibt es in Berlin«, sagte sie traurig. »Aber zum Glück nicht in unserem Haus.«

»Nein, nicht in unserem Haus«, bestätigte Henriette eilig. In der Tat hatten die Bewohner von Annies Haus sie herzlich in die Hausgemeinschaft aufgenommen, und obwohl nie jemand neugierige Fragen gestellt hatte, schienen alle aus unerfindlichen Gründen über sie Bescheid zu wissen. So hatte der alte Herr aus der Wohnung gegenüber Henriette wissen lassen, dass er nachts die Tür zum Flur offen ließ, obwohl ihm dadurch die Wärme flöten ging – aber er wollte hören, ob jemand Bedrohliches ins Haus kam. Wenn er Henriette im Treppenhaus begegnete, grüßte er sie jedes Mal mit einem schelmischen Lächeln.

Als Henriette und Ben mit Mariechen in der Wohnung ankamen, war Annie schlechter Laune.

»Alles in Ordnung?«, fragte Henriette, als sie sich mit einer Tasse Ersatzkaffee an den Küchentisch setzten.

Annie schnaubte und vergewisserte sich, dass die Kleine im Schlafzimmer mit der Puppe spielte.

»Der Kunde hat nich jezahlt. Einfach jegangen is der, und als ick ihn aufhalten wollte, hat er mich sojar noch jeschubst … jibt ja schon fast keene Kundschaft mehr … Wenn die wenigen Kerle jetzt och noch blank sind, is hier bald Zapfenstreich …«

Henriette strich ihr über den Arm, doch sie wusste nichts Tröstliches zu sagen, denn Annie hatte recht.

»Mein Geld wird auch knapp«, meinte sie seufzend. »Ich muss kaum noch Ausweise bearbeiten. Auch der katholische Pfarrer aus Stuttgart, der uns früher regelmäßig Ausweise zum Fälschen gebracht hat, kommt nicht mehr. Offenbar gibt es keine Nachfrage mehr an gefälschten Papieren.«

»Keene Nachfrage?«, fragte Annie erstaunt. »Habt ihr se alle bedient mit euren falschen Papieren?«

Henriette zuckte mit den Schultern. »Das kann ich mir nicht vorstellen. Aber bei dem Chaos in der Stadt funktionieren die Kommunikationswege nicht mehr so wie früher, denke ich.«

»Die Schuhfabrik arbeitet auch nur noch auf Sparflamme mit mir und drei Zwangsarbeitern«, warf Ben ein. »Herr Ramsperger überlegt, sie ganz zu schließen und zu seiner Mutter nach Bayern zu ziehen. ›Berlin ist unser aller Grab‹, hat er gestern zu mir gesagt. Aber er will sich an das Sprichwort halten: ›Nur nicht drängeln, zu den Engeln kommst du noch zur Zeit‹. Deshalb will er weg – und dann? Wenn die Fabrik zu ist, fällt es auf, wenn ich allein dort ein und aus gehe. Ich müsste mich permanent dort einschließen oder mir ein anderes Versteck suchen.«

Ben wurde durch Mariechen unterbrochen, die in die Küche kam und Henriette bettelnd ansah. »Bitte, Tante Hermine, darf ich mit deinem Glashund spielen? Püppi will mit ihm spazieren gehen.«

Henriette griff in ihre Rocktasche und reichte Marie die Figur.

»Aber aufpassen, ja? Sonst zieh ick dir die Schlappohren lang«, mahnte Annie noch, dann war Marie wieder im Schlafzimmer.

»Wir müssen hier weg«, sagte Ben, sobald sie außer Hörweite war. »Mittlerweile kommen die Flieger der Alliierten schon am helllichten Tag. Berlin hat keine funktionierende Luftabwehr mehr, und solange Deutschland nicht kapituliert, wird es immer weitergehen. Bald steht hier kein Stein mehr auf dem anderen, und ich habe keine Lust, kurz vor Kriegsende durch eine amerikanische oder britische Bombe zu sterben, die uns doch eigentlich befreien soll! Deshalb habe ich nachgedacht. Wir klauen uns ein Auto und fahren über die grüne Grenze in die Schweiz.«

»Ein Auto klauen?«, fragte Henriette skeptisch. »Das allein ist ja schon gefährlich. Und dann glaubst du allen Ernstes, dass du ohne ständige Kontrollen in den Süden fahren kannst?«

»Ick gloob och nich, dat man einfach so über die Grenze rüberspazieren kann«, warf Annie ein.

»Euch fehlt nur der Mut«, sagte Ben ein wenig irritiert.

In diesem Augenblick wurden sie durch Weinen aus dem Schlafzimmer unterbrochen. Annie stand auf, und Henriette, froh über die Unterbrechung, folgte ihr.

»Och nee.« Annie hob den Glashund auf, dessen angeklebtes Ohr wieder abgebrochen war. »Ick hab dir doch jesagt, du sollst uffpassen. Wart nur, dir werd ick wat husten.«

»Ist doch nicht so schlimm«, beruhigte Henriette sie und streichelte Marie über die blonden Haare. »Letztlich ist ja nicht viel kaputtgegangen, was nicht vorher schon mal kaputt war.«

»Nur, dat wir jetzt keenen Kleber mehr haben«, meinte Annie.

»Irgendwann kommt der hoffentlich auch wieder«, sagte Henriette schulterzuckend. »Und bis dahin bewahre ich das Öhrchen in meinem Geldbeutel auf.« Sie zog Marie vom Boden hoch und wischte ihr die Tränen ab. »Komm mit rüber zu uns, ja? Bald gibt es eine Scheibe Brot, und dann gehen wir schlafen.«

Mit der Kleinen an der Hand kehrten die beiden Frauen in die Küche zurück.

Henriette klingelte bei ihrer ehemaligen Lehrerin, die ihr sofort öffnete. In der Hand hielt Frau Gliemann etwas, das wie eine Tasse mit dampfendem Wasser aussah.

»Guten Morgen! Schön, Sie zu sehen«, sagte Frau Gliemann. »Kommen Sie rein.« Offenbar hatte sie Henriettes Blick bemerkt. »Ja, es ist genau das, wonach es aussieht: heißes Wasser. Ersatzkaffee oder Tee hatten sie im Laden nicht mehr. Immerhin haben wir stundenweise noch Strom und Wasser, das ist ja längst keine Selbstverständlichkeit mehr.«

Sie führte Henriette ins Wohnzimmer, wo Johanna Lemansky saß. Auch sie hielt eine Tasse mit heißem Wasser in der Hand. Seit große Teile Berlins von Tausenden Spreng- und Brandbomben zerstört worden waren, wohnte sie bei Ingeborg Gliemann, deren Haus wie durch ein Wunder noch stand.

»Dass sie uns jetzt schon am Tag angreifen, ist kein gutes Zeichen«, sagte Johanna Lemansky, denn seit Wochen gab es kein anderes Thema mehr – erst recht nicht für sie, die ihr Haus verloren hatte.

»Ja, ich weiß auch nicht, wohin das noch führen soll«, seufzte Frau Gliemann. »Und obwohl ich das angesichts der vielen Toten und Obdachlosen wohl nicht sagen sollte … es tut mir auch um unsere schöne Oper Unter den Linden leid und um das Berliner Schloss.«

Henriette hatte sich gesetzt. In ihr tobten widersprüchliche Gefühle. Natürlich hatte auch sie Todesangst ausgestanden, und die einst so vertrauten Straßen und Häuser in Schutt und Asche zu sehen, war furchtbar. Gleichzeitig wuchs mit jedem Einschlag die Hoffnung auf die Kapitulation Deutschlands.

»Ich musste viele Umwege laufen«, sagte sie deshalb nur. »Die Elektrische fuhr nur ein Stück, und viele Straßen sind permanent blockiert. Nur die wichtigsten werden noch vom Schutt freigeräumt, die anderen sind abgesperrt.«

»Natürlich«, meinte Frau Gliemann. »Es besteht Einsturzgefahr, und wahrscheinlich fürchten sie auch, dass sich Deserteure und Zwangsarbeiter in den Ruinen verstecken könnten.«

»Als ob das etwas nützen würde«, sagte Johanna Lemansky verächtlich. »Die Kontrolle über die Stadt haben sie doch längst verloren. Jeden Tag laufen ihnen mehr Kriegsgefangene und Zwangsarbeiter davon, und natürlich verstecken sie sich in den Ruinen. Das System der Lebensmittelkarten funktioniert auch nicht mehr. Jeder rafft und hamstert, was noch irgendwo zu haben ist, oder stiehlt es unter Lebensgefahr in zerbombten Wohnungen.«

»Jede halbwegs intakte Wohnung ist mittlerweile voller Ausgebombter«, sinnierte auch Frau Gliemann. »Alle haben Verwandte und Bekannte bei sich zu Hause. Jede Besenkammer ist besetzt. Wenn das Ganze etwas Gutes hat, dann die Tatsache, dass jetzt keiner mehr darauf achtet, ob alle Übernachtungsgäste angemeldet sind, und die elendigen Denunzianten blicken vorne und hinten nicht mehr durch.«

»Auf dem Weg hierher habe ich Flüchtlinge aus dem Osten gesehen. Sie waren gerade erst angekommen«, berichtete Henriette. »Ich frage mich, was sie sich von Berlin versprechen. Das ist doch kein sicherer Ort mehr. Die halbe Stadt ist schon kaputt, und wahrscheinlich wird es noch schlimmer werden.«

Frau Gliemann zuckte mit den Schultern. »Ich kann sie trotzdem verstehen. Sie haben Angst, dass die sowjetischen Soldaten auf dem Vormarsch ihren Hass an jedem auslassen, der deutsch spricht.«

Henriette nickte. Vom Gesichtspunkt der Menschen, die im Osten des Reichs lebten, war das durchaus nachvollziehbar, und doch verfolgten Ben und sie den Vormarsch der Sowjetarmee seit Wochen mit Ungeduld. Jeder Kilometer Fortschritt erfüllte sie mit Hoffnung auf ein baldiges Ende des Krieges.

Henriette zog ein Kuvert aus der Tasche, das sie Johanna Lemansky reichte. »Das ist der Ausweis, den ich gestern gefälscht habe«, erklärte sie. »Gibt es denn neue Dokumente für mich, die ich bearbeiten soll?«

Johanna Lemansky musterte das Dokument und nickte anerkennend. »Das haben Sie wieder ganz professionell gemacht, vielen Dank. Leider haben wir keine neuen Papiere erhalten, die wir Ihnen zum Fälschen geben könnten. Vermutlich will in der momentanen Lage niemand mehr seinen Ausweis hergeben und einen neuen beantragen müssen. Aber das ist nur die eine Seite der Medaille. Tatsächlich haben wir keine Anfragen für neue Ausweise – offenbar gibt es keinen Bedarf mehr.«

»Wie kann das sein?«, fragte Henriette beunruhigt.

»Vielleicht reihen sich die Untergetauchten in die Schlangen der Ostflüchtlinge ein?«, schlug Johanna Lemansky vor. »Sie behaupten, sie hätten ihre Dokumente unterwegs verloren, und bekommen dann einen Flüchtlingsausweis wie alle anderen. Darüber hinaus können sie auch noch in einer Sammelunterkunft unterkommen.«

»Stimmt. Das ist gut möglich!«, meinte Henriette erleichtert. Alles war besser, als annehmen zu müssen, dass es in der Stadt keine jüdischen Überlebenden mehr gab, denen man noch helfen konnte.

»Ich muss los«, sagte sie. »Ich habe Annie versprochen, ab Mittag für ein paar Stunden mit Mariechen spazieren zu gehen.«

Sie bekam das Honorar für den gefälschten Ausweis, dann verabschiedeten sie sich.

Als Henriette auf Umwegen das Viertel erreichte, in dem Annies Wohnung lag, schlugen die Glocken einiger unversehrter Kirchtürme gerade zwölf, doch noch bevor die Schläge verklungen waren, wurden sie vom Heulen des Luftalarms verschluckt. Panisch rannte Henriette los, den Blick auf den wolkenverhangenen Himmel gerichtet. In der Ferne waren die Bomber schon zu hören. Erschöpft blieb sie stehen. Ihre Seite schmerzte, und die Beine waren schwer wie Blei. Ich schaffe es nicht mehr bis zu Annies Keller, durchfuhr es sie. Da fiel ihr die nahe U-Bahn-Station ein. Kurz bevor sie den Eingang erreichte, fielen die ersten Bomben und eine schnelle Serie von Flak-Abwehrgeschossen erhob sich knatternd in den Himmel, als Henriette die Stufen der U-Bahn hinunterhastete.

Unten angekommen, kauerte sie sich zwischen Hunderte anderer Schutzsuchender. Einschlag um Einschlag ließ Boden und Wände erbeben, irgendwann verschwand das Licht. Jemand zündete eine Kerze an, ein Baby weinte, ansonsten herrschte absolute Stille in der großen Halle, während über ihnen das Rollen der Bomberverbände dröhnte, abflaute und wieder lauter wurde. Die Bomben fielen mit einem lang gezogenen Pfeifen, jeder Einschlag verursachte einen Donner, der Henriette an das Ende der Welt denken ließ.

Ben, dachte sie panisch. Annie, Mariechen, Frau Gliemann, bitte, bitte, bitte. Sie presste das Gesicht an die angezogenen Knie und verlor jedes Gefühl für Zeit und Raum. Sie wollte nicht sterben, nicht so, nicht hier und jetzt, wo das Kriegsende zum Greifen nah war. Plötzlich überkam sie Wut. Macht schon, dachte sie. Bombt sie in Grund und Boden! Macht, dass dieser Krieg endlich aufhört!

Erst eineinhalb Stunden später stand Henriette mit zitternden Knien wieder auf der Straße, die Haare grau vom Mörtelstaub, der von der Decke gerieselt war. Die Luft stank nach Ruß. So weit das Auge reichte, loderten Feuer. Millionen Funken stoben durch die Luft, an jeder Ecke ragten pechschwarze Rauchsäulen auf. Der Himmel über Berlin war rot gefärbt. Von überallher erklangen Schreie und Weinen, Feuerlöschzüge rasten an ihr vorbei, und immer wieder hörte sie Detonationen, wo die Brände neue Explosionen auslösten. Papier und brennende Stofffetzen wirbelten durch die Luft. Plötzlich ertönte ein Muhen hinter ihr. Henriette wich einer vor Angst wild gewordenen Herde von Kühen aus, die kopflos brüllend an ihr vorbeidonnerten. Sie mussten sich aus dem Stall einer städtischen Molkerei befreit haben.

Henriettes erster Impuls war es, Ben zu erreichen. Doch die Schuhfabrik lag ein ganzes Stück weg, während Annies Haus sich in der Nähe befand. Sie musste wissen, ob es ihr und Marie gut ging. Als sie ihre Häuserzeile erreichte, hatte sie die Hoffnung bereits aufgegeben. Die meisten Gebäude waren zerstört, auch das Haus, in dem Henriette in den letzten Monaten untergekommen war.

»Frau Gehrig!«, schrie sie außer sich, als sie eine Hausbewohnerin erblickte, die einen Vogelkäfig mit zwei Wellensittichen trug. »Haben Sie Annie Liebermann und die kleine Marie gesehen?«

Die Frau blieb stehen und sah Henriette desorientiert an.

»Ach, Sie sind es«, sagte sie schließlich. »In unserem Keller haben alle überlebt, aber das Fräulein Liebermann war nicht mehr bei uns. Gleich zu Anfang gab es einen schweren Schlag, da hat die Kleine sich losgerissen und ist aus dem Keller nach oben gerannt, und ihre Mutter hinterher. Seitdem habe ich sie nicht mehr gesehen.«

Grußlos hastete sie mit ihren Wellensittichen weiter.

Fassungslos blickte Henriette auf die brennende Straße, die geborstenen Häuser und die kopflosen Gestalten, die schreiend und heulend umherliefen. Der Rauch brannte in ihren Augen, und sie bekam einen heftigen Hustenanfall. Wahrscheinlich hat Annie in einem anderen Keller Zuflucht gesucht, versuchte sie sich zu beruhigen. Doch nun musste sie wissen, ob es Ben gut ging.

Gott sei Dank, das Gebäude ist unversehrt, schoss es ihr durch den Kopf, als sie sich endlich durch die gesprengten Straßen zu Ramspergers Schuhfabrik durchgekämpft hatte. Nur drei Häuser am Ende der Straße hatte es erwischt. Laut rufend rannte Henriette durch die leere Werkstatt, doch da war niemand, und auch die Keller waren leer. Die Menschen, die sie fragte, schüttelten nur den Kopf oder beachteten sie gar nicht.

Ohne nachzudenken, rannte sie in Richtung der eingestürzten Gebäude, und da sah sie ihn! Zusammen mit Walter Ramsperger und anderen Männern versuchte Ben, den Zugang eines Kellers freizuschaufeln. Er drehte sich um, und sein Gesicht strahlte, als er sie erkannte.

»Henriette!«

Dann lagen sie sich in den Armen.

»Du zitterst ja immer noch«, flüsterte Ben, als er sie in derselben Nacht auf der dünnen Matratze in Ramspergers Büro an sich drückte.

»Du auch«, erwiderte Henriette leise. Ihre Hand suchte sich einen Weg durch den Riss in seinem Oberhemd und strich ihm über den Rücken, doch offenbar waren ihre Finger kalt, denn er zuckte zusammen.

»Wie lange soll das noch so gehen?«, stieß er hervor. »Henriette, du wirst sehen, wenn wir hierbleiben, sterben wir im Bombenhagel!«

Diesmal widersprach sie ihm nicht. Sie dachte an Annie und Marie, von deren Schicksal sie nichts wusste.

»Hör zu«, fuhr Ben leise fort. »Ich habe einen Plan. Der Anhalter Bahnhof wurde zwar vor ein paar Wochen schwer beschädigt, aber er ist noch betriebsfähig, und davor parken immer wieder Autos. In dem großen Menschengetümmel finden wir sicher einen Fahrer, der in der Eile vergisst, seinen Wagen abzuschließen, und schon haben wir ein Auto. Ich kann es kurzschließen, und wir verlassen Berlin.«

»Und das Benzin?«, gab Henriette zu bedenken. »Es gibt doch fast keins mehr, und man bekommt es nur auf Bezugsschein.«

»Wozu ist dein Verlobter Mechaniker? Ich kenne einen Trick.«

»So, so«, sagte Henriette überrascht und sah ihm in die Augen.

»Du bist also ganz offiziell mein Verlobter? Das wusste ich gar nicht.«

Ben sah sie verlegen an. »Also, ich dachte … siehst du das anders? Willst du das nicht auch?«

»Aber natürlich.« Spielerisch strich sie ihm mit dem Zeigefinger über die Nasenspitze. »Es ist nur so ungewohnt, es ausgesprochen zu hören.«

»Bald werden wir wieder laut aussprechen können, was wir wollen«, flüsterte er erleichtert. »Auch unsere richtigen Namen. Und wir können endlich nach unseren Familien suchen.«

Henriette nickte.

»Lass es uns wagen, Henriette. Wir haben Ausweise, die du selbst gefälscht hast, auch wenn sie nicht ganz wasserdicht sind.« Er grinste. »Und in diesem Chaos wird uns keiner aufhalten. Nur ein paar zusätzliche Nummernschilder und Landkarten sollten wir uns noch organisieren. Sag selbst, was haben wir zu verlieren?«

Fast eine Minute verstrich, bevor Henriette antwortete.

»Gut«, sagte sie leise. »Einverstanden.«

26

Walter Ramsperger hat seine Schuhfabrik gestern geschlossen«, berichtete Ben, als sie sich wenige Tage später trafen. »Die letzten Arbeiter waren ihm ohnehin schon davongelaufen, und es gab auch keine Materialien mehr. Er hat mir den Schlüssel gegeben, damit wir dort bleiben können, wenn er weg ist. Verstecken müssen wir uns auch nicht mehr, denn mittlerweile ist alles voller Ausgebombter, da wundert sich niemand, wenn ich mit dir in der Fabrik lebe. Natürlich habe ich ihm nicht gesagt, was wir heute Abend vorhaben …« Ben sah Henriette an, die schweigend neben ihm herlief. »Henriette? Hörst du mir überhaupt zu?«

»Ja … nein. Entschuldige, ich bin so nervös. Bist du dir sicher, dass wir das Richtige tun? Ist es nicht doch zu gefährlich?«

»Nichts ist gefährlicher, als in dieser Stadt zu bleiben«, meinte Ben und nahm ihre Hand. »Komm, bald wird es dämmern, und in fünf Minuten sind wir am Anhalter Bahnhof.«

Nach den Luftangriffen standen von dem herrschaftlichen Kopfbahnhof am Askanischen Platz nur noch die Hallenwände. Die Stahlkonstruktion des Daches war eingestürzt und der Schutt gerade so weit beiseitegeschafft, dass die Gleise frei waren.

»Sollten wir uns nicht lieber unter die Menge mischen und mit dem Zug wegfahren?«, fragte Henriette.

»Nein, aus Berlin kämen wir ohne Kontrolle vielleicht noch raus, aber bis wir in der Schweiz wären, würden wir in ein Dutzend Kontrollen geraten, und ich will unsere falschen Ausweise so wenig wie möglich auf den Prüfstand stellen. Sie suchen fanatisch nach Deserteuren, und wenn sie merken, dass ich keine Sehbehinderung habe, dann gute Nacht.«

Ben zeigte auf eine Stelle, die ihnen einen guten Überblick über die vor dem Bahnhof parkenden Wagen bot.

»Hier ist es gut. Und jetzt achten wir ganz genau darauf, ob die Fahrer ihre Autos abschließen«, sagte er leise.

Henriette nickte.

Ben nahm ihre Hand, ließ sie aber sofort wieder los, sah auf seine Armbanduhr, dann auf den Eingang, und wieder zum Parkplatz. Soweit er es einschätzen konnte, schenkte keiner der Passanten ihnen Beachtung. Die Menschen waren mit sich selbst beschäftigt, viele wirkten gehetzt.

»Da«, flüsterte Henriette plötzlich und deutete unauffällig auf einen Mann in Hut und schwarzem Ledermantel, der gerade die Tür seines Autos zuschlug und sofort auf das Bahnhofsgebäude zueilte.

»Komm«, zischte Ben und zog Henriette mit sich. Tatsächlich, der Wagen war nicht abgeschlossen.

»Der holt bestimmt nur jemanden ab und kommt gleich wieder«, flüsterte Henriette, während Ben die Kabel freilegte, um den Wagen kurzzuschließen. Er hörte die Angst in ihrer Stimme.

»Ich hab's gleich«, antwortete er, ohne aufzusehen. Und tatsächlich sprang der Motor an. Ben hätte am liebsten gejubelt. Geschickt lenkte er den Wagen aus der Parklücke und reihte sich in den Verkehr ein. Doch sie waren noch keine Minute gefahren, da fluchte er.

»Was ist los?«, rief Henriette ängstlich.

»Nicht so schlimm«, beschwichtigte er sie. »Es ist das Benzin. Ich hatte gehofft, wir müssten nur noch ein paar Nummernschilder klauen und könnten dann los, aber der Tank ist fast leer. Schnell, schau im Handschuhfach nach, ob da vielleicht ein paar Bezugsscheine liegen.«

Hastig durchwühlte Henriette den Inhalt des Fachs.

»Nichts, nur ein paar Formulare mit einem Namen drauf. Ein Georg Hildebrandt. Oh, nein, der ist bei der Gestapo!«

»Bei der Kleidung hatte ich mir das schon gedacht. Außerdem sind diese Schergen die Einzigen, die noch Bezugsscheine für Benzin bekommen«, bemerkte Ben. Er dachte kurz nach. »Ich weiß, wo wir hinfahren«, sagte er dann. »Nicht weit von hier ist eine noch halbwegs intakte Gegend. Da besorge ich uns Benzin, und du könntest in der Zwischenzeit in verschiedenen Straßen ein paar Nummernschilder abschrauben, dann geht es schneller.«

Sie nickte, aber aus dem Augenwinkel sah Ben, dass ihre rechte Hand den Griff der Wagentür umklammerte.

»Augen zu und durch«, beruhigte er sie. Kurz darauf parkte er den Wagen in einer ruhigen Seitenstraße dicht neben einem anderen. Mittlerweile war es völlig dunkel, und er fühlte sich sicherer.

»Hier.« Er reichte Henriette einen Schraubenzieher und eine Tasche. »Die meisten Privatleute kriegen kein Benzin mehr, also nimm die Schilder von Autos, die so aussehen, als würden sie nicht mehr benutzt werden, dann wird ihr Fehlen nicht sofort bemerkt. Und nie zu lange in derselben Straße aufhalten, ja?«

Wieder nickte Henriette, und Ben fühlte sich schuldig. War es richtig, nicht nur sich, sondern auch sie in Gefahr zu bringen? Bevor sie gehen konnte, nahm er noch einmal ihre Hand und zog sie an sich.

»Ich liebe dich«, sagte er leise. »Wir schaffen das.«

»Ja«, flüsterte sie und gab ihm einen Kuss. »Ich liebe dich auch.« Dann war sie weg.

Ben kramte einen Schlauch aus seiner Tasche und versenkte das eine Ende im Tank des fremden Wagens, dann öffnete er den Tankdeckel seines Autos und begann, am Schlauch zu saugen. Doch schon bald war klar, dass er einen Wagen erwischt hatte, dessen Tank genauso leer war wie sein eigener. Wie viele Autos würde er ausprobieren müssen, bis sie genügend Benzin für ein paar Stunden Fahrt hatten?

Ja, mach nur einen Plan, dachte er, sei nur ein großes Licht, und mach dann noch ’nen zweiten Plan, gehn tun sie beide nicht.

Ein ehemaliger Lehrer hatte den Spruch oft zum Besten gegeben, der aus Brechts *Dreigroschenoper* stammte. Das Stück war seit 1933 verboten, aber der Spruch passte perfekt zu seiner Situation.

Nein, das war Unsinn! Er durfte jetzt nicht an sich zweifeln und vor allem nicht zögern. Leise zog Ben den Schlauch aus dem Tank und machte sich auf die Suche nach einem weiteren Wagen.

Schlecht gelaunt öffnete Franz Baader sein Wohnzimmerfenster. Das Licht hatte er gelöscht, still lag die dunkle Straße unter ihm, und er dachte daran, dass die Zigarette, die er gerade rauchte, seine letzte für heute war, denn selbst auf dem Schwarzmarkt hatte er nichts ergattern können. Aber gleich morgen würde er es wieder probieren.

Ein Geräusch erregte seine Aufmerksamkeit, und er spähte angestrengt in die Dunkelheit. Stand da nicht jemand zwischen zwei Autos? Das eine parkte am Straßenrand, das andere dicht daneben auf der Straße. Einen Augenblick wusste er nicht, was er von der Sache halten sollte, doch dann fiel der Groschen.

Da klaut doch einer Benzin!, fuhr es ihm durch den Kopf. Vorsichtig drückte er die Zigarette auf dem Fensterbrett aus, damit er sie später wieder anzünden konnte, und lief zum Telefon.

Henriette hatte vier Nummernschilder in vier verschiedenen Straßen abgeschraubt. Eines der Autos hatte einen platten Reifen gehabt, auf den verschmutzten Windschutzscheiben der anderen häuften sich welke Blätter, und sie war sich sicher, dass keiner der Wagen noch gefahren wurde. Mit ein bisschen Glück würde der Diebstahl erst bemerkt werden, wenn sie längst im Süden waren. Ein kurzes Hochgefühl stahl sich in ihre Anspannung. Falls es Ben gelungen war, Benzin zu besorgen, konnten sie im Morgengrauen schon weit von Berlin entfernt sein.

Da wurde die Nacht von Schreien zerrissen. Das war Ben! Mehrere laute Männerstimmen waren zu hören. Nur einen Augenblick zögerte Henriette, dann rannte sie los. An einer Hausecke blieb sie stehen und erkannte Ben, der von zwei Polizisten mit der Brust gegen einen Wagen gepresst wurde. Daneben standen zwei Männer in langen Ledermänteln und Hüten – Gestapo! Einer von ihnen hielt eine Taschenlampe, der andere legte Ben Handschellen an.

»Ich heiße Lindner!«, schrie Ben verzweifelt. »Ich habe einen Entlassungsschein von der Wehrmacht!«

»Entlassung aus der Wehrmacht?«, rief einer der Männer höhnisch. »Im Volkssturm kämpfen unsere Sechzehnjährigen, und ein quicklebendiger Mann wie du soll entlassen worden sein?«

Er wandte sich an die Polizisten. »Wollen wir doch mal sehen, ob wir hier nur einen Deserteur haben oder etwas noch Perfideres. Drehen Sie den Dieb um, damit ich ihn mir genauer anschauen kann.«

Entsetzt beobachtete Henriette, wie der Mann Bens Mantel aufknöpfte und seinen Gürtel löste, um ihm die Hose herunterzuziehen. Ben trat um sich, doch der Mann versetzte ihm einen solchen Schlag ins Gesicht, dass er benommen gegen das Auto torkelte.

Vor Schreck verlor Henriette das Gleichgewicht und stieß mit dem Fuß an eine alte Blechdose, die scheppernd wegrollte. Noch bevor sie sich ihrer Lage bewusst wurde, hatte sich der zweite Gestapomann in ihre Richtung gewandt. Eine Taschenlampe blitzte auf, ihr Lichtstrahl traf sie. Mit Entsetzen erkannte Henriette das Gesicht über der Lampe.

Rolf!

Während sie sich umdrehte und losrannte, hörte sie Ben schreien: »Lauf, lauf, schnell!«

Von hinten erklangen die Schritte ihrer Verfolger. Immer wieder wurden Henriettes Kopf und Körper vom Schein der hüpfenden Taschenlampe erfasst, und ihre Verzweiflung wuchs ins Bodenlose. Hatte sie nicht längst verloren? War es nicht immer schon auf diesen Moment hinausgelaufen? Was, wenn jetzt einfach kam, was kommen musste? Dennoch rannte sie weiter. Die Schritte hinter ihr wurden lauter, aber dann hatte sie Glück. Hinter einer Hausecke stand ein Laster am Straßenrand. Einer Eingebung folgend lief sie am dunklen Tor eines Hinterhofs vorbei, obwohl er kein schlechtes Versteck abgegeben hätte, und stellte sich stattdessen auf der Straßenseite neben die Beifahrertür des großen Wagens. Es war eine Finte, die funktionieren mochte oder auch nicht.

Schon bog das Licht der Taschenlampe um die Ecke und blieb stehen.

»Wo ist sie?«, hörte Henriette die atemlose Stimme eines Mannes. Es musste einer der Polizisten sein.

»Rennen Sie weiter die Straße hinunter«, erklang Rolfs Stimme. »Ich gehe in diesen Hinterhof. Wahrscheinlich hält sie sich dort versteckt.«

Henriette schauderte bei dem Gedanken, dass er nur wenige Meter von ihr entfernt auf der anderen Seite des Lasters stand, und sie hatte Mühe, ihren aufgewühlten Atem im Zaum zu halten. Die Schritte der Männer entfernten sich.

Als Henriette das Licht der Taschenlampe nicht mehr sehen konnte, huschte sie geduckt über die Straße, lief ein Stück zurück und bog um eine Ecke. Dann rannte sie wie von Sinnen dicht an den Hauswänden entlang. Erst Minuten später schöpfte sie im Schutz eines Hofeingangs Atem. Wo war sie? Sie hatte jede Orientierung verloren, und um sie war alles still. Ben, dachte sie verzweifelt. Sie haben Ben!

»Was soll ich nur tun? Ich muss ihm doch helfen! Und wo soll ich selbst hin? In die Schuhfabrik kann ich nicht zurück, falls Ben etwas preisgibt …«

Henriette saß auf Frau Gliemanns Sofa, jede ihrer Fragen ein Hilfeschrei. Neben ihr knetete ihre ehemalige Lehrerin nervös ihre Hände. Aus der Küche, in die sich Frau Gliemanns Schwester mit ihrer Tochter sowie eine ältere Tante zurückgezogen hatten, kam kein Laut.

»Ich fürchte, wir können nichts für Benjamin tun«, sagte Frau Gliemann leise und legte tröstend eine Hand auf Henriettes Arm.

»Ingeborg, kann ich dich kurz sprechen?«

Henriette sah überrascht auf, sie hatte Frau Gliemanns Schwester Trudi nicht kommen hören. Um anzudeuten, dass sie ein privates Gespräch wünschte, gestikulierte Trudi in Richtung Küche. Ingeborg Gliemann nickte Henriette zu, stand auf und folgte ihrer Schwester. Die Tür hinter ihnen wurde geschlossen, und Henriette hätte am liebsten losgeweint, doch sie riss sich zusammen.

Jetzt erklangen gedämpfte Stimmen, doch sie blieben unverständlich. Henriette seufzte. Als sie vor einer Stunde bei ihrer früheren Lehrerin angekommen war, hatte sie damit gerechnet, Ingeborg Gliemann und Johanna Lemansky anzutreffen und vielleicht sogar bei ihnen bleiben zu können. Stattdessen hatte sie erfahren, dass Johanna Lemansky zu einer Verwandten nach Baden-Württemberg abgereist war. An ihrer Stelle hatte Ingeborg ihre ältere Schwester mit Tochter sowie eine Tante bei sich aufgenommen, die ausgebombt worden waren – und Henriette ahnte, dass Trudi über ihre Ankunft wenig erfreut war.

Sie schreckte aus ihren Gedanken hoch, als Trudis Stimme schrill aus der Küche klang.

»Was? Sie ist Jüdin? Das auch noch? Bist du verrückt? Dann kann sie erst recht nicht hierbleiben!«

Henriette verstand Frau Gliemanns Antwort nicht, da diese sich offenbar um Ruhe bemühte, doch ihre Schwester war zu aufgebracht.

»Du übertreibst es wirklich mit deiner Nächstenliebe«, rief Trudi. »Glaub mir, ich habe nichts gegen diese Juden, aber ich sehe auch nicht ein, dass wir uns durch sie in Gefahr bringen lassen müssen. Und wo sollte sie überhaupt schlafen? Wir haben keinen freien Platz mehr und ernähren uns von wässriger Kohlsuppe und Steckrüben, weil es nichts mehr zu kaufen gibt. Ingeborg, sie kann hier nicht …«

Die Stimme wurde abrupt leiser. Offenbar war es Ingeborg gelungen, ihre Schwester zu einem gemäßigteren Ton zu bewegen.

Mit starrem Blick sah Henriette vor sich hin. Sie hatte sich selten so ausgeliefert gefühlt.

Eigentlich sollte ich von selbst gehen, statt mich aufzudrängen, dachte sie, doch wo sollte sie hin in dieser noch immer kalten Märznacht, in der vermutlich ganze Mannschaften nach ihr suchten?

Kurz darauf öffnete sich die Küchentür, und Frau Gliemann setzte sich neben sie. Ihre Hände zitterten, und sie mied Henriettes Blick. Offenbar suchte sie nach den richtigen Worten. Niedergeschlagen nahm Henriette ihr die Aufgabe ab.

»Machen Sie sich keine Sorgen«, log sie. »Ich werde schon etwas finden.«

»Ach, Henriette …« Frau Gliemann nahm ihre Hände. »Es tut mir so leid. Meine Schwester ist keine Nazisse, das dürfen Sie nicht denken, aber sie hat Angst, und ich sehe mich nicht in der Lage, sie … Ach, was soll ich sagen? Ich wünsche Ihnen von Herzen alles Gute. Lange kann es ja nun wirklich nicht mehr dauern, bis dieser Krieg zu Ende geht. Wenn wir ihn nur bis dahin überleben … Aber warten Sie, Sie haben ja nichts mehr außer Ihrer Jacke und dem Portemonnaie. Ich werde Ihnen etwas in einer kleinen Tasche zusammenpacken. Ein wenig Unterwäsche vielleicht? Socken und eine Bluse? Seife und etwas zu essen. Außerdem brauchen Sie einen neuen Rock. Dieser hier ist an der Tasche ausgerissen.«

Erschrocken sah Henriette an sich herunter. Es stimmte, dass sie auf der Flucht an etwas Spitzem hängen geblieben war, das aus einer Hauswand geragt hatte, aber sie war einfach weitergerannt und hatte den Schaden noch gar nicht bemerkt.

»Meine Rocktasche«, rief sie aufgebracht. »In dieser Tasche habe ich immer meinen Glashund!« Hastig griff sie hinein, doch das Futter war gerissen und die Tasche leer. Henriette presste die Lider zusammen, um die Tränen zurückzudrängen. Durfte ihr denn gar nichts bleiben? Nicht einmal diese kleine Glasfigur?

Sie spürte Frau Gliemanns Hand an ihrem Arm. »Kommen

Sie, Henriette. Lassen Sie uns sehen, ob Ihnen einer meiner Röcke passt.«

Langsam folgte Henriette ihr ins Schlafzimmer.

Gelähmt vor Angst und ihrer Sorge um Ben hatte sich Henriette tagelang kaum aus dem zerbombten Haus wegbewegt, in dessen Keller sie nach ihrem Abschied von Ingeborg Gliemann Zuflucht gesucht hatte, doch nun war ihr Proviant aufgebraucht, und sie überlegte verzweifelt, wie es weitergehen sollte. Sich in die Menge der Ostflüchtlinge zu mischen und in einer Sammelunterkunft unterzuschlüpfen, wagte sie nicht, denn sie fürchtete, dass die Gestapo dort gezielt nach ihr suchen würde. Immer wieder griff sie in alter Gewohnheit an ihren Rock, um nach dem Glashund zu tasten, bevor sie sich erinnerte, dass der neue von Frau Gliemann keine Tasche hatte und ihr Hündchen fort war.

Doch plötzlich setzte sie sich kerzengerade auf. Das Foto! Hektisch kramte sie ihren Geldbeutel aus der Jackentasche und holte das Bild heraus. Rolf mit seinem Großvater vor dem siebenarmigen Leuchter … Zorn wallte in ihr auf, und sie biss die Zähne aufeinander. Dass sie nicht früher daran gedacht hatte! Seit Beginn ihrer Flucht schleppte sie dieses Bild in ihrem Portemonnaie mit sich herum für den Fall, dass es ihr noch einmal nützlich sein konnte. Und jetzt, wo der Zeitpunkt gekommen war, hätte sie es beinahe vergessen! Doch wie sollte sie vorgehen, um Rolf unter Druck zu setzen und Bens Freilassung zu erzwingen?

Sie dachte nach. Plötzlich kam ihr eine Idee. Sie würde das Foto abzeichnen und in den Umschlag legen, in dem Ingeborg ihr etwas Geld zugesteckt hatte. Dann würde sie das Kuvert mit seinem Namen versehen und in den Briefkasten seines Elternhauses werfen, denn seine Büroadresse kannte sie nicht, und die Sache konnte nur funktionieren, wenn er die Nachricht persönlich erhielt …

Sie schob den Gedanken beiseite, dass es für einen Erpressungsversuch möglicherweise zu spät war. Bald würde der Naziterror ein Ende haben, was die Sprengkraft von Rolfs Geheimnis erheblich minderte. Trotzdem musste sie es versuchen.

Wie erhofft war das Haus schon dunkel, als Rolf Mantel und Hut in der Garderobe aufhängte und in sein Schlafzimmer ging. Schon seit ein paar Wochen zog er es vor, bis weit nach Dienstschluss im Büro zu bleiben und das Gespräch mit allen zu meiden, die nicht unmittelbar mit seiner Arbeit zu tun hatten. In seinem Zimmer setzte er sich an den Schreibtisch und lockerte die Krawatte. Alles umsonst, dachte er deprimiert. Ihre ganze Mühe, ihr leidenschaftlicher Einsatz. Mittlerweile hatten die Alliierten den Rhein überquert, die Heeresgruppe B war im Ruhrkessel eingeschlossen. Die amerikanischen Truppen standen an der Elbe und ließen den Sowjets offenbar den Vorrang beim Marsch auf die Hauptstadt.

Jetzt haben sie uns am Wickel, aber ein paar von ihnen ziehen wir noch mit runter, dachte Rolf und zog eine Flasche Whisky aus der Schreibtischschublade. Da er nichts zu Abend gegessen hatte, stiegen ihm schon die ersten Schlucke zu Kopf. Seine Gedanken wanderten zu Benjamin Cahn. Es war nicht schwierig gewesen, ihn anhand der Fahndungslisten zu identifizieren. Untergetaucht etwa zur selben Zeit wie Henriette. Ob die beiden das zusammen geplant hatten? Waren sie ein Paar?

Er nahm einen weiteren großen Schluck und riss sich den Schlips ganz vom Hals. Ja, sie mussten ein Paar sein, denn nur so konnte er es sich erklären, dass der Kerl nicht redete, obwohl er ihn tagelang persönlich zu Henriette befragt und seinem Assistenten freie Hand gegeben hatte, was den Einsatz von Tritten und Schlägen betraf. Außerdem waren die beiden kaum zufällig zur gleichen Zeit am gleichen Ort gewesen. Die wollten miteinander weg, raus aus Berlin, wie die Ratten, die gerade noch rechtzeitig das sinkende Schiff verließen. Und jetzt versuchte dieser Benjamin, sie zu schützen, und ließ sich dafür sogar foltern.

Er schnaubte verächtlich. Da hatte Henriette also wieder einen

Dummen gefunden! Er nahm noch einen Schluck, obwohl ihm schon schwindlig war. Andererseits, was machte es schon, wenn dieser Cahn nicht redete? Henriette war schlau. Dass sie in ihre bisherigen Verstecke zurückkehrte, war unwahrscheinlich. Trotzdem musste er sie kriegen – und wenn es das Letzte war, was er zustande brachte. Sie würde ihm nicht durch die Lappen gehen – sie nicht. Er nahm noch einen letzten Zug aus der Flasche und wollte sie in die Schublade zurücklegen, da streifte sein Ärmel die Briefe, die seine Mutter ihm ins Zimmer legte und von denen sich mittlerweile ein ganzer Stapel angesammelt hatte.

Lustlos nahm er den ersten zur Hand … ein Spendenaufruf für irgendein Hilfswerk. Er warf einen Blick auf den Absender des zweiten. Der Schuster … wahrscheinlich die Rechnung für die Besohlung seiner Schuhe – hatte er die nicht schon beim Abholen bezahlt? Er legte die beiden Briefe wieder auf den Stapel zu den anderen und stand auf. Nach dem Whisky würde er wenigstens einschlafen können.

»Aber ja doch, Liebe, es geht mir gut. Wenn ich es dir doch sage …« Fleming hatte Mühe, seiner Frau die Sorge zu nehmen, zumal er ihr nicht verraten durfte, wo er sich befand oder wie sich die Kämpfe um die Hauptstadt entwickelten. Doch schließlich sagten sie sich gute Nacht. »Gib Marion noch einen Kuss von mir«, bat er sie und versprach, sich bald wieder zu melden. Dann legte er auf und sah zur Liege in seinem Büro. Theoretisch konnte er sich jetzt ein paar Stunden hinlegen, doch er wusste, dass er nicht schlafen würde, und zündete die Zigarette wieder an, die er ausgedrückt hatte, als der Anruf hereinkam. Wenn er genau hinhörte, konnte er ganz leise das Artilleriefeuer hören. Am Vortag hatte die 1. Weißrussische Front unter General Schukow die Seelower Höhen erobert. Generaloberst Heinrici hatte sich mit der Heeresgruppe Weichsel zurückgezogen. Gleichzeitig hatte Marschall Konew mit der 1. Ukrainischen Front die deutsche Verteidigungslinie südlich von Cottbus schneller als erwartet durchbrochen. Einem direkten

Angriff auf die Hauptstadt stand also nichts mehr im Weg, und ihre Abwehr beschränkte sich auf den sogenannten äußeren Verteidigungsring der Stadt, über den er sich nicht die geringsten Illusionen machte. Hinter dem schlagkräftigen Wort verbargen sich ein paar lumpige Stützpunkte an Brücken und den wichtigsten Verkehrsknotenpunkten der Stadt. Dazu kam die schlechte Koordination unter den städtischen Befehlshabern, die ungleichmäßige Verteilung der noch vorhandenen Verbände. Jeder glaubte es besser zu wissen, und selbst Goebbels mischte sich in die Organisation der Verteidigung ein … der Propagandaminister!

Flemings Blick fiel auf die *Berliner Morgenpost,* eine der wenigen Zeitungen, die noch erschien. Der große Aufmacher an diesem Tag galt Hitlers Geburtstag. »Der Führer ist Deutschlands tapferstes Herz!« lautete die Überschrift von Goebbels' Gratulationsrede. »Wir stehen zu ihm in germanischer Gefolgschaftstreue – Sie können uns quälen, aber nicht demütigen und zerbrechen!«, hatte er geschrieben, und Fleming fragte sich, ob Goebbels dabei das Artilleriefeuer gehört hatte.

Auch am Morgen, als Hitler seinen engsten Kreis im Führerbunker empfangen hatte, hatte es gehörig geknallt. Es hieß, dass die ersten auf das Stadtgebiet abgefeuerten Salven von deutscher Belagerungsartillerie stammten, die der Feind in Schlesien erbeutet hatte. Und natürlich hatten sich auch die englischen und amerikanischen Bomber einen Geburtstagsgruß nicht nehmen lassen. Zwei Stunden hatte der Luftangriff gedauert, dabei lag die Stadt bereits in Trümmern, die Menschen verließen die Luftschutzbunker nur noch, um nach Essen und Wasser zu suchen, und grüßten sich mit: »Bleib übrig!« Vor etwas mehr als einem Monat hatte der Führer verkündet, dass sie Berlin bis zum letzten Mann verteidigen würden, und wie immer machte er mit seinem Vorhaben Ernst.

Wieder knatterten draußen mehrere Runden Artilleriefeuer, und erneut warf Fleming einen Blick zur Liege, doch er stand nicht auf, sondern schloss im Sitzen die Augen.

27

Mit steifen Gliedern und erschöpft von einer weiteren Nacht mit wenigen Stunden Schlaf reihte sich Henriette in die lange Schlange der Wartenden an der Pumpe ein, die den umliegenden Straßen als einzige Wasserquelle diente. Sie hatte Glück, dass sich die Wasserpumpe in unmittelbarer Nähe des zerstörten Hauses befand, in dessen Keller sie untergeschlüpft war. Auf der anderen Straßenseite lag das wie durch ein Wunder intakte Gebäude von Walter Ramspergers Schuhfabrik. Falls Ben tatsächlich entlassen werden sollte, würde er hierherkommen, um nach ihr zu suchen, da war sie sich sicher.

Doch Ben kam nicht. Mehrere Wochen waren vergangen, seit Henriette den Umschlag mit der Zeichnung und einer kurzen Anweisung in den Briefkasten von Rolfs Elternhaus gesteckt hatte. Hatte er ihn am Ende gar nicht bekommen? Vielleicht war sein Haus zerstört worden, oder die Eltern hatten die Stadt verlassen, und er wohnte jetzt woanders? Eine weitere Möglichkeit war, dass ihn seine jüdischen Wurzeln schlichtweg nicht mehr interessierten – und vielleicht war Ben längst tot …

Mechanisch ging Henriette einen Schritt vorwärts, als die Warteschlange sich weiterbewegte.

»Pst!«, machte ein Mädchen vor ihr, das Henriette auf fünfzehn schätzte. Offenbar war ihr langweilig. In ihrer Hand baumelte ein zerbeulter Kanister. Henriette sah sie desinteressiert an, doch der Blickkontakt reichte dem Mädchen.

»Habt ihr eure Fahnen und Parteiabzeichen auch schon verbrannt?«, flüsterte sie wichtigtuerisch.

Henriette sah sie verständnislos an.

»Wenn nicht, solltet ihr das schleunigst tun – oder ist eure Wohnung sowieso futsch?«

»Futsch«, antwortete Henriette nur.

Das Mädchen nickte altklug. »Dann weißt du ja, was du tun musst, um was zu essen zu kriegen, oder?«, fragte sie. »Du gehst einfach zu einer Feldküche, gibst deine Adresse an und kriegst eine warme Mahlzeit. Unser Haus steht noch, aber wir machen das trotzdem. Wir merken uns die Anschrift von einem ausgebombten Haus und gehen munter zur Feldküche. Man muss sehen, wo man bleibt, sagt meine Mutter. Unsere Fahnen und Parteiabzeichen hat sie auch schon verbrannt. Berlin macht's nicht mehr lang, sagt sie, und dann kommen neue Herren. Besser, nichts mehr rumliegen zu haben von den Sachen. Mein Vater ist übrigens beim Volkssturm. Aber vorher hat er mir noch die hier gegeben …« Ungebeten öffnete sie ihre Umhängetasche, und Henriette erschrak, als sie den Griff einer Pistole erkannte.

»Ich habe ihm versprechen müssen, dass ich mich erschieße, wenn irgend so ein Russe mir zu nahe kommen sollte.« Sie sah Henriette bedeutungsschwer an. »Du weißt schon, was die mit uns Frauen machen, wenn sie uns in die Finger kriegen, oder? Aber mich nicht, du wirst schon sehen.«

Henriettes Herz sank. Es war nicht das erste Mal, dass sie vor den Dingen gewarnt wurde, die die sowjetischen Soldaten mit Frauen machten. In diesem Augenblick ertönte eine hohe Stimme, und mehrere Menschen lösten sich aus der Schlange und rannten auf eine Hausruine zu.

»Da war früher der Laden von *Feinkost Kugelmeier* drin! Ich glaube, die haben einen Zugang gefunden!«, rief nun auch das junge Mädchen und spurtete los. Ohne nachzudenken, rannte Henriette hinterher. Tatsächlich! Irgendwer hatte in den Trümmern den Eingang zum ehemaligen Vorratsraum des Geschäfts freigelegt, und Dutzende Menschen waren bereits dabei, wahllos nach den wenigen Lebensmitteln zu greifen. Henriette erwischte ein Päckchen Grieß, zwei Dosen Erbsen und ein Säckchen verschrumpelter Kartoffeln, doch als sie nach einer Flasche griff, wurde sie ihr entrissen. Gleichzeitig streckte jemand die Arme nach den beiden Dosen aus, die sie zusammen mit den anderen Lebensmitteln an ihre Brust presste.

»Nein!«, schrie sie, wirbelte herum und drängte hinter einem voll beladenen Mädchen zum Ausgang. Als das Kind stolperte, fiel ein kleines Päckchen herunter. Blitzschnell hob Henriette es auf. Streichhölzer! Sie konnte ihr Glück kaum fassen und machte, dass sie wegkam, bevor ihr jemand die Schätze aus den Armen reißen konnte. Heute würde sie gekochte Kartoffeln essen … falls sie noch irgendwo einen Topf und etwas Brennbares ergattern konnte.

Es war das erste Mal seit Tagen, dass Rolf ein paar Stunden der Nacht zu Hause verbracht hatte. Im Büro gab es viel zu tun. Akten und Beweise mussten vernichtet werden, bevor das RSHA und seine Außenstellen in die Hände der Sowjets fielen.

Rolf zog sich das letzte gebügelte Hemd an, das noch in seinem Schrank lag. Das Elternhaus stand noch – immerhin –, aber es war leer. Sein Vater befand sich irgendwo im Stadtgebiet mit den zur Verteidigung herangezogenen Einheiten von SS und Volkssturm, die Mutter war zu Verwandten aufs Land geflüchtet, ebenso wie seine Verlobte mit ihrer Mutter.

Als Rolf zu der Krawatte griff, die er in der Nacht auf seinen Schreibtisch geworfen hatte, fielen erneut die Briefe herunter, die sich schon seit Wochen dort stapelten. Verärgert sammelte Rolf sie auf und bemerkte einen Umschlag mit einer zierlichen Frauenschrift. Ein persönlicher Brief? Von wem war der? Er drehte das Kuvert um, doch es trug keinen Absender. Rolf riss es auf und blickte auf die Zeichnung des Fotos, das er seit Jahren suchte.

»Henriette«, stieß er hervor, drehte den Zettel um und schnaubte abschätzig. Also hatte er recht gehabt. Henriette hatte das Foto die ganze Zeit besessen und nur auf die richtige Gelegenheit gewartet, um ihn zu erpressen. Ihre Großeltern waren ihr offenbar nicht wichtig genug gewesen, aber nun wollte sie ihr

Turteltäubchen wiederhaben, und dafür war sie bereit, ihm das Bild zu geben.

Er lachte kurz. Es war genau das eingetreten, wovor er sich so gefürchtet hatte – und doch löste es keinen Schrecken mehr in ihm aus.

Zu spät, meine Liebe, dachte er und warf die Zeichnung auf den Tisch. Selbst wenn Henriette in der augenblicklichen Lage noch jemanden fand, der sich für das Bild interessierte ... welche Konsequenzen konnte es jetzt noch für ihn haben? Die Russen standen im Wedding, am Prenzlauer Berg und in Friedrichshain. Es wurde um jede Straße gekämpft, und alle waren nur noch mit einer Frage beschäftigt: Würden sie die nächsten Wochen überleben, und wenn ja, wie kamen sie heil aus der Sache raus?

Rolf selbst dachte an nichts anderes. Was würde aus ihm werden, wenn er den Feinden in die Hände fiel? Wann war der richtige Zeitpunkt, sich zu verdrücken, und war das überhaupt noch möglich?

Plötzlich überkam ihn Ernüchterung, und er ließ sich auf seinen Schreibtischstuhl fallen. Nein, das Foto konnte sie sich sonst wo hinstecken, es interessierte ihn nicht mehr. Nur Henriette selbst hätte er gerne noch erwischt. Sie hatte ihn ein ums andere Mal vorgeführt, selbst an jenem Abend, an dem er keine zwanzig Meter hinter ihr gewesen war. Sie hatte überlebt, und jetzt reckte sie keck den Kopf aus dem Loch, in das sie sich verkrochen hatte, und drohte ihm mit dem Bild!

»Na warte!«

Von plötzlichem Hass erfüllt, sprang er auf und verließ das Haus. Wenn er Henriette schon nicht kriegen konnte, würde er ihr wenigstens das nehmen, was ihr offenbar wichtiger war als alles andere: Er würde die sofortige Exekution ihres Turteltäubchens anordnen oder sie gleich selbst übernehmen. Wenn sie geglaubt hatte, glimpflich aus dieser Sache herauszukommen und sich anschließend mit dem Kerl ein schönes Leben zu machen, während er vor den Sowjets und Amerikanern im Staub kroch, hatte sie sich getäuscht.

Noch immer zornig nahm Rolf bald darauf die Stufen des jüdischen Krankenhauses im Laufschritt. In dem zum Gefängnis und Sammellager umgewandelten Komplex ging es chaotisch zu. Noch immer wurden Häftlinge verhört, gleichzeitig schleppten die Angestellten Berge von Akten, die für die Vernichtung bestimmt waren, durch die Flure.

Als Rolf das Büro des Lagerleiters betrat, klingelte gerade das Telefon. Grebe sagte nicht viel, doch nachdem er eingehängt hatte, meinte er: »Das war ein Kollege von Ihnen aus dem RSHA, Referat für Judenfragen. Wir haben Befehl, alle verbliebenen Gefangenen auf der Stelle zu liquidieren.«

Rolf nickte. Sehr gut – dann würde er sich gar nicht weiter um die Exekution von diesem Cahn kümmern müssen.

Doch plötzlich fragte Grebe: »Glauben Sie, das ist klug, Reinhardt?« Erstaunt sah Rolf ihn an. »Mit Verlaub«, fuhr Grebe fort. »Der Wind hat sich gedreht. Und vielleicht wäre es nicht schlecht, sich ein paar Fürsprecher zu verschaffen, sich vorteilhaft zu positionieren. Sie wissen schon …«

Rolf starrte den Mann an, der sich auf seinem Schreibtischstuhl nach hinten lehnte. Fürsprecher … sich neu positionieren … Er dachte an das Foto mit seinem jüdischen Großvater. Was konnte ihm unter den gegebenen Umständen nützlicher sein als dieses Bild? Es war ein Blankoscheck, ein Freifahrtschein in ein neues Leben nach dem Krieg. Wenn er beweisen konnte, dass er selbst jüdische Wurzeln hatte, würde man ihm alles glauben – auch, dass er in den letzten Jahren verzweifelt versucht hatte, das System von innen heraus zu korrumpieren und zu retten, wen er retten konnte. Dass es nicht geklappt hatte, würde ihm niemand verdenken. Man wusste ja, wie perfekt das System organisiert gewesen war.

Rolf fragte sich, warum er nicht sofort an diese Möglichkeit gedacht hatte. Das Foto … jetzt musste er es erst recht haben!

»In der Tat bin ich hier, um die Angelegenheit anders zu regeln«, sagte er und wunderte sich über seinen festen Ton. »Auch im RSHA gehen die Meinungen auseinander, und ich teile Ihren Standpunkt. Entlassen Sie die Häftlinge mit sofortiger Wirkung – und stellen Sie ihnen ordentliche Entlassungspapiere aus. Berufen Sie sich explizit und schriftlich auf mich.«

Grebe sah ihn an, dann grinste er. »Keiner kann uns vorwerfen, dass wir in dieser Situation an uns denken.«

Er öffnete seine Schreibtischschublade und holte einen gelben Judenstern heraus. »Den nähe ich mir zu Hause an meine Jacke, wenn es hart auf hart kommt. Ich rate Ihnen auch dazu.«

Rolf nickte. »Der Gefangene Cahn ist noch da?«

»Etwas abgenutzt, aber ansonsten quicklebendig.«

»Gut.« Rolf war erleichtert. »Dann leiten wir alles in die Wege.«

Lagerleiter Grebe griff zum Telefon.

Warten ... auf die Stunden am Tag, an denen die Wasserpumpe auf der Straße Wasser hatte ... auf Neuigkeiten vom Vorrücken der Sowjetarmee, die Straße um Straße eroberte ... Warten auf Ben. Henriette hatte jedes Zeitgefühl verloren, seit Berlin aufgehört hatte, als Stadt zu funktionieren. Mal öffnete dieses Geschäft für eine Stunde, mal jenes – je nachdem, wo gerade Ware eingetroffen war. Niemand arbeitete mehr, denn alle waren damit beschäftigt, nach Nahrung zu suchen und für die eigene Sicherheit zu sorgen. Die Berliner standen an den Wasserpumpen oder Geschäften an und saßen in den Luftschutzkellern. Wer mutig war, grub in den eingestürzten Gebäuden nach Decken, Kleidern oder Lebensmitteln. Dinge wie Fahrräder, die vor wenigen Monaten unbezahlbar gewesen waren, hatten jeden Wert verloren, da die verschütteten Straßen unpassierbar waren. Wert hatte nur noch, was einen über den Tag brachte.

Drei Stunden hatte Henriette an diesem Nachmittag an der Pumpe angestanden, doch dann war das Wasser plötzlich versiegt. Sie tröstete sich damit, wenigstens ein Brot ergattert zu haben, obwohl es schmeckte, als wäre es mit Sägemehl gebacken worden. Gerade ging sie mit dem leeren Wasserbehälter auf »ihre« Hausruine zu, als ihr eine magere Gestalt auffiel, die ihr bekannt vorkam. Der Mann trug keine Uniform. Seine Jacke hatte er über die Schulter seines schmutzigen und zerrissenen Hemdes geworfen, und er hinkte leicht. Ungläubig blieb Henriette stehen.

Ben?

Sie versuchte, die Freude im Zaum zu halten. Wahrscheinlich verwechselte sie ihn nur.

Doch er war es wirklich.

»Ben!«

Henriettes Stimme überschlug sich beinahe. Jetzt hatte Ben sie auch gesehen und humpelte schneller. Henriette lief auf ihn zu und warf sich in seine offenen Arme. Lange Zeit hielten sie sich schweigend fest. Henriette hörte das Artilleriefeuer aus den angrenzenden Stadtteilen nicht mehr. Sie drückte ihr Gesicht in Bens Armbeuge und schluchzte leise.

»Du lebst. Ich kann es kaum fassen«, murmelte sie. »Ich habe so gewartet, nachdem ich den Brief geschrieben hatte, aber du bist nicht gekommen. Ich dachte …« Sie sprach nicht weiter.

»Was für einen Brief?«, fragte Ben, doch sie schüttelte den Kopf. »Nicht jetzt …«

»Sie haben mir tatsächlich einen offiziellen Entlassungsschein ausgestellt, und sogar meine Tasche habe ich zurückbekommen … natürlich ohne Geldbeutel.« Ben grinste schief. »Aber das Wichtigste ist ohnehin meine Jacke, denn in ihrem Saum steckt meine alte Kennkarte mit dem J für Jude. Wenn die Sowjets demnächst die Stadt einnehmen, ist es besser, kein arischer Mann zu sein.«

Henriette schluckte. »Ich habe nur die arische Kennkarte, die ich mir selbst gefälscht habe. Meine jüdische habe ich nicht mitgenommen, weil ich keine Zeit hatte, sie in die Jacke einzunähen, und in den Rucksack konnte ich sie ja schlecht stecken.«

»Du bist eine Frau«, beruhigte Ben sie. »Dir werden die Russen nichts tun.«

Doch Henriette war sich da nicht so sicher.

Da die Räume der Schuhfabrik von anderen Ausgebombten besetzt waren, zog Ben zu Henriette in die Küche einer ehemaligen Erdgeschosswohnung, die sowohl eine intakte Decke als auch eine verschließbare Tür hatte. Auch das angrenzende Kellergeschoss war noch begehbar.

Weitere quälende Tage vergingen mit Hunger, Warten und Gerüchten. An der Wasserpumpe tauschte man sich darüber aus, wie viele Hundert Meter die Sowjets noch vom Alexanderplatz entfernt waren. Pferde hatten sie offenbar auch, die jetzt in den noch bestehenden Gärten und Parks weideten. Von Kämpfen um jedes einzelne Zimmer im Reichstag war die Rede, und Hitler sollte persönlich die Verteidigung der Stadt übernommen haben – was immer das heißen mochte. Einige Straßenbewohner wollten die »unzivilisierten Untermenschen« schon mit eigenen Augen gesehen haben. Andere behaupteten, dass die Sowjets Brot verschenkten. Man müsse nur nett um »Chleb« bitten, denn das war das russische Wort dafür.

Und dann waren sie eines Morgens da. Henriette und Ben wagten es, trotz der Einsturzgefahr in den zweiten Stock des zerstörten Gebäudes zu steigen in der Hoffnung, dass die Sowjets sich nicht dorthin trauen würden. Hinter einer halben Wand verborgen beobachteten sie die erste versprengte russische Gruppe. Ein Lastwagen mit einem aufmontierten Geschütz, ein Panzer, der ruckelnd hinterherfuhr, gefolgt von mehreren Pferdekarren. Doch sie machten keine Anstalten zu irgendwelchen Kampfhandlungen. Stattdessen suchten die Männer sich Unterschlüpfe. Einige Soldaten machten Feuer und setzten Wasser auf, andere schütteten ihren Pferden Stroh und Futter auf.

»Was heißt das jetzt?«, flüsterte Henriette atemlos.

»Das heißt, dass der Kampf um Berlin vorbei ist. Der Krieg ist aus …« Bens Stimme schwankte. »Und wir sind noch da.«

Den ganzen Tag beobachteten Ben und Henriette aus ihrem Versteck die sowjetischen Soldaten, und auch die erste Nacht verging ohne Zwischenfälle. Doch am nächsten Morgen wurden sie durch Schritte aufgeschreckt, und kurz darauf rüttelte jemand an der abgeschlossenen Küchentür. Während sie den Atem anhielten, schienen zwei Männer vor der Tür miteinander zu diskutieren.

»Was sollen wir tun?«, flüsterte Henriette ängstlich, doch Ben wusste es nicht. Völlig unvermittelt gab die Tür einem Tritt nach, und zwei junge Soldaten standen im Zimmer. Als sie Ben sahen, brachten sie ruckartig die Pistolen in Anschlag und forderten ihn mit Rufen und Gesten auf, sich an die Wand zu stellen.

Ben riss die Arme hoch und tat, was sie wollten.

»Soldat? Soldat?«, fragte einer von ihnen hektisch auf Deutsch.

»Nein, kein Soldat«, rief Ben panisch. »Ich bin Jude. Karte … Identität … in meiner Hemdtasche.«

Doch die beiden Männer verstanden ihn nicht und sprachen aufgeregt miteinander. Henriette entschied sich schnell. Mit einem Schritt war sie bei Ben, zog die Kennkarte aus seiner Hemdtasche und warf sie den verdutzten Männern vor die Füße.

Der eine hob sie auf.

»Jüdisch«, wiederholte Ben, doch da richteten die Männer ihre Aufmerksamkeit schon auf Henriette.

»Mann gut. Frau kommt mit.«

»Nein!«, schrie Henriette flehend. »Ich bin auch jüdisch.«

Ben wagte es, die Hände herunterzunehmen und zeigte auf sich selbst. »Jüdisch«, wiederholte er und zeigte dann auf Henriette: »Auch jüdisch.«

»Frau kommt mit!«, rief einer der Männer barsch, da trat ein weiterer Soldat ein, dessen Abzeichen ihn als höherrangig auswiesen. Die Männer zeigten ihm Bens Ausweis.

»Jüdisch«, wiederholte Ben verzweifelt und zeigte auf sich und Henriette. »Wir sind beide jüdisch.«

»Hat die Frau Identitätskarte?«, fragte der dritte Mann auf Deutsch.

»Nein, ich habe sie verloren.« Henriette weinte beinahe. »Aber ich bin tatsächlich Jüdin, bitte, tun Sie mir nichts.«

Der dritte Mann sah sie prüfend an.

»Ich bin jüdisch«, sagte er schließlich. »Sprechen Sie ein Gebet – das *Schma Jisrael.*«

Henriettes Gedanken rasten. Natürlich kannte sie das wichtigste jüdische Gebet, aber sie hatte es schon seit Jahren nicht mehr gesprochen, und in ihrem Kopf herrschte Chaos. Doch dann purzelten die Worte aus ihr heraus.

»Höre Israel, Adonai Eloheinu …«

Noch während sie die uralten Worte aussprach, wandte sich der dritte Soldat an die anderen und sprach mit ihnen. Dann unterbrach er Henriette, holte einen Zettel aus seiner Tasche, schrieb ein paar Worte und setzte seine Unterschrift darunter.

»Gehen Sie dahin«, sagte er. »Die machen offiziellen Ausweis. Sie brauchen Beweis für Identität, sonst gefährlich. Wir kommen mit Frieden, aber unsere Männer sind jung, und sie sind müde. Manchmal passieren auch Fehler.«

Henriette nahm den Zettel entgegen. »Danke, vielen Dank!«

Die ersten beiden Soldaten waren schon gegangen, doch der dritte hatte noch ein Anliegen.

»Sind noch viele Juden hier?«, fragte er. »Wir hören, alle sind tot. Sie sind die ersten lebenden Juden, die ich finde seit Moskau.«

»Wir wissen nicht, wie viele es noch geschafft haben«, sagte Ben. »Wir hoffen, dass es viele sind, aber …« Er brach ab.

Der Soldat nickte. »Machen Sie Identitätskarte sofort«, ermahnte er sie, dann war er weg.

Plötzlich drohten Henriettes Beine unter ihr nachzugeben. Ben fing sie auf und hielt sie fest. »Wir lassen uns diese Ausweise machen«, flüsterte er. »Dann sind wir sicher.«

Henriette nickte heftig. Jetzt versuchte sie nicht mehr, die Tränen zurückzuhalten. Hemmungslos schluchzte sie an Bens Schulter, und in ihre Erleichterung mischte sich die Trauer um alle, die sie verloren hatte.

»Er hat gesagt, wir seien die ersten Juden, die er seit Moskau gesehen hat. Das kann doch nicht sein? Sie verstecken sich einfach noch oder haben falsche Identitäten angenommen, nicht wahr?«, fragte sie mit zitternder Stimme.

»Ja, natürlich.«

Ben nickte, aber Henriette fand, dass seine Stimme unsicher klang. Sie umarmte ihn wieder, trotzdem dauerte es lange, bis sie sich beruhigen konnte.

»Komm«, hörte sie ihn schließlich sagen. »Lass uns zu der Stelle gehen, die der Soldat aufgeschrieben hat. Wir lassen uns Ausweise machen – mit unseren richtigen Namen.«

Sie löste sich von ihm, und er wischte ihr sanft die Tränen aus dem Gesicht.

»Ich kann nicht glauben, dass dieser Tag einfach so gekommen ist«, sagte sie mit zaghaftem Lächeln.

»Nicht einfach so. Wir haben hart gekämpft, um ihn erleben zu dürfen.«

Sie nickte. Ben hatte recht. Sie waren Frontkämpfer in einem aufgezwungenen Krieg gewesen, die jeden Tag um ihr Überleben gekämpft hatten. Es würde lange dauern, sich daran zu gewöhnen, dass es nun vorbei war.

EPILOG

Henriette trat aus dem Gebäude der erst vor Kurzem gegründeten Kunstschule des Nordens in Weißensee, an der sie jetzt studierte, und machte sich zum jüdischen Friedhof auf, wo ihre Mutter beerdigt war. Heute hätte sie Geburtstag gehabt, und Henriette hatte sich dort mit Benjamin verabredet.

Fast eineinhalb Jahre war der Krieg nun vorbei, und obwohl die Trümmer fortgeschafft und die wichtigsten Straßen mehr oder weniger repariert worden waren, ragten noch überall die verkohlten Reste zerstörter Häuser in den Himmel. Henriette tat es gut, im Stadtteil Weißensee zu leben, mit dem sie keine schlimmen Erinnerungen an die letzten Jahre verband. Erst nach Kriegsende, als sie nicht mehr jeden Tag ums Überleben kämpfen musste, hatte sie die Trauer über den Tod so vieler Verwandten, Freunde und Bekannten an sich heranlassen können.

Aus einem Geschäft vor ihr trat eine Frau mit einem Mädchen an der Hand. Die Dame trug ein elegantes Hütchen mit dazu passender Tasche, und über ihrem Arm hing ein Schirm, da es in diesen letzten Oktobertagen häufig zu spontanen Regenfällen kam. Jetzt half die Frau ihrer Tochter, ein Bonbon auszupacken, und Henriette blieb erschrocken stehen. Es war Frau Fleming mit der kleinen Marion!

Henriette hatte die beiden seit ihrer Abreise aufs Land während des Krieges nicht mehr gesehen, und sofort wurde sie von einer Welle widerstreitender Gefühle erfasst. Frau Fleming war immer freundlich zu ihr gewesen – oder besser gesagt, zu Hermine Friedrich –, und ihr Mann hatte offenbar sogar von ihrer Identität erfahren und sie nicht verraten. Trotzdem war sich Henriette nicht sicher, ob sie Frau Fleming tatsächlich begegnen wollte. Doch die Entscheidung wurde ihr abgenommen, denn Marion hatte sie entdeckt und sich mit einem Ruck von ihrer Mutter losgerissen.

»Fräulein Hermine!«, rief sie begeistert und warf sich so stürmisch in ihre Arme, dass Henriette beinahe das Gleichgewicht verloren hätte.

»Hallo, Marion, wie groß du geworden bist«, sagte sie und freute sich jetzt auch.

»Wie schön, Sie wiederzusehen, Fräulein Friedrich … oder darf ich noch Fräulein Hermine zu Ihnen sagen?« Frau Fleming lächelte herzlich, dann hob sie tadelnd den Zeigefinger. »Sie hätten ruhig mal bei uns vorbeikommen können. Marion fragt so oft nach Ihnen, aber ich wusste nicht, wo ich Sie finden konnte. Mein Mann sagte damals nur, Sie hätten ganz kurzfristig gehen müssen, weil Ihre Familie Sie brauchte.«

»Ja, das ist wahr«, log Henriette und hoffte, dass Frau Fleming nicht weiter nachbohren würde. Sie ins Vertrauen zu ziehen und zu erzählen, dass hinter Hermine Friedrich eigentlich Henriette Fraenkel steckte, war ihr in diesem Moment einfach zu viel. »Wie geht es Ihrem Mann?«, fragte sie.

»Ach …« Frau Flemings Lächeln verschwand. »Marion, willst du dir nicht das Schaufenster da vorne ansehen?«

Die Kleine nickte und machte sich auf den Weg.

»Mein Mann wird seit den letzten umkämpften Tagen in Berlin vermisst«, berichtete Frau Fleming. »Wir haben überall Nachforschungen angestellt, aber nichts. Wir wissen nicht, ob er in Gefangenschaft geraten ist und verschleppt wurde … oder vielleicht von einer Bombe oder einer Granate …« Sie brach ab.

»Das tut mir leid«, sagte Henriette und meinte es ernst. Trotzdem fühlte sie sich unwohl, als würde allein Frau Flemings Nähe alte Wunden aufreißen. Unbewusst nestelte sie an ihrem nachtblauen Seidenschal mit den zierlich gestickten Blumen. »Ich habe leider eine Verabredung und bin in Eile«, erklärte sie schließlich. »Nur eine Frage hätte ich noch … Ihr Mann hatte einmal einen

Gast zum Abendessen da. Er hieß Rolf Reinhardt und arbeitete im RSHA. Sie kennen ihn nicht zufällig und wissen, was aus ihm geworden ist?«

»Ach, Fräulein Friedrich, mein Mann hatte so viele Kollegen. Nein, ich kenne diesen Herrn nicht persönlich, aber ich glaube, ich kann Ihre Frage trotzdem beantworten. Schauen Sie, eben heute war ein Bild in der Zeitung.«

Sie öffnete ihre Tasche und zog eine Tageszeitung heraus.

»Es haben doch gerade diese Wahlen zur ersten Berliner Stadtverordnetenversammlung stattgefunden, und einer der Männer, der für die CDU in die Versammlung gewählt wurde, heißt Reinhardt. Vielleicht ist das der Herr, den Sie suchen? Ich erinnere mich an seinen Namen, weil er so einen erstaunlichen Lebenslauf hat. Die Zeitung schreibt, er habe jüdische Wurzeln. Aber das wusste natürlich während des Krieges niemand, und so konnte er von seiner Position im RSHA sozusagen von innen heraus das System boykottieren, wo es eben ging. Er soll immer wieder Juden, die für die Transporte vorgesehen waren, von den Listen gestrichen haben.«

Henriette starrte auf Rolfs Foto und konnte es nicht fassen. Dazu also hatte er das Bild verwendet! Sie hatte korrekt sein wollen und das Foto in den Briefkasten seiner Eltern gesteckt – immerhin hatte er Benjamin freigelassen. Aber wenn sie gewusst hätte, was er damit anstellen würde … Diese Falschheit und Niedertracht – und offenbar kam er damit durch. Henriette spürte die Hitze in den Wangen.

»Ist das der Herr, den Sie suchen?«, fragte Frau Fleming.

Henriette schüttelte den Kopf. »Nein, der Reinhardt, den ich meinte, war kein Judenfreund.«

Frau Fleming lachte. »Ach, wer war das damals schon? Aber sagen Sie selbst«, fuhr sie fort und deutete auf die zerstörten Häuser. »Haben wir nicht dafür bezahlt? Und jetzt brechen ja zum Glück neue Zeiten an.«

Henriette nickte verstört und verabschiedete sich schnell.

Als Ben ihr etwas später vor dem jüdischen Friedhof entgegenkam, sprach ihr Gesicht offenbar noch immer Bände.

»Was ist denn?«, fragte er besorgt. »Du siehst aus, als hättest du einen Geist gesehen.«

»Habe ich auch«, antwortete Henriette. »Aber davon erzähle ich dir später. Jetzt möchte ich mir meinen Besuch am Grab meiner Mutter nicht verderben lassen. Komm …«

Kurz darauf standen sie an Lieselotte Fraenkels Grab.

»Ich frage mich so oft, ob es mich noch geben würde, wenn meine Mutter damals nicht an einem Aneurysma gestorben wäre. Du weißt ja, sie wollte auf keinen Fall untertauchen. Der Gedanke tut so weh, dass ich nur deshalb leben durfte, weil sie gestorben ist.«

Ben legte seinen Arm um sie. »Das kannst du nicht wissen. Vielleicht hätte sie ja ihre Meinung geändert. Es ist müßig, darüber nachzudenken, dazu gibt es viel zu viele verschiedene Möglichkeiten.«

Henriette nickte. Natürlich wusste sie, dass Ben recht hatte. Sie dachte an ihre Großeltern und Bens Familie. Mittlerweile hatten sie beide die Gewissheit erhalten, dass sie schon wenige Wochen nach ihrer Ankunft im Konzentrationslager getötet worden waren. Von Annie und ihrer Tochter Marie dagegen fehlte seit dem Bombenangriff jede Spur.

»Ich wünschte, wir hätten für deine Eltern und meine Großeltern ein Grab, das wir besuchen könnten – so wie das von Mutti.«

Ben nickte schweigend, und Henriette wusste, dass es ihm schwerfiel, über die Toten zu sprechen.

»Ich habe übrigens beschlossen, noch einmal zu dem Haus zu gehen, in dem die Familie lebte, die damals unseren Hund Rufus aufgenommen hat«, sagte sie, um das Thema zu wechseln. »Ich weiß bereits, dass sie Berlin im Winter 1944 verlassen haben, aber vielleicht sind mittlerweile noch andere ehemalige Hausbewohner dorthin zurückgekehrt und können mir sagen, was aus der Familie geworden ist.«

Henriette zog einen schönen flachen Kiesel aus ihrer Manteltasche und legte ihn vorsichtig auf das kleine Türmchen aus Steinen, das bereits auf dem Grabstein ihrer Mutter stand.

»Ich komme bald wieder, Mutti«, sagte sie leise.

Dann verließ sie mit Ben den Friedhof. In der Zwischenzeit war der Himmel bedrohlich dunkel geworden, und Henriette dachte an Frau Flemings Schirm. Sie selbst war nicht auf Regen vorbereitet.

Ben schien ähnliche Gedanken zu haben. »Hoffentlich wird das Wetter zum Wochenende hin wieder schön«, sagte er. »Ich freue mich schon darauf, mit dir und Fred segeln zu gehen.«

Henriette lachte leise. »Hoffentlich passt ihr diesmal besser auf«, meinte sie. »Letztes Mal wurde ich beinahe vom Großbaum erwischt und wäre um ein Haar über Bord gegangen.«

Auch Ben lachte. »Der ist Fred einfach entwischt, das kannst du ihm nicht übel nehmen. Immerhin hat er seit dem Konzentrationslager eine steife Hand.«

Henriette nickte. Sie wusste, wie oft die Wachen über ein Jahr lang Freds Hand gebrochen hatten, bis sie am Ende ganz verwachsen war.

Da spürte sie die ersten Regentropfen. Ben nahm ihre Hand, und sie liefen schneller, doch nur Sekunden später schüttete es wie aus Kannen.

»Komm!«, rief sie. »Da vorne ist ein Geschäft.«

Das Glöckchen über dem Eingang läutete. Triefend standen sie in einem düsteren Raum, offenbar ein Trödelladen. Ein älterer Herr kam aus einem Nebenzimmer.

»Ach, der Regen«, meinte er freundlich. »Bleiben Sie, solange Sie wollen.«

»Danke«, sagte Henriette und begann sich umzusehen. Im Raum stand ein Sammelsurium aus alten Möbeln, die früher einmal wertvoll gewesen sein mochten, jetzt aber wie Kriegsveteranen wirkten. Ein altes Fahrrad, Schirmständer, einzelne Teller und Tassen, eine Teekanne ohne Deckel. Wenn man auf Unversehrtheit keinen Wert legte, konnte man hier eine ganze Wohnung einrichten. Henriette zog es zu einer Vitrine mit kleinen Figuren. Sie nahm sie genauer in Augenschein – und erstarrte.

»Ben?«

Schweigend zeigte sie mit dem Finger auf einen kleinen braun-schwarzen Hund aus Glas, dem ein Ohr fehlte. Sie blinzelte ihre Tränen weg, dann griff sie nach dem Glashund.

»Er ist es, oder?«, fragte Ben leise.

Henriette nickte heftig. Zärtlich strichen ihre Finger über den kleinen Rufus. Ingeborg Gliemann hatte ihr nach dem Krieg eine kleine Hundefigur aus Porzellan als Ersatz geschenkt, aber natürlich war es nicht dasselbe gewesen. Henriette drückte den Glashund an ihre Lippen. Dann drehte sie sich um und ging zum Tresen.

»Na, da hat mir der Regen ja sogar einen Verkauf beschert«, meinte der Mann lächelnd und besah sich die Figur. »Hm, das Ohr ist abgebrochen ... sind Sie sicher, dass Sie diese Figur haben wollen? Im Regal stehen noch verschiedene andere.«

»Ich bin mir ganz sicher.«

»Na, dann pack ich ihn mal ein, den kleinen Kerl ... ein Geschenk ist er ja wahrscheinlich nicht, oder?«

»Nein, er ist für mich.«

Henriette holte ihr Portemonnaie heraus, kramte zwischen den Münzen und hielt dem Mann das kleine schwarze Ohr hin.

»Mein Großvater hat mir den Hund geschenkt. Ich habe ihn während des Krieges verloren«, erklärte sie und hielt das Ohr an den Kopf des Hundes. Der Bruch war glatt, es passte perfekt.

Erstaunt sah der Verkäufer sie an. Henriette zählte die Münzen auf den Tisch, aber der Mann schob sie ihr wieder hin.

»So weit kommt's noch«, sagte er schmunzelnd. »Eigentlich gehört die Figur ohnehin Ihnen. Und in diesen Zeiten ist es selten genug, dass zusammenfindet, was zusammengehört.«

»Danke«, sagte Henriette und erwiderte sein Lächeln.

Wer hatte ihr den Regenschauer geschickt? Ihre Mutter oder vielleicht sogar ihr Großvater selbst?

Als sie wieder vor die Tür traten, kam ein Sonnenstrahl zwischen den Wolken hervor. Henriette ließ den Glashund leuchten, wie sie es so oft getan hatte. Dann drehte sie sich zu Ben um und schmiegte sich an ihn.

»Ich glaube nicht an Zufälle«, sagte sie leise.

»Ich auch nicht«, erwiderte er und drückte sie fest an sich.

NACHWORT

Als ich vor ein paar Jahren zum ersten Mal mit dem Thema dieses Romans in Berührung kam, war ich tatsächlich erstaunt. Bislang hatte ich immer nur von jüdischen Bürgern gehört, denen es – zum Teil mithilfe sogenannter arischer Familien – gelungen war, sich vor dem Naziregime zu verstecken, indem sie ein Zimmer oder eine Wohnung jahrelang nicht verließen. Anne Frank und ihre Familie sind wohl das berühmteste Beispiel für diesen Versuch. Dass es allerdings auch Menschen gab, die vor aller Augen »unsichtbar« wurden, indem sie »untertauchten« und zu »U-Booten« wurden, war mir neu. Ich vertiefte mich in die Zeitzeugenberichte derer, die auf diese Weise in Berlin, der Hauptstadt des Terrors, aber gleichzeitig auch »ihrer Stadt«, überlebt hatten – und staunte noch mehr.

Was sie berichteten, zeugte von unglaublichem Mut und unwahrscheinlicher Kraft, aber auch von großer Kreativität, mit der sie ihre Verfolger jahrelang an der Nase herumführten. Es war ein Leben in ständiger Gefahr, mit häufigen Aufbrüchen und Veränderungen. Übernachtet wurde draußen oder bei fremden Menschen, die Untergetauchten versorgten sich auf unterschiedlichste Art, und manchen von ihnen gelang es, mit falschen Papieren eine reguläre Anstellung zu ergattern. Unter diesen Umständen verwundert es nicht, dass fast ausschließlich junge Menschen diesen Überlebenskampf wagten und aushielten.

Die Leserinnen und Leser dieses Romans werden sich hier und da gefragt haben, ob nicht doch die Fantasie der Autorin an manchen Stellen mit ihr durchgegangen ist. Ein Untergetauchter, der auf der Havel segelt, im *Hotel Esplanade* zu Mittag isst, eine Kunstgalerie oder einen Jazzklub besucht, in dem auch SS-Offiziere verkehren, oder eine junge Jüdin, die ausgerechnet bei einem ranghohen Nazi den Dienst antritt – das alles klingt mehr als unwahrscheinlich. Und doch handelt es sich hier um tatsächliche Erlebnisse jüdischer Berliner, wenn auch in abgewandelter Form und im Kontext eines fiktiven historischen Romans. Zu den Erinnerungen, die mir geholfen haben, mir ein Bild von den damaligen Ereignissen zu machen, gehören unter anderen jene von Inge Deutschkron, Cioma Schönhaus, Bert Lewyn, Margot Friedländer und Barbara Lovenheim. So beschreibt Cioma Schönhaus, wie er seine deportierten Eltern »ausblenden« musste, um die Kraft und Konzentration aufzubringen, die er für den täglichen Überlebenskampf brauchte. Denn eines war klar: Über dem Segeln auf der Havel oder dem Besuch im Restaurant durften die Untergetauchten nie vergessen, dass jeder Fehler tödlich sein konnte. Zwar betonen die Überlebenden immer wieder, dass man mit vielem durchkam, wenn man dem auf Lügen aufgebauten System nur frech genug selbst ins Gesicht log, doch die Möglichkeiten, denunziert und enttarnt zu werden, waren beinahe endlos.

Allerdings handelt dieser Roman nicht nur von der Stärke und dem Kampfgeist der Untergetauchten, sondern auch von jenen, die ihnen halfen. »Das Hohelied dieser braven Menschen, die ungeachtet der Gefahr, von Nazimitbürgern denunziert zu werden, ihren jüdischen Kunden […] zur Seite standen, wird nie geschrieben werden, weil diejenigen, die es tun könnten, nicht mehr am Leben sind«, schreibt Inge Deutschkron in ihren Erinnerungen *Ich trug den gelben Stern* über die Lebensmittelhändler ihrer Familie. Doch das stimmt nicht ganz. Einige der Überlebenden haben über jene Jahre des Kampfes geschrieben und damit nicht nur sich selbst ein Denkmal gesetzt, sondern auch den kleinen und großen unbekannten Helfern, die zu ihrem Überleben beigetragen haben – manchmal nur mit einer kostenlosen Theaterkarte, die dem Beschenkten ein paar Stunden Ruhe in einem geschützten Raum gewährte, manchmal mit einem Bett für eine einzige Nacht, andere Male durch systematische Hilfe über Jahre hinweg. Selbstverständlich war das nicht, konnten doch ab Oktober 1941 allein schon »öffentlich gezeigte freundschaftliche Beziehungen zu Juden« eine Schutzhaft von drei Monaten nach sich ziehen.

Mein Roman soll keineswegs ein Hohelied auf diejenigen sein, die damals halfen. Dennoch sind sie nicht aus dem damaligen Geschehen wegzudenken, denn ohne sie hätte wohl eine sehr viel geringere Anzahl jüdischer Berliner überlebt. Wer aber waren diese Helfer, und was waren ihre Motive? Auch hier wurde ich überrascht. Natürlich treffen wir unter den Helfern Gegner des Naziregimes wie Sozialdemokraten oder Kommunisten an, die aus ideologischer Überzeugung heraus halfen. Doch ein großer Teil der Helfer handelte spontan. Die meisten von ihnen hatten sich nie aktiv gegen das System aufgelehnt oder versucht, ihren jüdischen Mitbürgern beizustehen. Der spontane Mut zur Hilfe erwuchs ihnen erst, als sie mit einem konkreten Menschen in Not konfrontiert wurden – und nicht immer war diese Hilfe uneigennützig. Die Mietzahlung für ein vorübergehendes Zimmer wurde gerne angenommen, und oft reichte der gute Wille nur so lange, wie der eigene Nutzen gewährleistet war. Auch die gesellschaftliche Stellung der Helfer variierte stark. Akademiker, Werkstattbesitzer, Lehrer, Schneider, Metzger, Künstler und Prostituierte reichten – vielleicht nur ein einziges Mal – ihre Hand, wo sie gebraucht wurde. Aber oft reichte schon dieses eine Mal, um einem untergetauchten Mitbürger das »Weiterleben« zu ermöglichen.

Dass selbst Regimebefürworter oder ranghohe Militärangehörige halfen, war sicher eine echte Ausnahme, allerdings eine, die die Regel bestätigt: Die Masse der Menschen war weder schwarz noch weiß, sondern gehörte einer Grauzone aus Mitläufern an, die es einerseits dem Regime ermöglichten, Millionen von Unschuldigen zu töten, ohne Proteste aus der eigenen Bevölkerung befürchten zu müssen. Andererseits gab es unter diesen Mitläufern eben doch etliche, die zu Hilfe fähig waren. Wie wenig diese spontane Hilfe letztlich ausreichte, beweisen allerdings die harten Fakten. Nur knapp zweitausend untergetauchte Jüdinnen und Juden überlebten das Kriegsende in Berlin, während mehrere Tausend aufgespürt oder denunziert wurden und starben.

Ich möchte mit einer Randnotiz zu einem anderen Berliner »Untergetauchten« enden, der ebenfalls kurz im Roman erwähnt wird: Der 1936 in Mississippi geschlüpfte und im Berliner Tiergarten lebende Alligator Saturn war eines der wenigen überlebenden Zootiere nach einem Bombenangriff im Jahr 1943. Danach tauchte auch er drei Jahre lang in der zerstörten Stadt unter, bis er 1946 wieder aufgefunden wurde. Den Rest seines Lebens verbrachte er im Moskauer Zoo.

Für das Zustandekommen dieses für mich persönlich sehr wichtigen Buches möchte ich mich sowohl bei meinem Agenten Dr. Uwe Neumahr von der Agence Hoffman als auch beim Droemer Knaur Verlag für das entgegengebrachte Vertrauen bedanken. Ganz besonderer Dank gilt meiner Lektorin Johanna Bedenk für die hervorragende Kommunikation und die enge Kooperation, die mich über den gesamten Entstehungsprozess hinweg begleitet haben. Ganz herzlich danke ich auch Frau Annika Krummacher für ihre Sorgfalt und konstruktive Kritik beim Lektorat.

Nicht zuletzt danke ich meiner Mutter Gabriele Kurasch-Macharzina und meinem Mann Giancarlo Abbamonte für ihre tägliche liebevolle Unterstützung.